Am liebsten verbringen die vier jungen Frauen ihre Tage im Café und ihre Nächte auf Partys und in Bars, denn Reykjavík im Winter ist dunkel und kalt, ihr Leben von Melancholie geprägt. Karen, die bei ihren Großeltern lebt und großen Kummer hat, trinkt zu viel und wacht immer wieder in fremden Betten auf. Hervör, die von ihrem Professor und Gelegenheitslover hingehalten wird, jobbt im Café. Mía, die von ihrem Freund verlassen wurde, sitzt zwischen Umzugskartons. Silja, die Ärztin, erwischt ihren Ehemann mit einem »blonden Flittchen«. (Das »blonde Flittchen« ist Karen, aber das weiß sie noch nicht.) Das Leben der Frauen ist ein großes Drama, in dem auch Liam, der charmante Engländer, Georg, der zuverlässige, aber schüchterne Barista, und ein ehemaliger Profihandballer eine Rolle spielen. Die tragende Rolle?
Ein erfrischender Roman über die Liebe, das Leben und die Einsicht, dass ein glückliches Single-Dasein viel wichtiger ist als der Traum von der großen Liebe.

»Ein packendes Buch, witzig und clever, man legt es nicht aus der Hand.« *Fréttatiminn*

»Dieser Roman gehört zum Besten, was Frauenliteratur zu bieten hat.« *Morgunbladid*

Sólveig Jónsdóttir, geboren 1982 in Reykjavík, Journalistin, hat u.a. in Dublin und Edinburgh Politikwissenschaft studiert. Ihr Debütroman *Ganze Tage im Café* war die Überraschung des isländischen Bücherfrühlings 2012 und stand wochenlang auf der Bestsellerliste. Die umkämpften Filmrechte waren schnell verkauft.

insel taschenbuch 4281

Sólveig Jónsdóttir

Ganze Tage im Café

SÓLVEIG
JÓNSDÓTTIR

Ganze Tage im Café

Roman

Aus dem Isländischen
von Sabine Leskopf

Insel Verlag

Die Originalausgabe erschien 2012 unter dem Titel
Korter bei Mal og menning, Reykjavík

Umschlagfoto: Getty Images; shutterstock

Der Verlag dankt The Icelandic Literature Center
für die Förderung der Übersetzung:

MIÐSTÖÐ ÍSLENSKRA BÓKMENNTA
ICELANDIC LITERATURE CENTER

Erste Auflage 2014
insel taschenbuch 4281
Deutsche Erstausgabe

Vertrieb durch den Suhrkamp Taschenbuch Verlag
Umschlaggestaltung: glanegger.com / Ulf Henning, München
Satz: Hümmer GmbH, Waldbüttelbrunn
Druck: CPI – Ebner & Spiegel, Ulm
Printed in Germany
ISBN 978-3-458-35981-4

Hervör

VIELLEICHT SOLLTE SIE SICH ENDLICH einmal aufraffen und eine Reise machen. Vielleicht endlich einmal ein ganzes Jahr weggehen. Endlos tief im Mastercard-Sumpf versinken und es in vollen Zügen genießen. Sie könnte unterwegs arbeiten. Wein in Frankreich lesen oder Kaffeebohnen in Kolumbien. Lesen, lesen, lesen – endlich ein neues Kapitel aufschlagen. Wie lange mochte es dann wohl dauern, bis er eine andere finden würde, mit der er die Nächte verbringen konnte? Nicht lange. Während sie vollauf mit Trauben, Bohnen und ihrer geistigen Wiedergeburt beschäftigt wäre, hätte er sich schon längst an irgendeine Blondine herangemacht, die alles unglaublich witzig fand, was er sagte, und die sich mit ihren Fragen wichtigzumachen versuchte, zum Beispiel, ob nicht dies oder jenes eine Parallele in Roosevelts »New Deal« aufweise. Solche Mädchen haben meist auch noch eine beeindruckende Oberweite und fahren ein Auto, das ihnen der Papa geschenkt hat. Insgesamt gesehen haben sie also einen deutlichen Vorsprung im Leben. Und dann käme endlich ans Licht, wie unwichtig sie ihm eigentlich war. Oder aber wie einsam er in Wirklichkeit war.

Hervör tat das sehr oft. Saß bei laufendem Motor allein im Auto und verlor sich ganz in ihren Gedanken. Sie kam erst wieder zu sich, als jemand an die Scheibe klopfte, die inzwischen völlig beschlagen war. Sie zuckte zusammen und brauchte einen Moment, um zu erkennen, wo sie eigentlich war, bevor sie die Scheibe herunterkurbelte und den Schneeregen hereinließ.

»Du weißt aber schon, dass das eine furchtbare Umweltverschmutzung ist, den Motor die ganze Zeit laufen zu lassen, mein Kind. Du musst den Wagen auch mal in die Werkstatt bringen, da kommt ja ganz blauer Rauch aus dem Auspuff.«

Draußen stand eine ältere Frau.

Hervör starrte sie ungläubig an, runzelte unwillkürlich die Brauen und überlegte, ob die Alte wohl nur zufällig vorbeigekommen war oder ob sie sich extra die Mühe gemacht hatte, den Parkplatz zu überqueren, um ihr auf die Nerven zu gehen. Hervör streckte ihren Kopf durch das offene Fenster hinaus und zeigte auf die Einkaufstüten, die die Frau in der Hand hielt.

»Wie ich sehe, benutzt du Einkaufstüten aus Plastik. Ich für meinen Teil nehme immer nur wiederverwendbare Taschen, du weißt schon, diese Fairtrade-Jutebeutel. Also bist du genauso für die Umweltverschmutzung verantwortlich wie ich. Den Motor lasse ich auch nur laufen, solange ich hier drinsitze, um nicht vor Kälte umzukommen. Und ich weiß selbst, dass da blauer Rauch aus meinem Auspuff rauskommt. Er verbrennt nämlich Öl«, fügte sie hinzu, während sie die Scheibe wieder hochkurbelte.

Die Frau hatte mit Sicherheit nicht mit einer solchen Reaktion gerechnet und blickte Hervör entrüstet an. Deren Rede allerdings um einiges beeindruckender gewesen wäre, wenn ihr Volvo elektrische Fensterheber gehabt hätte. Aber das war nicht der Fall und zudem war die Kurbel auch noch so steif, dass sie beide Hände und einen nicht geringen Kraftaufwand benötigte, um die Scheibe wieder hochzustemmen. Doch die Botschaft war angekommen und die Frau stürmte in der Geschwindigkeit davon, in der alte Leute eben so davonstürmen.

Vom Stadtzentrum aus fuhr sie jetzt hinauf zu dem am höchsten gelegenen Viertel der Stadt, zu den Wohnblocks von Breiðholt. Am Anfang war Hervör noch der Meinung gewesen, dass es Vor- und Nachteile hatte, wenn man am einen Ende der Stadt lebte und am anderen arbeitete. Allmählich gelangte sie allerdings zu der Auffassung, dass es nur Nachteile hatte, jeden Tag einen uralten Volvo quer durch die Stadt zu kutschieren, besonders angesichts der Tatsache, dass er von Tag zu Tag stärker an Altersschwäche litt. Die Winterreifen waren dermaßen abgefahren, dass ihr allein der Gedanke an den rasanten Stadtverkehr Sodbrennen verursachte. Es hatte angefangen zu schneien und als die Ampel auf der Hauptverkehrsstraße Miklabraut auf Rot schaltete, nutzte Hervör die Gelegenheit, um nach der CD zu greifen, die irgendwie unter dem Vordersitz gelandet war. Bob Dylan begann zu summen und Hervör lächelte vor sich hin. Vor einigen Jahren fand sie Bob Dylan noch unerträglich. Jetzt war er einer ihrer Lieblingsmusiker. Sie wusste nicht, was sich da verändert hatte. Wahrscheinlich war es nicht Dylan. Die Hülle von *Blonde On Blonde* hatte einen Sprung und sah recht abgegriffen aus, aber die CD selbst war noch vollkommen in Ordnung. Das durchdringende Mundharmonikaspiel von *Stuck Inside a Mobile With the Memphis Blues Again* durchdrang den Volvo und

Hervör drehte die Lautstärke weiter auf. Sie war noch ganz benommen nach einem langweiligen Arbeitstag und freute sich auf eine ausgedehnte Dusche. Sie verspürte ein kleines Kitzeln im Bauch, wenn sie an den Abend dachte, was sie ein wenig verwunderte, denn sie wusste haargenau, was sie erwartete. Vielleicht war genau das der Grund für das Kitzeln.

Nach dem Essen zelebrierte Hervör eine ihrer ausgiebigen Duschen für den besonderen Anlass. Eine ausgiebige Dusche für den besonderen Anlass beinhaltete die Totalentfernung unerwünschter Körperhaare, gefolgt vom Auftragen einer teuren Bodylotion, ebenfalls für den besonderen Anlass. Sie schlüpfte in eines ihrer vorzeigbareren Dessous und betrachtete sich eine Weile im Flurspiegel. Das war einer der vielen Vorteile des Alleinlebens. Sie konnte in Unterwäsche umherspazieren oder ohne Unterwäsche, ganz nach Lust und Laune, ohne dass irgendjemand das kommentierte. Sie schob ihre Brüste im BH zurecht und betrachtete sie von der Seite. Sie hatte sich nie recht mit ihrer Oberweite abfinden können oder besser gesagt, dem Mangel daran. Als sie vierzehn Jahre alt war, hatten alle Mädchen in der Klasse schon einen Busen. Und nicht nur einen Busen, sondern einen großen Busen. Sogar die klapperdürren. Nur Hervör war flach wie das platte Land und ihr Busen ließ auf sich warten, bis sie schon fast siebzehn war, wo sie es dann endlich bis zu einem A-Körbchen schaffte. Jetzt, ein Jahrzehnt später, vermochte Hervör Egilsdóttir mit Stolz zu verkünden, dass sie das beachtliche Niveau eines B-Körbchens erreicht hatte. Dabei würde es vermutlich bleiben. Was vielleicht auch in Ordnung war so. Sie kniff sich leicht in ihr Bäuchlein und tätschelte es kurz, bevor sie ins Schlafzimmer ging und den Kleiderschrank öffnete. Sie musste etwas finden, das wirkte, als sei sie nur so hineingeschlüpft, ohne groß darüber nachgedacht zu haben, aber gleichzeitig perfekt aussah. Schwierig. Am Ende zog sie eine enge Jeans und einen schwarzen, langärmeligen Baumwollpulli an und legte noch die Halskette um, die ihre erzkatholische Oma ihr zum vierzehnten Geburtstag geschenkt hatte: eine lange Kette mit dem heiligen Christopherus, dem Beschützer der Reisenden, auf einem silbernen Amulett. Hervör stopfte die Hosenbeine in ihre Winterstiefel und zog den Reißverschluss ihrer dicken Jacke bis obenhin zu. Sie schaute noch einmal in den Spiegel, bevor sie nach den Schlüsseln und ihrem Handy griff und hinaus zum Auto lief.

Ihr Ziel lag in der Weststadt, dort parkte sie den Volvo vor dem Wohnblock und schaute sich um. Wie immer war niemand unterwegs um diese Zeit, schließlich war es schon fast ein Uhr nachts, wenn sie mitten in der Woche hier ankam. Auch jetzt war das nicht anders. Sie saß im Auto und dachte darüber nach, ob in diesem Haus irgendwelche Kinder wohnten. Oder überhaupt irgendwelche anderen Leute. Zumindest hatte sie nie auch nur einen einzigen Menschen hier gesehen. Die Januardunkelheit deckte alles ab. Dick und schwarz schien es ihr jedes Jahr wieder mit Leichtigkeit zu gelingen, diesem Volk auch noch den letzten Rest Lebenswillen auszusaugen. Es war die Zeit, in der die Menschen sich den Kopf darüber zerbrachen, wie es ihnen nur jemals in den Sinn kommen konnte, überhaupt weiter in diesem Land zu leben, statt nach Spanien zu ziehen oder auf irgendeine dieser griechischen Inseln. Dieses Gerede vergaß man aber dann genauso schnell wieder, nämlich immer dann, wenn ein paar Monate später die hellen Sommernächte zurückgekehrt waren und Island wieder das beste Land auf der ganzen Welt war. Wäre es nicht praktisch, in dieser dunkelsten Zeit Winterschlaf zu halten? Einfach ein paar Monate lang zu schlafen – auf etwas anderes hatte in dieser Zeit sowieso keiner Lust – und erst im Frühjahr wieder aufzuwachen.

Island wird in der Zeit zwischen November und Februar an keinen internationalen Sportveranstaltungen teilnehmen und weder Handel treiben noch andere internationalen Kontakte pflegen. Stattdessen machen alle ein Nickerchen.

Shake it, Baby
Die Staatskanzlei

Hervör schob sich hinüber auf den Beifahrersitz, öffnete den Wagen und stieg aus. Sie strich sich ihr Haar im Spiegelbild der Scheibe zurecht, bevor sie auf die oberste Türklingel drückte. Und wartete.

»Hallo?«

»Hi«, antwortete sie.

Ein leises, aber vertrautes Surren ertönte und ließ sie herein. Dieses »Hallo« sagte er immer im genau gleichen Ton. So wie Leute das tun, wenn sie in der Sprechanlage antworten. Sie sagte ihr »Hi« immer im genau gleichen Ton. So wie Leute das tun, wenn sie mitten in der Nacht ihren Lehrer besuchen.

Er ließ die Tür wie üblich halb offen und wartete im Wohnzimmer auf sie. Die Wohnung war ausgesprochen typisch für einen Mann, der keine feste Bindung eingehen wollte. Auch wenn irgendeine Frau ihre Finger im Spiel gehabt haben musste, zum Beispiel beim Gardinenauswählen und -aufhängen. Vielleicht seine Mutter. Vielleicht irgendeine Exfreundin. Vielleicht war es Hervör auch völlig egal.

»Hallo, mein Liebes«, sagte er und schaltete den Fernseher aus.

Hervör war zu dem Ergebnis gekommen, dass in dieser einfachen Handbewegung der große Unterschied lag zwischen einem jungen Kerl und einem älteren Mann. Ein älterer Mann schaltet den Fernseher aus, sobald er Besuch bekommt. Ein junger Kerl schaltet ihn an.

Für Hervör bedeutete der Altersunterschied zwischen ihnen einzig und allein, dass er bereits neunzehn Jahre länger auf der Welt war. Alter und Reife gingen nicht immer überein, woran sie ihn regelmäßig erinnerte.

»Schau mal einer an, du hättest dich doch meinetwegen nicht so in Schale werfen müssen«, sagte sie und lächelte.

»Ach so, das meinst du.« Er blickte an sich herab: schwarze Hosen und weißes Hemd. »Kummerbund und Fliege habe ich lieber weggelassen, auch wenn ich wusste, dass du kommst. Das wäre vielleicht doch ein bisschen zu viel gewesen.«

Sie betrachtete ihn eine Weile, wie er so dastand in der Mitte des Wohnzimmers, die Hände in den Taschen vergraben. Groß, dunkelhaarig und gutaussehend, passte er haargenau in das Klischee, das alle Frauen angeblich so anzieht. Und Hervör lag nichts daran, anders als alle anderen sein zu wollen.

Tryggvi. Doktor Tryggvi Tómasson. Professor für Ökonomie an der Universität Islands mit Abschluss aus Yale. Sonderberater des Wirtschaftsverbandes und derzeitiger Lover von Hervör Egilsdóttir, die gerade selbst ihren B.A. in Ökonomie an der gleichen Universität abgeschlossen hatte. Sie fand ihn vom ersten Moment an ziemlich attraktiv, wenn auch unsäglich langweilig als Professor. Er war sehr ehrgeizig und es fehlte ihm gänzlich an Verständnis, wenn seine Studenten nicht mit der gleichen Leidenschaft für dieses Fach entbrannten wie er selbst. Hervör hatte schon gleich im ersten Semester jegliches Interesse daran verloren, beschloss aber weiterzumachen, weil ihr sonst auch nichts Besseres einfiel. Es war also unausweichlich, dass sie früher oder später aneinandergeraten würden, und gleich in der vierten Semesterwoche gab es Ärger, als er sie bat, doch freundlicherweise nach Hause zu gehen und dort weiterzuschlafen, statt in seiner Stunde auf dem Tisch zu liegen und laut zu schnarchen.

»Was musst du auch so einen verdammt langweiligen Kurs geben!«, murmelte sie, während sie ihre Bücher zusammenpackte und sich den Schal umwickelte.

»Was musst du ihn auch wählen!«, antwortete er und hob die Stimme ein klein wenig, als sie an ihm vorbeiging.

»Hab ich nicht. Pflichtkurs«, sagte Hervör auf dem Weg nach draußen und machte die Tür entschlossen hinter sich zu.

Dieses Ereignis riefen sie sich oft wieder in Erinnerung, wenn sie eng nebeneinanderlagen und sie ihm mit den Fingern durchs Haar fuhr, das zum Glück noch sehr dicht war, auch wenn der Haaransatz immer mehr an das McDonald's-Logo erinnerte. Immerhin war das ihr erstes Gespräch gewesen. Ihm war sie schon am ersten Tag aufgefallen, doch er hatte gleich beschlossen, sich von ihrem vollkommenen Desinteresse an seinem Unterricht nicht stören zu lassen. Er ließ die Augen oft zu ihr hinüberschweifen, wie sie da in der Vorlesung saß und mit leerem Blick hinaus in die Dunkelheit starrte. Überlegte, worüber sie wohl nachdachte, denn manchmal wirkte sie so unendlich traurig. Auch wenn dieses Studium vielleicht nicht das spannendste auf der Welt war, konnte es doch wohl kaum so unfassbar langweilig sein, um auf einem solchen Gesicht einen so traurigen Ausdruck hervorrufen zu können.

Sie blieb eine Weile reglos mitten im Wohnzimmer stehen und blickte ihn mit einem winzigen Lächeln auf den Lippen an. Er begann unruhig zu werden und strich sich unwillkürlich übers Kinn.

»Ist irgendetwas nicht in Ordnung?«, fragte er vorsichtig.

»Alles in bester Ordnung«, antwortete sie. »Aber den Kummerbund hättest du schon noch draufgeben können. Mir zuliebe.«

Er schüttelte den Kopf. Kam lächelnd auf sie zu und legte ihr die Hände auf die Schultern.

»Ja dann«, flüsterte sie und senkte den Blick. Noch immer war sie ihm gegenüber ein wenig schüchtern.

»Es ist so schön mit dir«, sagte er und küsste sie auf die Stirn.

Sie liebte es, ihn so nah bei sich zu haben. Sein Geruch kitzelte sie bis in den Bauch und nie dürfte er herausfinden, wie sie einmal an fast allen Herrenparfums im größten Kaufhaus der Stadt geschnuppert hatte, sodass sie bereits dröhnende Kopfschmerzen hatte, als sie seinen Duft endlich gefunden hatte. Der teuerste Armani im Regal. Vielleicht war es doch nicht ganz so schlecht bezahlt, an einer Universität zu lehren.

Sie setzten sich auf das schwarze, unbequeme Ledersofa. Er auf der Fensterseite, sie auf der Türseite. Eine logische Wahl, denn schließlich würde sie durch genau diese Tür wieder hinausgehen. Sie begannen das immer gleiche Gespräch. Was gibt es Neues, was machst du gerade so, hast du jemand kennengelernt.

»Nein. Sonst säßen wir ja auch nicht hier, oder?«

Er strich ihr über das Haar und schob ihr eine Strähne hinters Ohr.

»Und du?«, fragte er mit seinem Dackelblick.

»Jede Menge«, antwortete Hervör und zog unwillkürlich eine Augenbraue in die Höhe.

»Ach, Hervör, mein Schatz, wir sind schon ein paar Loser«, sagte er und lachte. Er hatte ein schönes Lachen. Fröhlich und hell.

»Du vielleicht. Ich kann mich vor Männern kaum retten.«

»Ich bin also nur einer von vielen«, sagte er und lächelte.

»Genau. Ich schau bei dir vorbei, wenn alle anderen beschäftigt sind. Oder wenn im Fernsehen nichts Gescheites kommt.«

Sie rückte näher an ihn heran.

»Was weiß denn ich schon …«, antwortete er. Er streichelte ihr die Wange und ließ seine Hand darauf ruhen. Dann zog er sie an sich und küsste sie vorsichtig. So, als wäre es das erste Mal. So fing es immer an. Dann fuhr sie mit den Fingern durch sein Haar, so wie immer. Sie mussten sich noch nicht einmal besonders auf das konzentrieren, was sie da taten, denn es war ihnen schon so sehr zur Routine geworden und würde auch immer so bleiben. Er nahm sie bei der Hand, löschte das Licht im Wohnzimmer und führte sie ins Schlafzimmer. So wie immer.

Hervör richtete sich im Bett auf und schaute auf die Uhr. 04:36.

»Verdammt, bin ich müde. Und in drei Stunden muss ich so tun, als ob ich wach wäre.«

Dem Laternenpfosten draußen vor dem Fenster gelang es nur knapp, einen Streifen Helligkeit zwischen den Jalousien hindurchzulassen.

»Musst du morgen arbeiten?«, fragte er und in seiner Stimme lag nicht eine Spur von Müdigkeit. Sie überlegte manchmal, ob er sich tagsüber hinlegte, wenn er nachts Besuch erwartete, denn er war immer hellwach und frisch. Gönnte sich nicht einmal den Hauch eines Gähnens. Ein Mann in seinem Alter.

»Eine junge Frau auf dem Weg nach oben. Das bin ich. Koche Kaffee, mache die Tische sauber, backe gefrorene Puddingschnecken auf etcetera.« Sie zog ihre Jeans an und versuchte sich hineinzuzwängen, ohne den Bund festzuhalten und hochzuhüpfen. Was sie immer tat, wenn keiner zusah.

»Aber was soll das denn? Keiner sagt, dass man gleich eine steile Karriere eingeschlagen haben muss, wenn man die Universität gerade einmal ein paar Sekunden lang hinter sich gelassen hat.«

»Ach ja? Na, das passt ja gut. Denn ich habe keinen

Schimmer, was ich sonst mit meinem Leben anfangen könnte, als im *Viertel* zu arbeiten. Was für eine Vorstellung.«

»Es ist überhaupt nichts dabei, in einem Café zu arbeiten.«

»Da ist eine ganze Menge dabei, wenn du mich fragst«, antwortete sie und lachte kalt. »Du hast nicht zufällig meinen BH gesehen? Er ist schwarz. Klein.«

Sie stützte sich auf den Nachttisch, während sie unter dem Bett nachschaute. Was im Grunde genommen sinnlos war, denn das Zimmer war fast vollständig in Dunkelheit getaucht.

»Was hast du nur immer mit deinen Brüsten? Die sind vollkommen in Ordnung. Einfach perfekt.«

»Ich bedanke mich herzlich für die freundlichen Worte. Gefunden. Und jetzt muss ich ins Bett.«

Sie schlüpfte in ihren BH und begann ihren Pullover auf rechts zu drehen.

»Du bist im Bett.« Er richtete sich auf und streichelte ihr den Rücken, während sie auf dem Bettrand saß.

»Ein Bett zum Schlafen. Mein Bett.«

Er legte sich wieder auf das Kissen und beobachtete sie beim Anziehen. Noch nie hatte sie die ganze Nacht bei ihm verbracht. Sie hatten unzählige Male miteinander geschlafen. Na gut, sie zählte immer noch (53 mal, 55 mit heute Abend), doch sie waren nie gemeinsam eingeschlafen. Er war noch nie zu ihr nach Hause gekommen. Sie hatte ihn noch nie eingeladen.

Hervör hatte sich fertig angezogen und steckte ihr Haar zu einem eiligen Knoten hoch. Sie kletterte noch einmal zurück zu ihm ins Bett und legte ihm den Kopf auf die Brust.

Atmete tief ein, als ob sie noch eine starke Dosis von ihm inhalieren wollte, bevor sie ging.

»Das war's dann also wieder mal«, sagte sie und gähnte mit geschlossenem Mund, sodass sich ihre Nasenflügel aufblähten.

»Ja, nicht wahr? Dann bis zum nächsten Mal.«

»Bis zum nächsten Mal.«

Sie küsste ihn auf den Mund und ging zur Tür hin.

»Ciao«, sagte sie in genau dem gleichen Ton wie immer und öffnete die Schlafzimmertür.

»Gib auf dich acht, mein Schatz. Ich melde mich bei dir.«

Sie stimmte zu, wohlwissend, dass wenn einer sich hier melden würde, dann war sie das, so traurig das auch war. Mit einer SMS. Er hatte sie noch nie angerufen. Sie ihn auch nicht.

Draußen vor der Haustür zögerte Hervör einen Augenblick, während sie sich an die Kälte zu gewöhnen begann. Schließlich überquerte sie eilig den Parkplatz, öffnete den Wagen und kletterte hinüber auf den Fahrersitz. Die Nacht war von gigantischer Kälte. Entweder war sie immer zu diesem Zeitpunkt am kältesten oder es war die Reaktion darauf, aus dem warmen Bett heraus in das eiskalte Auto zu kommen, was die Nacht so kalt machte. Der Volvo hatte schon die ganzen letzten Wochen Mucken gehabt, zweifellos wegen der Kälte, sodass Hervör jedes Mal Angst hatte, dass er genau dann nicht anspringen würde, wenn es darauf ankäme. Sie ließ den Motor vorsichtig an, nur um ein leises Husten und eine Art von resigniertem Seufzen zu ernten. Sie pumpte das Gaspedal mehrmals voll durch und versuchte es noch einmal.

Das Geräusch war ein wenig hoffnungsvoller, doch immer noch weigerte sich der Wagen anzuspringen. Hervör atmete warme Luft aus, die wie eine Rauchwolke aus ihrem Mund herausströmte.

»Bitte, bitte, alter Junge …«, flüsterte sie und streichelte vorsichtig über das Armaturenbrett, während sie einen letzten Versuch unternahm.

Schließlich gab er nach und sprang stotternd an, verkündete jedoch durch ein grellrotes Licht auf dem Armaturenbrett, dass er nach dieser Anstrengung eine Extraportion Öl verlangte. Der CD-Spieler verkündete seinerseits, dass er nun startbereit sei. Vermutlich war er wertvoller als das ganze Auto. Hervör hatte bewusst die Entscheidung getroffen, einen CD-Spieler zu kaufen, statt die Tür auf der Fahrerseite reparieren zu lassen. Es war kein Problem, durch die Beifahrertür einzusteigen und sich dann hinüberzuzwängen, auch wenn das mitunter zu einer beachtlichen Herausforderung werden konnte, wenn sie in einer engen Parklücke einparkte oder wenn die Autotüren im Winter festfroren. Sie machte sich auf den Weg nach Hause und war so in Gedanken versunken, dass sie eine rote Ampel überfuhr. Das machte allerdings nicht allzu viel aus, da sie auf dem ganzen Weg hinauf nach Breiðholt gerade mal einem einzigen Auto begegnete.

Es ging ihr nicht gut. Sie war todmüde und freute sich nicht gerade auf den herannahenden Arbeitstag. Sie wurde von einem überwältigenden Gefühl der Leere erfasst und spürte, wie die kohlrabenschwarze Nacht sie wieder verschluckte, nachdem sie es sich erlaubt hatte, den Alltag einmal für ein paar Stunden hinter sich zu lassen. Und jetzt hatte es auch noch wieder zu schneien begonnen. Nach einigem Dafür-

und Zuwiderhalten in ihrem Kopf beschloss sie, unterwegs im Subway an der Tankstelle anzuhalten, ein trauriger Bestandteil ihrer Tryggvi-Routine. Meistens war sie auf dem Weg nach Hause völlig ausgehungert und stoppte dann peinlich oft an genau diesem Subway, immer mit verschmiertem Mascara, auf den Wangen noch die Spuren seiner Bartstoppeln und die Haare zerzaust. Sie könnte es gut verstehen, wenn das Personal hier glaubte, sie sei eine Nutte. Die Nutte im Volvo.

Ein pickliger und schläfriger Teenager kam zur Theke geschlurft und wünschte ihr einen guten Abend, ohne es auch nur im Geringsten ernst zu meinen.

»Ein großes Pizza-Sub. Getoastet.«

Sie setzte sich an einen Tisch und biss abwesend hinein. Außer dem Personal war kein Mensch zu sehen. Hervör fühlte sich plötzlich schrecklich einsam. In einer Ecke des Raums hing ein großer Fernseher unterhalb der Decke. Musikclips füllten den Bildschirm aus, allerdings war der Ton abgestellt, sodass man nur die leichtbekleideten, ölglänzenden, dunkelhäutigen Körper sehen konnte, die sich zu den stummen Tönen schüttelten. Sie schlang das Essen eilig hinunter, so eilig, dass es ihr fast im Hals stecken blieb, warf die Serviette in den Müll und verabschiedete sich auf dem Weg nach draußen, obwohl jetzt noch nicht einmal mehr einer der Angestellten zu sehen war.

Die Kellerwohnung, in der sie nun schon ein halbes Jahr zur Miete wohnte, war genau das Richtige für sie. Der einzige Nachteil war der Standort, in einem Keller im Breiðholtviertel. Dessen unausweichliche Realität bestand nämlich darin, dass schon dreimal bei ihr eingebrochen worden war. Doch Hervör schien nichts zu besitzen, was es wert war, gestohlen zu werden, sodass die Einbrecher jedes Mal unverrichteter Dinge wieder davongezogen waren. Der Vermieter, der im Stockwerk darüber wohnte, kam herunter, setzte ein neues Fenster oder ein neues Türschloss ein und damit war die Sache erledigt. Sie verzichtete auf das Zähneputzen und kroch sofort in ihr kaltes Bett. Draußen sang der Wind leise vor ihrem Fenster und sie schlief sofort ein.

Hervör schreckte aus dem Schlaf hoch und blickte auf den Wecker, den sie komplett überhört hatte.

8.02.

Sie sprang aus dem Bett und stieß nacheinander sämtliche Schimpfwörter aus, die sie ohne größere Anstrengung parat hatte, während sie sich auf ihren Kleiderschrank stürzte und irgendetwas Anziehbares für die Arbeit herausriss. Sie nahm das Haar zu einem Pferdeschwanz zusammen, blickte resigniert in den Spiegel, klemmte sich die Zahnbürste in den Mund und schnappte sich ihre Kosmetiktasche, bevor sie zum Auto hinausrannte. Passend zu allem anderen an diesem Freitagmorgen war die Tür des Volvos zugefroren. Bei näherem Betrachten stellte sich heraus, dass sämtliche Türen zugefroren waren, sodass Hervör am Ende durch den Kofferraum in das Wageninnere klettern musste. Von innen gelang es ihr mit roher Gewalt, die Beifahrertür zu öffnen, dann griff sie nach der Hülle von *Blonde On Blonde* und kratzte damit einen Ausguck in die Eisschicht auf der Windschutzscheibe, bevor sie zurück in den Wagen kletterte. Aus inniger Güte, wie man sie nur in Schweden findet, ließ sich der Volvo ohne den geringsten Widerstand starten, ja, er schien es kaum abwarten zu können, den Herausforderungen des Morgenverkehrs die Stirn bieten zu dürfen. Hervör überlegte manchmal, ob sich der Wagen darüber im Klaren war, dass er fast konkurrenzlos der Nestor im Straßenverkehr war. Die hochroten Yaris-Kleinwagen und die glänzenden Suzukis der Ratenzahler mit den günstigen Konditionen schossen mühelos an ihm vorüber, während der Volvo sich bei jedem einzelnen Kilometer abzumühen schien. Aber immerhin gehörte ihr der Wagen ganz allein. Sie musste noch nicht einmal mehr Abgaben für ihn zahlen, da er inzwischen offiziell als Oldtimer eingestuft worden war. Ein solches vollkommenes, auf Hochglanz poliertes Auto würde sowieso nicht zum Rest ihres Lebens passen. Sie würde den Volvo nie verkaufen, einmal ganz abgesehen davon, dass ihn mit Sicherheit sowieso keiner haben wollte, es sei denn, um ihn der Schrottpresse anheimzugeben.

Unterwegs putzte sie sich die Zähne. Irgendwann hatte sie einmal einen Artikel gelesen, in dem ausdrücklich davor gewarnt wurde, die Zahnpasta zu verschlucken, da dies krebsgefährdend sei. Doch Hervör hatte stets ihre Zahnpasta verschluckt und hatte nicht vor, jetzt damit aufzuhören. Sie hatte auch den Verdacht, dass diese wissenschaftliche Untersuchung von Leuten ausging, die drei Wochen lang täglich eine Badewanne voll Zahnpasta verschluckten und dann eine höhere Wahrscheinlichkeit aufwiesen, irgendwann einmal möglicherweise Krebs zu bekommen. Nach einer ereignislosen Fahrt in die Stadt stieß sie auf den perfekten Parkplatz. Ein Parkplatz, für den jeder Yaris- und Suzukibesitzer bereitwillig einen Mord begangen hätte. Wie so oft war sie zu spät dran, was aber noch lange nicht hieß, dass ihr das egal war. Hervör schoss durch die Tür hinein ins *Viertel.* Warmer und erfrischender Kaffeeduft strömte ihr entgegen.

Viertel. Café Viertel sogar. Der neue Besitzer hatte sich verpflichtet gefühlt, noch ein »Café« davorzuschieben, als er sowieso gerade dabei war, alles neu zu streichen, um den Laden wieder hip zu machen. Braun und beige waren gerade hip und diese Farben dominierten im *Viertel*, seit Hervör hier zu arbeiten angefangen hatte, zuerst als Teilzeitjob während des Studiums und jetzt als Vollzeitjob, nachdem sie im Oktober mit der Uni fertig geworden war. Die Bilder an den Wänden wurden regelmäßig ausgetauscht, waren jedoch immer gleich hässlich. Es waren abstrakte Ölgemälde von einem Verwandten des Besitzers, der immer dann von der Muse geküsst wurde, wenn er betrunken war oder gerade einmal wieder eine Therapie angefangen hatte, sodass die Werke sich meist deutlich von dem unterschieden, was man anderswo sah. Immer verströmten sie jedoch die gleiche Bitterkeit. Kleine, runde Tische mit zwei oder vier Stühlen standen verstreut im Raum und unter dem Fensterbrett noch drei Barhocker. Die Verkaufstheke war etwa so groß wie eine Briefmarke, aber dennoch war es gelungen, dort die größte Kaffeemaschine der Welt unterzubringen sowie eine unfassbare Menge von Kuchen, Gebäck und Sandwiches. Schräg dahinter war die Personalecke, die aus einer winzigen Kochnische mit Spülmaschine, Tisch, Stuhl und Sandwichgrill bestand. Und einer Stechuhr, die nie jemand benutzte. Die Stammkunden saßen schon an ihrem Platz mit einer Tasse vom Üblichen vor sich, mit dem einen Auge auf ihre Zeitung schielend und mit dem anderen zum Rest der Kundschaft hin. Die Schlange der Leute, die auf ihren morgendlichen Kaffee to go warteten, war unangenehm lang.

»Hi und sorry. So was von sorry. Ich habe voll verschlafen und dann waren auch noch die Türen zugefroren und ich musste kratzen ...«, zählte Hervör atemlos auf, während sie sich die Jacke auszog und ihre Tasche in Richtung der Kochnische warf.

»Einen wunderschönen guten Morgen. Kein Grund zur Aufregung. Tief durchatmen«, antwortete Georg gelassen und lächelte Hervör an. »Ich freu mich immer, dich zu sehen – trotzdem«, fügte er noch hinzu und lächelte.

Georg arbeitete schon vier Jahre im *Viertel* und war aufgrund seiner legendären Gewissenhaftigkeit eine Art von leitendem Angestellten geworden. Dazu kam dann auch noch, dass er die leidige Angewohnheit hatte, immer schon zwanzig Minuten vor Beginn seiner Schicht zur Stelle zu sein, was diejenigen, die pünktlich kamen, schlecht aussehen ließ, ganz zu schweigen von denen, die ab und zu mal ein klein wenig zu spät kamen. Hervör mochte Georg. Sie waren ein paar Mal zusammen im Kino gewesen und trafen ab und zu am Wochenende in irgendeiner Kneipe aufeinander, waren sogar das ein oder andere Mal zusammen in ihrer Lieblingskneipe hängengeblieben, bis einer von beiden mit dem Kopf auf dem Tisch eingeschlafen war. Georg war unglaublich belesen und fragte Hervör oft nach ihrer Meinung zu historischen Fragen, mit denen er sich bereits intensiv beschäftigt hatte. In sich ruhend, stets gut gelaunt und der überzeugteste Isländer, den Hervör je kennengelernt hatte. Georg kannte die Isländersagas praktisch auswendig, konnte wichtige wie unwichtige Fakten der modernen isländischen Geschichte herunterspulen und saß zu Tränen gerührt vor dem Fernseher, wenn am 1. Januar nach der Rede des Präsidenten die Nationalhymne gespielt wurde. Nie beschwerte Georg sich über die Dunkelheit oder den Matsch auf den Straßen, wenn der Schnee zu schmelzen begann, kurz bevor er beschloss, wieder festzufrieren. Ein Isländer von Kopf bis Fuß. Auf dem Kopf hatte er allerdings kohlrabenschwarzes Haar und auch seine Haut war wesentlich dunkler als die traditionell bläulich weiße Haut der Isländer, denn Georg stammte ursprünglich aus Guatemala. Diesen Teil seiner Biographie spielte er jedoch meist herunter, denn schließlich hatte er den größten Teil seines Lebens hier verbracht. Sein Vater war Literaturwissenschaftler und seine Mutter besaß ein Schuhgeschäft auf der Hverfisgata. Nach langem Warten waren sie vor 24 Jahren gemeinsam nach Guatemala gereist, um Georg dort abzuholen, der gerade einmal ein Jahr alt war. Die Familie bestand nur aus den dreien und seine häuslichen Umstände hatten aus Georg einen außerordentlich belesenen jungen Mann mit einer unglaublichen Schuhsammlung gemacht. Manche Modelle waren ausgesprochen gewagt, aber irgendwie schaffte er es immer, darin absolut sagenhaft auszusehen, egal ob er pfirsichfarbene Converse-Schuhe trug oder dunkelbraune Opa-Schuhe mit Stulpen. Heute waren es die grauen, spitzen Lackschuhe, die gut zu seiner schwarzen Hose und der schwarzen *Viertel*-Schürze passten.

»Absolut hip, deine Schuhe«, sagte Hervör und nickte mit dem Kopf in Richtung seiner Füße, während sie sich mit Lichtgeschwindigkeit die Schürze umband.

»Ja, meine Mama sorgt schon für ihren Jungen«, antwortete er lächelnd.

Als die Morgenhektik gegen zehn Uhr vorüber war, setzten sie sich ans Fenster und teilten sich eine Plundertasche mit Nussfüllung. Georg brachte einen doppelten Espresso und stellte ihn vorsichtig vor Hervör ab. Noch acht Stunden übrig von diesem Arbeitstag, doch sie wünschte sich nichts sehnlicher, als sich auf den Boden zu legen und zu sterben.

Anstelle von Blumen und Kränzen bitten wir diejenigen, die ihrer gedenken wollen, sich bei Guðbjörg von Mastercard zu melden, wo die Möglichkeit besteht, der Kreditkartenrechnung der Verblichenen eine Spende zukommen zu lassen.

Der Kaffee begann endlich seine Wirkung zu tun, schließlich war er stark genug, um einen ausgewachsenen Mann von den Toten zu erwecken. Eine Weile saßen sie schweigend am Fenster und schauten den Menschen zu, die draußen vorbeigingen und ausgesprochen albern wirkten bei dem Versuch, auf der glatten Straße nicht auszurutschen. Ein Mann um die vierzig in Anzug und langem Mantel geriet ins Schliddern, fing sich dann aber wieder und sah sich verschämt um, bevor er mit wesentlich mehr Vorsicht seinen Weg fortsetzte.

»Gibt's was Neues?«, fragte Georg, ohne die Augen vom Fenster zu wenden.

»Nein. Alles beim Alten«, antwortete Hervör, trank einen Schluck Kaffee und schaute mit starrem Blick auf die Eisschichten draußen auf dem Bürgersteig. Es hatte begonnen zu schneien.

»Du bist doch nicht etwa krank, Hervör?«

»Nein. Ich habe nur zu wenig geschlafen. Das ist alles.«

Georg nickte und schaute wieder zum Fenster hinaus. Er trank einen Schluck Kaffee, bevor er einen kleinen Bissen von dem Gebäckstück abschnitt und auf dem Teller in Hervörs Richtung schob. Sie lächelte und steckte sich den Bissen in den Mund.

»Warst du bei ihm?«

Sie hatte aufgehört zu lächeln und blickte nach unten. Nickte, während sie einen nicht vorhandenen Fleck von der Tischplatte kratzte.

»Ich weiß selbst nicht, warum ich das überhaupt mache«, antwortete sie schließlich. »Ich glaube nicht, dass ich wirklich etwas für ihn empfinde, und ich weiß, dass er nicht wirklich etwas für mich empfindet. Trotzdem kann ich mich nicht an den Gedanken gewöhnen, dass er etwas mit einer anderen anfängt. Sich eine richtige Frau sucht. Und ich habe keine besondere Lust, mir … einen anderen zu suchen, denn dann würde ich ihn ja nicht mehr sehen können.«

»Woher weißt du, dass er nicht wirklich etwas für dich empfindet?«

»So halt … du weißt schon. Er ruft mich nie an und meldet sich auch sonst nicht bei mir. Immer bin ich es, die um ein Treffen bittet. Was für eine Niete ich doch bin. Bettele ihn an, ob er nicht ein klein wenig Zeit für mich hat. Dabei ist es noch nicht einmal so, dass ich unbedingt mit ihm schlafen will. Ich bin einfach so gern in seiner Nähe. Aber ich habe immer das Gefühl, mit ihm schlafen zu müssen, nur um bei ihm sein zu dürfen. Weil es eben nicht ernst ist zwischen uns. Und nachher fühle ich mich jedes Mal schlecht. So einsam, dass ich am liebsten Schluss damit machen möchte, mir eine Hand abhacken, sie ihm an den Kopf werfen und heulen.«

Georg hörte Hervörs bildhaften Schilderungen zu und nickte an den passenden Stellen. Manchmal war Hervör wirklich kurz davor, diese Seifenoper mit ihr und Tryggvi in den Hauptrollen zu beenden. Georg hatte sich immer all ihre ausgedehnten Beziehungsanalysen schweigend, aber verständnisvoll angehört, auch wenn Hervör den Eindruck vermittelte, dass sie das alles selbst nicht richtig verstand und es ihr mehr und mehr Seelenqualen verursachte. Immer war er da für sie, umarmte sie, wenn sie kurz davor war, in Tränen auszubrechen, lächelte sie an, wenn sie vor lauter Vorfreude, Tryggvi am Abend nach der Arbeit zu treffen, ganz aus dem Häuschen war. Jetzt schien Georg etwas sagen zu wollen, denn er trommelte leicht auf den Tisch, als ob eine außerordentlich wichtige Erklärung bevorstünde, doch in diesem Moment kam ein Paar zur Tür herein und betrachtete das hausgemachte Gebäck in den Regalen ohne auch nur einen Schimmer zu haben, dass alles gefroren aus dem Ausland geliefert wurde und der Karottenkuchen bis Ende nächsten Jahres haltbar war. Die Kaffeepause war zu Ende.

Dienstleistungsjobs hatten Hervör nie besonders viel Freude gemacht. Das *Viertel* war ein guter Nebenjob während des Studiums, doch jetzt, wo sie dort Vollzeit arbeitete, fühlte sie sich wie zum Tode verurteilt. Oft bezeichnete sie sich selbst als *Die den Gast hasst* und war immer wieder gleich verwundert darüber, dass die Leute nicht kapierten, dass es keine besonders gute Idee war, jemandem gegenüber unverschämt zu sein, der einem das Essen brachte. Hervör hatte sich bisher allerdings jedes Mal noch gerade so beherrschen können, selbst wenn sie sehr unhöfliche Kunden hatte. Sogar bei diesem Mistkerl, der sie persönlich für die horrenden Preise für Kaffee und Kuchen verantwortlich gemacht hatte, das müsste man seiner Meinung direkt beim Verbraucherschutz melden. Was ihn allerdings nicht daran hinderte, sich eine große Tasse Kaffee und ein Sandwich zu bestellen, bevor er ihr das Geld geradezu entgegenschleuderte und etwas Unverständliches in seinen Bart brummelte. Hervör verlor nicht die Beherrschung, nahm das Sandwich aus dem Kühlregal und ging damit in die Küchennische. Dann entfernte sie die Plastikfolie, hob die obere Brotscheibe an und schaute einen Moment lang darauf, während sie die Spucke in ihrem Mund sammelte. Doch noch bevor sie sich von ihren Gefühlen hinreißen ließ und die Speicheldrüsen dabei gleich mitriss, klappte sie das Sandwich wieder zu, legte es in den Grill und schnitt es am Ende in der Mitte durch, bevor sie dem Mann einen guten Appetit wünschte. Als Nächstes lehnte sie sich mit ihrer Kaffeetasse in der Hand an das Regal hinter der Verkaufstheke und hoffte, den Kerl nie wiederzusehen.

Tryggvi kam nie ins *Viertel* und Hervör war froh darüber, schließlich gab es genug Cafés hier in der Innenstadt, wo er hingehen konnte. Es wäre nun auch der Gipfel der Peinlichkeit, wenn Dr. Tryggvi Tómasson, der sie aus allen Winkeln nackt gesehen hatte, und nicht nur das, von der Straße hereingelaufen käme und einen auf die Schnelle bestellen würde. Einen Ristretto also. Der Zeiger der Uhr kroch gerade erst auf halb drei. Noch dreieinhalb Stunden Arbeit und die Zeit schien nicht schneller zu vergehen, obwohl Hervör starr auf den Sekundenzähler der Uhr blickte.

Sie fühlte sich, als seien ihre Augenlider innen mit Sandpapier ausgelegt. Warum tat sie sich das eigentlich an? Sowohl kostbaren Schlaf als auch Benzin zu opfern, nur um ein paar Stunden mit einem Mann zu verbringen, der ihr zugegebenermaßen nicht völlig gleichgültig war. Doch sie würde sich wohl kaum vor einen Laster werfen, falls sie ihn nie mehr wiedersehen sollte. Der Kick, der darin bestanden hatte, mit einem Professor zu schlafen, hatte nach dem Examen deutlich nachgelassen. Wahrscheinlich, weil es ab da nicht mehr so streng verboten war wie zu der Zeit, als sie die Kapitel ihrer Abschlussarbeit gemeinsam durchgingen, nackt und in seinem Bett. Vielleicht hatte sie ihn doch ein wenig gern. Aber wohl kaum mehr als das. Wahrscheinlich wäre es das Beste, das Ganze zu beenden. Sie würde die Initiative ergreifen und im neuen Jahr würde sie sich darauf konzentrieren, den verlorenen Schlaf nachzuholen und das Geld, das sie ansonsten für Benzin ausgegeben hätte, in wichtigere Dinge zu investieren. Schuhe zum Beispiel. Sie bezweifelte, dass es ihn besonders treffen würde, wenn sie ihm mitteilte, dass sie allmählich genug von ihm hatte.

Ein klirrendes Geräusch riss Hervör aus ihren Gedanken. So etwas konnte sie jetzt gerade noch gebrauchen. Natürlich hatte irgendein Genie es geschafft, eine Tasse mitsamt Untertasse in Stücke zu schlagen und den Kaffee dabei bis an die Wand zu spritzen. Sie schaute über die Kaffeemaschine hinweg um den Schaden zu begutachten, und sah, dass die Übeltäterin auf allen vieren dabei war, die Scherben aufzuheben.

Es war eine junge Frau in einem grauen, langen Kapuzenpulli. Sie hatte einen riesigen Schopf knallroter Haare, der wie ein Leuchtfeuer oben auf ihrem Kopf thronte. Hervör beugte sich hinab und begann die größten Scherben einzusammeln.

»Kein Problem, ich mach das schon«, sagte Hervör trocken.

Die Frau blickte auf. Sie war sehr hübsch, wirkte aber ausgesprochen mitgenommen und ihre Augen waren rot und verquollen, als hätte sie tagelang geweint. Sie schauten sich einen Moment lang in die Augen, wie sie da beide auf allen vieren voreinander auf dem Fußboden knieten.

»Es tut mir so leid«, sagte sie leise und wischte sich die Nase. »Wie ungeschickt von mir. Ich habe die Zeitung gelesen und bin gegen die Tasse gestoßen und da …«

»Nein, wirklich. Das ist schon in Ordnung«, antwortete Hervör wesentlich milder gestimmt und bereute es, so scharf reagiert zu haben. »Das kann doch jedem einmal passieren. Überhaupt kein Problem. Das kriegen wir schon wieder hin. Und außerdem muss ja nicht ich die neue Tasse bezahlen«, sagte sie lächelnd. Die wenigsten hatten sich von dem Klirren stören lassen und waren schon längst wieder in ihre Zeitungen vertieft oder mit ihren Bekannten im Gespräch versunken. Hervör wischte den Kaffee vom Boden auf und kehrte die Scherben zusammen. Den Kaffee an der Wand würde sie später abwischen. Die Frau setzte sich wieder hin, stellte die Ellbogen auf den Tisch und massierte sich die Schläfen. Ihre Augen waren feucht und Hervör dachte bei sich, dass sie sicher noch ganz andere Probleme hatte als eine kaputte Kaffeetasse.

»Ich bringe dir einfach eine neue«, sagte Hervör und lächelte ihr zu, als alles weggeräumt war.

Die Frau nickte mit dem Kopf und begann in der Tasche ihres Pullovers nach ihrem Geldbeutel zu kramen. Der Reißverschluss des Pullovers war offen und Hervörs Blick traf auf viele kleine blaue Flecken auf ihrem Arm. Sie schaute rasch wieder weg, wie jemand, der dabei erwischt wurde, etwas zu begaffen, was ihn nichts angeht.

»Lass stecken. So etwas kann doch immer mal passieren.«

Hervör schaute der jungen Frau direkt in die Augen und strich ihr aufmunternd über den Arm. Georg hatte natürlich alles mitbekommen und bereits einen neuen Kaffee gemacht, sodass Hervör nichts anderes zu tun brauchte, als die Tasse zu holen und auf den Tisch zu stellen.

»Vielen Dank«, antwortete die junge Frau und blickte jetzt ihrerseits Hervör an, als ob sie ihr für etwas anderes, etwas Wichtigeres danken wollte als nur eine kostenlose Tasse Kaffee. An der Theke wurde inzwischen die Schlange immer länger und Georg bedeutete Hervör mit einem Nicken, sich wieder an die Kaffeemaschine zu stellen.

Hervör entdeckte ein rotes Licht, das auf ihrem Handy aufleuchtete, während sie die Milch aufschäumte, dachte aber, dass es wohl kaum etwas Wichtiges sein konnte, und schob das Handy unter das Regal mit den Teedosen. Der Tag wollte nicht enden und trotz der unglaublichen Menge an Kaffee, die Hervör sich den Tag über einverleibt hatte, war sie über alle Maßen erleichtert, als Georg endlich das »Offen«-Schild an der Tür umdrehte. Sie brauchten nicht lange, um alles fertigzumachen, und während Georg den Boden kehrte und Hervör den Kassenabschluss machte, warf sie einen Blick auf ihr Telefon, das sie schon fast wieder vergessen hatte.

Hallo suesse, du hast gestern
deine kette bei mir vergessen.
Wie waers wenn ich sie dir
nachher vorbeibringe?

Hervörs Blick blieb lange auf dem Bildschirm ihres Telefons hängen. Sie las die SMS mindestens fünf Mal und blickte abwechselnd auf den Namen des Senders und die Worte. Tryggvi. Tryggvi hatte ihr eine SMS geschickt. Er hatte ihr von sich aus eine SMS geschickt und wollte sie besuchen. Heute Abend. Nicht mit langer Vorwarnung, von langer Hand geplant, sondern ganz locker in ein paar Stunden. Hervör legte das Telefon wieder hin und sammelte die Belege der Scheck- und Kreditkarten ein, bevor sie das Telefon wieder in die Hand nahm und die SMS noch zweimal las.

»Ist alles in Ordnung?«, fragte Georg und bat Hervör ihm die Kehrschaufel zu reichen. Er war heute ungewöhnlich schweigsam gewesen. Nachdenklich, wie immer, doch vor allem schweigsam.

»Ja. Das heißt, ich glaube schon«, antwortete Hervör wenig überzeugend und hielt Georg das Handy vor die Nase, damit er die SMS von Tryggvi lesen konnte.

Georg nahm sich reichlich Zeit, die Nachricht zu lesen, blickte dann auf und wirkte ein wenig verwundert, nickte aber.

»So ist das also«, sagte er schließlich.

»Andererseits hat er nicht einmal einen Smiley drangehängt … ich habe also nicht die geringste Ahnung, ob er jetzt glaubt, er tut mir einen Gefallen damit, die Kette vorbeizubringen, ohne dass da noch irgendetwas dahintersteckt oder …«

»Hervör! Hör auf damit. Er schickt keinen Smiley, weil er schon fast fünfzig ist. Alte Leute posten keine Smileys. Er schickt dir eine SMS und fragt, ob er dich mal besuchen kann, weil er dich gern sehen möchte. Vielleicht ist er ja endlich zu sich gekommen.«

Georg kehrte den Dreckhaufen vom Boden auf die Schaufel und entleerte alles in den Mülleimer. Hervör war plötzlich hellwach und alle Pläne, sich gleich nach der Arbeit aufs Bett fallen zu lassen, hatten sich mit einem Schlag in Luft aufgelöst.

»Wäre es okay, wenn ich jetzt schon gehe?«, fragte sie unschuldig. »Wir sind eh schon fast fertig. Nur noch die Abrechnung in den Schrank und absperren.«

»Natürlich. Ich mache den Rest schon fertig«, antwortete Georg und lächelte.

»Du bist ein Schatz.« Sie lächelte ihm zu, bevor sie die Schürze in den Wäschekorb schleuderte und sich die Jacke überwarf.

»Arbeitest du nicht morgen auch? Dann sehen wir uns ja und ich kann dir gleich erzählen, wie alles gelaufen ist«, sagte sie und schoss davon in Richtung Tür.

»Ja, unbedingt. Danke für den netten Tag und viel Spaß heute Abend«, antwortete Georg.

Hervör winkte ihm und lief so schnell sie konnte nach draußen.

Die Wohnung war nicht gerade vorzeigbar, schließlich hatte Hervör sie heute früh in aller Eile verlassen. Schmutziges Geschirr und zwei Töpfe lagen halb eingeweicht in der Spüle, ganze Berge von sauberer und schmutziger Wäsche stapelten sich über der Stuhllehne, auf dem Schreibtisch und im Schlafzimmer auf dem Fußboden, und eine sechs Monate alte Staubschicht hatte sich sanft über die Regale und die sonstigen Einrichtungsgegenstände gelegt. Die Fenster waren seit kurz vor Weihnachten mehr oder weniger zugefroren, sodass die Luft in der kleinen Wohnung recht stickig war. Hervör blickte resigniert über das Chaos hinweg und dann noch einmal auf die SMS, die Tryggvi ihr auf dem Heimweg geschickt hatte.

> Bin unterwegs. In ordnung, wenn ich so in 30 min vorbeikomme?

Und sie hatte Ja gesagt, wie ein Idiot, und ihm die Adresse gegeben. Das war jetzt zwanzig Minuten her, was ihr nur wenig Zeit ließ, sowohl ihr eigenes wie auch das Aussehen der Wohnung ein wenig aufzupolieren. Sie sprang in wilder Panik zur Spüle hin, leerte das Wasser aus den Töpfen, stapelte die schmutzigen Teller, Gläser und das Besteck zusammen und stopfte alles in den Schrank unter der Spüle. Kippte Spülmittel ins Becken und schrubbte einmal kurz durch, bevor sie in Lichtgeschwindigkeit den Tisch abwischte. Anschließend rannte sie ins Wohnzimmer, wo sie ihre DVD-Sammlung überflog, 27 Dresses, Wedding Date sowie Bridget Jones 1 und 2 unters Sofa schmiss, damit nur noch die Meisterwerke Polanskis, Hitchcocks und Kubricks die Regale schmückten. Der Staub wirbelte in dichten Wolken auf, schwebte dann in aller Ruhe durch die Luft, bevor er sich auf dem Sofa niederließ. Hervör beschloss, den Rest sein zu lassen und eilte ins Schlafzimmer. Sie sammelte alle Kleider auf, egal ob sie nun sauber oder schmutzig waren, und schob unters Bett, was sich beim besten Willen nicht mehr in den Schrank stopfen ließ. Sie zog die Bettwäsche oberflächlich glatt und ließ auch ihren Teddy unter dem Bett verschwinden. Hervör ließ den Blick über die Bücher auf dem Regal über dem Bett gleiten und entfernte eilig alle auch beim besten Willen nicht als hochwertig einstufbaren literarischen Werke.

Jetzt musste er bald kommen. Hervör blickte nervös auf die Uhr. Warum war sie nur so gestresst? Wieso sollte sie so dermaßen die Fassung verlieren, nur weil er beschlossen hatte, bei ihr vorbeizuschauen, um ihr die Halskette zurückzugeben? Wieso kam er überhaupt? Warum konnte er die Kette nicht einfach aufheben, bis sie das nächste Mal zu ihm kam? Und wieso war es ihr nicht völlig egal, ob er nun wusste, dass sie mitunter weniger anspruchsvolle DVDs anschaute oder Bücher las mit Anweisungen, wie man einen Traummann einfängt, und dass sie nicht immer alles gleich wegräumte? Sie blickte müde in den Spiegel und kniff sich leicht in die Wangen um ein klein wenig lebendiger auszusehen, sprühte eine kleine Parfumwolke über sich hinweg und zog mit einem Lipgloss die Lippen nach, wischte ihn aber gleich wieder ab, denn er glänzte übertrieben stark. Dann wartete sie. Zehn Minuten später hörte sie, wie er den Parkplatz überquerte und in Richtung der Treppe ging, deren Stufen zu ihrer Wohnung hinabführten. Sie erkannte sein verzerrtes Bild durch das geriffelte Milchglas der Türscheibe hindurch, und als er klopfte, wartete sie einen Augenblick, bevor sie zur Tür ging. Er stand mit dem Rücken zur Tür da, als sie aufmachte, drehte sich aber gleich um und lächelte, als er sie sah.

»Tolle Aussicht hast du hier. Man kann ja die ganze Stadt sehen!«

»Ja«, antwortete sie mit leichtem Zögern. »Einer der vielen Vorteile, hier in Breiðholt zu wohnen … glaube ich«, fügte sie hinzu.

Er lächelte wieder, beugte sich zu ihr hin und küsste sie auf die Wange. Sie bat ihn herein und ging ihm voraus in die Wohnung. Er trat sich sorgfältig die Schuhe ab, bevor er hinter ihr in die Wohnung trat, und betrachtete ihr Zuhause.

»Du hast es aber nett hier, mein Liebes. Ich glaube, hier kann man sich so richtig wohlfühlen.«

Sie war verwirrt und wusste nicht recht, was seine Höflichkeitsfloskeln zu bedeuten hatten. Sie betrachtete ihn, wie er so dastand und jede Ecke der Wohnung inspizierte. Nicht, dass das besonders viel Zeit in Anspruch genommen hätte, da die Quadratmeterzahl nun wirklich ausgesprochen begrenzt war. Er wirkte gestresst.

»Ja, schon. Ich lebe gern hier«, antwortete sie. »Kann ich dir etwas anbieten?«

»Vielleicht ein Glas Wasser, das wäre nett …«, antwortete er und rieb sich die Hände, als wäre ihm kalt. Er trug einen langen Wollmantel über dem Anzug, schließlich war er bekannt dafür, wie sehr er immer auf sein Aussehen achtete und nie anders als im Anzug zur Vorlesung erschien, während andere Professoren und Lehrbeauftragte es meist bei Jeans und Pullover beließen.

Als Hervör mit dem Glas Wasser zurückkam, hielt er die Halskette in der Hand.

»Danke. Meine Oma wäre nicht gerade erfreut gewesen, wenn ich sie bei irgendeinem Lover verloren hätte«, sagte Hervör und lachte leise vor sich hin.

Er stimmte mit einem künstlich wirkenden Lachen ein, legte die Kette auf den Sofatisch und bemerkte, was es doch für ein hübsches Schmuckstück sei.

»Der heilige Christopherus«, erklärte Hervör. »Beschützer der Reisenden.«

»Und, gedenkt Hervör Egilsdóttir sich demnächst auf Reisen zu begeben?«

»Vielleicht …«, antwortete sie, sich vollauf der Tatsache bewusst, dass die längste Reise, die ihre Mastercard noch genehmigen würde, mit Sicherheit vor den Toren der Stadt schon zu Ende wäre. Sie schwiegen eine Weile und die Atmosphäre war von einer ungewohnten Gezwungenheit.

Er räusperte sich, trank noch einen Schluck Wasser und stellte das Glas vorsichtig auf dem Sofatisch ab. Jetzt war er es, der auf der zur Tür liegenden Seite des Sofas saß. Schließlich war er es jetzt auch, der wieder gehen würde. Sie war wesentlich ruhiger als er und fand es sogar ein wenig komisch, wie gestresst sie vorher gewesen war. Jetzt war er doppelt so gestresst wie sie und ein Blinder hätte sehen können, dass ihm ganz offensichtlich etwas auf dem Herzen lag.

»Meine liebe Hervör …«, er zögerte und drehte sich auf dem Sofa zu ihr hin. Er nahm ihre Hände vorsichtig in die seinen. Etwas, das er noch nie zuvor getan hatte.

»Ja …?«, antwortete sie. Passierte es jetzt? Wollte er sie um mehr bitten? War er es leid geworden, immer nur allein zu sein, und wollte, dass sie mehr Zeit mit ihm verbrachte als nur hin und wieder ein paar Stunden mitten in der Nacht? Er hatte ihr oft gesagt, wie gern er mit ihr zusammen war, wie witzig sie war. »Die perfekte Frau«, hatte er mehr als einmal gesagt, doch sie hatte ihm nur leicht auf den Kopf geschlagen und ihm verboten weiterzusprechen. War es das, was er sagen wollte? Dass sie die perfekte Frau für ihn war?

Es fiel ihm ganz offensichtlich schwer, die rechten Worte zu finden, und er trank noch einen Schluck Wasser.

»Bist du schwanger?«, fragte Hervör in der schwachen Hoffnung, die Stimmung ein klein wenig auflockern zu können.

»Was? Schwanger? Ach so, nein, aber nein …«, antwortete er nervös und stieß ein gezwungenes Lachen aus, bevor er weitersprach.

»Ich fürchte, ich bin nicht ganz ehrlich gewesen zu dir gestern Abend«, sagte er schließlich und blickte sie an.

»Okay …«, antwortete sie ohne zu begreifen, worauf er hinauswollte.

»Dass ich keine andere kennengelernt habe …«, sagte er am Ende und trank noch einmal einen Schluck Wasser.

»Okay …«, antwortete sie wieder, begann jetzt aber zu begreifen, worauf er hinauswollte. Sie blickte ihn ruhig an. Auch wenn er peinlich berührt schien und es ihm offensichtlich unangenehm war, ließ sie die Augen auf ihm ruhen und wartete geduldig darauf, was er noch zu sagen hatte.

»Ich wollte dir einfach sagen, wie es ist, mein Liebes. Ich … also ich habe da neulich eine Frau kennengelernt. Eine sehr nette Frau und also … wir haben uns seither ein paar Mal getroffen. Sie ist, ja, also … Fitnesstrainerin. Ein wirklich nettes Mädchen, glaube ich«, stotterte er, als müsste er sich ihr gegenüber rechtfertigen, dass er jemand anderes kennengelernt hatte. Hervör saß still da und hörte zu.

»Sie ist ein paar Jahre jünger als ich, dieses Mädchen.«

»Diese Frau«, korrigierte Hervör.

»Wie, ja. Frau«, antwortete Tryggvi entschuldigend. »Man

ist ja schließlich nicht mehr der Jüngste, wie du weißt. Vielleicht wünsche ich mir einfach dasselbe wie alle anderen. Eine Frau, Stabilität und all das, wer weiß. Trotzdem wollte ich noch einmal eine Nacht mit dir verbringen. Um sicher zu sein. Aber jetzt denke ich, dass ich zu einem Ergebnis gekommen bin. Es ist wohl das Beste für uns alle, dass wir uns nicht mehr sehen, liebe Hervör. So schön, wie wir es auch miteinander hatten, und all das. Aber wenn ich es mit dieser Frau jetzt ernsthaft versuchen will, dann … wäre es wohl nicht richtig, dass wir uns weiterhin sehen.«

Er wirkte zutiefst erleichtert. Wieder trank er einen Schluck Wasser, bevor er eine Hand auf Hervörs Oberschenkel legte und ihr ein gezwungenes Lächeln schenkte.

»Scharf beobachtet«, antwortete Hervör und verschränkte die Arme vor der Brust.

»Dann ist das vielleicht auch keine so gute Idee«, fügte sie hinzu und zeigte mit dem Kopf in Richtung ihres Oberschenkels.

»Nein. Nein, da hast du wohl recht«, antwortete er und zog seine Hand verschämt zurück.

Wieder saßen sie schweigend da. Hervör stöhnte leise auf und spürte, wie sie von einem Gefühl der Leere erfüllt wurde. Das gleiche Gefühl, wie sie es nach einem großen Pizza Sub bekam. Einem getoasteten.

»Du kannst auch etwas viel Besseres mit deiner Zeit anfangen, als mit einem alten Kerl wie mir herumzuhängen«, sagte Tryggvi, als er sah, wie Hervör in Gedanken versunken dasaß. »So ein tolles und kluges Mädchen wie du. Du solltest dir einen richtig gut aussehenden und anständigen Mann suchen«, fügte er hinzu.

»Da hast du natürlich vollkommen recht«, antwortete sie kühl und starrte auf das Glas Wasser auf ihrem Sofatisch.

Er griff nach dem Glas und leerte es wie um damit seinen Besuch zu beenden, stöhnte leise auf und klatschte sich zweimal leicht auf die Schenkel, bevor er aufstand. Auch Hervör stand auf und steckte die Hände in die Taschen. Tryggvi ging zu ihr hinüber und nahm sie fest in seine Arme. Er legte sein Kinn sanft auf ihren Kopf und atmete den Geruch ihrer Haare ein, als ob er ihren Duft mit sich nehmen wollte. Hervör dachte bei sich, dass das vielleicht keine so gute Idee war, da sie 24 Stunden lang nicht zum Duschen gekommen war und einen ziemlich verschwitzten Arbeitstag hinter sich hatte. Sie erlaubte ihm, sie zu umarmen, bevor sie die Hände aus den Taschen nahm und die Arme um ihn schlang. Sie war dabei, ihn zu verlieren. Er hatte noch einmal die Nacht mit ihr verbringen wollen, um sicher zu sein, dass er eine andere wollte. Sie beschloss, diesen Gedanken nicht weiter zu vertiefen. Er hatte seine Entscheidung getroffen. Sie löste sich entschlossen aus seiner Umarmung und lächelte ihm zu. Tryggvi fasste sie bei den Schultern und betrachtete sie noch einmal, bevor er sich auf den Weg zur Tür machte. Hervör schob sich an ihm vorbei und öffnete.

»Ja, dann also«, sagte sie und strich sich die Haare rasch hinter die Ohren, bevor sie die Arme um ihren Leib schlang.

»Ja, das war's dann wohl«, antwortete er. »Du bist doch nicht böse auf mich?«

»Nein. Warum sollte ich denn böse sein? Ich wünsche dir, und euch, alles Gute«, antwortete sie rasch und strich sich das Haar noch einmal hinter die Ohren. »Bis irgendwann mal.«

»Danke, liebe Hervör. Du bist schon etwas Besonderes. Ich habe dich wirklich schrecklich gerngehabt.«

Er näherte sich ihr, als ob er sie noch einmal zum Abschied umarmen wollte. Wieder fasste er sie bei den Schultern, doch jetzt ließ er seine Hände nach oben zu ihren Wangen gleiten, beugte sich langsam herab und küsste sie ganz zart auf die Lippen. Dann küsste er sie noch einmal leicht auf die Stirn, flüsterte »Mach's gut« und ging rasch zur Tür hinaus. Sie schloss die Tür, blieb dann aber noch lange an der gleichen Stelle stehen und betrachtete sein verzerrtes Bild durch die Scheibe, während er sich vom Haus entfernte. Dann war er verschwunden.

»Was verdammt noch mal sollte das bedeuten?«, sagte sie zu sich selbst und strich sich mit den Fingern über die Lippen.

Hervör griff nach seinem Glas auf dem Sofatisch und warf es achtlos in die Spüle. Öffnete den Schrank darunter und holte das schmutzige Geschirr daraus hervor. Zog sich die gelben Gummihandschuhe über, begann einen angebrannten Fleck im Topf mit einem Schwamm zu schrubben und kam erst dann wieder zu sich, als sie den Topf so gründlich wie noch nie sauber gerieben hatte und der Fleck schon lange verschwunden war. Sie riss sich wütend die Handschuhe von den Händen und griff nach einem Glas, das einigermaßen sauber war. Aber nicht das Glas, das er benutzt hatte. Sie öffnete den Schrank über dem Herd und holte die grüne Ginflasche heraus, die im obersten Regal stand. Sie goss das Glas halb voll, dann holte sie die Packung mit dem Orangensaft aus dem Kühlschrank, schnupperte leicht daran und gab einen winzig kleinen Schluck zu dem Gin dazu. Auch wenn sie zu den Menschen gehörte, die niemals irgendwelche Süßigkeiten oder Kekse im Küchenschrank haben konnten, ohne sie sofort zu attackieren und bis auf den letzten Rest aufzuessen, fand sie eine ungeöffnete Tüte mit von Schokolade umhüllten Lakritzbonbons, die hinter der Ginflasche gelegen hatte. Es bestand kein Zweifel, dass dieser Abend wie geschaffen war für Lakritzbonbons und übermäßigen Gingenuss, also machte sie es sich auf dem Sofa gemütlich, stopfte sich eine ordentliche Ladung Bonbons in den Mund, während sie nach ihrem Handy griff und Tryggvis Nummer darin löschte. Nicht, dass sie sie nicht auswendig konnte, aber warum sollte sie die Nummer nicht löschen, schließlich würde sie ihn nie wieder anrufen. Hervör atmete schwer, während sie die Lakritzbonbons kaute und sie mit einem großen Schluck des grässlichen Gesöffs herunterspülte.

»Uff«, stöhnte sie, während der Gin ihr die Kehle hinunterbrannte.

Doch mit jedem Schluck fühlte er sich ein wenig sanfter an und als Hervör zwei Gläser geleert hatte, war sie zu dem Schluss gekommen, dass Gin ein ganz hervorragendes Getränk war und ein wenig nach Weihnachtsbaum schmeckte. Die Bonbons waren alle und sie hatte Lust zu tanzen. Sie goss sich noch ein Glas ein und begann das Lied vor sich hin zu trällern, das sie jetzt gerne hören wollte, während sie in ihrem CD-Ständer danach suchte, stieß dann einen Freudenschrei aus, als sie die CD endlich gefunden hatte, und verbrachte einen Moment damit, die stilechte 80er Frisur von Kim Carnes auf der Hülle zu bewundern. Sie schloss die Augen und sang den Text mit großer Inbrunst mit, sobald die ersten

Töne von *Bette Davis Eyes* in der Wohnung erklangen. Sie verschüttete ein wenig vom Inhalt ihres Glases, das sie auch beim Tanzen noch in der Hand hielt, doch das war ihr vollkommen egal.

»Was bin ich doch für eine verdammt tolle Frau«, sagte sie laut und aus tiefer Überzeugung. »Etwas Besonderes. Und witzig. Und gut im Bett«, zählte sie auf, während sie sich zur Musik hin und her wiegte. Die Stille, die folgte, als das Lied verklungen war, machte sie traurig. Sie warf sich in all ihren Kleidern aufs Bett und war schon fast eingeschlafen, als ihr noch etwas einfiel. Hervör schob sich langsam zum Bettrand vor und streckte den Kopf nach unten, griff nach ihrem Teddy und klopfte ihm den Staub vom Fell, bevor sie ihn in die Arme schloss. Der Teddy gehörte der Spezies Panda an und hatte seit ihrem siebten Geburtstag jede Nacht mit ihr verbracht, wenn man von den Nächten absah, in denen sie nicht allein gewesen war, denn dann musste er den Platz räumen und im Allgemeinen die Nacht im Staub unter dem Bett oder eingequetscht im Kleiderschrank verbringen.

Hervör blickte in die dunklen Teddyaugen und streichelte ihm sanft über das eine Ohr, das schon ein wenig lose war. Die rote Schleife um seinen Hals begann auch schon sich aufzulösen und der Stoff auf seinem Bauch war nach zwei Jahrzehnten unsanfter Behandlung dünn und verschlissen geworden.

»Verzeih mir«, stöhnte sie leise und streichelte ihm sanft über den Kopf.

Er blickte sie an, ganz offensichtlich ein wenig enttäuscht, auch wenn er ihr wie immer bereits verziehen hatte. Mit dem Teddy im Arm kroch sie unter die Decke und schlief ein.

Mía

ERLEICHTERT LIESS MÍA sich im ständigen Kommen und Gehen des Cafés versinken, sodass sie sich am Ende so klein fühlte, als gäbe es sie fast gar nicht mehr. Sie stand auf, zog den langen Pullover enger um sich und zog sich die Kapuze über. Mía spürte die Schmerzen in ihren Armen und hatte immer noch starkes Kopfweh. Sie schob den Stuhl vorsichtig an den Tisch heran, passte auf, dass die Kaffeetasse in sicherer Entfernung von der Tischkante stand, damit sie die nicht auch noch zerbrach, faltete die Zeitung zusammen und legte sie in den Stapel zu den anderen. Sie blickte zur Verkaufstheke hinüber, wo die dunkelhaarige junge Frau an der Kaffeemaschine stand. Sie hatte gehört, dass ihr Kollege sie mit Hervör angesprochen hatte.

»Wiedersehen«, sagte die Dunkelhaarige und lächelte freundlich. Sie wirkte entspannt, wie sie da mit ihrer Kaffeetasse in der Hand an das Regal hinter der Theke gelehnt dastand und über das Café hinwegblickte. So, als ob sie ihr Leben völlig im Griff hätte.

»Ja … Wiedersehen«, antwortete Mía mit verkrampftem Lächeln, bat noch einmal um Entschuldigung und machte sich auf den Weg hinaus in die Kälte. Sie wickelte den Pullover noch fester um sich herum, während sie durch den knöcheltiefen Schnee der Ingólfsstræti stapfte. Sie hatte diesen

Teil der Stadt schon immer gemocht und oft darüber nachgedacht, wie schön es doch wäre, wenn sie beide sich irgendwann einmal hier in den engen Gassen der Altstadt eine kleine Wohnung kaufen würden. Jetzt war sie zwar in die engen Gassen der Altstadt gezogen, doch unter ganz anderen Bedingungen, als sie sich das vorgestellt hatte. Mía hatte erst eine Nacht in der kleinen Mietwohnung unter dem Dach auf dem Spítalastígur verbracht. Sie hatte sich zwei Tage freigenommen, um ihre Sachen zu sortieren und umzuziehen. Ihr Bruder, ein paar Freunde und Kollegen hatten ihr wiederholt Hilfe angeboten, doch Mía wollte lieber alles selbst machen. Außerdem konnte sie im Moment keine Menschen um sich herum ertragen und schon gar nicht mit ihnen sprechen. Keiner konnte verstehen, wie sie sich jetzt fühlte, und sie ertrug ehrlich gesagt die ganzen Geschichten nicht mehr, über irgendeine hergelaufene Kuh, die auch einmal sitzengelassen worden war. Was sollte es ihr auch helfen zu wissen, dass die Welt voller unglücklicher Menschen mit Liebeskummer und einem Hauch von Selbstmordgedanken war? Keiner hatte je das durchgemacht, was sie jetzt durchmachte. Keiner hatte je das gehabt, was sie gehabt hatte.

»Gemütlich«, hieß es gleich zweimal in der Anzeige für die Wohnung. Mía hatte inzwischen herausgefunden, dass das in diesem Zusammenhang eigentlich immer bedeutete, dass die Wohnung in der Regel klein und eng war und einen eigenartigen Geruch verströmte. Am Abend zuvor hatte sie all ihre Sachen hergebracht. Die Bruchstücke einer schiefgegangenen Beziehung in Form eines Sammelsuriums von Möbelstücken, die irgendwie etwas mit ihr zu tun haben sollten und jetzt in der gemütlichen Wohnung untergebracht worden waren. Ihre Schultern schmerzten und ihre Arme waren mit blauen Flecken übersät, die von den Ecken der Pappkartons stammten, die sie die Treppe hatte hinauftragen müssen. Mía schloss die Tür hinter sich und ließ den Blick über das Durcheinander schweifen. Pappkartons und schwarze Mülltüten lagen überall im Raum verteilt, dazwischen drei gewaltige Kleiderhaufen, die sie am liebsten angezündet hätte. Sie atmete tief ein und bezweifelte, dass sie sich hier jemals wohlfühlen würde. Draußen hatte es angefangen zu schneien und in der Wohnung war es zugig. Mía trat zum Fenster und stieß mit dem Kopf so heftig an die Schräge, dass ihr schwindelig wurde. Sie sank auf den Boden und hielt ihre Stirn umfasst. Nahezu die Hälfte der Wohnung lag unter der Dachschräge, woran sie sich ganz offensichtlich noch gewöhnen musste, wenn sie weitere Verletzungen vermeiden wollte. Abwesend fischte sie ein Paar Wollsocken aus einem der Kleiderhaufen heraus, zog sie über und steckte sich das Haar nachlässig hoch. Es hatte lange gedauert, die Haare wachsen zu lassen. Doch am Ende hatte es sich gelohnt. Wie oft hatte er ihr nicht gesagt, wie schön er ihr Haar fand. Das sei auch das Erste gewesen, was ihm an ihr aufgefallen sei. Das hatte er zumindest gesagt. Sie versuchte sich vorzustellen, was ihm wohl als Erstes an Auður aufgefallen war. Ihr Haar konnte es wohl kaum gewesen sein, denn sie hatte keine besonders schönen Haare. Das wusste Mía, denn natürlich hatte sie nach ihr gesucht. Bei Google (wo sie ein paar Bilder fand) und auch auf der Homepage der Anwaltskanzlei Curia. Auður Lillý Bjarnadóttir war eine dieser grazilen, stets leicht gebräunten Frauen, die auch nach Weihnachten nie mehr als 50 kg wogen und einen Hintern hatten, der aussah, als hätten sie zwei hartgekochte Eier in den Gesäßtaschen. Entweder hatte Auður abstehende Ohren oder außerordentlich dünnes Haar, denn die Ohren standen immer irgendwie heraus, auch wenn sie das Haar offen trug. Und doch war es das, was er haben wollte. Er wollte Auður mit dem dünnen Haar, nicht Mía. Es war in letzter Zeit nicht alles in perfekter Ordnung gewesen zwischen ihnen. Das konnte Mía sich selbst gegenüber offen zugeben. Es lag ihr fern, ihre frisch beendete Beziehung in einem rosaroten Licht zu sehen. Das machte es aber nicht einfacher für sie. Das vergangene halbe Jahr hatte ihnen beiden viel abverlangt, doch Mía erklärte das vor allem damit, dass er viel Stress bei der Arbeit hatte und dass wohl alle Paare eine Art von Fünfjahreskrise durchmachten. Diese übliche Drei-, Fünf- und Siebenjahreskrise. Manche Tage waren gute Tage, andere Tage waren schlechte Tage, doch die meisten waren in letzter Zeit ausgesprochen normal gewesen. Früher konnten sie gemeinsam dasitzen ohne etwas zu sagen. Das Schweigen war dabei weder peinlich noch erdrückend, sondern spiegelte eine gemeinsame innere Ruhe wieder. In letzter Zeit jedoch hatte das Schweigen zugenommen und war unangenehmer geworden. So, als läge etwas in der Luft, und so, als ob das erste Wort die Seifenblase des Zweifels, die durchs Zimmer schwebte, zum Platzen bringen könnte. Manchmal sprachen sie sogar darüber. Einmal fragte er: »Was, wenn wir einander nicht länger glücklich machen können?« Sie wusste nicht, was sie darauf antworten sollte, war sich tief im Inneren aber ganz sicher, dass sie Daníel wieder glücklich machen würde. Und dann würde auch sie wieder glücklich sein und alles wäre wieder so schön wie früher. Vielleicht sogar noch schöner.

Mía krümmte sich auf dem Boden zusammen und zog sich die Kapuze ihres grauen, sackartigen Pullovers über den Kopf. Sie umschlang ihre Beine und ließ das Kinn auf den nackten Knien ruhen, wo ihre Jeans auf beiden Seiten ein Loch hatte. Die Dinge änderten sich so schnell. Es war gerade erst eine Woche her, dass Daníel im Wohnzimmer gesessen und auf sie gewartet hatte. Sie hatte gelächelt, während sie sich mit zwei randvoll gefüllten Einkaufstaschen abgemüht hatte. Sie hatte vorgehabt, Lasagne zu machen, und war noch in der Videothek vorbeigefahren um dort zwei Filme auszuleihen. Daníel war in den letzten Tagen sehr schweigsam gewesen und hatte traurig gewirkt. Zuerst war sie traurig darüber gewesen, wie traurig er war. Doch bald hatte sie beschlossen, bester Laune zu sein. Allerbester Laune sogar, damit er erkennen würde, wie viel Glück er doch hatte, so eine gutgelaunte und optimistische Freundin zu haben, und am Ende würde er dann selbst seine schlechte Laune ablegen.

»Hallo Schatz«, hatte sie gesagt, als sie zu ihm hinübergetreten und ihn auf den Mund geküsst hatte.

Er hatte schwach gelächelt, sie angeschaut und ihre Hand in die seine genommen.

»Setz dich, Mía«, hatte er leise gesagt.

Er hatte ernst gewirkt und einen Augenblick lang hatte Mía befürchtet, dass etwas passiert war. Sie hatte einen Stich verspürt und ihr Atem hatte einen Moment lang ausgesetzt. Langsam hatte sie sich neben ihm auf dem Sofa niedergelassen und ihre Hand in der seinen ruhen lassen. Daníel hatte lange auf ihre Hände gestarrt, bevor er endlich zu sprechen begonnen hatte.

»Ich halte das nicht länger aus, Mía. Ich will es nicht

mehr«, hatte er gesagt und aufgeblickt. Seine Augen waren feucht gewesen und die letzten Worte waren zu einem Flüstern geworden.

Mía hatte ihre Hand vorsichtig zurückgezogen.

»Was genau kannst du nicht länger aushalten?«, hatte sie gefragt, sich sehr wohl bewusst, was er meinte.

»Das alles einfach … ach, Mía. Das, was wir da machen.« Er hatte ihr über die Wange gestrichen und ihr direkt in die Augen geblickt, die sich jetzt mit Tränen gefüllt hatten.

»Du weißt selbst, dass das mit uns zu Ende ist. Ich weiß, dass das vor allem meine Schuld ist. Ich bin nicht ganz ehrlich zu dir gewesen.«

Die letzten Worte hatten sie wie ein Messerstich direkt ins Herz getroffen und sie hatte gespürt, wie sich ihr Magen krampfartig zusammenzog.

»Ich weiß, dass das alles nicht so leicht war für uns in letzter Zeit, aber ich glaube nicht, dass das deine oder meine Schuld war. Ich weiß, wie viel du im Büro um die Ohren hast, und dann haben wir uns natürlich so viele Sorgen wegen des Autokredits gemacht …«, hatte sie rasch gesagt, während sie darum gekämpft hatte, dass ihre Stimme nicht brach.

»Es geht hier nicht um den Autokredit. Es geht überhaupt nicht um Geld oder die viele Arbeit.« Er hatte die Stimme angehoben und war sich mit einer schnellen Bewegung mit den Händen durchs Haar gefahren, bevor er sich wieder zurückgelehnt und an die Decke gestarrt hatte. »Ich habe mich verliebt.«

Das Echo dieser Worte war in ihrem Kopf widergehallt. Es war ihr schwarz vor Augen geworden und sie hatte ein kurzes, merkwürdiges Lachen hervorgestoßen. Sie war immer der Meinung gewesen, dass er sich schon vor langer Zeit verliebt hatte. In sie.

»Ja, aber. Wie … wie kann das denn sein, Daníel?«, hatte sie wütend gefragt.

»Ich liebe dich nicht mehr. Verzeih. Verzeih mir. Ich habe dich schrecklich gern und ich kann einfach nicht … Ich will dir nicht damit wehtun, das noch länger vor mir herzuschieben. Ich bin nicht mehr in dich verliebt.«

Sie hatte sich gefühlt, als hätte ihr jemand mit voller Wucht mitten ins Gesicht geschlagen. Überall hatte es wehgetan und ihr war furchtbar übel geworden. Sie war aufgestanden und mit zunächst ruhigen Schritten in Richtung Badezimmer gegangen, wie unter Hypnose. Die letzten Schritte hatte sie dann rennen müssen, bevor sie den Klodeckel hochgerissen und sich von Krämpfen geschüttelt über die Schüssel gebeugt hatte, um sich all die Köstlichkeiten des Tages noch mal durch den Kopf gehen zu lassen. Daníel hatte den Lärm gehört und war ihr eilig ins Badezimmer gefolgt. Er hatte neben ihr gekniet und ihre Stirn mit seiner Hand gestützt, während er ihr mit der anderen die Haare festgehalten hatte. Die hellroten, langen Haare, die ihn so bezaubert hatten, als er sie zum ersten Mal sah.

»Fass mich nicht an«, hatte sie gezischt und ins Klo gespuckt. Sie hatte sich mit dem Rücken gegen die Wand gelehnt und mit den Armen die Knie umschlungen. Er hatte ihr den Arm vorsichtig um die Schultern gelegt.

»Lass mich einfach in Ruhe. Bitte. Dir ist das doch sowieso egal.«

»Glaubst du wirklich, dass mir das egal ist? Glaubst du, dass das für mich so einfach war? Mir geht es auch total beschissen. Du hast immer versucht, mich irgendwie aufzuheitern. Mir ständig irgendetwas Gutes zu tun, und dann tue ich dir das an. Ich kann mich selbst nicht mehr ausstehen.«

»Ach ja. Das hast du ja wohl auch verdient, würde ich meinen.« Sie hatte ihre Stimme erhoben. Es war ihr egal gewesen, dass ihr der Speichel beim Sprechen nur so aus dem Mund herausgestoben war.

Er hatte sich ihr gegenüber hingesetzt und den schlanken, zusammengekrümmten Körper umarmt. Eine Weile lang hatten sie schweigend dagesessen. Dieses Schweigen war weder erdrückend noch peinlich gewesen. Nicht mehr. Das einzige Geräusch, das in dem kleinen Badezimmer zu hören gewesen war, hatte aus gelegentlichen Schluchzern bestanden, die durch das Echo zwischen den frisch gefliesten Wänden verstärkt worden waren.

»Wer ist es?«, hatte Mía nach langem Schweigen gefragt.

Daníel hatte weiter geschwiegen und nach unten geblickt. Am Ende hatte er tief durchgeatmet, als ob er eine Art Anlauf dafür brauchte, die neue Liebe in seinem Leben zu präsentieren.

»Auður. Aus dem Büro.«

Mía war es eiskalt über den Rücken gelaufen. Auður aus dem Büro. Er hatte sie einmal erwähnt, doch nicht öfter als andere Kollegen. Hatte irgendwann darüber gesprochen, dass sie etwas gebacken und zum Freitagskaffee mitgebracht hatte. Sie arbeitete seit einem halben Jahr in der Kanzlei, doch Mía war ihr nie begegnet.

»Hast du schon mit ihr geschlafen?«, hatte sie gefragt, obwohl sie sich sicher gewesen war, welche Antwort er geben würde.

»Nein«, hatte Daníel geantwortet und ihr direkt in die Augen geblickt, sodass sie ihm fast geglaubt hatte.

»Aber du möchtest es.«

»Ja«, hatte er leise gesagt und an ihr vorbeigeblickt.

Mía beschloss noch am gleichen Abend, nach einer Wohnung zu suchen. Es war von vornherein klar, wer von ihnen ausziehen würde. Die Wohnung gehörte Daníel und er hatte den Großteil aller Rechnungen und anderer Ausgaben übernommen. Mía hatte seit ihrem Abschluss noch keine qualifizierte Stellung gefunden. Ein halbes Jahr als Sprechstundenhilfe, dann ein Jahr in der Rezeption im Hotel Saga und danach Schwarzarbeit bei einem Catering Service. Daníel hingegen hatte sich einen Traumjob geangelt, noch bevor er seine letzte Prüfung an der juristischen Fakultät abgelegt hatte. Mía freute sich von Herzen für ihn, doch es wurde immer schwerer, sich ehrlich darüber zu freuen, wie er Stufe um Stufe einer steilen Karriereleiter emporkletterte, während es bei ihr immer mehr abwärts ging. Oder zumindest nicht aufwärts. Man musste wohl auch nicht nobelpreisverdächtig sein, um zu erkennen, dass ein Jurastudium in der Regel bessere Einkünfte versprach als ein BA in Ethnologie und Anthropologie. Jetzt arbeitete sie in einem Laden, der vor allem Wollpullis in Übergrößen verkaufte, und war sich ziemlich sicher, dass sie damit ganz offiziell den Tiefpunkt ihrer Karriere erreicht hatte.

Alles ging jetzt so schnell. Zwei Tage später fand Mía die Wohnung auf dem Spítalastígur und war noch vor dem Wochenende eingezogen. Sie packte ihre Sachen, solange Daníel im Büro war, und schlief nachts auf dem Sofa im Wohnzimmer. Einmal kam er mitten in der Nacht aus dem Schlafzimmer, legte sich neben sie und umarmte sie. Sie versuchte ihn zu küssen, doch das wollte er nicht. Da bat sie ihn wieder zu gehen. Das war die letzte Nacht, die sie in ihrer gemeinsamen Wohnung verbracht hatte, die jetzt offiziell nur seine Wohnung geworden war. Am nächsten Tag zog sie mit all ihren Sachen aus. Bevor sie ging, ließ sie den Blick noch einmal über die Wohnung schweifen. Nichts, was zu ihr gehörte, war zurückgeblieben. Es gab nichts mehr zu sagen, nichts mehr zu tun. Er liebte sie nicht mehr und sie würde ihn wohl kaum dazu bringen, seine Meinung zu ändern, indem sie heulte und nörgelte – nichts davon würde sie tun. Sie ging leise durch die Wohnung und auf dem Weg ins Badezimmer streichelte sie ein letztes Mal über das Ledersofa im Wohnzimmer. Sie betrachtete ihr Bild im Spiegel über dem Waschbecken. Sie sah mitgenommen aus und unter ihren Augen hatten sich dunkle Ringe gebildet. Ihr Gesicht war so blass, dass man ihre schwachen Sommersprossen kaum noch erkennen konnte.

»Verdammt noch mal«, stöhnte sie, als ihr Blick auf ihre Zahnbürste im Glas auf dem Rand des Waschbeckens fiel. Sie griff danach und blickte dann zurück auf Daníels Zahnbürste, die jetzt allein und aufrecht im Zahnputzglas stand. Vermutlich würde Auður s Zahnbürste ihr bald Gesellschaft leisten. Mía nahm Daníels Zahnbürste aus dem Glas und betrachtete sie. Ohne weiter darüber nachzudenken, klappte sie den Klodeckel hoch und tauchte die Zahnbürste ein. Sie schrubbte das ganze Klo gewissenhaft von innen mit der Zahnbürste des Mannes aus, der ihr das Herz gebrochen hatte. Dann klopfte sie das Klowasser leicht ab, stellte die Zahnbürste zurück ins Glas, griff sich die beiden letzten Taschen im Flur und schloss hinter sich ab, bevor sie die Schlüssel durch den Briefschlitz fallen ließ.

Mía hatte sich jedes Detail der vergangenen Woche noch einmal durch den Kopf gehen lassen. Sie versuchte von Anfang an, sich nicht dabei aufzuhalten, was sie wohl falsch gemacht hatte und warum er wohl aufgehört hatte sie zu lieben. Es lag nicht an ihr, es lag an ihm. Seine Entscheidung, sein Problem. Um einigermaßen bei Verstand zu bleiben, war es von entscheidender Bedeutung, diese einfachen Tatsachen ständig zu wiederholen. Nicht sie, sondern er. Und jetzt saß sie hier allein. Zusammengekrümmt im Dämmerlicht einer alten Wohnung in dem Teil der Stadt, in dem sie so gern eine Wohnung mit Daníel gekauft hätte. Es war schon fast sieben Uhr. Die chronischen Kopfschmerzen der vergangenen Tage wurden immer stärker und die Tatsache, dass Mía den ganzen Tag über nichts anderes als den Schaum oben auf ihrem Cappuccino zu sich genommen hatte, spielte da wohl auch eine Rolle. Sie kam mit Mühe vom Boden hoch und kramte in zwei der Kisten auf der Suche nach Schmerztabletten. Sie spülte zwei davon mit einem Schluck Wasser hinunter und massierte sich vorsichtig die Schläfen, während ihr Blick auf die Bettwäsche fiel, die auf dem Bett lag. Jetzt war es wohl an der Zeit, Decke und Kissen zu beziehen. Sie riss die Verpackung der Bettwäsche auf, die sie heute erst gekauft hatte. Bisher hatte sie ohne Bettwäsche geschlafen, doch das war einfach zu traurig, um damit weiterzumachen. Die Decke war vollkommen verknäult, als Mía versuchte, sie in den Bezug zu stopfen. Aus irgendwelchen Gründen waren die Ecken des Bettbezugs nie an der Stelle, an der Mía sie haben wollte. Sie fühlte, wie sie begann, die Nerven zu verlieren, je mehr die Decke sich im Bezug verknäulte.

»Verdammt noch mal … du … du Decke!«, schrie sie und warf sie mit Schwung auf den Boden und sich selbst aufs Bett. Mía fühlte, wie ihre Augen brannten und ihre Nase juckte. Das war alles so falsch. Sie sollte an einem Freitagabend nicht allein und traurig in einer Wohnung hocken, wo alles drunter und drüber lag. Ihre Augen füllten sich mit Tränen und große Tropfen rannen ihr die Wangen hinab, sobald sie zu blinzeln begonnen hatte. In der letzten Woche war sie viel zu traurig gewesen, doch jetzt begann eine andere Art der Trauer überhandzunehmen. Wie konnte er sie nur so betrügen? Wie konnte er es wagen, sich zu öffnen, sich von einer anderen angezogen zu fühlen, nein, sich in eine andere Frau zu verlieben? Während sie sein Lieblingsessen kochte und ihm Blumen kaufte, um ihn aufzumuntern, weil er so niedergeschlagen war. Er hatte sie zum Narren gehalten. Mía richtete sich im Bett auf und begann laut zu weinen. Sie saß mit gekreuzten Beinen auf dem Bett und weinte. Sie stand auf, lief herum und weinte. Sie ließ sich aufs Fensterbrett im Wohnzimmer fallen und weinte. Als die Frau aus dem Stockwerk darunter zweimal geklopft hatte, ohne dass Mía ihr die Tür öffnete und sie schließlich in der Küche auf dem Bauch lag, vollkommen fertig mit verstopfter Nase und klopfenden Schläfen, hörte sie auf zu weinen. Eine vertraute Melodie ertönte aus den Taschen ihrer Jeans. Vielleicht war es Daníel, der anrief, um zu sagen, dass er alles bereute und nichts lieber wollte, als dass sie zu ihm zurückkäme, weil er doch nur sie liebte. Mía lag immer noch auf dem Boden und griff in die Hosentasche hinein. »Lára«, blinkte es auf dem Handy auf. Die andere Möglichkeit wäre wohl auch zu unwahrscheinlich gewesen.

»Hi«, stöhnte Mía und erschrak ein wenig darüber, wie ausgelaugt ihre Stimme klang.

»Hallo, Mía, mein Engel. Wie geht es dir?«, fragte Lára vorsichtig. Lára und Mía kannten einander seit der Uni und hatten sich von Anfang an gut verstanden. Ihre Freundschaft war jetzt nach dem Ende des Studiums nicht mehr ganz so eng, aber sobald sie einander trafen, war wieder alles beim Alten, egal, wie lange sie sich nicht gesehen hatten. Für Mía war das der Maßstab für echte Freundschaft und sie war Lára dankbar dafür, wie sie sich um sie gekümmert hatte, seit Daníel mit ihr Schluss gemacht hatte.

»Es ist mir schon mal besser gegangen. Aber danke, dass du überhaupt fragst«, antwortete Mía und versuchte ihre Stimme ein wenig besser klingen zu lassen, indem sie sich kräftig räusperte.

»Wo bist du eigentlich? Du hörst dich so merkwürdig an.«

»Na ja, ich liege hier in der Küche meiner neuen Wohnung auf dem Bauch herum. Nur so zum Spaß«, antwortete Mía und hustete leise.

»Okay ... hast du was getrunken, Mía?«, fragte Lára zögernd.

»Nein. Leider nicht. Aber das ist eine gute Idee.«

»Ich weiß ja nicht, ob du Lust hättest, oder ob du lieber allein sein willst, aber ein paar von uns wollten sich nachher auf ein paar gepflegte Drinks in der Brennerei treffen. Und da fiel mir ein, du könntest vielleicht Lust haben, auch mal kurz vorbeizuschauen?«

Mía setzte sich auf und ließ den Blick über das Chaos um sich herum schweifen.

»Ja, ich denke schon. So gesehen habe ich im Moment nichts Dringendes vor. Außer mein Bett zu beziehen.«

»Da bin ich aber froh! Ich war mir so sicher, dass du Nein sagen würdest. Ich glaube, das wird ein wirklich netter Abend. Nur unter Freundinnen, einfach so für uns«, sagte Lára fröhlich.

»Ja«, antwortete Mía. »Nett.«

»Wunderbar. Ich komme dann etwa gegen neun bei dir vorbei und dann laufen wir zusammen runter in die Stadt.«

»Gut. Ich geh noch in die Dusche und versuche nicht länger so auszusehen, als hätte ich mit meinem Gesicht ein Lagerfeuer ausgelöscht. Und, Lára … danke.«

»Nichts zu danken. Wir sehen uns dann nachher.«

Die Dinge änderten sich so schnell. Bevor Mía sich versehen hatte, war der gemütliche Abend unter Freundinnen im Café aus den Fugen geraten und jetzt stand sie in der Schlange vor dem Eingang des Nasa und konnte sich kaum noch auf den Beinen halten. Durch den Alkoholnebel sah sie verschwommen ein Plakat an der Außenwand des Gebäudes. Sálin … hans Jóns … míns. Krass!

»Meine absolute Mega … super … Lieblingsband, die Typen«, verkündete sie lautstark über die ganze Schlange von Leuten hinweg. Láras Freundinnen schauten sie an, die einen mit einem winzigen Lächeln, die anderen mitleidig. Die Übrigen schauten sie überhaupt nicht an, damit keiner auf den Gedanken kam, sie hätten etwas mit ihr zu tun. Lára griff vorsichtig nach Mías Hand.

»Mía, soll ich dich jetzt nicht lieber heimbringen?«

»Nein, Mann. Ich kann mich kaum noch erinnern, wann ich die Jungs das letzte Mal live gesehen habe. Das wird so genial!«

Lára nickte zögernd und hakte sich bei Mía ein, erstens um Mía auf den Beinen zu halten, und zweitens um aufzupassen, dass sie nichts anstellte, denn es wäre nicht das erste Mal, dass sie sich davonmachte und irgendwo auf der Piste versackte. Drinnen steuerte Mía zielbewusst die Bar an und stolperte gleich auf dem Weg die Stufen hinauf.

»Zwei große Bier und sechs Klare«, sagte sie und blinzelte dem Barkeeper zu, der allerdings eine junge Frau war, aber das war jetzt auch egal.

Mía blickte über den Saal hinweg, der inzwischen proppenvoll war. Sie überlegte, auf welchem Weg sie wohl am besten bis ganz vorn zur Bühne gelangen konnte, und kam zu dem Ergebnis, dass es vermutlich am besten war, wenn sie sich an der linken Wand entlangschob und dann rüber zur Mitte durchquetschte, sobald sie ganz vorn angekommen war. Die Mitglieder der Band kamen nach einer Pause gerade zurück auf die Bühne. Mía hatte schon zwei Schnäpse hinuntergekippt, als die ersten Töne erklangen. *Uuuuhuuu, oh Auður, so viele Steine auf unserem Wee-heeg …*

Sie setzte ihr drittes Schnapsglas ab und blickte voller Verachtung in Richtung Bühne.

»Ihr wollt mich wohl verarschen?«, brüllte sie, so laut sie konnte. »Warum macht ihr nicht auch noch einen Film über sie?« Sie lachte kalt und nahm noch einen kräftigen Schluck.

Denn sie durchschaut dich sofo-hort … uuuuhuuu! Mía hatte angefangen mitzusingen, während sie damit kämpfte, sich aufrecht zu halten und die Schnäpse hinunterzuschlucken, statt sie sich einfach nur überzukippen. Auður. Ob Auður auch so merkwürdig war wie die Auður aus dem Lied? Wie war sie wohl, diese Auður? Was hatte Auður, das Mía nicht hatte? Mía trank den letzten Schnaps aus, brauchte einen Augenblick, um sich wieder in den Griff zu bekommen, bevor sie bewaffnet mit einem Bier in jeder Hand auf den Zuschauerraum lossteuerte. Sie kämpfte sich an der linken Wand entlang über die Tanzfläche und schob sich dann – ihrer eigenen Meinung nach – überaus geschickt zur Mitte hinüber, direkt vor die Bühne. Sie betrachtete die Mitglieder der Band einen Augenblick lang, während die Menschenmenge um sie herum hin- und herwogte und sie gegen die verschwitzten und unbekannten Menschen um sie herum drückte. Mía hatte eines der beiden Biergläser unterwegs verloren, sodass sie das verbliebene Glas jetzt mit beiden Händen festhielt und einen großen Schluck daraus nahm. Sie erschrak ein wenig, als der Saxophonspieler plötzlich aus der Mitte der Bühne hervorsprang und direkt vor ihr und voller Inbrunst ein langes Solo spielte. Mía blieb nichts anderes übrig, als ihn mit alkoholbeseelter Bewunderung anzuschauen.

»Hey, Jens!«, rief sie und verspürte plötzlich das unwiderstehliche Bedürfnis, sein Bein zu streicheln. Er tat so, als bemerkte er sie gar nicht, und saxophonte hinüber zum anderen Ende der Bühne.

»Es gibt auch Leute, die nehmen sich so was zu Herzen, Jens!«, brüllte sie und nahm zwischendurch immer wieder einen Schluck Bier, während sie im Meer der tanzenden Konzertgäste vor- und zurückgeschoben wurde. Dieser Abend war wohl in die Hose gegangen, auch wenn es immer noch besser war, als ihn heulend zu Hause unter dieser unmöglichen Bettwäsche verbracht zu haben. Sie nutzte die Chance, bevor die Band ein neues Lied angestimmt hatte, um sich durch die Menschenmenge hindurchzuschieben. Sie hatte bereits den halben Saal durchquert, als sie ihn sah. Er hatte ihr den Rücken zugekehrt, aber sie hatte ihn trotzdem gleich erkannt. Um seinen Hals herum lagen zartgliedrige Hände. Mía stand wie zur Salzsäule erstarrt da und wartete, bis sich das tanzende Paar zu ihr herumgedreht hatte, sodass sie beide sehen konnte. Daníel und Auður. Er lächelte innig und blickte sie voller Bewunderung an. Mía hatte ihn schon lange nicht mehr so lächeln sehen. Sie schaute die beiden an und verkrampfte die Hand um das leere Bierglas. Jetzt war es Auður, die ihr den Rücken zudrehte und im gleichen Moment blickte Daníel auf. Mía torkelte zurück und ging rasch in Richtung der Bar, wo sie ihre Jacke vermutete. Sie war auf dem Weg die Treppe hinauf, als Daníel ihren Arm ergriff.

»Mía …«

»Was? Was hast du mir denn zu sagen?«, stieß sie undeutlich hervor.

»Mit wem bist du hier?«

»Das geht dich überhaupt nichts an«, spie sie ihm entgegen und riss sich los. »Ich kann es einfach nicht fassen, dass du dich hier amüsierst, gerade mal eine Woche, nachdem wir uns getrennt haben. Und dann auch noch ausgerechnet hier, ausgerechnet ein Konzert mit unserer Band. Was für ein verdammter Loser du doch bist.«

»Moment mal, wo bist du denn gerade? Eine Woche, nachdem wir uns getrennt haben?«

»Ich bin hier auf einem Konzert. Eine Woche, nachdem

du mir das Herz zerrissen hast, Daníel. Und sehr wahrscheinlich nimmt mich Jens da oben nachher mit zu sich nach Hause«, fügte sie hinzu und wies mit dem Kopf in Richtung der Bühne. »Jens spielt Saxophon, aber er kann auch Klavier.« Mía tat so, als ob sie Klavier spielte, um ihre Worte zu unterstreichen.

»Ich bringe dich jetzt nach Hause, Mía. Wo ist deine Jacke?«

»Lass mich in Ruhe. Lass mich einfach in Ruhe und geh weiter schmusen, als ob du gerade mal dreizehn wärst oder so. Das willst du ja. Ich hab keine Ahnung, wieso du auf einmal das Gefühl hast, du hättest so eine Riesenverantwortung für mich. Lass mich einfach in Ruhe, du verdammter Mistkerl.«

Auður war jetzt auf der Treppe angelangt und blieb in einiger Entfernung von ihnen stehen. Mía ging rasch auf sie zu und schaute sie scharf an.

»Schlampe«, sagte sie und lächelte Auður breit und gekünstelt an.

Mía konnte ihre Jacke an der Bar nicht finden und beschloss, in die Garderobe hinunterzugehen und dort nach ihr zu suchen. Vor ihren Augen wurde es immer schwärzer und sie spürte, wie ihre Beine begannen taub zu werden. Sie glaubte zu wissen, wo die Treppenstufen anfingen, doch dabei hatte sie sich wohl verrechnet. Sie stürzte alle Stufen hinab und schlug sich den Kopf gewaltig am Geländer an, das sie nicht zu fassen bekam. Endlich konnte sie einschlafen. Was gut war, denn sie war inzwischen sehr müde. Sie fand, die Umstehenden übertrieben es ein wenig, nur weil sie sich hier ein klein wenig auf dem Boden ausruhte, zumindest zählte sie ganze vier Leute, die sich über sie beugten. Etwas Heißes lief ihr von der Stirn herab die Schläfe entlang.

»Wir brauchen einen Krankenwagen, aber sofort!«, schrie irgendjemand. Mía kniff die Augen zusammen und wollte schon darum bitten, ob die Leute nicht ein klein wenig leiser sein könnten, weil sie ziemlich starke Kopfschmerzen hatte. Doch sie ließ es bleiben und war froh, wieder einschlafen zu können. Sie war müde.

»Das kriegen wir schon wieder hin, Kleines, versuch dich einfach zu entspannen«, sagte eine Männerstimme.

Mía kam zu sich und spürte, dass sie jemand an der Schulter gefasst hatte.

»Jens?«, fragte sie, ohne die Augen zu öffnen.

»Nein, ich heiße Gunnar«, sagte die Stimme. Mía konnte sich nicht daran erinnern, dass sie irgendjemanden namens Gunnar kannte, also beschloss sie, die Augen zu öffnen. Sie lag in einer Art von Bett, aber trotzdem spürte sie, dass sie in Bewegung war. Gunnar saß an ihrer Seite. Mía lächelte dumpf.

»Coole Uniform, Gunnar«, sagte sie und meinte den dunkelblauen Overall, den er trug.

»Danke schön«, antwortete er und lächelte. Er war hochgewachsen und kräftig, hatte ein volles Gesicht und wenn er lächelte, bildete sich auf einer seiner Wangen ein tiefes Grübchen.

»Efemía, nicht wahr?«, fragte er schließlich.

»Stimmt wohl«, antwortete Mía, nachdem sie eine Weile nachgedacht hatte. Keiner hatte sie Efemía genannt, seit sie klein war.

»Also, wir sind jetzt erst mal auf dem Weg in die Notaufnahme, wo wir uns um deine Stirn kümmern wollen, Efemía. Du hast da einen ganz schönen Schlag abgekriegt heute Abend.«

»Ich verstehe«, antwortete Mía und rief sich das Gespräch mit Daníel wieder in Erinnerung. Die Tränen begannen ihr aus den Augen zu treten und sie spürte, wie der Verband um ihren Kopf sie aufsaugte.

»Das kommt schon alles wieder in Ordnung, Efemía. Versuch einfach, dich zu entspannen«, sagte Gunnar aufmunternd.

»Das bezweifle ich stark«, antwortete Mía und schloss wieder die Augen.

Mía hatte den Krankenhausgeruch noch nie leiden können. Nadeln, Spritzen, Fäden und überhaupt fremde Menschen, die sie anfassten, das alles versuchte sie so weit wie möglich zu vermeiden. Sie musste plötzlich daran denken, wie sie einmal aus Versehen in den Finger ihres Bruders Valgeir gesägt hatte, als sie im Garten hinter dem Haus eine Hütte bauen wollten. Das war jetzt fünfzehn Jahre her. Ihre Mutter fuhr mit ihnen zur Notaufnahme und den ganzen Weg über im Auto heulten alle beide wie Schlosshunde. Valgeir vor Qual, Mía vor schlechtem Gewissen und Mitleidsschmerzen. Gunnar und sein Kollege schoben Mía auf der Krankenbahre in die Notaufnahme hinüber. Mitten auf dem Weg bat Mía sie freundlich, doch einmal kurz anzuhalten.

»Ich kann nicht ausschließen, dass ich jetzt kotzen muss, Gunnar«, teilte sie ihm in aller Ruhe mit.

Gunnar machte einen Satz und schnappte sich den Putzeimer vom nächsten Reinigungswagen und hielt ihn Mía vor. Ob es jetzt eine Mischung des Krankenhausgeruchs, den Mía nicht vertrug, den Schnäpsen, die sie noch weniger vertrug, oder einer allgemeinen körperlichen und seelischen Erschöpfung war, Mía begann sich zu übergeben wie noch nie zuvor in ihrem Leben. Gunnar stützte sie und hielt den Eimer, den Mía nach besten Kräften zu treffen versuchte. Sie stöhnte und legte sich wieder ruhig hin.

»Sorry. Was bin ich nur für ein widerlicher Mensch. Und du, Gunnar, so ein cooler Typ, und ich kotz dich auch noch voll«, schluchzte Mía und zog sich die Decke über den Kopf.

»Jetzt mach dir mal keine Sorgen. Da habe ich schon ganz andere Sachen erlebt, das kannst du mir glauben«, antwortete Gunnar und lächelte wieder aufmunternd.

»Gibt es niemanden, den wir für dich anrufen können? Warst du nicht mit jemandem zusammen im Nasa?«

»Lára. Ist mein Handy irgendwo in der Nähe? Ich weiß ihre Nummer nicht auswendig.«

»Wenn du uns ihren vollständigen Namen gibst, können wir einfach nachschlagen.«

»Sie steht nicht im Telefonbuch. Hat sich eine Geheimnummer geben lassen, wegen des Irren, mit dem sie letzten Sommer zusammen war. Er war irgendwann mal Mister Ostisland und wohnt immer noch bei seiner Exfreundin. Verdammter Mist …«, stöhnte Mía und ließ den Blick sinken.

Gunnars Kollege und eine junge Frau näherten sich jetzt. Die Frau schien Ärztin zu sein.

»Efemía?«, fragte sie und sah Mía mit einem mitleidigen Lächeln an.

»Ja«, antwortete Mía und trocknete ihre Augen.

»Ich heiße Silja. Wir müssen dich wohl wieder ein wenig zusammenflicken, scheint mir. Kannst du mir sagen, wie das passiert ist?«

»Ja. Ich habe ihn zusammen mit Auður gesehen und bin hingefallen«, antwortete Mía wahrheitsgemäß und blickte auf. Sie spürte, wie stark betrunken sie war.

»Ich verstehe«, antwortete Silja und blickte Gunnar an in der Hoffnung, von ihm eine bessere Auskunft zu bekommen, doch der zuckte nur mit den Schultern.

Mía legte sich auf eine Liege im Behandlungsraum und spürte, dass ihr wieder schlecht wurde. Sie schaute in Siljas Richtung, die gerade auf einem Tablett irgendwelche Gerätschaften zurechtlegte. Silja war etwa im gleichen Alter wie sie selbst. Sie war hochgewachsen und schlank mit auffällig langen Gliedmaßen. Ihr dunkles Haar hatte sie in einem Zopf im Nacken zusammengefasst und der Pony war weit oben über der Stirn festgesteckt. Mía kam zu dem Schluss, dass es eine gute Idee wäre, Silja nach ihrem Alter zu fragen, bevor sie begann, die Wunde auf ihrer Stirn zu nähen. Nicht, dass sie ihr misstraute, auch wenn sie für eine Ärztin ziemlich jung wirkte, sondern weil sie es wirklich wissen wollte.

»27«, antwortete Silja und lächelte. »Wieso fragst du?«

»Dann bist du genauso alt wie ich«, seufzte Mía. »Du hast es aber schon verdammt weit gebracht.«

»Ach, ich weiß nicht recht«, antwortete Silja. »Das ist nur ein Job wie jeder andere auch. Eben das, was ich gerne machen wollte.«

»Ja«, stimmte Mía zögernd zu.

Sie blickte weiter forschend auf Silja. Sie war sich inzwischen ganz sicher, dass sie sie irgendwoher kannte, aber sie konnte sich beim besten Willen nicht erinnern, woher. Plötzlich stieß sie einen kleinen Schrei aus und zeigte siegessicher auf sie.

»Du warst in diesem Kaufhausprospekt! Oft. Jetzt kann ich mich wieder erinnern«, beruhigte sich Mía und es schien ihr einen tiefen inneren Frieden zu bescheren, das Rätsel gelöst zu haben.

Silja lächelte peinlich berührt.

»Ich werde dich jetzt um die Wunde herum betäuben, bevor ich anfange«, erklärte sie und rollte auf ihrem Stuhl näher an Mía heran.

»Das kannst du dir wahrscheinlich sparen. Ich bin so verdammt blau«, sagte Mía und lachte.

Silja lächelte und begann die Stirn wieder zusammenzunähen. Die Wunde war ziemlich groß und die Beule rundherum würde sich mit Sicherheit noch nach unten ausdehnen und Mía zwei malerische blaue Augen verschaffen.

»Du warst also aus heute Nacht, um dich ein wenig zu amüsieren?«

»Viel amüsiert habe ich mich nun wirklich nicht. Aber ja, ich war zumindest aus. Nasa. Konzert mit Sálin hans Jóns míns.«

»Muss ewig her sein, dass ich die zuletzt live gesehen habe«, antwortete Silja lächelnd.

»Hast du einen festen Freund?«, fragte Mía geradeheraus, als ob es da einen logischen Zusammenhang gäbe zwischen einer Pause im Besuch von Konzerten und einer festen Beziehung.

»Ich bin sogar verheiratet, seit eineinhalb Jahren.«

»Schon verheiratet? Das läuft aber gut bei dir«, antwortete

Mía leise. Mía beschloss, jetzt eine Weile zu schweigen, um Silja nicht bei der Arbeit zu stören. Ohne es zu merken, begann sie stattdessen leise vor sich hin zu singen. *Ihr passt ja so richtig gut zusammen. Ein richtig tolles Paar. Paa-hahar!*

»Na, du hattest ja anscheinend viel Spaß heute Abend«, sagte Silja.

»Nein. Nicht die Spur«, antwortete Mía und dachte darüber nach, ob Daníel mit zu Auður nach Hause gegangen war oder ob sie mit ihm in ihre alte Wohnung gegangen war. Besser gesagt, in seine.

Jemand klopfte leicht an die Tür des Zimmers. Silja stand auf und sagte Herein, noch bevor sie an der Tür angekommen war. Lára stand davor. Sie war ganz offensichtlich sehr aufgewühlt und brach in Tränen aus, als sie Mía auf der Liege sah. Mía versuchte, ihre Freundin wieder zu beruhigen, und gemeinsam einigten sie sich darauf, dass Lára im Flur warten sollte, bis Silja mit der Näherei fertig war, und Mía dann nach Hause bringen würde.

Lára half Mía die Treppe im Spítalastígur hinauf und schloss die Wohnung auf. Offensichtlich hatte sich niemand die Mühe gemacht, in Mías Abwesenheit sauberzumachen und die Wäsche ordentlich gefaltet in den Schrank zu legen, sodass die Wohnung noch immer so aussah, als hätte eine Bombe eingeschlagen. Lára half Mía aus ihren Partyklamotten heraus und bezog in Lichtgeschwindigkeit das Bett, zumindest empfand Mía das so. Erst als Lára Mía zudeckte, begann sie zu weinen.

»Es ist einfach alles so schwer«, stöhnte sie zwischen den Schluchzern und zog die Nase hoch. »Ich fühle mich so verloren. Und ich kann nicht glauben, dass er da heute Abend einfach so mit ihr zusammen aufgetaucht ist. Als ob ihm die letzten fünf Jahre nicht das Geringste bedeutet hätten. Und ich bleibe ganz allein zurück und muss alles neu planen. Das ist so verdammt ungerecht.«

Lára hörte Mía zu und legte sich neben sie auf das Bett.

»Zumindest kann ich mich damit trösten, dass ich jetzt endlich den Tiefpunkt erreicht habe«, sagte Mía und blickte geradeaus nach oben.

»Das hoffe ich wenigstens. Ich habe einen Rettungssanitäter vollgekotzt. Das war's dann wohl.«

Lára lächelte unangenehm berührt und strich Mía vorsichtig über den Kopf, auf der unverletzten Seite.

»Das ist so, als ob man in einem Schwimmbad untertaucht. Man muss erst am Boden ankommen, damit man sich wieder abstoßen und zurück an die Oberfläche kommen kann«, sagte Lára weise.

Mía stimmte dieser Behauptung vollen Herzens zu und schloss die Augen. Sie war todmüde.

Die Sonne zwängte sich durchs Fenster oberhalb des Bettes und schien Mía direkt in die Augen. Sie kniff die Augen zusammen und blickte sich um. Ein kleiner Zettel lag auf dem Nachttisch:

Bin Kaffee holen gegangen, gleich wieder da.

Sie setzte sich im Bett auf und blickte in den Spiegel auf dem Schreibtisch. Mía hatte schon besser ausgesehen. Sie strich sich vorsichtig über den riesigen Verband auf ihrer Stirn und beschloss, jetzt endlich mit dieser Heulerei aufzuhören, damit ihre Augen nicht am Ende noch für immer und ewig rot blieben. Sie ließ den Blick über die Wohnung schweifen und sah ihre Jacke über einer Stuhllehne hängen. Lára hatte sie vermutlich im Nasa gefunden und mitgebracht. Im gleichen Augenblick begann das Telefon zu klingeln. Mía ging dem Laut nach und holte das Handy aus der Jackentasche. »Mein Danni«, blinkte auf dem Bildschirm auf. Ein kleiner Schauder überlief sie und sie starrte lange auf das blinkende Telefon, während sie dem Klingelton lauschte.

»Hallo«, meldete sie sich dann schließlich doch irgendwann. Sie antwortete ihm in einem Ton, als hätte sie die Nummer nicht erkannt und wüsste deshalb auch nicht, was derjenige, der da anrief, von ihr wollte.

»Hi«, sagte Daníel zögernd. »Ich wollte mich nur erkundigen, wie es dir geht. Das war ja eine Riesengeschichte da gestern Abend. Mit Krankenwagen und allem.«

Mía schwieg. Er hatte also alles gesehen und nichts unternommen. Sie nicht im Krankenwagen begleitet, um ihre Hand zu halten und sie zu trösten. Er war nicht mit ins Krankenhaus gekommen, um sie nach Hause zu bringen und sicherzustellen, dass alles in Ordnung war mit ihr.

»Ich bin schon wieder ganz in Ordnung«, antwortete Mía und war froh darüber, dass ihre Stimme relativ scharf klang.

»Na ja, dann. Okay. Dann ist ja alles gut.«

»Ja. Gut.«

Sie schwiegen eine ganze Weile.

»Mía, ich weiß eigentlich nicht, was ich sagen soll. Es tut mir leid wegen gestern Abend. Ich wollte wirklich nicht, dass du uns da zusammen siehst … es tut mir ehrlich leid.«

Mía hörte das Klappern von Geschirr im Hintergrund. Als ob jemand den Abwasch machte oder etwas Ähnliches. Er war nicht allein.

»So ist das halt. Reykjavík ist eben nur ein Kaff und so weiter. Ich will dich trotzdem um eines bitten«, fügte sie nach einem kurzen Zögern hinzu.

»Selbstverständlich«, antwortete er sofort.

»Ich muss erst mal wieder zu mir finden. Lass mich einfach in Ruhe, damit ich die Scherben wieder aufsammeln kann, ohne dass du dauernd anrufst, um dein schlechtes Gewissen zu beruhigen. Vielleicht können wir ja irgendwann einmal wieder normal miteinander reden. Vielleicht aber auch nicht. Um ehrlich zu sein, neige ich eher zu der zweiten Möglichkeit. Du hast beschlossen, dass du mich nicht länger in deinem Leben haben willst. Jetzt habe ich beschlossen, dass ich dich auch nicht länger in meinem haben will.«

Daníel schwieg, doch am Ende stimmte er leise zu.

»Danke«, sagte Mía. »Das wär's dann also.«

»Mía«, sagte er schnell, als ob er verhindern wollte, dass sie das Telefonat beendete.

»Ja?«

»Bitte melde dich bei mir. Du weißt schon. Später, wenn du bereit bist und so. Versprichst du mir das?«

»Ich weiß noch nicht. Vielleicht«, antwortete sie entschlossen. »Mach's gut, Daníel.«

Sie wartete nicht auf seine Antwort, sondern nahm das Telefon langsam vom Ohr und legte auf.

Die dicke Schneeschicht, die sich über die Straßen ausbreitete, verstärkte die Strahlen der Sonne. Die Wohnung sah anders aus im Sonnenlicht. Wärmer und heller. Fast schon ein klein wenig gemütlich. Mía war gerade zurück ins Bett gekrochen und saß nachdenklich da, die Bettdecke bis ans Kinn hochgezogen, als Lára hereinkam mit einer Bäckertüte und zwei Bechern Kaffee. Mía lächelte und rückte zur Seite, damit Lára sich neben ihr aufs Bett setzen konnte.

»Zimtschnecken aus der Bäckerei Vésteinn und ein Latte, meine Schöne«, verkündete Lára stolz. »Prima Café da in der Bankastræti. *Viertel* heißt es, nicht wahr?«, sagte sie und begann die Tüte auszupacken. »Ich soll dich übrigens grüßen«, fügte sie hinzu und grinste versteckt.

»Ach so …?«, antwortete Mía, während sie den angenehm warmen Kaffeebecher mit beiden Händen umfasste.

»Gunnar. Der, den du gestern vollgekotzt hast. Er stand vor mir in der Schlange. Ich habe mich ein wenig mit ihm unterhalten heute Nacht, als ich auf dich warten musste. Er hat gefragt, wie es dir geht. Und dir ganz herzliche Grüße ausgerichtet.«

Mía führte den Kaffee an ihre Lippen und lächelte.

Silja

WIEDER EINMAL HATTE ES IN der Nacht viel zu tun gegeben, wie so oft am Wochenende. Schlägereien, Motorradunfälle und irgendein Schlauberger hatte es auf einer Pillenparty im Hlíðarviertel geschafft, sich das Handgelenk zu brechen, indem er vom Balkon gefallen war, allerdings nur aus dem ersten Stock und mitten in einen Schneehaufen hinein. Verstauchte und gebrochene Knochen nach Stürzen auf dem Glatteis, wo sich die Leute in mehr oder meist weniger geeignetem Schuhwerk vorantasteten, um nach einer langen Arbeitswoche ein klein wenig Ausgleich zu finden. *Ihr passt ja so richtig gut zusammen. Ein richtig tolles Paar.* Sie musste lächeln. Das Lied wollte ihr nicht mehr aus dem Kopf gehen, nachdem die junge Frau mit der Stirnwunde immer wieder lauthals zu singen begonnen hatte, während sie selbst sich abmühte, ihr die Wunde wieder zusammenzunähen. Sie war ziemlich betrunken gewesen und lobte sie ständig und ausgiebig dafür, nicht nur verheiratet zu sein, sondern ihre Handarbeit auch noch beidhändig ausführen zu können. Letzteres hatte sie von ihren Kollegen im Krankenhaus auch schon oft zu hören bekommen. Die junge Frau brach abwechselnd in Tränen und Gesang aus und schmetterte dabei eine ganze Reihe von Hits durch das Krankenzimmer, doch dieses eine Lied wollte Silja einfach nicht mehr aus dem Kopf gehen. Sie hatten es bei ihrer Hochzeit gespielt. Wie doch die Zeit verging. Trotz allem war sie gern verheiratet. Der größte Vorteil war wohl ein gewisses Gefühl der Sicherheit. Egal, wie ernst die Streitereien in einer Ehe wurden, mussten sie doch erst sehr, sehr weit gehen, damit die Leute den Papierkrieg einer Scheidung dafür auf sich nahmen. Doch manchmal hatte es auch schon recht schwere Zeiten gegeben in ihrer Beziehung. Der Altersunterschied von einem ganzen Jahrzehnt spielte dabei vielleicht auch eine Rolle, auch wenn keiner von beiden das für die Ursache ihrer Probleme hielt, die in regelmäßigem Abstand an die Oberfläche kamen. Manchmal stritten sie sich furchtbar heftig und warfen einander lauthals die übelsten Beschimpfungen an den Kopf, Dinge, die wirklich verletzen sollten. Ihre Auseinandersetzungen waren oft hitzig und stürmisch, doch sie versöhnten sich auch immer wieder schnell und damit war die Sache erledigt. Bis zum nächsten Mal. Nachdem sie zusammengezogen waren, hatten sie miteinander vereinbart, nach Möglichkeit nie uneinig schlafen zu gehen. Das war in der Zeit ihres Medizinstudiums, als Silja gerade alles über das Gehirn und über Hirnblutungen lernte und eine Unmenge an Geschichten über Leute im besten Alter zu hören bekam, die bei hervorragender Gesundheit waren und urplötzlich tot zusammenbrachen. Sie konnte auch nie etwas über irgendwelche Krankheiten lesen, ohne sofort bei sich selbst die ersten Symptome zu vermuten. Nachdem sie den ersten Teil ihrer Zeit als Assistenzärztin in der Notaufnahme verbracht hatte, versuchte sie sich von den unwichtigen Dingen im Leben nicht länger beeinflussen zu lassen und mit Gott und der Welt im Reinen zu sein, bevor sie einschlief, nur für den Fall, dass sie nicht mehr aufwachen sollte.

Sie steckte die Hände in die Taschen und vergrub ihr Kinn in dem großen Kragen ihrer Jacke. Manchmal wünschte sie sich, sie würden ein klein wenig weiter weg vom Krankenhaus wohnen, sodass es gerechtfertigt wäre, mit dem Auto zur Arbeit und wieder zurück nach Hause zu fahren. Am Morgen nach einem Nachtdienst konnte es schon sehr, sehr kalt sein. Sie war nach der durchgearbeiteten Nacht noch immer hellwach und deshalb kam ihr in den Sinn, dass ihr Vater wahrscheinlich noch bei der Arbeit war. Sie beschloss, auf dem Heimweg bei ihm vorbeizuschauen, und ging mit raschen Schritten in Richtung Stadtmitte. Die Stadt war noch nicht richtig wach nach den wilden Auswüchsen der Nacht und der schwarze Januarmorgen wirkte noch dunkler, nachdem man die meisten Weihnachtslichter bereits abgeräumt hatte. Das rhythmische Knirschen ihrer Schuhe brachte sie schließlich zu dem kleinen, weißen Haus an der Ecke von Óðinsgata und Freyjugata. Ein warmer, süßer Duft umfing sie, als sie die Hintertür der Bäckerei öffnete, und im gleichen Moment prallten die Töne von Fleetwood Mac mit voller Kraft auf ihre Ohren. *Seven Wonders.* Sie blickte sich um auf der Suche nach irgendeinem Lebenszeichen und entdeckte schließlich ihren Vater, der in einer Ecke stand und sich über eine große Portion von Zimtschnecken beugte, die er gerade fertigmachte. Seine weiße, aber verschmutzte Bäckerhose wiegte sich ein wenig im Takt der Musik. Jetzt drehte er sich um, als ob er ihre Anwesenheit gespürt hätte. Er lächelte, als er seine Tochter auf sich zukommen sah, und errötete ein klein wenig, so wie Menschen das tun, wenn sie beim Tanzen oder Singen erwischt werden und eigentlich geglaubt hatten, dass ihnen keiner zusah. Er trocknete sich die Stirn ab, sodass eine dicke Mehlspur die grauen Haarwurzeln weiß färbte.

»Mein liebes Kind.« Er umarmte sie, ohne sie mit den Händen zu berühren, die voller Mehl und Ruß waren.

Sie küsste ihren Vater auf die Wange und wischte ihm das Mehl von der Stirn. Doch das half nichts, denn nach einer Weile hatte er eine neue Mehlschicht an genau der gleichen Stelle, noch größer als vorher.

Sie hatten sich schon ungefähr zwei Wochen lang nicht gesehen. Silja hatte einen strengen Dienstplan und wenn sie bei der Arbeit war, schlief er und umgekehrt. Die Vésteinnsbäckerei in der Óðinsgata war nun schon seit einem halben Jahrhundert in Familienbesitz. Gegründet von Vésteinn Vésteinsson dem Älteren und dann übernommen von Vésteinn Vésteinsson dem Jüngeren. Vésteinn Vésteinsson der Jüngere hatte einen Sohn und eine Tochter. Beide ließen alles anbrennen, was sie in den Backofen steckten, und Silja hatte zudem wesentlich mehr Interesse daran, Menschen zu heilen, als sie mit Gebäck zu versorgen. Die Zukunft der Vésteinnsbäckerei war daher ganz und gar nicht gesichert, doch Vésteinn hatte noch ein paar gute Jahre vor sich und hoffte insgeheim – manchmal aber auch sehr offen –, dass sich eines Tages ein kleiner Enkel mit unstillbarer Leidenschaft für die Bäckerszunft zur Stelle melden würde. Vielleicht ein kleiner Vésteinn. Sie unterhielten sich darüber, was sich so ereignet hatte, seit sie sich zuletzt gesehen hatten, und wanderten währenddessen durch die Bäckerei. Silja kam immer gern in die gemütliche Backstube und ihr wurde warm ums Herz bei der Erinnerung an all die Sommerferien, in denen sie seit ihrer Konfirmation ihrem Vater gewissenhaft bei der Arbeit geholfen hatte, bis sie schließlich begann im Krankenhaus zu arbeiten. Vésteinn ging zu einem der Backöfen und schaute hinein. Silja stand neben ihm und betrachtete ihren Vater, der noch älter wirkte als bei ihrem letzten Treffen. Er war ein eher kleiner Mann, ein wenig o-beinig und schlank, außer dem kleinen Bäuchlein, das er vor sich hertrug, wie um zu beweisen, dass er ein guter Bäcker war, dessen Erzeugnisse einfach unwiderstehlich waren. Sein Haar, das früher einmal kohlrabenschwarz gewesen war, war inzwischen grau meliert, und tiefe Falten hatten sich um Augen und Mund herum gegraben. Ohne ein Wort darüber zu verlieren, nahm Vésteinn eine Papiertüte in die Hand und begann in aller Ruhe Brötchen, Amerikaner, Blätterteigstückchen und Spritzgebäck hineinzusortieren. Silja versuchte ihn davon abzuhalten, das würden sie zu zweit nie alles schaffen können.

»Vielleicht solltet ihr ja auch allmählich einmal daran denken, den Haushalt zu vergrößern«, sagte er und grinste spitzbübisch.

»Das wird auch nicht früher passieren, wenn du immer wieder davon anfängst, Papa. Vielleicht wäre es auch sinnvoll, ein winziges bisschen Zeit für Kinder zu haben, bevor man sie in die Welt setzt, etwas, wovon wir beide im Moment überhaupt nichts übrig haben. Du solltest eher an deinem Sohn herumnörgeln, dass er dir endlich ein paar Enkel beschert.«

»Nein, das halte ich nicht für so wahrscheinlich. Ich glaube, unser Superstar denkt in nächster Zeit nicht ans Vaterwerden. Aber ich kann dich schon gut verstehen, mein Kind. Ich mache doch nur Spaß. Aber aus Spaß wird schon auch irgendwann einmal Ernst«, fügte er hinzu und steckte noch zwei Kaiserbrötchen in die Tüte hinein, bevor er die ganze Pracht in eine Tragetasche hineinverfrachtete und Silja reichte. Die Wärme in der Bäckerei ließ Silja inzwischen ständig gähnen, sodass sie beschloss, sich jetzt auf den Weg nach Hause zu machen und endlich ins Bett zu gehen, schließlich stand der nächste Nachtdienst schon bevor. Sie gingen zusammen zur Tür. Er schloss sie fest in seine Arme und dankte ihr für den Besuch, bevor er ihr noch rasch die Frage stellte, die er ihr jedes Mal stellte, wenn sie sich in den letzten zehn Jahren getroffen hatten.

»Hast du von deiner Mutter gehört?« Die Linien um seine Augen herum wurden noch tiefer.

»Ja. Ich habe sie gestern kurz angerufen, bevor ich zum Dienst gegangen bin«, antwortete Silja und steckte sich ein Stück Gebäck in den Mund. »So weit nichts Neues bei ihr. Nur das Übliche.«

»Ja, ja. Ich verstehe. Ich verstehe.«

Die kalte Nacht war zu einem kalten Morgen geworden und Silja freute sich darauf, endlich ins Bett kriechen zu können. Auf dem Heimweg dachte sie über ihren Vater nach. Er tat ihr so leid. Besonders, wenn die Linien um seine Augen herum so tief wurden. Wahrscheinlich würde er nie aufhören, sie nach ihrer Mutter zu fragen. Ihre Mutter dahingegen fragte nie nach ihm und die beiden hatten in den vergangenen zehn Jahren so gut wie kein Wort miteinander gewechselt. Vésteinn hatte einen Fehler gemacht. Den größten Fehler seines Lebens, wie er es die wenigen Male, in denen sie darüber gesprochen hatten, genannt hatte. Er ging praktisch nie aus, war aber an diesem Abend auf den Geburtstag seines Freundes gegangen. Seine Ehefrau war mit ihren Freundinnen zum Shoppen nach Kopenhagen geflogen, sodass er die Wahl hatte, allein zu Hause vor dem Fernseher zu hocken oder auf ein Bier oder zwei zu seinem Freund zu gehen. Auf keinen Fall mehr als das. Und dort traf er sie. Silja hatte nie herausgefunden, wie sie hieß oder ob sie überhaupt einen Namen hatte, in all den bitteren Auseinandersetzungen ihrer Eltern in den darauffolgenden Wochen hieß sie immer nur »diese Frau«. Und am Ende wurde »diese Frau«, zu viele Biere und ein wenig Dummheit zum größten Fehler im Leben des Bäckers Vésteinn Vésteinsson. Ihre Mutter wollte verzeihen, aber tief in ihrem Inneren wusste sie, dass sie das nicht konnte. Nichts würde je wieder so sein, wie es war. Mit seinem Fehler hatte er alles zerstört. Ihr Leben verhöhnt, ihre Jahre zusammen, seine Frau und nicht zuletzt sich selbst. Silja und ihr Bruder blieben bei ihrer Mutter. Vésteinn zog aus. Er sprach selten über die Scheidung und Silja wusste nicht, ob er danach je wieder mit irgendeiner anderen Frau zusammen gewesen war. Weder mit »dieser Frau« noch mit einer anderen. Seit damals hörte er nur noch Lieder, in denen es um verflossene Liebe, Bedauern und Traurigkeit ging. Ab und zu versuchte Silja, seine CD-Sammlung ein wenig aufzupeppen, doch am Ende gab sie auf und begann, ihm nur noch die Deprimusik zu schenken, die er hören wollte. So schenkte sie ihm einmal zwei Platten von Damien Rice, die ihm wirklich gut gefielen. Drei Jahre nach der Scheidung hatte Siljas Mutter dann einen anderen Mann kennengelernt, Arnar, einen gutsituierten Wirtschaftsprüfer, Witwer und Vater von zwei Kindern. Doch für Silja machte das keinen großen Unterschied, da sie jetzt schon den Großteil ihrer Zeit mit Baldur verbrachte. Vésteinn lebte noch immer allein und würde das wahrscheinlich bis zu seinem Lebensende tun, das hatte er selbst einmal zu ihr gesagt.

Auf diesem Gebiet machten die Menschen oft Fehler. Das hatte Silja selbst schon mehr als einmal herausgefunden. Vésteinns Fehler mit »dieser Frau« und dem Geburtstagsfreibier hatte schwerwiegende Auswirkungen auf Siljas Leben gehabt. Und doch waren es andere Fehler, die ihr noch mehr wehtaten und sie über den Begriff »Verzeihen« nachdenken ließen, wie es auch ihre Mutter ein Jahrzehnt vorher getan hatte. Es war nach der Party von Baldurs 15-jähriger Abifeier. Sie hatte überlegt, wozu man überhaupt eine 15-Jahr-Feier brauchte. Ob nicht zehn und zwanzig Jahre völlig ausreichten für solche Versammlungen, wo doch alle wussten, dass das geradezu ein Schlaraffenland für Seitensprünge war – für diejenigen, die an so etwas interessiert waren. Alte Geschichten aus jungen Jahren wurden dann mit Alkoholglitzern in den Augen wieder aufgewärmt. So musste es gewesen sein, als Baldur die Bekanntschaft mit seiner ersten Freundin aus der Melaschule wieder auffrischte und mehr an sie zu denken begann als an Silja, die Freundin, die er jetzt hatte, die zu Hause unter der Decke auf dem Sofa lag, für die Anatomieprüfung büffelte und sich schon auf seine Rückkehr freute. Auch wenn sie sich ordentlich bemühte, den Gedanken weit wegzuschieben, konnte sie sich doch nicht gegen die Vorstellung wehren, was ihm wohl durch den Kopf gegangen war, als er tat, was er tat. Auf dem Klo im Rex. Ausgerechnet dort. Das hatte sie ihm einmal aus voller Kehle entgegengebrüllt in einer ihrer vielen Auseinandersetzungen. Sie brüllte so laut, dass sie das Gefühl hatte, ihr Hals würde platzen, und sie war überzeugt, dass sich der gichtkranke Labrador der Nachbarn allein deshalb auf die Hinterbeine stellte und lauthals zu heulen begann, um sich damit auf ihre Seite zu stellen. Ein solcher Krach lief normalerweise jedes Mal gleich ab, obwohl der Inhalt von Zeit zu Zeit variieren konnte. Eine unterschwellige Irritation, die unaufhörlich zunahm. Silja begann mehr und mehr über die Frauen nachzudenken, mit denen Baldur zusammen gewesen war, sowohl vor ihrer Beziehung als auch währenddessen. Wie waren sie, wie sahen sie aus? War er eigentlich mehr für Blondinen oder Dunkelhaarige? Wenn er eine Kollegin erwähnte oder eine Verkäuferin in einem Laden oder eine, die er im Fernsehen gesehen hatte, begann Silja sofort darüber nachzudenken, ob er sich vielleicht wünschte, mir ihr zu schlafen. Oder ob er es vielleicht sogar schon getan hatte. Wenn sie von solchen Gedanken mehrere Tage hintereinander heimgesucht worden war, war sie im Allgemeinen völlig fertig, gestresst und überempfindlich. Irgendeine Kleinigkeit war dann der Tropfen, der das Fass zum Überlaufen brachte. Unsägliche Versäumnisse, wie zum Beispiel die Klopapierrolle nicht auf den Ständer zu hängen oder den Altpapierstapel zu hoch werden zu lassen, reichten dann aus, um alle Dämme brechen zu lassen. Sie wurde lauter und lauter und auch er antwortete ihr mit anschwellender Stimme. An irgendeinem Punkt war es aber dann immer Baldur, der verkündete, keine Lust mehr auf das Ganze zu haben, und schlicht aufhörte, ihr zu antworten. Dann wich er ihrem Blick aus und schwieg nur noch. Im Allgemeinen beendete sie das Ganze dann, indem sie sich entschuldigte. Dafür, so herumzunörgeln und so gemein zu ihm zu sein. Trotzdem wusste sie sehr wohl, dass es keineswegs immer ihre Schuld war, aber sie hatte einfach das Gefühl, dass sie sich entschuldigen musste, bevor er zu wütend wurde und dermaßen die Nase voll von ihr hatte, dass er vielleicht zu dem Schluss kam, dass sie schon längst nicht mehr die Richtige für ihn war. Und diesen Gedanken vermochte Silja einfach nicht zu Ende zu denken, also zog sie ihn eng an sich und bat ihn, ihr wieder einmal zu verzeihen. Und so vergingen die Jahre.

Silja hatte beschlossen, Baldur zu verzeihen, auch wenn ihre Mutter seinerzeit beschlossen hatte, Vésteinn nicht zu verzeihen. Silja glaubte, über ausreichend Selbstbeherrschung zu verfügen, dass sie irgendwann damit aufhören konnte, über den Seitensprung nachzudenken. Sie sollte in der Lage sein, über diese Sache hinwegzukommen, vor allem über die Vorstellung der beiden zusammen, ihn und seine alte Freundin in den Nuttenstiefeln, mit den kurzen, gebleichten Haaren, dem Stecker in der Nase und der Zigarette im Mundwinkel. Wie sie einander gierig an die Klowand gedrückt hatten, sie sich schnell die Unterhose heruntergezerrt hatte, weil solche Schlampen im Allgemeinen sexuell viel zu ungezwungen sind, um Strumpfhosen zu tragen, und dass sie dann zu ihr nach Hause gefahren waren, um dort weiterzumachen. Wie er nicht ans Telefon gegangen und erst am Morgen danach heimgekommen war. Doch sie hatte beschlossen, ihm zu verzeihen. Damit war jedoch noch lange nicht gesagt, dass sie auch beschlossen hatte, der Schlampe zu verzeihen, wobei sie den Gedanken tröstlich fand, dass sie wahrscheinlich von der vielen Qualmerei Krebs bekommen würde. Erna hieß sie wohl. Erna in den Nuttenstiefeln. Aber Silja wäre lieber tot umgefallen, als der Schlampe mit den gebleichten Haaren zu erlauben, alles kaputtzumachen. Zwei Monate nach Baldurs Fehler, nach endloser Heulerei und Kopfzerbrechen, beschloss Silja, ihn zurückzunehmen. Er hatte auch selbst viel geweint, ihr ganze Wagenladungen voll Blumen geschickt, ihre Freundinnen angerufen und vor ihrem Haus, aus dem er auf ihren Wunsch ausgezogen war, auf sie gewartet. Er schien zwar ein Verhalten an den Tag zu legen, das an der Grenze der geistigen Gesundheit zu liegen schien, doch am Ende tat es seine Wirkung. Und dann fuhren sie ein paar Monate später an einem Wochenende nach Snæfellsnes, und an den Wurzeln des Gletschers kniete er vor ihr nieder und bat sie, ihn zu heiraten. Sie sagte Ja. Und am gleichen Abend überlegte sie, an wen oder vermutlich an welche er da eigentlich all diese SMS schickte.

Wahrscheinlich gelang es ihr nie wirklich, ihm ganz zu verzeihen, auch wenn sie sich das selbst einzureden versuchte. Manchmal kochte die Wut in ihr hoch und irgendwie musste sie den Klassentreffen-Fehltritt in jeden Streit mit hineinziehen, egal, worum es gerade ging. Sie wusste, dass das vielleicht nicht gerade fair war, aber sie konnte sich einfach nicht beherrschen.

»Wie wäre es eigentlich, wenn du endlich mal damit fertigwirst, Silja?«, schrie er ihr irgendwann entgegen.

Er fragte das so, als ob es ihr selbst nie in den Sinn gekommen wäre. Damit fertigzuwerden, es endlich loszulassen und damit aufzuhören, in der Vergangenheit zu leben. Was an und für sich durchaus eine gute Idee war.

»Wenn Männer so etwas einmal tun, kannst du Gift darauf nehmen, dass sie es immer wieder tun«, sagte ihre Mutter. Sie war genau aus diesem Grund kein Fan von Baldur, aber Silja versuchte sich davon nicht beeinflussen zu lassen.

Sie wunderte sich selbst darüber, wie schwer es ihr fiel,

sich von der Vergangenheit und den Fehlern der Männer in ihrem Leben zu lösen. Schließlich war sie es, für die Baldur sich am Ende entschieden hatte. Sie hatte er gebeten, ihn zu heiraten und den Rest ihres Lebens mit ihm zu verbringen. Silja sollte also nicht auf seine früheren Geliebten neidisch sein, sondern diese sollten, wenn überhaupt, auf sie neidisch sein. Auch wenn sie jetzt verheiratet waren und vor einer Menge von Leuten feierlich versprochen hatten, einander für immer und ewig treu zu sein, war Silja sich nicht ganz sicher, ob das auch der Wahrheit entsprach. Vielleicht hatte sie sich auch auf gewisse Weise damit abgefunden, dass nicht alles so war, wie sie es sich gewünscht hätte. Dass ihre Ehe möglicherweise nie perfekt sein würde. Manche finden sich damit ab, dass der Ehepartner schnarcht, andere damit, dass es langweiligen, kaum oder überhaupt keinen Sex gibt, sie damit, dass sie ihrem Mann nie ganz würde vertrauen können. Sie ging regelmäßig sein Handy durch, schon die ganzen letzten Jahre über hatte sie sich das angewöhnt. Nutzte dafür meist die Gelegenheit, wenn er morgens in der Dusche war. Sie hatte keine handfesten Beweise dafür, dass er sie nach der Hochzeit noch einmal betrogen hatte. Doch einmal begann ein schlimmer Verdacht an ihr zu nagen und Gefühle, die sie lange zu verdrängen versucht hatte, ließen sie nicht mehr los. Baldur war zusammen mit Úlfur aus gewesen, seinem Fußballkumpel, und danach hatte er spät abends ständig irgendwelche SMS erhalten, manchmal auch mitten in der Nacht, hatte sie aber jedes Mal gleich wieder gelöscht, sodass es Silja nicht gelang, etwas herauszufinden, wenn sie sein Handy morgens untersuchte.

»Das ist nur irgendeine Bekannte von Úlfur, die sich ein

bisschen in mich verguckt hat. Jetzt reg dich mal wieder ab«, sagte er und küsste sie auf die Stirn, als ob sie ein kleines Dummerchen wäre.

Reg dich ab, dachte sie bei sich selbst und versuchte das auch, so gut sie nur konnte. Reg dich mal wieder ab.

Auf der Straße wirbelte der Schnee auf und der Wind spielte sanft mit den nackten Zweigen der alten Bäume in ihrem Garten im Kárastígur. Sie wusste, dass Baldur vorgehabt hatte, gestern Abend ein wenig mit Úlfur auszugehen. Er hatte ihn lange nicht gesehen, und sie wollten nur mal kurz einen in der Ölstofa trinken gehen. Silja war jedes Mal ein wenig unruhig, wenn Baldur mit Úlfur unterwegs war, denn Úlfur war einer dieser Männer, die endlos viele solche »Bekannte« hatten, wie auch immer man das definieren mochte.

Endlich war sie zu Hause und suchte in ihren Jackentaschen nach dem Schlüssel. Freute sich darauf, sich neben ihm ins Bett zu kuscheln und seine Wärme zu spüren. Sie lief rasch die Stufen zu dem alten Haus hinauf und drehte den Schlüssel vorsichtig im Schloss herum. Im gleichen Augenblick, in dem sie die Tür öffnete, spürte sie, dass etwas nicht stimmte. Als sie sich das Haus zum ersten Mal angeschaut hatten, hatte der schmierige Immobilienmakler leichthin gesagt, dass manche glaubten, in dem alten Haus spuke es. Doch weder Silja noch Baldur glaubten an Gespenster, schließlich stammten sie beide aus der Stadt, sie hatte Medizin studiert, er Betriebswirtschaft. Gespenster und solcher Spuk kamen in ihrer Welt nicht vor. Der schwere Geruch von Alkohol und Schlaf erfüllte das kleine Haus und alle Vorhänge waren zugezogen, auch im Wohnzimmer. Sie schloss die Tür auf und schleuderte die Schuhe im Flur von sich. Im zweiten Stock hörte sie es rumoren. Die Geräusche kamen aus dem Schlafzimmer, als ob jemand gerade das Bett verließ. Vorsichtig tastete sie sich in ihrem eigenen Zuhause voran und legte die Tüte aus der Bäckerei auf den Küchentisch. Aus dem Schlafzimmer und dann vom Flur oben waren jetzt Schritte zu hören. Es knarrte in jedem Dielenbrett und nachdem sie jetzt zwei Jahre in diesem Haus gewohnt hatte, kannte Silja diese Geräusche nur zu gut. Der Schritt war vorsichtig und bewegte sich leise die Treppe hinab. So, als ob sich dessen Urheber hier nicht auskannte. Silja trat leise aus der Küche heraus.

Da stand sie. Mit den Schuhen in einer Hand, einer Jacke und einer Handtasche in der anderen. Müde nach einer durchzechten Nacht. Die blonden Haare zerwühlt und die schwarze Schminke um die Augen herum bis zur Schläfe hin verschmiert. So dünn, dass es an Unterernährung grenzte. Sie blickten einander auf dem Flur in die Augen. Keine von beiden schaute weg. Silja ließ die Hände sinken. Sie, die die ganze Zeit versucht hatte sich abzuregen. Wütend auf sich selbst gewesen war dafür, dass sie das nicht hinter sich lassen konnte, was sie doch für eine hysterische Zicke war. Wie in völliger Verzweiflung griff sich Silja an die Stirn, vielleicht mit Absicht, vielleicht ohne Absicht, doch der Gast konnte zumindest den Ehering an ihrem Finger erkennen. Ein paar Sekunden lang stand die Zeit still um die beiden Frauen herum. Der Wind draußen hatte zugenommen, sodass das einzige Geräusch, das zu hören war, das Knacken im Dachgebälk war.

»Es tut mir leid«, flüsterte der Gast schließlich und blickte weg. Silja stand still, ohne sich zu bewegen, und blickte der anderen ohnmächtig hinterher, wie sie mit raschen Schritten zur Haustür hinlief, sich hastig die Schuhe überzog und die Tür hinter sich schloss.

Das Knallen der Haustür hallte in Siljas Kopf wider. Sie wünschte, sie könnte auch zur Tür hinausgehen, sie hinter sich schließen so wie der nächtliche Gast. Dass sie diese Sache nichts anging und nicht sie dieses Problem lösen musste. Gehen, verschwinden und nie wieder zurückkommen. Sie stand noch immer an der gleichen Stelle und die Müdigkeit nach der Nachtschicht war verschwunden. Stattdessen überfiel sie eine andere Art von Müdigkeit, sodass sie sich am liebsten auf dem Fußboden zusammengerollt hätte, um nie wieder aufzustehen. Sie war völlig erschöpft und nah daran zusammenzubrechen. Sie konnte sich nicht vorstellen, ins Schlafzimmer hineinzugehen. Wollte ihn nicht sehen und dieses Zimmer am liebsten nie wieder betreten. Ihr gemeinsames Schlafzimmer. Sie ging zurück in die Küche und nahm das Backwerk aus der Vésteinsbäckerei aus der Tüte heraus. Fand ein Schneidebrett und begann ein Kaiserbrötchen auseinanderzuschneiden. Sie war mit den Gedanken ganz woanders und deshalb war es wohl kaum verwunderlich, dass sie plötzlich zusammenzuckte, als das Messer ihr in die linke Handfläche hineinfuhr, sodass sich das weiße Brötchen knallrot färbte. Sie spürte keine Schmerzen, denn das Messer war sehr scharf, doch der Schnitt war ziemlich tief. Sie griff nach einem Geschirrtuch und wickelte es sich um die Hand. Das Messer lag noch immer auf dem Brett und das blutige Brötchen daneben. Silja setzte sich ruhig an den Küchentisch und legte die Hand darauf. Das Blut schoss jetzt aus der Wunde heraus und das Geschirrtuch war bald dunkelrot gefärbt. Sie saß in der halbdunklen Küche und starrte an die Wand. Jetzt wusste sie nicht einmal, was sie zu ihm sagen sollte. Normalerweise fehlten ihr nicht gerade die Worte, wenn sie sich stritten, doch jetzt spielten Worte keine Rolle mehr. Jetzt gab es nichts mehr zu sagen. Sie spürte, dass sie zu müde zum Streiten war. Sie wollte nicht länger streiten. Ihr Blick begann zu verschwimmen, als ihre Augen sich mit Tränen füllten. Sie attackierte die Nägel ihrer rechten Hand und begann verzweifelt daran zu kauen. Sie hatte oft versucht damit aufzuhören und es manchmal mehrere Monate lang ausgehalten, was zeigte, dass sie durchaus aufhören konnte, wenn sie es nur wollte. Sie war ein Nägelbeißer gewesen, seit sie ein kleines Mädchen war, doch manchmal schämte sie sich dafür und versuchte ihre Nägel zu verstecken, indem sie ihre Finger irgendwie in den Handflächen vergrub, sodass sie stattdessen ein wenig behindert aussah. Sie fuhr sich mit zitternden Fingern über die Lippen und ihre Finger schmerzten, weil sie ihre Nägel bis zum Nagelbett abgeknabbert hatte. Jetzt würde sie nicht mehr verzeihen können. Sie würde es nicht einmal versuchen können. Sie fühlte sich leer, hatte nichts mehr zu geben. Wenn Männer so etwas einmal tun, tun sie es wieder. Und wieder.

Sie kam zu sich, als sie von oben aus dem Schlafzimmer ein Geräusch hörte. Hörte, wie er sich räusperte und die Gardinen vor dem Fenster öffnete. Die Schritte kamen vorsichtig die Treppe hinunter. Schließlich stand er in der Unterhose vor ihr in der Küchentür mit zerwühlten Haaren, Bartstoppeln, das schlechte Gewissen ins Gesicht geschrieben. Er blickte sie mit traurigen Augen an. Silja schaute noch immer vor sich hin. Seine Augen waren von Müdigkeit und Tränen gezeichnet.

»Hallo Baldur«, sagte sie schließlich mit freundlicher Stimme, die allerdings ein wenig zitterte. »Wie ich sehe, hast du schon wieder Unterwäsche an.«

Er trat in die Küche, hielt sich aber in sicherem Abstand. Er lehnte sich an den Kühlschrank und verschränkte die Arme vor der nackten Brust. Am Ende bedeckte er seine tränennassen Augen mit beiden Händen. Silja schaute lange auf seine Finger.

»Ich wusste nicht, dass du den Ring abnimmst, bevor du ausgehst. Manchmal ist die Jagd erfolgreicher, wenn man zeigt, dass man verheiratet ist, habe ich gehört. Wusstest du das, Baldur?«

Silja spürte, wie ihre Stimme an Härte zunahm, und die Wunde an ihrer Hand begann zu schmerzen.

Er stand noch immer am Kühlschrank und sagte kein Wort. Zog die Nase hoch und schaute sie nicht an.

Dass er kein Wort sagte und weder versuchte sich zu verteidigen noch sich zu entschuldigen, machte Silja wütend. Wie konnte er nur so dastehen, ohne sie anzuschauen oder etwas zu sagen? Er fragte sie noch nicht einmal, ob sie sich verletzt hatte, obwohl das Geschirrtuch doch inzwischen völlig von Blut durchtränkt war.

»Wo hast du die denn aufgeschnappt?«, fragte Silja schließlich. Baldur schwieg noch weiter.

»Läuft das vielleicht schon länger?« Silja erhob die Stimme und hatte begonnen, Antworten zu verlangen oder zumindest irgendeine menschliche Reaktion von diesem Haufen Elend, das da am Kühlschrank stand.

»Und, trefft ihr euch bald wieder?« Sie war aufgestanden und ihre Stimme war zu einem rauen Brüllen geworden. Keine Reaktion. Nichts.

»Du Niete. Du bist ein verdammtes Nichts«, sagte sie leise. Ihr Stimme versagte beim letzten Wort.

Sie betrachtete ihn. Halbnackt und zitternd stand er da auf dem kalten Küchenfußboden. Er war hochgewachsen, doch jetzt wirkte er so klein. Seine hellbraunen Haare legten sich sanft über sein eines Auge, wie ein trauriger Versuch, die Tränen zu verbergen, die unentwegt daraus hervorliefen. Er bat sie nicht einmal um Verzeihung. Die Schlampe, die da aus ihrem Haus geschlichen war, hatte zumindest den Anstand gehabt, das zu tun. Er sagte weder etwas, noch blickte er sie an, als ob sie ihn überhaupt nichts anginge. Ihr Ehemann. Sie ging mit raschen Schritten auf ihn zu, ohne zu wissen, was sie tun würde, wenn sie bei ihm angelangt war. Einen Augenblick lang kam ihr in den Sinn, sich ihm in die Arme zu werfen, damit alles wieder in Ordnung käme. Verzeihen, trösten und weitermachen. Doch auf dem Weg zu ihm hin änderte sie ihre Meinung und donnerte ihm die geballte Faust mit dem durch und durch blutigen Geschirrtuch aufs Auge. Sie schrie auf vor Schmerz und Baldur taumelte durch die Wucht des Schlages zur Seite. Er hatte also doch noch irgendwelche menschlichen Regungen.

Vor einigen Stunden war sie noch vollauf mit ihrer Arbeit beschäftigt gewesen und hatte sich darauf gefreut, nach Hause zu kommen und sich in seine Arme zu schmiegen. Das Schlimmste daran war, dass er wahrscheinlich genau in diesem Augenblick die blonde Schlampe in seinen Armen hielt. Wahrscheinlich würde sie in all ihren kommenden Streitereien so genannt werden – die blonde Schlampe. Silja dachte mit Schaudern und Müdigkeit an diese kommenden Streitereien, vielleicht war es das Beste, sie einfach sein zu lassen. Sie nahm ein neues Geschirrtuch von der Heizung in der Küche und wickelte es sich fest um die Hand. Baldur hatte wieder seinen alten Standort am Kühlschrank eingenommen und machte mit dem Blutfleck am Auge, wo Silja ihm den Schlag verpasst hatte, eine ausgesprochen traurige Figur. Sie ging mit entschlossenen Schritten an ihm vorbei und griff nach den Autoschlüsseln, die auf einem kleinen Tisch im Flur lagen, bevor sie sich in ihre Schuhe zwängte.

»Wenn ich zurückkomme, bist du verschwunden«, sagte sie entschlossen. Sie ging hinaus und knallte die Tür heftig hinter sich zu. Das Milchglas in der Scheibe erzitterte.

Eine dünne Schotterschicht war bereits auf dem Glatteis der Straßen und Bürgersteige verteilt worden, konnte das Eis aber nur trügerisch verbergen. Silja stürmte auf die Straße hinaus und geriet sofort ins Rutschen, konnte sich aber gerade noch am Zaun festhalten, der den Garten umgab, sodass sie nicht hinfiel. Eine ganze Menge sprach dagegen, sich jetzt ans Steuer zu setzen, doch sie hatte keine Lust, auch noch darüber nachzudenken. Sie wollte nur weg, so schnell und so weit wie möglich. Sie setzte sich in ihr gemeinsames Auto, einen roten Yaris, den sie sich erst kurz vor Weihnachten gekauft hatten, weil die Konditionen so günstig waren. Laute Salsamusik ertönte, sobald sie den Motor anließ, doch sie bemerkte es kaum. An einem dunklen Januarmorgen schoss ein knallroter Yaris, angeschafft zu günstigen Konditionen, den Skólavörðurstígur hinunter und wurde von der La-Bamba-Ausgabe der Los Lobos erschüttert, die dem Lautsprecher fast den Garaus machte. Sie hatten gerade mit einem Salsa-Kurs begonnen, einer ihrer Silvestervorsätze. Silja war keine besonders gute Tänzerin und war ganz offensichtlich ein zu klinischer Denker um dem »Rrrrhythmus« zu erlauben, ihre Hüften mit sich zu reißen und sie voller wilder Hingabe zu erschüttern. Doch Baldur hatte eine ganz hervorragende Figur auf dem Tanzboden gemacht und wurde von der Lehrerin oft als Vorführexemplar gewählt. Die Tanzlehrerin war eine Portugiesin, die so zierlich war, dass man sie mit Leichtigkeit in ein Streichholzpäckchen hätte stecken können. Silja stand daneben und tat so, als würde sie versuchen, sich die Schritte einzuprägen, während der portugiesische Zwerg an ihrem Ehemann herumfummelte. Sie versuchte zu lächeln, während sie sich verschiedene Methoden ausdachte, die andere in das zuvor erwähnte Streichholzpäckchen zu stopfen, und überlegte, ob es wirklich notwendig war, Salsa in viel zu kurzen Hotpants zu unterrichten. In Island. Im Januar. Einmal stritten sie sich heftig auf dem Heimweg nach der Salsastunde. Er warf ihr vor, neidisch zu sein, was der Wahrheit entsprach. Sie warf ihm vor, ein chronischer Flirter zu sein, was auch der Wahrheit entsprach.

Silja fuhr zu schnell und der Wagen geriet ins Schleudern, als sie an einem Fußgängerüberweg eine Vollbremsung hinlegte. Ein junges Paar mit gleichen Stirnbändern zog zwei Schlitten hinter sich her mit Schneeanzügen darauf, die möglicherweise auch noch Kinder enthielten. Sie schüttelten die Köpfe über diese Fahrweise und Silja las von den Lippen der Frau ab, dass sie ihr gegenüber keine freundlichen Gedanken hegte. Sie dachte bei sich, dass die Frau mit Sicherheit in einer ähnlichen Stimmung wäre wie sie selbst, wenn sie ihren Mann, den mit dem Stirnband, mit einer blonden Schlampe erwischt hätte. Silja fuhr in die Weststadt und stieß im Kreisel von Ánanaust fast mit einem anderen Auto zusammen. Der Fahrer des anderen Wagens hupte ihr lange hinterher. Silja, die normalerweise sehr empfindlich war, wenn jemand ihren Fahrstil kritisierte, nahm ihn nicht wahr. Sie fuhr den ganzen Weg hinaus bis Grótta, dem äußersten Rand der Halbinsel von Reykjavík, und parkte das Auto direkt am Meer. Die Salsamusik hatte begonnen, heftige Kopfschmerzen bei ihr hervorzurufen, sodass sie zuerst die Musik und dann den Motor ausschaltete. Immer noch war es stockdunkel draußen. Die See prallte in gleichmäßigem Takt auf den Deich und bedeckte das Auto mit einem Nebel aus Salzwasser. Sie schaltete das Licht im Innenraum des Wagens ein und wickelte das Geschirrtuch vorsichtig von ihrer Hand. Ein Strom von geronnenem Blut führte bis zum Handgelenk und die Wunde klaffte leicht auseinander, auch wenn sie nicht länger blutete. Sie hätte es vermutlich nähen lassen müssen und es begann jetzt heftig zu schmerzen. Vielleicht war es aber auch gut, dass ihre Hand so wehtat, denn das lenkte sie ein wenig davon ab, wie sehr ihr Herz wehtat. Sie strich sanft über den Schnitt und wickelte das Geschirrtuch wieder um die Wunde herum. Das Telefon begann in ihrer Hosentasche zu vibrieren. Silja hatte nicht das geringste Bedürfnis, mit irgendjemandem zu sprechen. Sie wusste, dass das nicht Baldur sein konnte, denn als sie ihn zuletzt gesehen hatte, hatte er die Sprache verloren. Das Telefon hörte nicht auf zu klingeln und am Ende griff sie danach.

»Mama«, leuchtete es frech auf dem Telefon auf, bevor es endlich aufhörte zu klingeln. Ihre Mutter war so ungefähr der letzte Mensch auf der Welt, mit dem Silja jetzt sprechen wollte. Sie war gerade dabei, das Telefon wieder in die Tasche zu stecken, als es erneut zu klingeln begann.

»Mama«.

»Du lieber Gott«, stöhnte Silja und war sich fast sicher, dass ihre Mutter inzwischen schon herausgefunden hatte, was zwischen ihr, Baldur und nicht zuletzt dieser Blondine geschehen war. Als könnte sie es nicht abwarten, endlich ihr »Hab ich's dir nicht immer gesagt« anbringen zu können, und jetzt anrief, obwohl sie genau wusste, dass Silja nach der Nachtschicht eigentlich schlafen sollte.

Der Wind hatte deutlich zugenommen und die wütende See prallte voller Wucht gegen den Deich. Auch Siljas Wut hatte zugenommen. Sie wollte jetzt mit niemandem sprechen und trotzdem klingelte das Telefon endlos weiter. Einen Augenblick dachte sie darüber nach, wie leicht es doch wäre, jetzt einen kleinen Anlauf zu nehmen und einfach ins Meer zu springen. Sie und die Brandung könnten sich darüber unterhalten, was sie so wütend gemacht hatte, und nachdem sie sich dann alles von der Seele geredet hätte, würde Silja frei von allen Sorgen für immer einschlafen können. Als das Telefon zum dritten Mal zu klingeln begann und Silja nicht einmal mehr auf den Bildschirm blicken musste, um zu wissen, dass es wieder ihre Mutter war, hatte sie endgültig genug. Sie riss die Autotür auf, die der Wind ihr dann freundlicherweise noch völlig aus der Hand schlug. Sie war augenblicklich startbereit, einen langen Anlauf in Richtung des Deichs zu nehmen. Sie dachte einen winzigen Augenblick nach, beschloss dann aber, keine Zeit mehr zu verschwenden. Sie hatte nichts mehr zu verlieren. Das Telefon begann zum vierten Mal zu klingeln, als es aus ihrer Hand hinaus in die kohlrabenschwarze See flog. Sie konnte gerade noch das Geräusch wahrnehmen, als es im Wasser versank, dann ging sie in aller Ruhe zum Auto zurück und setzte sich wieder hinein.

Ob es das Geräusch des Windes war, das raue Streicheln der Brandung am Deich oder einfach die Tatsache, dass sie jetzt über 24 Stunden lang wach gewesen war, jedenfalls begann Silja nun richtig müde zu werden. Sie schaltete das Radio ein und stellte die Rückenlehne nach hinten, bevor sie sich in ihrer Jacke vergrub. Das Wunschkonzert von Gerður B. Bjarklind begleitete sie in einen leichten und unbequemen Schlaf hinein. Es war Grímur Thorsteinsen aus Bildudalur, der diesmal um das letzte Lied bat. *SOS Liebe in Not* mit Villi Vill.

»Herzlichen Dank, Grímur«, sagte Silja leise und vergrub die kalte Nase im Kragen ihrer Jacke.

Sie hatte ihn nicht um Hilfe gebeten. Sie bat nämlich nie jemanden um Hilfe, sie wollte immer diejenige sein, die anderen half. Doch er fühlte sich wohl verpflichtet nachzusehen, ob alles in Ordnung war mit ihr, und weckte sie, indem er an die Fensterscheibe ihres Autos klopfte.

»Hallo? Hallo? Are you o.k. in there?«

Silja drehte sich von der Tür weg und öffnete die Augen. Sie lauschte einen Moment, bis er wieder an das Fenster zu klopfen begann.

»Is everything o.k.? Do you need help?«

Schließlich drehte sie sich langsam um und sah vermutlich aus wie ein verlauster Obdachloser, auch wenn sie einen Yaris besaß. Er zuckte ein wenig zurück, als sich die Kapuze, unter der er bei näherem Hinschauen Silja entdeckte, langsam in seine Richtung drehte. Er lief zur anderen Seite des Wagens und floh vor dem Schneeregen und den salzigen Wellen, die von Zeit zu Zeit bis über den Deich schwappten, hinein in den Wagen.

»So ... just having a little kip are we?«

Silja antwortete ihm nicht, betrachtete ihn aber eine Weile. Ihr war kalt und ihre Hand schmerzte. Sie nahm den blutigen Verband vorsichtig ab.

»Holy Jesus!«, stöhnte er und fuhr sich mit der Hand zum Mund. Er schaute abwechselnd auf Silja und das blutige Geschirrtuch.

»Did you just try to kill yourself ...?«

Silja versuchte noch immer, sich über diesen Mann klar zu werden, der ganz offensichtlich Ausländer war und es sich hier in ihrem Auto bequem gemacht und dazu auch noch begonnen hatte, ihr viele und ausgesprochen persönliche Fragen zu stellen.

»No«, antwortete sie schließlich mit scharfer Stimme. Sie hatte nicht versucht sich umzubringen.

»I was having ... an emperor bun«, fügte sie hinzu und sah aus dem Fenster hinaus.

»An emperor bun ...?«

»Vergiss es, Freundchen. Und wer bist du eigentlich?«, fragte sie schließlich und schämte sich ein wenig dafür, einfach ihre traute Muttersprache zu benutzen, ohne die geringste Ahnung zu haben, ob der Mann an ihrer Seite auch nur ein Wort davon verstand.

»Ich heiße Liam. Ich komme aus England. Ich bin Engländer. Wie geht es dir?«, antwortete er mit starkem Akzent, lächelte und schien stolz auf sein Können, mit dem er vermutlich nur selten angeben konnte.

Sie betrachtete ihn noch eine Weile und fand nicht die Energie, sich dagegen zu wehren, dass er sich einfach so ungebeten zu ihr ins Auto gesetzt hatte. Auf eine merkwürdige Weise fand sie es angenehm, jetzt einen anderen Menschen bei sich zu haben. Besonders, weil es ein Mensch war, den sie überhaupt nicht kannte.

»Was machst du eigentlich hier?«, fragte sie schließlich und sah, dass er die Augen nur schwer von dem primitiven Verband an ihrer Hand lösen konnte.

Er dachte einen Moment lang nach, bevor er antwortete.

»Ich war auf einer Party. Ich bin eingeschlafen. Ich glaube, ich bin … verloren jetzt.« Er lächelte und hatte sein Isländisch ganz offensichtlich aufgewärmt.

Auf Siljas nähere Erkundigung stellte sich heraus, dass Liam McGovern aus Essex in England stammte und seit einer Woche hier in Island war. Doch es war nicht das erste Mal, dass er das Land besuchte. Mit zwölf Jahren war er im Hochsommer zusammen mit seinem Großvater hierhergekommen. Die Sonne ging nie unter und kleine Kinder schliefen in Kinderwagen in den Gärten der Häuser, vor Geschäften und Cafés, als wäre das die natürlichste Sache auf der Welt. Die Leute schimpften manchmal darüber, hier auf dieser gottverdammten Insel festzuhängen, doch im Innersten wussten sie, dass es der beste Ort auf der ganzen Welt war. Fasziniert vom Land, von der Sprache und den Menschen hier hatte Liam schon damals beschlossen, wieder zurückzukehren. Er hatte sich Lehrbücher mit CDs besorgt und hatte angefangen, Isländisch zu lernen, allerdings mit Unterbrechungen, doch jetzt, fünfzehn Jahre später, konnte er sich mit Ach und Krach verständigen.

»Aber was machst du hier?«, fragte er schließlich.

Silja dachte einen Moment lang nach, bevor sie antwortete.

»Die Zukunft planen«, erwiderte sie schließlich.

Er nickte mit dem Kopf und sah keinen Grund, an dieser Antwort zu zweifeln, auch wenn die Umstände, die sie sich für ihre Planungsarbeit gewählt hatte, eher ungewöhnlich wirkten.

Ihm schien kalt zu sein, vermutlich, weil er nur eine graue Anzugjacke, ein schwarzes Hemd und Jeans trug. Er war schlank und hochgewachsen, mit einem dichten schwarzen Haarschopf, der schon lange keine Schere mehr gesehen hatte und nach Sturm und Schneeregen majestätisch in die Luft stand. Silja sah, wie er sein Zittern zu verbergen suchte, und schaltete rasch den Motor ein und drehte die Heizung voll auf. Sie saßen nebeneinander im Auto und schwiegen. Die schwärzeste Dunkelheit begann langsam dem Morgen zu weichen und auch der Wind hatte sich ein wenig gelegt, sodass sich auch die Brandung beruhigt hatte.

»Brauchst du nicht vielleicht einen Arzt?« Liam starrte noch immer auf das blutige Geschirrtuch.

Silja lachte leise in sich hinein, dabei fiel ihr aber auch ein, dass sie sich vermutlich krankmelden musste. Das würde in der Klinik nicht gerade auf Begeisterung stoßen.

»Ich brauche einfach nur besseres Verbandszeug«, sagte sie schließlich.

»Lets get you some besseres Verbandszeug then, okay?«, antwortete Liam und lächelte.

Silja stimmte zu. Erst jetzt dämmerte es ihr, dass sie allein mit einem völlig Fremden im Auto saß. Umstände, die man normalerweise nicht gutheißen würde. Er wirkte jedoch genauso allein und verloren wie sie selbst. Vielleicht hoffte er immer noch, dass Island am Ende doch besser war als das hier, ähnlicher dem, was er sich all die Jahre hindurch vorgestellt hatte. Und jetzt saß er da mit zitternden Knochen und in keinster Weise auf das Unwetter vorbereitet, in das er da geraten war. Sie fuhr los, durchquerte die Weststadt und hielt vor der Apotheke auf der Hringbraut an.

»Ich kaufe Pflaster. Weil ich bei dir im Auto sitzen darf.«

Bevor sie protestieren konnte, war er schon aus dem Auto gestürzt und rannte eilig über den Parkplatz. Sie fand es merkwürdig, wie völlig normale Menschen plötzlich wie vierjährige Kinder klangen, wenn sie versuchten, Isländisch zu sprechen. Ihr war schon klar, dass der Versuch allein lobenswert war, doch egal, wie klug und gebildet die gleichen Menschen klangen, wenn sie Englisch sprachen, schien es, als ob das Isländische ihnen alle Macht raubte, sobald sie es wagten, sich daran zu versuchen, und sie albern, fast bemitleidenswert wirken ließ.

Sie musste nicht lange warten, bis er wieder auftauchte mit einer kleinen Tragetasche voller Mullbinden, Klebeband und Desinfektionstüchern. Als er die Tüte in seinen Schoß ausleerte, rutschte auch eine Tüte Lakritz mit heraus.

»Love this stuff«, stöhnte er und öffnete die Tüte. »Apollooo Lakritz.«

»A-ppollo«, korrigierte Silja ganz automatisch.

Er lächelte und hielt ihr die Lakritztüte höflich vor die Nase. Sie bedankte sich freundlich und begann den Verband abzuwickeln. Die Wunde klaffte noch immer offen, und ein wenig Blut sickerte daraus hervor, als sie die Handfläche aufmachte. Sie öffnete die Verpackung einer Mullbinde, doch es fiel ihr schwer, das allein mit der linken Hand zu schaffen.

»Ich mache das«, sagte Liam, den Mund voller Lakritze. Er öffnete die Verpackung und begann die ganze Verbandsrolle aufzuwickeln. Silja schaute ihn an und überlegte, ob das jetzt wohl der rechte Moment war, ihm zu erzählen, was sie so beruflich machte. Sie beschloss, es sein zu lassen. Es kam nicht oft vor, dass jemand sich um sie kümmerte, wenn es ihr nicht gut ging. Sie erklärte ihm, wie er die Wunde umwickeln sollte, und auch wenn er ganz offensichtlich nicht viel Erfahrung im Verbinden von Wunden hatte, gab er sich die größte Mühe und achtete darauf, ihr nicht wehzutun. Er nahm seine Rolle sehr ernst und las die Anweisungen auf der Verpackung, die glücklicherweise auf Englisch waren. Er wirkte zufrieden, als er den Verband fixiert hatte, und hielt Siljas Hand vorsichtig in der seinen.

»Fertig!«

»Danke«, sagte sie schließlich und ließ ihre Hand noch einen Moment in der seinen ruhen. Es war ein angenehmes Gefühl und er war so gut zu ihr gewesen. Baldur hatte sich kaum noch die Zeit genommen, ihre Hand zu halten, sodass sie eigentlich vergessen hatte, wie schön sich das anfühlte. Vielleicht hatte der Engländer das auch vergessen, denn er blickte eine ganze Weile auf ihre Hände, wie tief in Gedanken versunken. Am Ende blickte er wieder hoch und schaute Silja an. Sie vergrub ihr Gesicht fast völlig im Kragen ihrer Jacke. Nur die Augen und die Stirn ragten noch hervor und große Tränen aus ihren rotgeränderten Augen nässten den Stoff.

Er schien ein wenig erschrocken zu sein, rückte aber dennoch näher an sie heran und nahm sie in den Arm. Er fragte sie nicht danach, was los war, aber er wusste, dass es etwas von der wichtigeren Sorte sein musste. Silja weinte gewöhnlich nicht vor anderen Leute, aber vor einem völlig Fremden zu weinen störte sie nicht im Geringsten.

»Lieber Silja …« Er versuchte, sich irgendwelche tröstenden Worte ins Gedächtnis zu rufen, doch das hatte ihm noch nie gelegen, noch nicht einmal in seiner Muttersprache, geschweige denn auf Isländisch.

Sie lächelte nachsichtig und konnte kaum glauben, dass ein kleiner Grammatikfehler sie so aufzuheitern vermochte.

»Man sagt »liebe«. Weil ich eine Frau bin«, fügte sie noch mit leiser Stimme hinzu.

»I can never get that one right. Lieber, liebe, liebes …«

»Das macht doch nichts«, antwortete Silja und bedauerte es ein wenig, ihn korrigiert zu haben. Sie beschloss, dass nicht wieder zu tun.

Er lächelte sie an, und wie ein wahrer englischer Gentleman hatte er ein kleines Taschentuch in der Jackentasche, das er ihr jetzt reichte. Sie bedankte sich dafür, trocknete sich vorsichtig die Augen, unterließ es aber, sich auch noch zu schnäuzen. Draußen hatte es wieder zu schneien begonnen und die Scheiben waren leicht beschlagen. Wieder saßen sie schweigend nebeneinander und schauten jeder auf seiner Seite aus dem Fenster.

»So, have you come up with a plan yet?«, fragte er schließlich.

Nach kurzem Nachdenken verneinte Silja, schließlich hatte sie sich noch nicht recht auf die Frage konzentrieren können, wie sie ihre Ehe beenden sollte, auch wenn ihr Ehemann ihr das meiste schon abgenommen hatte. Sie atmete tief durch und strich sich vorsichtig mit der Hand durchs Haar.

»Hast du denn irgendeinen Plan?« Sie schaute ihn an, wie er dasaß, mit in die Luft stehenden Haaren, völlig verkatert und denkbar schlecht für das isländische Wetter ausgerüstet. Er schüttelte den Kopf und lächelte.

»Willst du Kaffee? I would like a … Kaffee«, sagte er, rieb sich die Hände und blies hinein, um sie ein wenig zu wärmen. »I desperately need to sober up as well«, fügte er hinzu.

Einen Kaffee konnte Silja jetzt auch gut gebrauchen, hatte aber wenig Lust darauf, sich zwischen lauten Freundeskreisen und Familien mit kleinen Kindern beim Sonntagsfrühstück in ein Café zu zwängen.

»Let's not get it in Reykjavík, though«, fügte Liam hinzu und richtete sich in seinem Sitz auf. »Let's have it somewhere exotic!« Er wirkte plötzlich hellwach und aufgeregt. »Somewhere like … Akranes!«

»Akranes?«, wiederholte Silja ungläubig.

»Ja! It could be a little journey, a mini-road trip if you will. To a magical place called … Akranes.«

»Bist du schon jemals an diesem »Zauberort« Akranes gewesen?«

»Nein, nein. Seen it on the map. But it looks lovely. And it's close enough, isn't it?«

Silja dachte nach. Eigentlich sollte sie jetzt endlich schlafen gehen und zu irgendeinem Ergebnis kommen, was sie als Nächstes tun sollte. Andererseits war sie zuletzt als kleines Mädchen in Akranes gewesen. Sie konnte sich nicht daran erinnern, dass es dort irgendetwas Besonderes zu sehen oder zu tun gab, das es in der Stadt nicht auch gab. Und jetzt saß da neben ihr ein praktisch völlig fremder Ausländer und wollte unbedingt eine Spritztour dorthin machen. Irgendwie bizarr. Eigentlich war sie überhaupt kein spontaner Mensch. Sie ließ sich zum Beispiel gar nicht gern überraschen und plante alle Reisen und Ereignisse bis ins kleinste Detail. Es überraschte sie selbst, dass sie jetzt mit dem Kopf nickte und nur kurz auf der Benzinanzeige nachschaute, ob sie es mit der Tankfüllung bis dorthin schaffen würden.

Sie genoss es, die Stadt hinter sich zu lassen, und fuhr ein wenig schneller als erlaubt. Die grellen Lichter der Stadt ließen die Lichter von Akranes noch schwächer und unbedeutender erscheinen und Silja überlegte, ob es dort überhaupt irgendwelche Cafés gab.

»Wie geht es der Hand?«, fragte Liam und umfasste vorsichtig den Verband, den er so gewissenhaft um die verletzte Hand gewickelt hatte.

Wieder verspürte Silja dieses angenehme Gefühl, wenn er ihre Hand hielt. Sie nahm den Blick einen Moment lang von der Straße und schaute ihn an.

»Besser. Danke«, antwortete sie und zog ihre Hand zurück, tat so, als brauchte sie sie am Steuer.

Als sie in den Tunnel von Hvalfjörður hinabfuhren, musste Silja an ihren Vater denken. Er hatte feierlich gelobt, diesen Tunnel nie zu benutzen. Seiner Meinung nach hatte es etwas Unnatürliches, einen Tunnel unter dem Meer hindurch zu bauen, der dann hundertprozentig sicher sein sollte. Er würde weiter den Fjord entlangfahren, so wie er es immer getan hatte, und sich nicht von irgendeiner sündhaft teuren zeitsparenden Lösung verführen lassen, die nur für Leute gedacht war, die sich nie die Zeit für irgendetwas nahmen. Aber die Neugier besiegte am Ende doch noch sein Gelöbnis, und nachdem er den Tunnel einmal durchquert hatte, fuhr Vésteinn Vésteinsson nie mehr den Fjord entlang.

Sie wurden von sanftem Schneetreiben empfangen, als sie aus dem Tunnel herausfuhren. Draußen war es eisig kalt und Silja empfand Mitleid mit ein paar Pferden, die dicht aneinandergedrängt dastanden, den Hintern dem Wind zudrehten und auf den Frühling warteten. Es ging schon auf Mittag zu und es war einigermaßen hell geworden. Der nicht in diese Landschaft passende Schornstein der Zementfabrik überragte die Stadt, während ihm senkrechter Rauch entstieg, um sich mit dem weißen Himmel zu vereinen. Der Ort wirkte wie halb im Schlaf versunken, und sie waren schon eine Weile umhergefahren, als sie endlich den ersten Menschen auf der Straße entdeckten. Der Mann trug eine feuerrote Strickmütze auf dem Kopf und eine schwarze Mülltüte über der Schulter. Liam sah zuerst Silja fragend an und dann den Mann, der seinerseits das Auto nicht aus den Augen ließ. Schließlich erblickte er eine leere Plastikflasche am Rand des Bürgersteigs, woraufhin er vor lauter Aufregung einen Satz machte.

»Na toll«, sagte Liam zögernd, aber dennoch voller Neugier, was sie wohl als Nächstes entdecken würden.

»So ist es eben hier auf dem Land«, antwortete Silja und schämte sich gleichzeitig ein wenig dafür, ein solcher Stadtmensch zu sein.

Sie fuhren in Richtung Ortsmitte, vorbei an einer kleinen Bankfiliale, die ganz offensichtlich schon mehr als einmal den

Namen gewechselt hatte, und vorbei an einigen jungen Müttern mit Kinderwagen. Noch immer wirkte der Ort wie im Halbschlaf und auch wenn sie jetzt rein geografisch die Ortsmitte erreicht hatten, schien es, als ob alles Leben anderswo stattfand, vielleicht sogar ganz nach Reykjavík umgezogen war. Sie fuhren im Schneckentempo die Straße hinunter und entdeckten endlich ein kleines Café, das offen zu sein schien.

»I told you Akranes would have a café. Exotic and exciting as it is«, sagte Liam und löste den Sicherheitsgurt, während Silja einparkte. Sie wunderte sich darüber, wie wach sie noch war.

Drei kleine Glöckchen, die innen an der Tür hingen, klingelten leise, als sie das Café betraten. Es erwies sich als wesentlich größer, als es von außen aussah. Geschmackvolle Bänke waren zusammen mit einer alten, aber sehr hübschen Sofagarnitur an den Wänden entlang aufgereiht, und zwei Paare und eine Gruppe von Freundinnen mit kleinen Kindern hatte es sich jeweils in einer Ecke gemütlich gemacht. Sie gingen zur Theke und bestellten einen Kaffee.

»Ich zahle.« Liam schob Silja sanft von der Theke weg und bat sie, einen Platz für sie zu suchen. Sie protestierte nicht und blickte über das Café hinweg. Am Ende wählte sie einen Platz in der Mitte zwischen den Paaren und der Müttergruppe und setzte sich hin. Sie betrachtete die Cafégäste und ihr Blick blieb an einem älteren Paar hängen, das ihr beim Betreten des Cafés zunächst gar nicht aufgefallen war. Die beiden saßen schweigend da, ließen sich mit leerem Ausdruck im Gesicht jeder ein Stück Schokoladenkuchen schmecken und tranken schwarzen Kaffee dazu. Sie mussten knapp 70 sein und Silja fiel ganz besonders auf, wie eng der Ehering am Finger des Mannes saß. Er hatte zweifellos in den seit ihrer Hochzeit vergangenen Jahrzehnten an Gewicht zugenommen. Sie blickten einander nicht an. Aßen ihren Kuchen auf und schoben die Teller vorsichtig in die Mitte des Tisches, während sie schweigend ihren schwarzen Kaffee tranken.

Liam trat strahlend lächelnd an den Tisch heran und trug ein Tablett mit zwei Tassen Kaffee und zwei belegten Broten vor sich her. Er setzte das Tablett vorsichtig ab, teilte Silja mit, dass sie unbedingt etwas essen müsste, und stellte die Kaffeetasse und den Teller mit dem Sandwich vor sie hin.

»Ich habe mich mit der Bedienung unterhalten«, sagte er freudig. »She's so lovely. And so blonde«, fügte er hinzu und schüttelte den Kopf wie in völligem Unverständnis über die Schönheit und Nettigkeit der weiblichen Bevölkerung Islands. Doch Silja war nach den Geschehnissen des Morgens nur wenig für die Vorzüge isländischer Blondinen zu begeistern.

Sie zupfte an dem Salatblatt, das über den Rand der Brotscheibe hinausragte und steckte sich eine halbe Tomatenscheibe in den Mund, während Liam sich ausgehungert über sein Sandwich hermachte und den Kaffee dazu hinunterkippte.

Silja richtete ihren Blick wieder zu dem älteren Paar hinüber. Die beiden hatten ihren Kaffee ausgetrunken, saßen aber noch immer schweigend beisammen. Liam schaute jetzt auch zu ihnen hinüber und dann zurück zu Silja, die ganz offensichtlich in Gedanken versunken war.

»Es lohnt sich wahrscheinlich für die beiden nicht mehr, sich scheiden zu lassen, auch wenn sie die Nase noch so voll voneinander haben und schon lange nichts mehr haben, worüber sie reden könnten«, sagte Silja schließlich leise und abwesend.

Liam legte sein Brot zurück auf den Teller, wischte sich den Mund ab und schaute Silja an.

»I suppose you can always walk away. No matter how old or young you are. As long as you are willing to do whatever it takes to make yourself happy, you can walk away. Is there a ›walking-away‹ of some sort involved in your planning of the future that I so rudely interrupted there this morning?«, fragte er schließlich und trank einen Schluck von seinem Kaffee.

Silja blickte nach unten und wusste nicht recht, was sie darauf antworten sollte. Natürlich ging es diesen fremden Mann – mit dem sie zugegebenermaßen einen Ausflug in ein Café auf dem Lande gemacht hatte – überhaupt nichts an, ob sie wegging, ihre Ehe aufgab und nicht das Risiko einging, ihr Leben damit zu beenden, schweigend mit einem viel zu engen Ehering dazusitzen und nichts mehr zu haben, worüber sie sich unterhalten konnte. Bitter und übergewichtig nach all den Seitensprüngen und Fehltritten der vergangenen Jahre.

»Ich war anscheinend nicht genug«, sagte sie schließlich und trank einen Schluck von ihrem Kaffee, der langsam kalt zu werden begann. Sie blickte zum ersten Mal zu ihm auf und ihre Augen trafen sich einen Moment lang. Liam hatte den Mund voll, doch er hörte auf zu kauen und blickte sie an, bis sie seinem Blick wieder auswich.

»Und es ist nicht einmal so, dass es das erste Mal war«, fügte sie hinzu und lachte unbeholfen. »Aber was ist, wenn es einem nachher noch schlechter geht? Wenn es dir noch schlechter geht, wenn du nicht mit ihm zusammen bist. Ich kann nicht nicht mit ihm zusammen sein. Ich habe kein Leben mehr, weil alles von ihm durchtränkt ist, von denen, die auch mit ihm zusammen waren, und denen, die noch mit ihm zusammen sein werden. Ich glaube, ich will das nicht länger mitmachen. Ich glaube, dass die Entscheidung sogar schon für mich getroffen worden ist. Ich glaube, dass ich weggehen und von vorn anfangen muss. Auch wenn es ganz und gar nicht das ist, was ich mir wünsche.«

Liam musste sich voll konzentrieren, den Inhalt von all dem, was Silja sagte, zu begreifen. Doch auch wenn er nicht alles verstand, wusste er doch, dass es vor allem darauf ankam, dass sie es überhaupt aussprach.

Noch fehlte ihm das Vokabular, um die richtigen Worte zum Trost zu finden, also beugte er sich nur über den Tisch und umfasste ihre Hand mit allergrößter Vorsicht.

»You don't necessarily have to know what you want«, sagte er. »Maybe it's enough to know what you don't want. For now anyway.«

Sie lächelte dumpf und nickte. Sie begann sich mehr und mehr darüber im Klaren zu werden, was sie sich nicht länger bieten lassen wollte.

Sie tauschten ihren Platz am Tisch gegen das schöne rote Sofa am Fenster ein.

»I used to go out with a girl back home«, sagte Liam und hatte irgendwie das Gefühl, er müsste jetzt auch seine Privatangelegenheiten mit Silja teilen, wo sie sich schon ihm gegenüber geöffnet hatte. »Lovely, lovely girl«, fuhr er fort und blickte ein wenig verträumt an die Decke. »We'd been going out for six years, and everything was great. More than great.

Everything was fantastic. And then our friends started getting engaged and married and having babies. And she started making all these suggestions and wanting some sort of a guarantee that those six years of ours were leading up to something and were not just a casual way of killing time before meeting our future husband or wife. I never thought of it that way though. Never. But I panicked. Big time. And she got all upset and ended up giving me something that sounded an awful lot like an ultimatum – propose or we break up. I couldn't do it so I stupidly decided that running away would be a splendid option. And that was that. Then she found someone else. Or so I heard. And apparently got engaged and everything so at least she got what she wanted in the end.«

Liam atmete tief durch und versank in dem weichen Sofa. Silja atmete regelmäßig, den Kopf zur Seite geneigt, die Augen geschlossen. Sie schlief tief und fest. Er lächelte in sich hinein und überlegte, wie viel sie wohl von seiner Geschichte über das Mädchen zu Hause mitbekommen hatte, das Mädchen, das er verloren hatte, weil der Gedanke an eine Ehe ihn so erschreckt hatte. Er stand auf, rückte sie ein wenig zurecht, damit sie es bequemer hatte, und suchte nach einer Decke. Die blonde Bedienung war hinter der Theke hervorgetreten und blickte misstrauisch auf Silja, die wie bewusstlos auf dem Sofa lag.

»She's not a druggie or anything. She's just really, really tired«, erklärte Liam eilig und lächelte der Bedienung zu, bevor er sich noch eine Tasse Kaffee bestellte.

Es war fast vier Uhr, als Silja wieder zu sich kam. Liam saß in einem kleinen Sessel gegenüber dem Sofa und las in einem Buch, das er irgendwo gefunden hatte. Silja musste ein wenig lächeln, als sie den konzentrierten Ausdruck auf seinem Gesicht sah, und schaute dann auf den Titel des Buches, in das er so versunken war – *Der kleine Seehund Snorri.*

»Oh hello«, sagte er schließlich, als er sah, dass Silja wieder in die Welt der Lebendigen zurückgekehrt war.

»Sorry …«, entgegnete Silja und setzte sich vorsichtig im Sofa auf. »Ich war einfach so müde«, fügte sie hinzu.

»Nichts, wofür du sorry sagen musst«, antwortete er und legte das Buch zur Seite. »Hope you had a nice sleep. Schnarchen and everything«, fügte er verschmitzt hinzu und grinste.

So unglaublich das klang, hatte Silja gut geschlafen und auch wenn sie bei Weitem nicht ausgeschlafen war, spürte sie doch, wie gut ihr das kleine Nickerchen getan hatte.

Sie beschlossen, sich wieder auf den Weg zurück in die Stadt zu machen, auch wenn keiner von beiden wusste, was sie dort erwartete. Die Bedienung bedankte sich für ihren Besuch und lächelte Liam noch einmal zu, der ihr eifrig durchs Fenster zuwinkte.

Die Dunkelheit war schon wieder hereingebrochen und Silja konnte sich eines leisen Gefühls der Furcht nicht erwehren, das sich in ihrem Bauch ausbreitete, als sie die Straßenlichter von Akranes hinter sich ließen und das Lichtermeer der Stadt näher rückte. Sie hoffte, dass er weg war, wenn sie nach Hause kam. Dass er nicht auf sie wartete und versprach, sich zu ändern und so etwas nie wieder zu tun. Liam war eingeschlafen, lag mit dem Kopf auf dem Sicherheitsgurt und atmete leise durch den offenen Mund. Sie lächelte vor sich hin. Er hatte ihr gutgetan. Vielleicht war er genau das gewesen, was sie an diesem Tag gebraucht hatte. Und vielleicht war es auch kein Zufall gewesen, dass er sie dort draußen am Meer gefunden hatte. Natürlich war es auch ein Glück für ihn gewesen, denn zweifellos wäre er da draußen erfroren oder hätte sich zumindest eine heftige Erkältung eingefangen, wenn er ihr nicht begegnet wäre. Wie immer herrschte ein starker Wind auf Kjalarnes, und während ein besonders heftiger Windstoß das Auto im Fjord von Kollafjörður packte, wachte Liam auf. Er blickte sich um, schmatzte ein klein wenig und kratzte sich in seinem zerzausten Haar. Silja hielt den Blick auf die Straße gerichtet, bemerkte aber trotzdem, dass er jetzt wach war. Sie saßen eine Weile schweigend nebeneinander, bis sie aus Mosfellsbær herausgefahren waren.

»Wo soll ich dich rauslassen?«, fragte sie schließlich. Sie konnte ihn wohl kaum zum Übernachten einladen, schließlich würde sie zurück in ihrer Reykjavíker Wirklichkeit erst einmal sehr beschäftigt sein.

»Eeeh … ich weiß nicht. Well … somewhere in town really if it's not too much out of your way.«

Silja nickte und wieder saßen sie schweigend nebeneinander, während das Auto an den Neubauten von Grafarholt vorbei in die Stadt hineinglitt.

»Vermisst du sie? Das Mädchen, mit dem du zusammen warst?«, fragte Silja schließlich unvermittelt, ohne ihn dabei anzuschauen.

Das überraschte ihn ein wenig, weil er eigentlich mehr oder weniger damit gerechnet hatte, dass sie nicht das Geringste von dem mitbekommen hatte, was er ihr alles erzählt hatte, bevor sie einschlief.

»Manchmal. But then I remind myself of the things that I

wasn't happy about as well. There were good times, loads of good times. But there were also things that didn't work out and would never have worked out. It's so important to remind yourself of that. I would have liked to finish things differently, but then that's the way things go, I suppose.«

Silja nickte mit dem Kopf. Es war nicht immer möglich, eine Beziehung so freundschaftlich zu beenden, wie man sich das wünschen würde.

Sie fuhren den Laugavegur entlang und Liam bat Silja, vor The Western Bar anzuhalten, dem einzigen Striplokal, das es noch in der Innenstadt von Reykjavík gab. Silja hätte das nicht von Liam erwartet, wünschte ihm aber nichtsdestoweniger viel Spaß.

»My friend Gunnar lebt hier gegenüber, dass du es nur weißt. I'm not going in for a boobie boogie. I'm a bit more of a gentleman than that, Silja. Surely you should know that about me by now!«

Sie vergrub ihr Gesicht noch tiefer im Kragen ihrer Jacke und lächelte verschämt.

»So … this is it.«

»Ja, das war's dann wohl«, antwortete sie zögernd und wusste nicht recht, was sie noch sagen sollte, ob sie überhaupt noch etwas sagen sollte.

»And what about you? Are you going home? Back to him?«

»I'm going home anyway«, antwortete sie leise.

Sie schwiegen eine Weile. Silja blickte aus dem Fenster und spürte Liams Blick auf sich ruhen. Schließlich zog er die Handbremse und drehte sich zu ihr hin.

»I don't think you should go. I think you should stay here

with me. We can explore more rural cafés. I've heard really good things about this place called Ísafjorthor. I think that could be our next stop for sure, Silja. What do you say?«

Sie lächelte ihn an und jetzt war sie es, die seine Hand in die ihre nahm.

»Danke … you know, for today. I need to head off now.«

Er schaltete die Heizung im Wagen aus, sodass die Geräusche des umliegenden Verkehrs jetzt deutlicher zu ihnen vordrangen. Er bewegte seine Hand zu Siljas Gesicht hinauf und strich ihr sanft über die Wange. Sie lächelte zurückhaltend und konnte sich nicht daran erinnern, wann ihr zuletzt jemand über die Wange gestrichen hatte. Langsam rückte er noch näher an sie heran und ließ sich nicht davon stören, dass sich die Handbremse in seine Seite hineinbohrte. Zog sie zu sich heran und legte seine Wange an die ihre. Sie war keinem je so nah gekommen außer dem, der sich ihr Ehemann genannt hatte. Deshalb war sie überrascht davon, dass sie überhaupt keinen Stress verspürte oder ein schlechtes Gewissen hatte, sondern es sich stattdessen erlaubte, die Nähe eines anderen Menschen zu genießen. Sie hatte das Gefühl, sich zum ersten Mal seit Jahren entspannen zu können, und wollte sich deshalb nicht verwehren, diesen Moment auszukosten, auch wenn er nie wiederkommen würde. Sie zuckte ein wenig zusammen, als seine Lippen die ihren fanden, doch sie wich nicht zurück. Nicht gleich. Nach diesem Kuss blickten sie einander in die Augen.

»Viel Glück, lieber Silja. Nein, liebe Silja«, korrigierte er sich und lächelte sie an. Er öffnete die Tür und blinzelte ihr zu, bevor er die Tür wieder schloss und über die Straße lief.

»Dir auch«, sagte sie zu der Stille im Wagen.

Sie spürte deutlich, wie sich alles verändert hatte, als sie zu dem Haus auf dem Kárastígur hinauffuhr. Irgendwie war das Bild, das sich ihr bot, ein anderes als vorher. Die Dinge würden sich noch viel mehr ändern, also war es wohl gut, sich an den Gedanken zu gewöhnen. Sie stieg aus dem Auto und ging mit langsamen Schritten auf die Haustür zu. Sie betrachtete ihre Namen in der Glasscheibe der Haustür, während sie den Schlüssel im Schloss herumdrehte. Drinnen waren alle Lichter aus. Der schwere Geruch vom Morgen war schwächer geworden. Silja zog sich die Schuhe aus und ging ruhig in die Küche hinein. Sie schaltete das Licht in der Küche ein und sah, dass das ganze Geschirr gespült und auch das Schneidebrett mit dem blutigen Brötchen weggeräumt worden war. Auf dem Küchentisch stand ein Blumenstrauß und darunter lag ein Umschlag, auf dem per Hand ihr Name geschrieben stand. Silja nahm den Umschlag abwesend in die Hand und ging hinauf ins obere Stockwerk. Sie hatte keine Lust, ins Schlafzimmer hineinzugehen, und stand eine Weile vor der halb angelehnten Tür. Am Ende stieß sie gegen die Tür, sodass sie weit offen stand. Die Bettwäsche war von der Decke und den Kissen abgenommen worden, die auf dem Bett lagen. Eine der beiden Türen des Kleiderschranks stand halb offen. Silja öffnete den Schrank ganz und sah, dass der Großteil von Baldurs Kleidern verschwunden war.

Er war gegangen.

Karen

DIE DUNKELHEIT BEGRUB DIE STADT noch immer unter sich, als sie sich in ihren schicken Schuhen mit den viel zu hohen Absätzen auf dem Glatteis vorwärtstastete. Sie war so früh am Morgen keineswegs für solche Spaziergänge ausgestattet, in der dünnen Strumpfhose, dem knielangen Rock, dem Top und dem offenen Trenchcoat. Die Lederhandschuhe hatte sie wieder einmal verloren, doch irgendwie fanden sie den Weg jedes Mal wieder zu ihr zurück, sodass sie sich nicht allzu viele Sorgen darüber machte. Ihre Hände waren rot und fühlten sich taub an, ihre Wangen brannten vor Kälte. Sie hatte Kopfschmerzen und das Gefühl, als ob in ihrem Mund irgendetwas verendet wäre.

Nie wieder Jack Daniels, dachte sie und überlegte sogar, diesmal Ernst damit zu machen.

Sie betrachtete die Weihnachtsbeleuchtung und die Lichterketten, die immer noch ein paar Fenster der Ránargata schmückten. Es ging ihr furchtbar auf die Nerven, wenn Leute ihre Weihnachtslichter zu lange hängen ließen, und ihr war schon der Gedanke gekommen, dass man solche Faulpelze zu Tagessätzen verdonnern sollte, schließlich war nichts so deprimierend wie eine festliche Weihnachtsbeleuchtung im Januar. Sie atmete tief durch und versuchte schneller zu gehen.

»Es tut mir leid«, wiederholte sie leise. Das war das Einzige, was sie zu ihr hatte sagen können. »Es tut mir leid.« Bevor sie sich aus dem Haus geschlichen hatte.

Karen Valsdóttir blickte hinauf in den endlosen, frostkalten Himmel und schaute der warmen Luft aus ihrem Mund hinterher, die in die Dunkelheit hinein verschwand. Sie wühlte in ihrer Tasche nach der Zigarettenpackung und zündete sich eine an. Sie hatte schon lange aufhören wollen, aber immer wenn sie trank, hatte sie ein so großes Bedürfnis zu rauchen. Und weil sie in letzter Zeit ziemlich oft trank, beschloss sie einfach, wieder ständig mit dem Rauchen anzufangen. Dann musste sie nach einer durchzechten Nacht nicht ein noch schlechteres Gewissen haben, als sie das sowieso schon hatte. Sie atmete den Rauch tief ein und spürte, wie ihr ganzer Körper sich entspannte, sobald sie den Rauch wieder herausblies. Nur wenige Autos waren jetzt unterwegs. Karen war ausgesprochen froh darüber, weil ihr unzweifelhaft anzusehen war, was ihr da gerade passiert war.

Sie hatte es nicht gewusst. Schließlich trug er noch nicht einmal einen Ring. Natürlich hätte es ihr klar werden sollen, als sie seine Wohnung betrat. Doch da spielte wohl Jack Daniels und dessen angenehm betäubender Einfluss bereits eine nicht unbedeutende Rolle. Sie konnte sich kaum daran erinnern, mit ihm nach Hause gegangen zu sein, geschweige denn, wie seine Wohnung ausgesehen hatte. Sie wachte erst vom Zuknallen der Haustür wieder auf. Das war vermutlich das Schlimmste, was sie je getan hatte. Sie würde den Ausdruck auf dem Gesicht der armen Frau mit Sicherheit nie vergessen. Sie hätte gern mehr zu ihr gesagt als nur »Es tut mir leid«.

Hätte ihr erklären wollen, wie furchtbar besoffen sie gewesen war, dass er nicht gesagt hatte, dass er verheiratet war, und dass es noch nicht einmal Spaß gemacht hatte oder schön gewesen war, mit ihm zu schlafen. Egoistisch, grob und ganz offensichtlich in Eile, damit er endlich einschlafen konnte.

Karen lief so schnell, wie ihre Schuhe und das Eis auf der Straße es erlaubten, und hätte vor Freude weinen können, als sie endlich zu Hause in der Ásvallagata ankam. Sie schob sich vorsichtig die Treppe hinauf zum Haus Nummer 40 und drehte den Schlüssel langsam im Schloss herum. Machte die Tür lautlos hinter sich zu und ließ die Schuhe im Vorraum zurück. Sie ging in die Küche, um sich ein Glas Wasser und ein paar Schmerztabletten zu holen und zu Gott zu beten, dass ein paar Stunden Schlaf sie wieder zu einem Menschen machen würden.

»Hast du dich gut amüsiert, mein Kind?«

Sie zuckte zusammen und verschränkte die Arme vor der Brust. Ihre Großmutter saß auf der Küchenbank, vor sich eine Tasse Tee und einen Teller mit einem Stück Brot.

»Was bin ich erschrocken«, stöhnte Karen und lehnte sich gegen die Spüle. »Bist du schon lange wach? Bist du vielleicht noch gar nicht schlafen gegangen?«

Ihre Großmutter zuckte mit den Schultern und strich mit der Hand über den Küchentisch, als ob sie sichergehen wollte, dass er auch ganz sauber war.

»Ich konnte einfach keine Ruhe finden. Und dann schnarcht dein Großvater in letzter Zeit so fürchterlich. Diese Operation, die sie da an seinem Rachen gemacht haben, hat überhaupt nichts gebracht.«

»Mmhmm …«, antwortete Karen mit zwei Schmerztabletten im Mund und ließ Wasser in ein Glas laufen. Sie nahm zwei große Schlucke, gerade genug, um die Tabletten herunterzuspülen.

»Ich habe dir schon so oft gesagt, dass du dir keine Sorgen machen sollst, wenn ich ausgehe, und auch dann nicht, wenn ich spät oder gar nicht heimkomme. Dann bin ich nur auf irgendeiner Party gewesen oder habe bei Anna und Ína übernachtet. Ich will dich nicht mitten in der Nacht anrufen, um dir Bescheid zu sagen.«

»Ich weiß, mein Liebes. Ich mache mir nur manchmal solche Sorgen. Man hört so vieles von der Innenstadt heutzutage, mit all den Polen und Litauern überall …«

»Die Isländer sind nun auch nicht viel besser«, antwortete Karen und lächelte in sich hinein über den sanften Rassismus ihrer sonst so liebenswerten Großmutter.

»Nein, da hast du natürlich recht.«

Karen schaute ihre Großmutter an, wie sie da auf der Bank in der Küchenecke saß und vorsichtig ihren Tee trank. Sie fuhr fort, mit der Hand sanft, aber in gleichmäßigem Rhythmus die Tischplatte entlangzustreichen. Schulterlanges, schlohweißes Haar umrahmte ihr Gesicht. Jórunn Sturlaugsdóttir fehlte nur ein Jahr zum achzigsten Geburtstag, doch sie hatte sich ungemein gut gehalten. Ihr Gesicht noch immer spiegelglatt und vollkommen frei von den Falten des Alters. Schließlich hatte sie niemals Make-up oder Mascara benutzt, da sie das für Humbug hielt. Natürliche Schönheit. Es kam vor, dass sie ein ganz klein wenig roten Lippenstift auftrug, aber nur für besondere Gelegenheiten wie Konfirmationen, Beerdigungen und Weihnachten. Karen hatte manchmal der Versuchung nachgegeben und die Kartons im Keller mit den alten Fotos ihrer Familie durchstöbert. Ihre Großmutter war als junge Frau bildschön gewesen. Groß und schlank mit rabenschwarzem Haar und die großen, dunkelbraunen Augen erinnerten eher an einen französischen Filmstar als an eine Fischerstochter aus Akranes. *Die Jungs waren sicher verrückt nach dir*, hatte Karen manchmal zu ihr gesagt, doch nie etwas anderes als ein geheimnisvolles Lächeln geerntet.

»Ich lege mich jetzt ein bisschen hin«, sagte Karen schließlich und küsste ihre Großmutter auf die Stirn.

»Mach das, mein Engel«, antwortete sie und versuchte, nicht das Gesicht zu verziehen, als ihr der Whisky- und Zigarettengestank entgegenquoll, der von Karen ausging. »Ich hatte überlegt, Pfannkuchen zu backen zum Frühstück. Hättest du Lust auf Pfannkuchen, mein Liebes?«

Karen war überzeugt, dass sie so ungefähr der furchtbarste Mensch auf der ganzen Welt sein musste. Da saß ihre alte Großmutter, die vor Sorge nicht hatte schlafen können, und bot ihr frisch gebackene Pfannkuchen an, wenn sie ausgeschlafen hatte. Den Rausch und das schlechte Gewissen ausgeschlafen hatte, das sie sich verdient hatte, indem sie sich von irgendwelchen alten Kerlen einen Drink nach dem anderen ausgeben ließ und dann mit diesem Mistkerl geschlafen hatte, der seine Frau betrog.

»Ja, Oma, gern. Aber nur, wenn du sowieso backen willst …«, antwortete Karen und versuchte ein Lächeln.

Karen ging leise hinauf ins obere Stockwerk und musste schmunzeln, als sie am Schlafzimmer ihrer Großeltern vorbeiging, woraus ein ohrenbetäubendes Schnarchen zu hören war. Karen ging in ihr Zimmer am Ende des Flurs, legte sich auf das Bett und spürte, wie müde sie war. Ihre Augen brannten, sobald sie sie schloss, und ein lautes Gurgeln erklang in ihren Ohren, was nicht verwunderlich war, da sie gestern abend in der Elfer Bar drei Stunden lang an den Lautsprecher gepresst mit diesem schmierigen Kerl herumgeknutscht hatte.

»Idiot …«, sagte sie leise. Sie konnte nicht aufhören, an heute Morgen zu denken, vor allem an das verletzte Gesicht der Frau, der sie auf dem Weg aus dem Haus begegnet war. Konnte sich nicht genau daran erinnern, wie er aussah, aber er roch nach Knoblauch. Und er war ein Angeber. Nicht einmal besonders anziehend oder gut aussehend, wenn sie darüber nachdachte. Warum war sie dann mit ihm nach Hause gegangen? Sie wusste nicht einmal, wie er hieß. Fand es erst heraus, als sie die Haustür hinter sich schloss und ihr Blick auf die beiden Namen fiel. Er hieß Baldur Guðmundsson und sie Silja Vésteinsdóttir.

»Man betrügt seine Frau nicht, wenn man die Namen auf der Glasscheibe in der Haustür hat eingravieren lassen«, sagte sie leise zu sich selbst und wurde immer wütender, je mehr sie darüber nachdachte. Er verheiratet, sie ungebunden. Sie konnte tun, was sie wollte und mit wem, er nicht. Er ein Idiot, sie nicht. Karen atmete tief ein und versuchte ihren Kopf freizubekommen, der so voll war von diesen Gedanken. Sie tat das immer öfter in letzter Zeit. Trank viel, rauchte viel, kam spät oder gar nicht heim und schlief mit Männern, die sie eigentlich nicht im Geringsten interessierten, die es nicht einmal wert waren, sich ihren Namen zu merken. Früher einmal hielt sie noch ein Register über diejenigen, mit denen sie schlief, und überließ nicht jedem Dahergelaufenen ihren Körper zur freien Verfügung. Jetzt nicht mehr.

Der Hagel trommelte mit solchem Lärm gegen die Scheibe des Schlafzimmerfensters, dass Karen hochschoss. Sie rieb sich die Augen eine Weile, während sie zu sich kam, ohne verstehen zu können, warum es draußen immer noch dunkel war. Sie streckte sich nach ihrem Telefon auf dem Nachttisch und schaute auf die Uhr. 16.42. Wo sie doch hatte wach werden wollen, um mit ihrer Großmutter Pfannkuchen zu essen. Ihr war viel zu heiß und sie spürte noch das Brennen auf ihren Wangen, das der Frost auf dem Heimweg heute früh dort hinterlassen hatte. Sie zog sich ein Paar Leggings und einen Wollpullover über und ging leise aus dem Zimmer hinunter in die Küche.

»Und da kommt sie endlich! Frisch wie ein Veilchen im Frühling.« Ihr Großvater, der auf der Küchenbank saß und in einem Buch las, begrüßte sie fröhlich. Wahrscheinlich irgendein Buch über die Erlebnisse eines Fischers in der Mitte des vergangenen Jahrhunderts oder das Logbuch der Dettifoss, die während des 2. Weltkriegs versenkt worden war. Er las es vermutlich zum dritten Mal.

Er lächelte, legte das Buch zur Seite und öffnete die Arme für Karen, die sich weich in seine Umarmung fallen ließ. Ihr Großvater war der größte Mann, den Karen kannte. Ungefähr zwei Meter groß, was ihm in den letzten Jahre Rücken-, Hüft- und Knieschmerzen beschert hatte, kräftig, fast ein wenig grobschlächtig, mit einem freundlichen Lächeln und einer tiefen Stimme. Riesenhafte Hände und die schönsten blauen Augen, die sie je gesehen hatte. Nach einer Weile stand sie auf, holte sich einen Kaffee und hockte sich zusammengekrümmt auf die Bank ihrem Großvater gegenüber. Sie war noch im Halbschlaf und tief in Gedanken versunken.

»Vielleicht sollte ich mir endlich einmal eine eigene Wohnung suchen. Oma kann vor lauter Sorge nicht schlafen, wenn ich aus bin, und weil ich im letzten Jahr ziemlich viel aus war, wäre es mir lieber, wenn ich nicht dauernd ihren Schlaf auf dem Gewissen hätte«, sagte sie schließlich und blickte starr in ihre Tasse hinab.

Der Blick ihres Großvaters verdüsterte sich, er trank einen Schluck Kaffee und ließ einen tiefen Atemzug folgen.

»Du weißt, dass du so lange hierbleiben kannst, wie du nur willst. Hier ist dein Zuhause, mein Liebes. Wir wollen nichts mehr, als dich hier bei uns haben. Du bereitest uns viel mehr Freude als Sorgen. Das darfst du nie vergessen. Du hast es nicht leicht gehabt. Das vergangene Jahr ist für uns alle schwer gewesen, aber für niemanden schwerer als für dich, mein Kind.«

Er streckte die Hand zu ihr aus, sodass ihr halber Arm unter seiner Handfläche verschwand.

Karen starrte weiter auf ihre Tasse hinab und konnte sich in dem schwarzen Kaffee fast spiegeln.

»Einen solchen Verlust kann man nie völlig verkraften. Man kann nur lernen, damit zu leben, der Trauer ihren Lauf lassen und sich die Zeit nehmen, die man braucht. Du kannst den Trauerprozess nicht abkürzen. Aber irgendwann einmal, auch wenn du dir das jetzt nicht vorstellen kannst, wirst du an ihn denken und lächeln, statt zu weinen. Du wirst schon sehen, mein Engel«, fügte er hinzu und blickte ihr geradewegs in die Augen.

Karen wollte darüber jetzt nicht reden. Sie wollte am liebsten nie darüber reden. Ein Jahr war jetzt vergangen, aber noch immer fühlte sie einen Stich in ihrem Herzen, wenn jemand seinen Namen nannte oder etwas erwähnte, was er gesagt oder getan hatte.

Gott sei Dank wurde ihr Gespräch jetzt von dröhnendem Chorgesang aus dem Wohnzimmer unterbrochen. Jórunn hatte vor Kurzem in die neueste CD des Chors der Álftagerðisbrüder investiert, und da ihr Gehör stark nachgelassen hatte, zögerte sie nicht, die Anlage ordentlich aufzudrehen, die Karen gekauft und im Wohnzimmer installiert hatte.

»Fängt sie schon wieder mit ihrer Disko an, die Alte«, sagte ihr Großvater und schüttelte lächelnd den Kopf.

Karen war überhaupt nicht in Stimmung und wollte am allerliebsten den ganzen Abend zu Hause hocken und zusammen mit ihrem Großvater über einem der Landschaftsfilme von Ómar Ragnarsson einschlafen. Doch heute Abend würde ihr das nicht gelingen, denn Anna feierte ihren Dreißigsten, und Karen hatte ihr schon vor vielen Monaten versprochen zu kommen. Anna, Karen und Ína waren von klein auf befreundet. Anna und Ína waren Schwestern, die damals im Stockwerk über Karen und ihren Großeltern gewohnt hatten, als sie klein waren.

»Hast du keine Mama und keinen Papa?« Das kleine Mädchen versteckte sich halb hinter ihrer älteren Schwester, nachdem sie die Frage in den Raum gestellt hatte, und versuchte mit aller Kraft, die Katze nicht fallenzulassen, die sie in ihren Armen hielt.

»Natürlich habe ich auch eine Mama«, antwortete Karen, die sich erst noch in sicherer Entfernung von den Schwestern und der Katze hielt.

»Wieso wohnst du dann bei deiner Oma und deinem Opa?«, fragte die Ältere, von der Karen wusste, dass sie Anna hieß.

»Da gefällt es mir einfach besser. Meine Mama wohnt nämlich im Ausland. Und mein Vater ist ein Arschloch.«

»Will sie dich nicht bei sich haben da im Ausland?«, fragte Anna leise.

»Klar will sie das. Aber hier habe ich es einfach besser.«

»Du kannst auch gern bei uns wohnen. Wir haben nämlich eine Mama und einen Papa. Und dann haben wir auch noch eine Katze. Es ist ein Kater und er heißt Hannes«, fügte Ína hinzu und war jetzt hinter ihrer Schwester hervorgetreten und streckte Karen den fetten und leicht genervten Kater entgegen.

Damit war das Ganze beschlossene Sache gewesen. Auf dem Bürgersteig vor dem alten Haus in der Ásvallagata erklärten die drei Mädchen Mamas, Papas, Omas und Opas zusammen mit dem Kater Hannes zu ihrem Gemeinbesitz.

Karen fand den Gedanken merkwürdig, dass seit diesem Gespräch schon zwanzig Jahre vergangen waren. Anna war die Älteste, Karen drei Jahre jünger als sie und Ína ein Jahr jünger als Karen. Anna und Ína teilten sich inzwischen eine kleine Mietwohnung in den engen Gassen der Altstadt, wo Karen häufig zu Gast war. So häufig, dass sie sogar einen Schlüssel zur Wohnung hatte und manchmal dort übernachtete, wenn sie es nach einem Kneipenbesuch nicht mehr bis nach Hause schaffte. Anna hatte ihren Geburtstag von langer Hand geplant und freute sich sehr darauf. Es war schon nach sieben, als Karen sich endlich aufraffte und den heldenhaften

Beschluss fasste, in die Dusche zu gehen. Sie genoss das Wasser, das sich über sie ergoss, und wusch sich gründlich. Sie wickelte sich ein Handtuch um den Körper und einen Turban um den Kopf und goss sich ein Glas Famous Grouse ein. Der erste Schluck war schwierig und sie verzog das Gesicht dabei.

Karen setzte sich vor den Spiegel, der über ihrem Schreibtisch hing, und nahm das Handtuch ab. Sie blickte ihr Spiegelbild an und betrachtete ihren Körper. Sie hatte schon oft zu hören bekommen, wie schön sie doch sei. Und doch hatte sie nie verstehen können, warum, und war zu dem Schluss gelangt, dass man sich nur lustig machte über sie, sie in dem Glauben wiegen wollte, etwas Besseres zu sein, als sie tatsächlich war. Sie hatte allerdings nie Probleme damit, irgendwelche Typen abzuschleppen, meistens hatte sie sogar die Auswahl zwischen mehreren dieser traurigen Gestalten. Doch für sie war das kein Maßstab für Schönheit. Im Gegenteil. Sie wusste, dass sie nicht gerade hässlich war, doch sie fand sich nicht schön, noch nicht einmal hübsch. Heruntergekommen war das Wort, das ihrer Meinung nach am besten passte. Heruntergekommen und verbraucht. Sie fand ihr langes, helles Haar viel zu kraftlos und hatte es aufgegeben, etwas daraus machen zu wollen. Ihr von Natur aus platinblondes Haar, um das sie viele heftig beneideten. Karen war davon nicht besonders angetan. Sie konnte sich keine hellen Strähnchen machen lassen, denn die blieben unsichtbar, und wenn sie sich das Haar dunkler färbte, auch nur ein klein wenig, sah sie aus wie mausetot. Ihre prallen Lippen passten ihrer Meinung nach überhaupt nicht zu den sonstigen Proportionen in ihrem Gesicht und die hohen Wangenknochen ragten wie Fremdkörper daraus hervor. Karen fönte sich die Haare und trank das Glas aus. Sie beschloss sich zu schminken, bevor sie sich ein zweites Glas eingoss. Das hatte sie die Erfahrung gelehrt, nachdem sie einmal zu oft einen Eyeliner-Unfall erlitten hatte, wenn sie dabei trank. Der Geburtstagsdress, den sie wählte, war schwarz so wie neunzig Prozent ihrer Kleidung. Knielang mit einem langen Ärmel auf der linken Seite und ärmellos auf der rechten. Sie versuchte sich so vorsichtig wie möglich die dünne, schwarze Strumpfhose überzuziehen, denn sie hielt den skandinavischen Rekord im Zerreißen von Strumpfhosen, auch wenn sie 90den waren. Sie trank das Glas in einem Zug aus, bevor sie sich die blauen, hochhackigen Lackschuhe mit den Knöchelbändchen anzog, die sie spottbillig auf dem Flohmarkt bekommen hatte.

»Fertig«, verkündete sie ihrem Spiegelbild und zwinkerte sich verstohlen zu, bevor sie sich noch ein Glas einschenkte und ihre Jacke hervorzog. Der Whisky begann seine Wirkung zu tun und trug seinen Teil dazu bei, ihr Spiegelbild ein wenig annehmbarer zu machen. Mit jedem Glas floss er angenehmer die Kehle hinab und sie war inzwischen in ganz hervorragender Stimmung. Sie lief die Treppe hinunter und küsste ihre Großeltern, die im Wohnzimmer mit einer kleinen Schale von Schokorosinen vor sich auf dem Sofa saßen und im Staatlichen Rundfunk einen tschechischen Film ansahen.

»Viel Spaß, mein Liebes, und richte den Mädchen ganz herzliche Grüße von uns aus. Ich verspreche, nicht auf dich zu warten«, sagte Jórunn, während sie sich wieder Mühe gab, wegen des Whiskygeruchs aus Karens Mund nicht das Gesicht zu verziehen.

Sie zündete sich eine Zigarette an, sobald sie vor das Haus getreten war. Draußen war es kalt, aber windstill, und sie schaute dem Rauch nach, wie er in die Dunkelheit hinein verschwand, bevor sie ihren Kragen hochklappte, ihre Lederhandschuhe anzog, die wie immer wieder aufgetaucht waren, und sich auf den Weg in die Stadt machte.

Der dreißigste Geburtstag auf dem Spítalastígur war schon in vollem Gange, als Karen ankam. Anna hatte eine Menge Geld, Zeit und Arbeit darin investiert, edles Fingerfood vorzubereiten, denn eher wäre sie nackt den Laugavegur hinuntergetanzt, als ihren Gästen an einem solchen Tag Chips und Salzstangen anzubieten. Wie immer hatte sie viel zu viel Essen gemacht, und riesige Schüsseln mit kleinen Hackbällchen, Hähnchenspießen und kleingeschnittenen Karotten und Sellerie mit den passenden Soßen dazu ließen nur wenig Platz für Gläser auf den Tischen. Karen ging direkt in die Küche, wo das Geburtstagskind mit einer frisch gedrehten Zigarette im Mundwinkel gerade eifrig dabei war, Oliven in kleine Schälchen zu füllen.

»Herzlichen Glückwunsch zum Geburtstag, altes Mädchen«, sagte sie und schloss Anna fest in ihre Arme.

»Da bist du ja! Ich bin schon total beschwipst und es ist noch nicht einmal zehn. Ich fasse es einfach nicht«, fügte Anna hinzu und klopfte aus Versehen ihre Zigarette in eines der Schälchen ab, die sie gerade mit Oliven gefüllt hatte.

Anna nahm einen großen Schluck Weißwein und begann mit vollem Mund irgendetwas zu murmeln, als ob ihr gerade in dem Moment, als sie aus dem Glas trank, etwas furchtbar Wichtiges eingefallen war.

»Wie ist das eigentlich gestern Abend ausgegangen? Mit dem Knoblauchtypen?«

Karen zündete sich eine Zigarette an und streckte den Kopf in Richtung des offenen Küchenfensters. Sie hatte gehofft, die Sache einfach unter den Tisch fallen lassen zu können, doch wenn man bedachte, mit wie viel Inbrunst sie und Baldur Guðmundsson, der auf Knoblauch und Seitensprünge stand, gestern Abend im Elfer gegenseitig ihre Mandeln erkundet hatten, war es wohl nicht allzu verwunderlich, dass Anna sich erkundigte, ob die Hochzeitsglocken bald läuteten.

Karen atmete den Rauch ein und zischte leise, als sie ihn durch einen Mundwinkel wieder entweichen ließ.

»Bin mit ihm nach Hause gegangen. Witzlos. Noch witzloser am nächsten Morgen, als seine Frau heimkam …«

»Nein!«, rief Anna aus und ihre Augen wurden noch mal so groß. Sie konnte nie genug von Karens Abenteuern bekommen und versetzte sich stets lebhaft in alles hinein, was Karen tat, denn sie selbst hatte seit vier Jahren einen festen Freund. Auch wenn sie ihren Birgir von ganzem Herzen liebte, sah sie das Leben einer alleinstehenden Frau manchmal durch die rosarote Brille.

»Was für eine Seifenoper! Ich habe keinen Ring an ihm gesehen. Idiot.«

»Den Ring hatte er ganz offensichtlich vorher abgenommen, wie sollte ich also verdammt noch mal wissen, dass er verheiratet war? Oder dass seine Frau nach Hause kommen würde? Mit frischen Brötchen! Sie hat mir so leid getan. Stand einfach da und sagte kein Wort. Ungefähr so alt wie wir.«

»Was für ein Idiot …«, zischte Anna und trank ihr Weißweinglas in zwei großen Schlucken leer.

»Manche Leute sind natürlich völlig krank«, fügte sie weise hinzu. »Es gibt so viele Leute, die so dermaßen daneben sind. Wie das Mädchen, das hier oben gerade eingezogen ist. Ich vermute, dass sie einiges durchmacht im Augenblick, die Arme. An einem Abend hat sie ganze zwei Stunden lang geheult. Ína ging rauf und klopfte, um mal nach ihr zu schauen, aber sie hat nicht aufgemacht. Und jetzt hat sie einen gigantischen Verband um den Kopf und ein blaues Auge. Wer weiß, in was die so verwickelt ist.«

Ína kam in die Küche gestürmt, in ähnlichem Zustand wie ihre Schwester, umarmte Karen herzlich und goss Lakritzschnaps in drei Gläser, die sie sich genehmigten, bevor sie zu den anderen Gästen gingen. Karen blickte über das Wohnzimmer hinweg. Die Menschenmenge in der kleinen Wohnung verstieß mit Sicherheit gegen alle Brandschutzbestimmungen und Karen überlegte, wie es eigentlich möglich war, so viele Leute hier unterzubringen, ohne sie tatsächlich aufeinanderzustapeln. Einige würden sich natürlich aufeinanderstapeln, wenn der Abend weiter vorgerückt war und die Getränke unterhalb des Bauchnabels angekommen waren. So endete das normalerweise immer.

Sie kannte einige der weiblichen Gäste ganz gut und einige der männlichen vom Sehen, doch vielen anderen war sie noch nie begegnet.

Sie setzte sich zu Ína und Anna und spürte, wie der Alkohol begann, sie in den Kniekehlen zu kitzeln. Endlich. Vorhin hatte sie zu zweifeln begonnen, ob sie diesen Zustand überhaupt noch erreichen konnte, doch jetzt merkte sie, dass es bald so weit war. Birgir, Annas Freund, kam auf Karen zu, die immer noch auf dem Sofa saß, begrüßte sie, fragte, wie es ihr ging und ob es in ihrem Liebesleben etwas zu berichten gebe. Das war ihr Standardrepertoire, das sie jedes Mal miteinander abspulten, wenn sie sich trafen, und Karen hatte vor Langem aufgehört, sich davon nerven zu lassen. Normalerweise hatte sie immer eine passende Antwort parat, dass sie inzwischen kastriert sei oder so behaart auf dem Rücken, dass sie nie eine langfristige Beziehung würde eingehen können. Doch heute Abend lächelte sie nur und verneinte. Birgir tätschelte ihr den Kopf und zwinkerte ihr verschwörerisch zu, bevor er seine Anna auf dem Weg zur Tür küsste und dort ein paar Neuankömmlinge hereinließ. Karen mochte Birgir. Sie hatten ein ernstes Gespräch miteinander geführt, beide schon ziemlich beschwipst, kurz nachdem er und Anna sich kennengelernt hatten, in dem Karen ihm verkündete, dass sie ihn überall finden würde, bei lebendigem Leib die Haut abziehen und ihn im Dillon's in der Kloschüssel ersäufen würde, wenn er ihrer Freundin je wehtäte. Auch wenn Karen freundlich gelächelt hatte, als sie die verschiedenen Foltermethoden bis ins kleinste Detail beschrieb, deren sie ihn unterziehen würde, wenn er sich nicht anständig benahm, wusste Birgir, dass sie es todernst meinte. Seither herrschte zwischen den beiden ein einvernehmliches Verständnis und sie waren gute Freunde geworden.

Birgir kam zurück ins Wohnzimmer, gefolgt von den neuen Gästen. Zwei davon waren Arbeitskollegen von Birgir, was der Dritte machte, hatte Karen nicht mitbekommen. Ein blitzschneller Check brachte ans Licht, dass zwei davon verheiratet waren, doch auch wenn der Dritte im Bunde ringlos war, bedeutete das schließlich noch lange nicht, dass er unverheiratet war, das hatte Karen in den letzten 24 Stunden gelernt. Birgir und Anna holten Stühle für die Neuankömmlinge, die sich um den Sofatisch herum platzierten. Karen war darin versunken, zwei Zigaretten für sich und Anna zu drehen, als sie spürte, dass sie jemand ansah. Sie schaute irritiert auf und ihre Augen trafen die eines der neuen Gäste. Des Ringlosen. Er lächelte ihr zu und brach sämtliche Anstandsregeln, die da besagen, dass man den Augenkontakt nicht länger als drei Sekunden halten darf. Karen blickte wieder hinab und perfektionierte Annas Zigarette, während sie spürte, dass er sie immer noch ansah. Jetzt kam Birgir wieder herangestürmt und klopfte dem Ringlosen kräftig auf die Schulter. So wie Jungs das machen, weil sie das ungeheuer männlich finden, auch wenn sie einander mit Sicherheit lieber sanft über die Schulter streicheln würden, was zweifellos wesentlich angenehmer war, als sich zwischen die Schulterblätter donnern zu lassen. Karen nutzte die Gelegenheit, während er abgelenkt war, und betrachtete ihn. Er kam ihr bekannt vor, aber sie hatte keine Ahnung, wo sie ihn unterbringen sollte. Er war hochgewachsen und betrieb ganz offensichtlich irgendwelchen Sport, denn er schien kräftige Muskeln unter seinem Anzug zu verbergen. Hellbraunes, kurzgeschnittenes Haar mit leichten Bartstoppeln, über die er regelmäßig mit seinen großen und kräftigen Händen fuhr. Gut gelaunt und freundlich lächelnd. Karen dachte bei sich, dass sie eigentlich keine Lust hatte, noch mehr Gedanken an ihn zu verschwenden, und wandte sich einem tiefsinnigen Gespräch zwischen Anna, Ína und ein paar der anderen Mädchen am Tisch zu.

»Wie, du hast ihm einfach den Finger in den Hintern gesteckt? Ohne ihn vorher zu fragen?«, kreischte Ína, bevor eine Lachsalve über die ganze Truppe hinwegfegte. Karen war ganz offensichtlich an einem ganz entscheidenden Punkt zu dem Gespräch gestoßen. Ína lachte von allen am lautesten und ließ sich ins Sofa zurückfallen, wo sie nach Luft rang und so sehr lachte, dass ihr die Tränen aus den Augen liefen. Man würde Ína wohl kaum als eine gesetzte, junge Dame bezeichnen und ihre natürliche Derbheit vervielfachte sich normalerweise in direktem Verhältnis zu den alkoholischen Getränken, die sie sich gönnte.

Die Gäste amüsierten sich gut, doch irgendjemand schien sich zu langweilen, denn er hatte es sich beim iPod gemütlich gemacht und wechselte alle 5 Sekunden das Lied. Ein Benehmen, gegen das Karen akut allergisch war. Am Ende gab sie auf und ging auf den Betreffenden zu.

»Kannst du den iPod nicht endlich einmal in Ruhe lassen? Das wird allmählich nervig«, sagte sie entschlossen.

Der Schuldige, ein linkischer Kerl, den sie noch nie gesehen hatte, schaute sie verschämt an und bat um Entschuldigung.

»Schon in Ordnung. Stell ihn einfach auf Shuffle und beweg deinen Hintern von der Anlage weg.« Dabei lächelte sie allerdings, um etwas weniger zickig zu wirken.

Er stellte auf Shuffle, legte den iPod vorsichtig zur Seite und entfernte sich langsam, während er sich noch mehrmals entschuldigte. Karen blieb still stehen und begutachtete kurz ihre Strumpfhose, die natürlich schon längst eine stattliche Laufmasche das ganze Bein hinauf aufwies. Und dann begann das Lied, das der iPod ausgewählt hatte. Sie wünschte, sie hätte sich nicht in die Musikauswahl eingemischt und streckte die

Hand nach ihrem Glas aus. Led Zeppelin – *Whole Lotta Love* stieß bei den anderen Gästen ganz offensichtlich auf mehr Widerhall als bei ihr. Einer hatte sich das Hemd vom Leib gerissen und ein anderer die Krawatte um die Stirn gebunden. Karen versuchte, ihre Ohren vor der Musik zu verschließen, sich nur die Nummer der beiden anzuschauen und in das Lachen der anderen einzustimmen. Doch das wollte ihr einfach nicht gelingen und sie spürte, wie sich ihre Brust zusammenzog und sie einen Knoten im Hals hatte. Dieses Gefühl kannte sie inzwischen nur allzu gut und doch konnte sie es weder verhindern noch in den Griff bekommen. Sie schob sich durch die Menge bis in die Küche. Dort war es jetzt leer, wenn man von den Dutzenden leerer und halbleerer Flaschen absah. Sie öffnete das Fenster und kramte nach ihren Zigaretten. Die kalte Winterluft drängte sich zum Fenster herein. Karen stützte sich auf der Spüle ab und versuchte, tief durchzuatmen. Der Knoten in ihrem Hals wurde größer und immer schwerer zu bewältigen. Sie spürte, wie sich ihre Augen mit Tränen zu füllen begannen, und blickte an die Decke, damit sie dort auch blieben, statt ihr die Wangen hinunterzulaufen. Sie vermisste ihn so sehr, dass sie das nie in Worte würde fassen können. Es nie irgendjemandem erklären und sich nie würde vorstellen können, dass dieses Gefühl, das ein so großer Teil ihres Lebens geworden war, irgendwann einmal schwächer werden oder gar ganz verschwinden könnte. Sie schloss die Augen und sah ihn im Geiste vor sich. Selbstsicher und gut gelaunt wie immer. Zusammen mit ihr auf dem Sofa im Wohnzimmer, wo sie Kekse futterten und Led Zeppelin II aufgelegt hatten.

»Hör jetzt ganz genau hin! Diese Stelle«, rief er, sprang aufgeregt vom Sofa und stellte die Anlage lauter.
»Hörst du das? Das ist einfach unglaublich. Kein Mensch auf der Welt hatte je einen solchen Groove wie John Bonham. Das kann keiner bestreiten. Einfach die pure Gänsehaut.«
Sie blickte ihn voller Bewunderung an. Er schloss die Augen, steckte sich einen halben Keks in den Mund und sprach den Text leise mit.
»Und so bleibt er. Für immer. Überleg doch mal, Karen. Schau dir doch heute einmal Robert Plant an. Alt und faltig mit einer dicken Wampe. John Bonham bleibt für immer 32 und der beste Drummer der Welt.«
»Genau«, antwortete sie und hätte ihm nicht mehr zustimmen können.
»›Rather disappear than fade away‹ ist das Einzige, was einem dabei durch den Kopf geht«, sagte er nachdenklich und schaute an die Decke. Karen saß auf seinem Bauch und steckte ihm noch einen Keks in den Mund.
»Keks-Karen«, sagte er, lächelte und kniff sie sanft in den Arm.
Sie lachte aus vollem Halse und konnte sich nicht erinnern, in ihrem ganzen 15-jährigen Leben je so glücklich gewesen zu sein. Auf dem Sofa mit ihm, Kekse essen und Led Zeppelin hören. Was für ein Leben. Sie schaute ihn an und dachte, wie froh sie doch war, dass er sie gefunden hatte. Jetzt würden sie für alle Zeiten zusammen sein.

»Kein Fan von Led Zeppelin?«

Der Ringlose war in der Küche aufgetaucht.

Karen zuckte mit den Schultern und strich sich leicht über das Gesicht, bevor sie nach der Zigarettenpackung auf dem Tisch griff, die irgendjemand dort liegengelassen hatte. Sie wollte am liebsten allein sein, konnte den Mann aber wohl kaum rauswerfen. Er stand da mit den Händen in der Tasche und hielt Ausschau nach sauberen Gläsern.

»Ich habe deinen Namen vorhin nicht mitgekriegt«, sagte er und nahm ein Plastikglas vom Stapel auf dem Tisch.

»Ach, ja? ...«, antwortete Karen.

Er lächelte.

»Wie heißt du?«

»Karen«, antwortete sie, ohne aufzuschauen, während sie sich darauf konzentrierte, sich die Zigarette anzuzünden.

»Hallo Karen. Mein Name ist Aron.«

Er streckte ihr die rechte Hand entgegen und blickte ihr direkt in die Augen. Karen schaute einen Moment lang zurück, bevor sie die große Hand ergriff, auf und ab schüttelte, womit die Begrüßung erledigt war. Sie konnte sich immer noch nicht erinnern, woher er ihr so bekannt vorkam, und blickte ihn forschend an, während sie die Arme verschränkte und gierig an ihrer Zigarette zog.

Ein etwas unangenehmes Schweigen herrschte, während Aron sich Rum in seine Cola goss und die Augen dabei nicht von Karen ließ, die wiederum versuchte, ihre Zigarette so schnell wie nur irgendmöglich zu Ende zu rauchen. Sie fühlte sich unwohl und um etwas zu tun zu haben, goss sie sich Whisky in ein großes Glas und zündete sich bald darauf mit dem Stummel der alten gleich die nächste Zigarette an.

»So ist das also«, sagte Aron mit spöttischem Blick und nickte mit dem Kopf in Richtung auf die Ausschweifungen in ihrer Hand.

»Willst du?«, fragte sie ihn um einiges freundlicher als vorher und hielt ihm die Zigarettenpackung entgegen. Er verneinte, hatte nie geraucht.

Als sie ihm die Zigaretten anbot, fiel sein Blick auf die Tätowierung auf ihrem Handgelenk und er griff sanft nach ihrer Hand. Er kniff die Augen zusammen, um die Schrift besser lesen zu können. Sein Griff war fest, aber warm.

»Cryin' won't help you. Prayin' won't do you no good.«

»Ist das nicht ein klein wenig heavy? Wo hast du das her?«

»Warum googelst du es nicht einfach«, antwortete Karen trocken, während sie ihr Glas erneut füllte und sich, ohne darüber nachzudenken, über das Handgelenk strich.

Aus dem Wohnzimmer kam das Geräusch von zerbrechendem Glas gefolgt von Applaus und allgemeinem Jubel, und gleich darauf schleppte sich Ína über das ganze Gesicht grinsend in die Küche auf der Suche nach einem Besen und der Küchenrolle. Zwei ihrer Freundinnen folgten ihr.

»Na Servus«, flüsterte Ína und versuchte sich ungeschickt an ihnen vorbeizuschieben. Sie war inzwischen ziemlich betrunken.

»Ich sehe, ihr habt euch schon bekannt gemacht. Schön«, fuhr sie fort und wies mit dem Kopf auf Aron, der mit der rechten Hand in der Tasche und seinem Glas in der Linken dastand.

Linkshänder, dachte Karen bei sich. Irgendetwas musste ja an ihm nicht stimmen. Keiner konnte so gut aussehen und nicht irgendwie behindert sein.

»Ich sag dir eins, mein Junge, die Karen hier, das ist der schönste und beste Mensch, den ich je kennengelernt habe!«, sagte Ína lauter als nötig. »Und dann ist sie noch wahnsinnig klug und weiß praktisch alles über Musik. Und nicht einfach so ein »Ich-habe-schon-lange-die-Shins-gehört-bevor-Garden-State-rauskam«-Geschwafel. Echte Musik. Frag sie nur!«, fügte Ína hinzu, während sie sich an Karen lehnte und sie mit dem Besen in der Hand fest in ihre Arme schloss.

Karen lächelte peinlich berührt und hielt Ína mit einem Arm fest, während sie den letzten Zug an ihrer Zigarette tat.

»Findest du sie nicht total süß?«, sagte Ína laut zu Aron mit Befehlston in ihrer Stimme.

»Doch. Sehr sogar«, antwortete er und schaute Karen direkt in die Augen, die genauso direkt zurückblickte, zum Teil wegen des Alkohols und zum Teil, weil sie den Verdacht zu hegen begann, dass sie wohl nichts Besseres vorhatte, als den Abend mit ihm zu beenden.

Ína lächelte und boxte ihr leicht auf die Schulter auf dem Weg aus der Küche, während sie vor sich hin sang »Duddu dududu duddu du du Aron!«

Aron? Aroooooooon VÉSTEINSSON! Auf einmal hörte Karen das halbe Volk seinen Namen schreien im Takt mit den Schlägen der Trommeln »Duddu dududu duddu du du ISLAND!« Jetzt fiel es ihr wieder ein. Der linkshändige Schütze der Handballnationalmannschaft und der Liebling der Nation nach dem heldenhaften Sieg bei der EM, isländischer Falkenorden, Shakehands mit dem Präsidenten und seiner Dorrit und danach noch ein Glas Schampus im Weißen Haus von Bessastaðir. Das war er. Er wirkte deutlich kleiner als im Fernsehen. Kleiner und verschwitzter.

Jetzt waren sie wieder allein in der Küche, aber trotzdem hielten sie noch immer einen angemessenen Sicherheitsabstand ein.

»Und was machst du so, Karen? Arbeitest du oder studierst du …?«

»Am meisten mache ich eigentlich gar nichts. Bin auf Arbeitssuche. Oder sollte auf Arbeitssuche sein. Und dann bin ich ziemlich viel einfach damit beschäftigt«, fügte sie hinzu und hob das Glas und die Zigarette an, die sie in je einer Hand hielt.

»Und du?«, fragte sie zurück und sah, dass er sich über ihre Frage freute.

»Ich arbeite im Moment eigentlich nur in einer Consulting-Firma. Ein ziemlich trockener Bürojob. Und dann trainiere ich ein paar von den jüngeren Mannschaften. Im Handball.«

»Ach, spielst du Handball?«

»Ja, ab und zu mal«, fügte er hinzu und lächelte.

Jetzt kam Anna in die Küche gestürmt und grinste, als sie die beiden dort sah.

»Jetzt kommen alle ins Wohnzimmer und wir machen das Top-Gun-Spiel, bevor wir runter in die Stadt gehen«, sagte sie und griff sich zwei Wodkaflaschen.

»Oh Gott«, stöhnte Karen und schüttelte den Kopf.

»Was ist denn los?«, fragte Aron.

»Jetzt stell dich nicht so an, Karen. Heute ist mein Geburtstag. Ich bestimme«, fügte Anna hinzu und lachte schallend.

»Was ist denn das für ein Spiel?«, fragte Aron noch einmal.

»Wir schauen uns Top Gun an«, erklärte Karen, »und kippen einen Schnaps, sobald eine Szene kommt, die möglicherweise einen Verweis auf Schwulsein enthält. Natürlich ist das eine Frage der Auslegung, aber normalerweise sind alle spätestens bei der Volleyballszene platt.«

»Super, das wäre also geklärt! Jetzt kommt doch endlich!«, sagte Anna und schob sie vor sich her ins Wohnzimmer.

Sie konnte sich später nicht daran erinnern, mit in die Stadt gegangen zu sein, aber bekam irgendwann zu hören, dass sie sich wohl ganz prächtig amüsiert hatte. Er stützte sie, als sie zusammen in der Kälte liefen. Die Innenstadt war inzwischen weitgehend leer und die Nacht war windstill, aber eiskalt. Sie rutschte auf einer glatten Stelle aus, aber er hielt sie am Arm fest, sodass sie nicht stürzte.

»Gehen wir jetzt nicht heim zu dir?«, fragte sie ein wenig lallend, als sie am Kulturhaus vorbeigingen, in die entgegengesetzte Richtung von ihrem Zuhause in der Ásvallagata.

»Ja, warum nicht? Ich wohne gleich hier in der Lindargata«, antwortete er und ergriff wieder ihren Arm, als sie ins Rutschen geriet und einen kleinen Schrei ausstieß.

»In der Lindargata? Wie furchtbar …«

»Wieso, was stimmt denn damit nicht?«

»Kannte mal einen Typen, der da wohnte. So eine traurige Nummer, war auf der Kunsthochschule und wohnte in einer Kellerwohnung, die nach nassen Handschuhen stank, und hatte eine unglaubliche Wut auf das Leben, weil er so ein großer Künstler war.«

»Ich verstehe. Irgendein Ex vielleicht?«

Karen blieb stehen, rutschte fast wieder aus und konzentrierte sich darauf, einigermaßen das Gleichgewicht wiederzufinden, bevor sie ihre Stimme erhob.

»Damit das gleich klar ist, meine Langzeitbeziehungen halten normalerweise ungefähr von halb vier bis zirka acht Uhr morgens – plus minus eine Stunde –, und zwar Samstagnacht. Kein Interesse an allem, was darüber hinausgeht.«

»So ist das also!«

»Ja, Aron. Genauso ist das.«

Er hielt ihre Taille umfasst, während sie weiter durch die Nacht gingen. Sie waren schon am Nationaltheater vorbei, als er stehen blieb. Er hielt sie immer noch fest und schob sie sanft gegen die Hauswand. Sie wollte gern irgendetwas Schlagfertiges und Sarkastisches sagen, doch es wollte ihr nichts einfallen. Er war wesentlich größer als sie und sie nahm einen leichten Biergeruch wahr, als er sich zu ihr herabbeugte, sodass sich ihre kalten Nasen berührten. Er nahm ihre kalte Hand in seine und dann küsste er sie und es fühlte sich an, als ob die einzige Wärme in ihren Körpern sich dort zwischen ihren Lippen konzentrierte. Sie kannte das alles nur zu gut. Der Alkohol und die Kälte, die ihren Körper taub werden ließen, ein Kuss mit Biergeschmack und kalter Nase, der Vorgeschmack auf das, was da kommen sollte. Und doch war da irgendetwas anders als sonst. Er hielt ihre Hand, griff nicht dreist nach ihrem Hintern oder ihrer Brust wie die anderen. Hielt ihre Hand, weil ihr kalt war. Sie betrachtete ihn, während er sie küsste, denn sie hatte sich schon lange angewöhnt, die Augen nicht zu schließen, wenn sie geküsst wurde. Schließlich öffnete er die Augen wieder und lächelte sie an. Er wirkte zufrieden mit sich und hielt jetzt ihre beiden Hände mit seinen umfasst.

»Sollen wir gehen?«

»Gehen wir«, antwortete sie.

Karen atmete tief durch und schnupperte mit der Nase in der Luft, als er die Wohnungstür öffnete.

»Zumindest riecht es nicht nach nassen Handschuhen. Herzlichen Glückwunsch. Das ist schon eine Leistung für einen Mann, der alleine lebt.«

Er zögerte einen winzigen Moment, bevor er zustimmte und sich für das Lob bedankte. Die Wohnung lag völlig im Dunkeln und während Aron nach dem Lichtschalter tastete, stieß Karen heftig gegen etwas, das vor ihr im Flur stand. Sie fluchte und im gleichen Moment ging das Licht an. Sie war gegen einen Pappkarton gestoßen, der auf einen anderen Pappkarton gestapelt war. Sie sah sich um und entdeckte noch mehr Kartons im Flur. Sie schaute ins Wohnzimmer hinein, wo jedes zweite Bild an der Wand zu fehlen schien, und in dem Glasschrank an der Wand bei dem dunkelbraunen Ecksofa standen verloren zwei einsame Bilder. Sie fand das ein wenig merkwürdig und schaute Aron an, der sich mit den Händen in den Taschen gegen die Wand lehnte.

»Ist bei dir eingebrochen worden?«, fragte sie schließlich und lächelte.

»Sieht es so aus?«, antwortete er und ging auf sie zu.

Karens Blick fiel auf drei Kartons, die in der Mitte des Wohnzimmers aufeinandergestapelt standen. Sie waren ordentlich mit braunem Klebestreifen geschlossen und auf allen Seiten beschriftet. »Vorsicht!« stand auf einem. »Hey du, pass doch auf!« auf einem anderen.

»Ja also, meine Exfreundin räumt endlich ihr Zeug zusammen und zieht aus«, sagte Aron und blickte ein klein wenig verschämt zu Karen hin, die sich hinabgebeugt hatte, um zu lesen, was auf dem dritten Karton stand. »Vielleicht hätte ich das schon vorher erwähnen sollen …«

Karen tat so, als hörte sie ihn nicht, und konzentrierte sich darauf, die Aufschrift auf dem untersten Karton zu entziffern. »Kühe«.

»Kühe?«, wiederholte sie und lächelte. »Ist sie Legasthenikerin? Hast du deshalb mit ihr Schluss gemacht?«

»Nein, nicht wirklich«, antwortete er und schien erleichtert darüber, dass Karen sich nicht an diesen Kartons und einer Freundin störte, die gerade erst eine Exfreundin geworden war.

»Was glaubst du, wie egal es mir ist, dass du dich gerade von irgendeiner Freundin getrennt hast? Schließlich gehen wir nur einmal ins Bett miteinander und das war es dann.« Sie betrachtete sich die Wohnung, statt ihm in die Augen zu sehen.

»Aber schön, dass sie so gut drauf war, als sie zusammengepackt hat«, fügte sie noch hinzu.

Er schwieg, doch am Ende ging er zu ihr hin und nahm sie in seine Arme. Sie schmiegte sich einen Moment lang an seine Wange und nahm sein kaltes Gesicht und die rauen Bartstoppeln an ihrer Wange wahr.

»Hast du etwas zu trinken?«, flüsterte sie in sein Ohr.

Er lächelte und ging zu dem Glasschrank hin. Tat einen Augenblick so, als müsse er eine Flasche auswählen, und griff dann nach der einzigen Flasche, die im Schrank stand, einem Laphroaig, und zwei Gläsern. Sie folgte ihm und betrachtete eines der beiden Bilder, die auf dem verstaubten Regal standen. Auf dem Bild schüttelte er die Hand des Präsidenten in Bessastaðir. Auf seiner Brust prankte der Falkenorden.

»Meine Güte, was für ein Nerd du bist.«

Sie nahm ihm die Gläser ab und warf sich auf das Sofa. Er setzte sich neben sie und goss ein. Ein süßer, fast erdrückender Duft nach Rauch und Gewürzen stieg von den Gläsern auf und wärmte sie beim Trinken.

»Aber jetzt mal im Ernst«, sie richtete sich im Sofa auf, bevor sie fortfuhr. »Warum habt ihr euch getrennt? Abgesehen von ihrer Legasthenie?«

Er schaute in sein Glas und betrachtete die goldene Flüssigkeit eine Weile.

»Vielleicht kann man das am besten damit beschreiben, dass wir uns auseinandergelebt haben. So wie die Leute das im Film sagen. Wir waren fünf Jahre zusammen und sie ist fünf Jahre jünger als ich. Uns war einfach in letzter Zeit so furchtbar langweilig miteinander geworden.«

Er blickte auf und schaute sie mit verkrampftem Lächeln an. Sie hielt ihr Glas fest in den Händen und nahm einen großen Schluck, der ihr in der Kehle brannte.

»Endet es nicht immer so?« Sie verzog das Gesicht beim Schlucken. »Entweder verläuft es irgendwie im Sande und die Leute versuchen krampfhaft, den Kontakt noch zu halten und Freunde zu bleiben. Oder die andere Möglichkeit, alles explodiert, einer der beiden erwischt den anderen mit irgendjemandem im Bett. Alle Gefühle werden wie mit dem Messer durchtrennt und die Leute baden die nächsten zwanzig Jahre in ihrer Bitterkeit. Da ist es doch am besten, damit gar nicht erst anzufangen.«

Er füllte ihre Gläser noch einmal und strich ihr über das Haar.

»Woher kommt diese Wut in dir?«

»Wut?«, sagte sie und lachte auf, um zu unterstreichen, wie weit hergeholt sie diese Frage fand.

»Ich bin nicht wütend. Das nennt man realistisch.« Sie strich sich selbst durchs Haar, sodass sein Blick wieder auf ihre Tätowierung fiel.

»Am Ende lassen sie dich nämlich alle allein, warte es nur ab«, sagte sie leise und nahm gleich zwei Schluck auf einmal.

»Hat dich jemand alleingelassen?«

Sie war ein wenig erstaunt darüber, welchen Einfluss er auf sie ausübte. Entweder war das die enorme sexuelle Anziehungskraft des Falkenordens der Republik Island oder der Laphroaig, von dem sie jetzt schon zwei Gläser getrunken hatte, oder aber eine Mischung aus beidem, sodass sie am Ende fast bereit war, ihm von *ihm* zu erzählen. Dem, der sie mit ihrer Wut zurückgelassen hatte, allein und so unendlich traurig. Der, der immer so gut zu ihr gewesen war. Sie gesucht und gefunden hatte, weil er sie furchtbar gerne kennenlernen und mit ihr zusammensein wollte. Um mit ihr lange Spritztouren im Auto zu machen, mit ihr über alles zwischen Himmel und Erde zu sprechen, sie zu trösten, wenn sie anfing zu weinen, sie zu kitzeln, bis sie heulend um Gnade bat, ihr beizubringen, Musik zu hören, die wirklich zählte, und sie mit Musikern vertraut zu machen, die die Welt verändert hatten.

»Ja«, antwortete sie schließlich. Sie beschloss, es dabei zu belassen.

Um weiteren Fragen vorzubeugen, stellte sie ihr Glas auf den Tisch und stand auf. Aron blieb auf dem Sofa sitzen und sie setzte sich auf seinen Schoß und küsste ihn leidenschaftlich. Er hielt ihre Schultern umfasst mit seinen großen Händen, die das Siegtor gegen die Franzosen erzielt hatten, und damit den Isländern zur Europameisterschaft verholfen hatten.

»Sollen wir ins Schlafzimmer gehen?«

»Gehen wir«, antwortete sie.

Er nahm ihr das feierliche Versprechen ab, dass sie am nächsten Morgen nicht verschwinden würde, ohne ihn zu wecken und sich anständig von ihm zu verabschieden. Doch als sie wach wurde, konnte sie den Gedanken einfach nicht ertragen, einmal wieder eine dieser peinlichen morgendlichen Unterhaltungen über nichts und wieder nichts über sich ergehen zu lassen, durch und durch verkatert und gefolgt von einem sinnlosen Gerede über Telefonnummern und – dem Gipfel der Genüsse – einem Abschiedskuss mit Mundgeruch. Sie schälte sich vorsichtig unter seinem Arm hervor und aus dem Bett heraus. Karen hatte sich eine ganz hervorragende Technik angeeignet, ihre Kleider praktisch lautlos aufzusammeln und sich erst im Wohnzimmer wieder anzuziehen. Sie hielt inne, als sie hörte, wie er sich im Bett umdrehte, und zog sich dann das Kleid über. Ihre Jacke lag auf dem Fußboden neben dem Sofa und sie hielt Ausschau nach ihrer Handtasche, bevor sie sich daran erinnerte, dass die auf einem Stuhl im Schlafzimmer lag. Sie schlich auf Zehenspitzen über das kalte Parkett und versuchte sich die Tasche so leise wie möglich zu schnappen. Er drehte sich noch einmal um und murmelte schläfrig etwas Unverständliches vor sich hin, während er sich tiefer in der Bettdecke verwickelte. Normalerweise ertrug sie sie nicht am Morgen danach und beeilte sich so sehr sie konnte, die Wohnung zu verlassen, wenn sie sie so schnarchend und stinkend daliegen sah. Doch er schnarchte nicht. Und seine Haare rochen gut.

Draußen hatte es angefangen zu schneien. Wieder einmal. Sie dachte mit Grauen daran, dass sie jetzt mit den blauen Flohmarktslackschuhen, die man nicht gerade als die beste Fußkleidung für solche Wetterbedingungen bezeichnen konnte, auch wenn sie noch so schick waren, durch den knöcheltiefen Schnee trippeln musste. Sie war auf dem Weg durch den Flur, als sie wieder gegen einen der Kartons stieß. Sie fluchte lautlos und lauschte, ob sie ihn mit dem Krach geweckt hatte. Aus dem Schlafzimmer drang kein Geräusch zu ihr. Sie beugte sich herab, um zu lesen, welche Perlen der Weisheit darauf geschrieben standen.

»Schuhe, Stiefel und Labutanschuhe!! SUPERVORSICHTIG!!!«

»Labutanschuhe«, sagte Karen leise und musste grinsen.

Der Karton war nicht richtig zugeklebt und Karen sah durch eine Ritze etwas schimmern, was nach Fell aussah. Sie wühlte so leise es ging in dem Karton und zog ein paar karamellfarbene UGG Boots heraus.

Sie ging mit raschen Schritten die verschneite Straße entlang. Der Frost kratzte an ihren Wangen, die auch vorher schon gerötet waren von der heftigen Massage durch seine Bartstoppeln. Trotz des Schneefalls war der Morgen wunderschön und windstill. Karen blickte über den Hafen hinweg und sah die Lichter von Akranes auf der anderen Seite der Bucht, die wie eine Lichterkette über dem Meer lagen. Eine Beleuchtung, mit der sie sich abfinden konnte. Sie stand lange bewegungslos da, mit ihren blauen Lackschuhen in der Hand, bevor sie sich auf den Weg hinauf in die Bankastræti machte. Karen mischte sich nicht gern unter Menschen, die schon so früh unterwegs waren, doch sie wusste, dass sie unbedingt einen Kaffee brauchte, wenn sie nicht umfallen wollte. Sie hatte hämmernde Kopfschmerzen und ihre Lippen waren so trocken, dass sie eher zu Roald Amundsen auf dem Weg vom Südpol gepasst hätten. Deshalb ging sie entschlossen die Straße hinauf und war froh, dass das Café schon auf war, in dem Anna und Ína mehr oder weniger zu Hause waren. Nur wenige Gäste waren da, als Karen eintrat, die meisten Leute lagen natürlich noch zu Hause in ihren Betten. Ein Mann um die fünfzig stand an der Theke. Er sprach mit lauter Stimme und ein großer, schwarzer Mantel wogte vor und zurück, als er der Bedienung mit viel Gestikulieren Bescheid sagte.

»Das ist das Einzige, was sie trinken da. Nur »flat white«, echt. Nicht dieses verdammte Lattezeug. Das ist doch nur was für Weiber, stimmt's? Dieses Milchgesöff. Wir hinken natürlich hier ewig hinterher. Natürlich haben sie das in Neuseeland erfunden und überall auf der Welt trinken sie das schon ewig. Nur wir Isländer brauchen immer so lange für alles, verstehst du?« Er schnalzte mit den Fingern, um zu unterstreichen, wie schwer sich doch die Isländer mit etwas Neuem anfreundeten.

Der Mann hinter der Theke, der Karen inzwischen nicht mehr fremd war, tat interessiert, ließ den Blick jedoch erschöpft zu ihr hinüberschweifen, die inzwischen mit den Händen in den Taschen hinter dem selbsternannten Kaffeespezialisten stand. Er entschuldigte sich, drehte sich zu Karen hin und lächelte.

»Hallo«, sagte er gut gelaunt.

Sie versuchte, ihre Stimme nicht allzu verschlafen klingen zu lassen, und bat um einen großen, schwarzen Kaffee to go. Währenddessen war es dem Besserwisser gelungen, die junge Frau, die auch hier arbeitete, in die Enge zu treiben, und ergoss nun seine Weisheiten über das »flat white«-Kaffeegetränk, das bereits die ganze Welt erobert hatte, über sie. Sie schaute ihn mit einem entgeisterten Ausdruck an, nickte ab und zu und unternahm mehrere verzweifelte Versuche, ihm zu entkommen, doch alle ohne Erfolg. Der junge Mann an der Kaffeemaschine schaute seine Kollegin an und lächelte. Endlich gelang ihr die Flucht und sie schnappte sich einen Wischlappen, mit dem sie jetzt einen imaginären Fleck auf einem der Tische attackierte und versuchte, furchtbar beschäftigt auszusehen. Karen hatte den Eindruck, dass ihr Kollege sie noch immer anschaute. Er verstieß ganz offensichtlich gegen die Drei-Sekunden-Regel. Er drückte den Deckel auf ihrem Kaffeebecher fest und kam hinter der Theke hervor um ihn Karen zu geben. Sie dankte ihm und reichte ihm das Kleingeld.

»Coole Schuhe«, sagte sie und zeigte mit dem Kopf in Richtung seiner Turnschuhe, die das isländische Wappen zierte.

Er blickte hinab auf seine Schuhe und hob die Hosenbeine ein wenig an.

»Danke schön. Gleichfalls«, fügte er zögernd hinzu und schaute mit einer kleinen Grimasse auf ihre UGG Boots.

»Die haben Fußgeruch«, antwortete sie und verabschiedete sich.

Sie machte sich mit ihrem Kaffeebecher auf den Weg nach Hause und fühlte sich irgendwie sonderbar. Normalerweise ging es ihr miserabel nach solchen Nächten, was sie allerdings nicht davon abhielt, sie immer aufs Neue zu wiederholen. Es war egal, wer das war. Einfach irgendjemand, der sie im Arm hielt, damit sie loslassen konnte, auch wenn es nur ein paar Minuten waren. Und wenn sie erst mit ihnen schlafen musste, damit sie sie nachher im Arm hielten, dann tat sie das eben. Und trotzdem nahm die Leere nach jeder dieser Nächte nur noch mehr zu und sie wusste, dass es nicht mehr lange dauern würde, bis das auch nicht mehr reichte, damit es ihr vorübergehend besser ging. Und was sollte sie dann tun? Sich Heroin zwischen die Zehen spritzen? Sie war schneller zu Hause angelangt, als sie gedacht hatte. Sie sah Licht im Küchenfenster und den Schatten ihrer Großmutter hinter dem Vorhang. Karen stützte sich auf dem Treppengeländer ab, riss sich die Fellstiefel von den Füßen und zog wieder die Lackschuhe an. Sie trippelte zu den Mülltonnen hin und warf die Fußgeruchsstiefel hinein. Der Schnee wirbelte auf, als der Deckel wieder aufschlug.

Ihre Großeltern waren beide schon auf, als Karen hereinkam. Sie wollten sich früh auf den Weg machen und Jórunns Schwester in Selfoss besuchen. Karen lehnte dankend die Einladung zum Mitfahren ab und küsste die beiden, bevor sie nach oben ging und sich voll angezogen auf ihr Bett legte. Sie rollte sich auf den Rücken und blickte an die Decke. Sie vermied es an den Tag zu denken, an dem sie ihn das erste Mal gesehen hatte, und überlegte, ob sie wohl jemals an ihn würde denken können, ohne ein anderes Gefühl als stechenden Schmerz zu empfinden.

Vor dreizehn Jahren hatte er an das Haus Nummer 40 in der Ásvallagata geklopft. Schüchtern, nervös und ein wenig linkisch. Ihr Großvater war zur Tür gegangen.

»Guten Abend.« Er räusperte sich und senkte den Blick. Þór kannte ihn nicht. Der junge Mann schien um die zwanzig zu sein, mit hellen, kurzen Haaren und bronzefarbenen Bartstoppeln. Er trug eine braune Lederjacke über einem karierten Hemd und war sichtlich nervös.

»Guten Abend, mein Junge. Was kann ich für dich tun?«

»Ich suche Karen Valsdóttir. Sie wohnt doch hier, oder?«

Þór runzelte die Brauen. Karen war frisch konfirmiert und ihm war noch nicht aufgefallen, dass ihr auch nur im Entferntesten in den Sinn gekommen war, nach Jungs Ausschau zu halten, geschweige denn Jungs, die um so viel älter waren als sie selbst. Und da stand diese traurige Figur und klopfte an ihrer Tür.

»Und was willst du von ihr, mein Freund?«, fragte er schließlich und streckte seinen Rücken, sodass er noch größer wirkte als sonst. Auch seine tiefe Stimme ließ ihn nicht gerade freundlicher wirken und er sah, dass der junge Mann noch nervöser wurde. Gut so.

»Mein Name ist Einar«, antwortete er. Seine Stimme zitterte, doch er blickte Þór geradewegs in die Augen. »Ich muss mit euch sprechen«, fügte er hinzu.

Þór schaute den Jungen an. Er kam ihm irgendwie bekannt vor, doch er wollte nicht glauben, was ihm da in den Sinn kam. Fand das zu weit hergeholt. Der Junge wirkte unschuldig und Þór bereute es ein wenig, dass er versucht hatte ihn einzuschüchtern.

»Komm doch herein, mein Junge«, sagte er schließlich und wies Einar den Weg. Der bedankte sich und zog sich im Vorraum die Schuhe aus. Karen hatte noch eine Veranstaltung in der Schule und würde erst in einer Stunde nach Hause kommen. Einar saß immer noch in der Küchenecke mit Þór und Jórunn, als sie durch die Tür gehüpft kam, die Schultasche in den Flur hineinschleuderte und in die Küche lief, ausgehungert nach einem ausgedehnten und langweiligen Schultag.

»Ups, ich wusste nicht, dass ihr Besuch habt«, entschuldigte sie sich, als sie Einar sah, der mit einer Tasse Kaffee vor sich auf der Küchenbank saß.

»Setz dich, Karen, mein Kind«, sagte ihr Großvater und zog sie zu sich. Sein Blick war ernst.

»Stimmt etwas nicht?«, fragte sie und setzte sich neben ihren Großvater. Einar saß ihnen gegenüber und hielt seine Tasse umfasst. Er hatte den Blick nicht von Karen gewandt, seit sie hereingekommen war, doch sie hatte dem keine Aufmerksamkeit geschenkt.

Sie richtete sich auf und wusste nicht, ob sie geträumt hatte oder ob sie einfach nur einen Augenblick so sehr in ihren Gedanken versunken gewesen war. Die Haustür knallte zu und wenig später hörte sie, wie sich das Husten des alten Saabs entfernte. Sie war nicht gern allein zu Hause und war zu ausgelaugt um einschlafen zu können. Karen zog sich langsam aus, während sich das Wasser in der Dusche aufwärmte. Sie ließ sich das Wasser auf die Schultern prasseln, die ständig verspannt waren. Sie hatte es einmal mit einer Massage versucht, war aber zu verkrampft gewesen, um sich nüchtern von einem Unbekannten berühren zu lassen, sodass es nichts gebracht hatte. Sie fuhr mit den Fingern an ihrer Seite entlang und stellte fest, dass ihre Rippen noch mehr herausragten als früher. Sie blieb lange in der Dusche und danach fühlte sie sich etwas besser. Die raue Wintersonne schien zum Wohnzimmerfenster herein und draußen auf der Straße waren jetzt die Leute unterwegs. Karen beschloss nach draußen zu gehen. Sie wollte zu ihm, wollte eine Weile bei ihm sitzen. Vielleicht würde es ihr danach besser gehen.

Der Himmel war klar und strahlend blau, als sie aus dem Bus sprang und loslief. Das Quietschen des kleinen Türchens in der Friedhofsmauer von Fossvogur durchdrang die Stille, die dort herrschte, sodass sie es nur äußerst vorsichtig wieder hinter sich schloss. Ruhig überquerte sie den Friedhof, bis sie bei ihm angekommen war. Und jetzt herrschte wieder Stille. Freundlich und beruhigend. Sie nahm nicht einmal irgendwelche Verkehrsgeräusche wahr und spürte, wie sie sich zu entspannen begann. Wie erschöpft sie gewesen war. Sie setzte sich mit dem Hintern in den Schnee neben das Grab und wäre am liebsten eingeschlafen. Das Grab war schön. Sie hatten eine kleine Leuchte und eine Blumenvase auf die helle Marmorplatte direkt vor dem Kreuz gestellt, zusammen mit zwei Statuen von kleinen, dicken Vögelchen. Sie schauten gerade noch aus dem Schnee heraus, doch sie schienen sich nicht unwohl zu fühlen, auch wenn sie sich fast völlig in den Schnee eingegraben hatten.

Einar Sóleyjarson
geb. 11. Oktober 1974, gest. 28. Februar 2007
Die Erinnerung an dich ist das Licht in unserem Leben.

Jedes Mal las sie die Inschrift laut. Als ob sie damit besser begreifen könnte, dass dies die Wirklichkeit war. Geboren und gestorben und die Erinnerung war ein Licht im Leben und all das. Sie hatte vor Langem aufgehört, nach dem Warum zu fragen, weil sie wusste, dass sie keine Antwort bekommen würde. Manche sprachen von einer wichtigeren Rolle auf der anderen Seite, andere darüber, dass diejenigen jung starben, die die Götter liebten. Nichts davon hatte sie je auch nur im Geringsten getröstet. Es war jetzt fast ein Jahr her und sie hatte nicht feststellen können, dass die Trauer auch nur ein winziges bisschen gedämpfter war. Ganz im Gegenteil. Die Tränen hinterließen starre, salzige Streifen auf ihrem Gesicht und sie zog verbissen an ein paar verdorrten Grashalmen, die aus dem niedergetrampelten Schnee herausragten. Sie wurde von ihrem eigenen Schluchzen geschüttelt und versuchte, sich die Augen mit ihren Handschuhen zu trocknen. Doch jetzt durchbrachen fremde Stimmen und langsam näher kommende Schritte die Stille. Karen hoffte, dass die Leute vorbeigehen würden, doch stattdessen blieben sie an einem nahe liegenden Grab stehen. Sie wandte die Augen in Richtung der Gruppe und war verärgert darüber, wie laut sie redeten. Eine ältere Frau in einem langen, braunen Pelz schien die Gruppe anzuführen und hielt einen großen Blumenstrauß in den Händen. Bei ihr war ein Paar um die fünfzig, dann noch ein jüngeres Paar, ein junger Mann und ein Mädchen. Die ältere Frau blickte zu ihr hinüber und Karen schaute rasch weg. Sie stand auf und spürte, dass ihre Beine völlig eingeschlafen waren, also musste sie noch einen Moment warten, um losgehen zu können.

»Karen?«, fragte eine Männerstimme aus der Gruppe heraus.

So war das mit den Zufällen. Sie lassen den einen, nicht aber den anderen jung sterben, diese, aber nicht die andere im Lotto gewinnen, und es ist nichts anderes als der pure Zufall, dass der hier vor dir steht, vor dem du dich gerade davongestohlen hattest.

Verdammt noch mal ... dachte sie bei sich, als sie erkannte, wem diese Stimme gehörte. Sie drehte sich langsam um und verschwendete keinen einzigen Gedanken daran, wie verquollen ihr Gesicht vom Weinen war und dass der Schleim aus ihrer Nase auf ihren Wangen verschmiert war.

»Du hattest versprochen, nicht zu gehen, ohne dich vorher zu verabschieden«, sagte er und trat ganz nah an sie heran. »Ich wollte Kaffee für dich kochen heute früh und Toast machen und so weiter, aber du warst einfach verschwunden.«

»Ich hatte es eilig«, antwortete sie zögernd und überlegte, ob das jemand lustig finden würde, dass da jemand, mit dem sie noch vor ein paar Stunden heftigen Sex gehabt hatte, hier mit der Großfamilie plötzlich an einem Ort neben ihr stand, an dem sie sich vor der Welt in Sicherheit geglaubt hatte.

»Aron«, rief die Frau im Pelz, und bevor sie sich versah, hatte sich die ganze Herde auf den Weg zu Einars Grab gemacht, wo Karen und Aron beieinanderstanden.

»Guten Tag«, sagte die ältere Frau und lächelte Karen zu.

Karen grüßte zurück, und bevor sie in Panik davonstürzen konnte, wie sie das am liebsten getan hätte, begann Aron, sie der ganzen Truppe vorzustellen, Elín, seine Großmutter, Guðný, seine Mutter, und Arnar, ihr Mann, seine kleine Schwester Bergrún und Halldóra, auch seine Schwester, und deren Mann …

Karen versuchte mitzukommen, vergaß aber alle Namen sofort wieder. Hörte stattdessen nur ein Rauschen.

»… und Karen, eine Freundin von mir.«

Freundin?, dachte Karen und überlegte, ob sie sich wohl im Klaren darüber waren, dass sie, seine nette Freundin, splitterfasernackt sowohl auf als auch unter ihm gelegen hatte, und das erst vor ein paar Stunden.

Nachdem sie eine Weile über das Wetter geredet hatten, schaute Arons Großmutter auf das Grab, an dem Karen stand, bemerkte, wie schön und gepflegt es doch war.

»Ach so, ja. Danke. Wir haben eine Vase und all das daraufgestellt. Um Blumen reinzustellen. Eine Blumenvase also. Haben wir bei irgendeinem Grabsteinmacher in Kópavogur gefunden, glaube ich«, antwortete Karen hastig. Sie zog die Nase hoch und trocknete sich rasch die Augen. Sie bewegte sich nicht zur Seite, um Arons Großmutter den Weg freizumachen, damit diese die Inschrift besser lesen konnte. Es ging sie nichts an, wer da begraben lag.

»Einar Sóleyjarson. Schöner Name«, sagte die Großmutter schließlich und blickte Karen mitleidig an und wollte ihr ganz offensichtlich entlocken, in welcher Verbindung sie zu oben genanntem Einar Sóleyjarson stand. Karen blickte abwechselnd auf sie und Aron und verspürte nicht die geringste Lust, ihnen davon zu erzählen. Nüchtern wagte sie es kaum, sich jemandem gegenüber zu öffnen und von dem Menschen zu erzählen, den sie mehr als alles andere auf der Welt geliebt hatte und den sie jetzt mehr als alles andere auf der Welt vermisste. Es folgte ein unangenehm langes Schweigen. Am Ende beschloss Karen, klein beizugeben und das Schweigen zu brechen. Sowohl das Schweigen auf dem Friedhof als auch ihr eigenes.

»Er ist mein Bruder«, sagte sie schließlich, »starb letztes Jahr bei einem Autounfall«, fügte sie hinzu und hoffte, dass die Sache damit erledigt war und sie nichts weiter dazu sagen musste. Wieder legte sich Stille über die ganze Gruppe und sie wandte ihren Blick wieder zu Aron, der ehrlich betroffen wirkte. Das Schweigen begann langsam, aber sicher wieder unangenehm zu werden.

»Man sagt *war*, wenn einer tot ist, weil es ihn dann nicht mehr gibt«, sagte Bergrún, die kleine Schwester. Karen lächelte und nickte zustimmend, verspürte aber gleichzeitig ein starkes Bedürfnis, der Göre einen kräftigen Tritt zu versetzen.

»Kommst du oft hierher?«, fragte Karen Aron und merkte im gleichen Augenblick, wie dämlich die Frage war.

Er lächelte. Sagte, er käme nicht oft hierher, aber heute war der Geburtstag seines Großvaters, der neben Einar begraben lag, die Familie traf sich normalerweise hier an diesem Tag, sie gingen gemeinsam auf den Friedhof und dann zusammen essen. Eine Art Geburtstagsfeier. Die dritte Schwester hatte heute nicht kommen können, aber ansonsten waren sie vollständig.

»Dann hast du die Familie also schon mal kennengelernt und brauchst dich davor nicht mehr zu fürchten«, sagte er und zwinkerte ihr zu.

Karen schaute ihn an, ohne zu lächeln.

»So, aber jetzt müssen wir los. War schön, dich kennenzulernen«, sagte Elín und gab Karen die Hand. »Es tut mir wirklich leid wegen deines Bruders, mein Kind. So traurig, wenn junge Menschen mitten aus dem Leben gerissen werden.«

»Danke. Ich weiß«, antwortete sie zögernd und verabschiedete sich von der ganzen Truppe. Sie konnte sich an keinen der Namen erinnern, nachdem sie sich alle wieder dem Grab des Großvaters zugewandt hatten.

Aron war noch immer bei ihr und schaute sie an. Sie stand ihm gegenüber mit verschränkten Armen und trat den Schnee mit ihren Füßen fest.

»Ich habe es gegoogelt. Deine Tätowierung«, sagte er und griff sanft nach ihrem Handgelenk.

»Ach, ja …«

»Und ich dachte gestern Abend, du könntest Led Zeppelin nicht ausstehen.«

»Heute höre ich es nicht mehr so gerne«, sagte sie leise.

»Ich verstehe. Es sind also irgendwelche schmerzhaften Erinnerungen damit verbunden …«

Sie lachte kurz auf. Aus welcher amerikanischen Seifenoper hatte er denn solche Phrasen?

»Aber wahrscheinlich hast du recht. Vielleicht sind ja für dich irgendwelche schmerzhaften Erinnerungen mit einem Girls Aloud Song verbunden?«

»Du musst mir einfach bald einmal Nachhilfe bei Led Zeppelin geben. Mich aufklären. War nicht John Bonham in Led Zeppelin? Starb er nicht auf ganz ähnliche Weise? Wo wir schon auf dem Friedhof sind …«

»Ist in seiner eigenen Kotze erstickt. 25. September 1980. 32 Jahre alt.«

»Soso«, antwortete Aron und blickte auf Einars Grabstein.

»Für immer 32. So wie John Bonham«, sagte Karen schließlich. »Er wird nie älter als 32«, fügte sie hinzu. »Wird nie alt und faltig mit einer dicken Wampe. Nie der Vater von irgendjemandem oder der Großvater von irgendjemandem. Er verschwand so, wie er war. Genauso plötzlich und unerwartet, wie er auftauchte. Vollkommen.«

»Das ist Einar«, erklärte ihr Großvater, als sie sich auf die Küchenbank gesetzt hatten. »Stell dir doch mal vor, Einar hat im Internet in dieser neuen isländischen Genealogie gesucht und etwas ganz Interessantes herausgefunden.« Þórs Stimme nahm einen helleren Klang an, doch seine Augen waren traurig, fand Karen. Sie hörte zu, aber verstand nicht, wovon er eigentlich sprach.

»Einar ist dein Halbbruder, Karen. Kannst du dir das vorstellen? Ihr habt den gleichen Vater.«

»Das Arschloch?«, fragte Karen verwundert und schaute Einar an, der nicht im Geringsten einem Arschloch ähnelte. Sie fand ihn eigentlich sogar recht süß.

Einar lachte auf.

»Ja, genau. Das Arschloch«, stimmte er zu und nickte. Er hatte eine schöne Stimme, fand sie. Tief, aber warm.

»Ich habe ihn auch nie kennengelernt«, fügte er hinzu.

Karen saß da und schaute eine Weile an die Decke. Ein kleines Lächeln umspielte ihre Lippen. Sie wusste es. Hatte immer gewusst, dass sie nicht allein war. Manchmal hatte sie sogar im Spiel einen großen Bruder erfunden, der auf sie aufpasste, oder auch eine Schwester, die ihr beibringen konnte, wie man sich schminkte. Und jetzt hatte er sie endlich gefunden.

»Unser Vater hat gern junge Mädchen geschwängert, hat sich dann aber nachher weder um sie noch um die Kinder gekümmert. Nur ein One-Night-Stand und Bingo. Meine Mutter war gerade einmal sechzehn Jahre alt und wenn man das einmal grob durchrechnet, bin ich in irgendeinem schmuddeligen Zelt auf dem Campingplatz entstanden, irgendwelche Einzelheiten herauszufinden habe ich mir erspart. Und ein paar Jahre später lernte sie dann einen norwegischen Ingenieur kennen und beschloss, lieber mit ihm in Norwegen zu leben, als in Island alleinstehende Mutter zu sein. Und so kam ich zu meinen Großeltern. Ich höre vielleicht so zwei, drei Mal im Jahr von ihr. In der Regel vergisst sie meinen Geburtstag, aber schließlich war ja der Tag meiner Geburt auch nicht gerade ein Freudentag für sie, auch wenn ich mich am Ende doch noch einigermaßen gemacht habe. Allerdings habe ich keinen Uniabschluss und keine glänzende Karriere vorzuweisen. Es fällt mir schwer herauszufinden, was ich tun will und wer ich sein will. Ich habe meinen Vater nie gesehen, und es ist lange her, dass ich das Bedürfnis hatte, ihn kennenzulernen – nicht verwunderlich vielleicht bei den Beschreibungen, die ich von ihm bekommen habe. Ich war noch ziemlich klein, als ich aufhörte, nach ihm zu fragen«, fügte Karen hinzu und wickelte sich den Schal enger um den Hals.

Aron legte den Arm um ihre Schultern. Sie überlegte, ob sie seine Hand abschütteln sollte, aber sie mochte das Gefühl, von jemandem im Arm gehalten zu werden. Langsam gingen sie über den Friedhof. Er winkte seiner Familie, sagte, er würde sie dann zu Hause sehen. Das Schweigen auf dem Friedhof umgab sie und die Sonne presste mit Mühe ein paar wenige Strahlen hervor, bevor sie wieder niedersinken würde, völlig erschöpft nach einem Arbeitstag, der zunehmend länger wurde.

»Und dann kam diese Genealogiegeschichte im Internet«, fuhr Karen fort. »Ich hatte selbst nie darüber nachgedacht, aber auf diese Weise hat er mich gefunden. Später erzählte er mir, dass er schon eine ganze Weile gewusst hatte, dass es mich gab, bevor er den Mut hatte, an unsere Tür zu klopfen. Wusste nicht, ob ich ihn überhaupt sehen wollte. Er war ein wirklich netter Junge, wie Großmutter ihn ihren Freundinnen beschrieb. Und dann fügte sie immer noch hinzu, wie beachtenswert es doch war, was Valur für wunderbare Kinder zeugen konnte, wo er doch selbst so ein verdammter Esel war.«

Aron hielt sie noch fester in seinem Arm, als ein kalter Windzug den Friedhof erfasste.

»Ich hatte ihn so schrecklich gern und ich vermisse ihn so sehr, dass es jeden Tag, jeden einzelnen Tag wehtut. Ich wusste nicht, dass man so viel Schmerz aushalten kann, ohne daran zu sterben.«

Wieder liefen ihr die Tränen die Wangen herab und fielen schwer in den Schnee.

»Ich weiß nicht, was ich mit mir selbst anfangen soll. Ich saufe und rauche wie ich weiß nicht was. Hänge in Kneipen herum und gehe mit Männern nach Hause, die ich überhaupt nicht kenne. Jedes Wochenende. Monat um Monat. Und nichts geschieht. Mir geht es nicht besser, und nie fühle ich mich so allein, als wenn ich unter Menschen bin und keiner von ihnen ist er. Ich bin eigentlich inzwischen sicher, dass es mir nie besser gehen wird.«

Sie standen lange still, ohne ein Wort zu sagen. Aron verbarg ihre Hände in seinen, während Karen hinunter in den Schnee blickte und ihren Tränen nachschaute, die kleine Löcher in den Schnee schmolzen.

»Ja, dann …«, stöhnte sie am Ende, löste ihre Hände von seinen und verschränkte die Arme vor der Brust. Sie trocknete sich rasch die Augen und stöhnte tief aus der Brust heraus. »Und da heule ich hier herum vor fremden Leuten wie ich weiß nicht was«, fügte sie verschämt hinzu.

»Cryin' won't help you …«, sagte er und schaute sie verstohlen an. Lächelte.

»Genau«, antwortete sie.

»Ich glaube, jetzt kannst du dich eigentlich nicht mehr davor drücken, mit mir einen Kaffee trinken zu gehen.«

Karen nickte.

Es begann schon wieder dunkel zu werden, als sie den Friedhof verließen. Das kleine Türchen quietschte wieder, als Aron es hinter ihnen schloss. Karen wartete. Er kam mit entschlossenen Schritten auf sie zu, löste ihre verschränkten Arme mit sanftem Griff und nahm ihre linke Hand in die seine, bevor sie sich auf den Weg machten.

Hervör

SIE WARTETE NOCH EINE WEILE, bevor sie die Augen öffnete, obwohl sie schon wach war. Ihr Mund fühlte sich an wie ausgedörrt, und nur mit Mühe gelang es ihr, diesen schlechten Geschmack herunterzuschlucken. Ihr ganzer Körper schmerzte, obwohl sie vollkommen still dalag und sich vom Schweigen um sie herum einhüllen ließ, bevor sie sich endlich an ihren Tag heranwagte. Ihr Wecker hatte noch nicht geklingelt. Normalerweise wurde sie nie vorher wach, doch sie hatte so schlecht geschlafen, dass ihr Körper vermutlich Aufwachen für das geringere Übel hielt. Mit äußerster Vorsicht öffnete sie die Augen und spürte, wie geschwollen ihre Augenlider waren. Sie hievte sich mit Mühe aus dem Bett und deckte ihren Teddy zu, bevor sie ins Bad ging. Es war noch nicht einmal halb sieben, als sie in die Dusche stieg. Nachdem die CD eines Morgens zweimal gestottert hatte, hatte Hervör *Blonde on Blonde* aus dem Auto gerettet. Ließ sie jetzt immer wieder durchlaufen, während sie mit einer Kaffeetasse in der Hand ihr kleines Heim durchquerte und darüber nachdachte, was genau ihm eigentlich zu der Einsicht verholfen hatte, dass es besser war, mit einer gealterten Fitnesstrainerin zusammenzusein als mit Hervör Egilsdóttir, Baccalaureus Artium in Volkswirtschaft und Kaffeezubereiterin. Nicht, dass ihr das nicht völlig egal wäre. Aber es konnte doch einfach nicht sein, dass ihm die Fitnesstrainerin besser gefiel oder dass er sich mit ihr besser unterhalten konnte, denn Hervör hegte nicht den geringsten Zweifel daran, dass sie eine durchaus annehmbare Gesprächspartnerin war. Er hatte oft wie ein Verrückter über ihre Witze gelacht. Manchmal sogar, wenn sie gar nicht erst versucht hatte, komisch zu sein. Vielleicht war ja die Fitnesstrainerin besser im Bett. Mit einem tolleren Körper nach alldem … Fitnesstraining. Aber Hervör hielt sich selbst für ausgesprochen fit im Bettsport und sie konnte sich nicht erinnern, dass er sich je beschwert hätte. Ganz im Gegenteil. Mitunter war er sprachlos vor Begeisterung, völlig außer Puste und zufrieden mit sich und der Welt. Doch das änderte nichts daran, dass es immer traurig war, wenn etwas zu Ende ging. Besonders etwas, von dem man die ganze Zeit wusste, dass es nicht von Dauer sein würde. Das galt für eine Packung Kekse genauso wie für irgenwelche nicht näher definierten Arten von Beziehungen zwischen zwei Menschen.

Hervör war sonst immer spät dran, weil sie aus ihr unbekannten Gründen jedes Mal als Erstes die Schlummertaste am Wecker fand, doch jetzt fiel ihr das Aufwachen nicht schwer. Nie schlief sie wirklich fest und manchmal war sie schon gegen fünf Uhr morgens auf den Beinen, wie ein Rentner. Dann schaltete sie die Anlage ein und kuschelte sich auf dem Sofa unter eine Decke, während sie Dylan und dem seltsam stillen Breiðholt lauschte. Früher schlief sie immer ein, noch bevor ihr Kopf auf dem Kissen angekommen war, schlaflose Nächte vor Sorgen oder Stress kannte sie bis dahin nicht. Sie wusste nie, wovon Georg sprach, wenn er von durchwachten Nächten erzählte. Diese Stunden nutzte er dann aber jedes Mal, um irgendwelche klugen Bücher zu lesen, und nach einem Schlummer von höchstens einer halben Stunde war er am nächsten Morgen frisch und munter zur Stelle, um sie über die isländische Fischerei des frühen 20. Jahrhunderts aufzuklären.

Sie hatte sich sonderbar gefühlt die letzten Wochen über. Sie war leicht reizbar, ständig erschöpft und konnte sich auf nichts konzentrieren. Jetzt war sie es, die als Erste zur Arbeit kam, schuftete wie ein Pferd und unbezahlte Überstunden machte. Wenn sie die Stühle schon hochgestellt hatte, die meisten Lichter gelöscht waren und das »Offen«-Schild an der Tür herumgedreht, war sie oft noch lange mit ihren gelben Gummihandschuhen zugange. Alle anderen waren schon nach Hause gegangen, doch sie kniete noch auf allen vieren und attackierte die Fußbodenleisten mit Ajax und einem nassen Lappen, um uralte Kaffeeflecken und anderen Schmutz zu entfernen. Trotz wiederholter Überredungsversuche all ihrer Freunde, allen voran natürlich Georg, hatte sie nicht die geringste Lust, mit in eine Kneipe zu gehen oder nach der Arbeit sonst irgendetwas zu unternehmen. Meistens war sie dann nämlich so fertig, dass sie sich nur noch im Wohnzimmer aufs Sofa legte, die Decke über sich ausbreitete und dem Verkehr und gelegentlichen Sirenengeheul in Breiðholt zuhörte, bevor sie irgendwann einschlief. Konnte das Leben so grau und langweilig sein? Da musste es doch noch etwas anderes geben, dachte sie bei sich – und zog sich die Decke bis zum Kinn.

Sie hatte Georg gegenüber ein paar Tage nach Tryggvis Besuch kurz erwähnt, was zwischen ihnen vorgefallen war. Sie stand vor ihm mit verschränkten Armen in der kleinen Personalecke und trat leicht gegen einen kleinen schwarzen Dreckklumpen auf dem Boden, von dem sie beim besten Willen nicht sagen konnte, was es war. Georg hörte zu und schwieg, an den jeweils passenden Stellen nickte er oder schüttelte vehement den Kopf.

»Bist du traurig?«, fragte er.

»Traurig? Nein. Warum sollte ich traurig sein? Wenn einer lieber mit irgendeiner alten Fitnesstrainertussi zusammen sein will, ist das sein Problem. Ich bin nur froh, dass ich mir mit der ganzen Geschichte eine Eins für meine Abschlussarbeit geholt habe«, fügte sie hinzu und lachte kalt.

»Ich habe dir das schon eine Million Mal gesagt, Hervör, du hast eine Eins für diese Arbeit bekommen, weil es eine sehr gute Arbeit war. Ich habe sie gelesen und ich fand sie hervorragend. Du solltest stolz auf dich sein.«

Sie schwieg. Georg kratzte sie vorsichtig am Kopf.

»Was geht eigentlich vor da drinnen?«, fragte er schließlich und lächelte.

Hervör fuhr fort, gegen den Fleck auf dem Boden zu treten, ohne dass der sich bewegte.

»Ich weiß auch nicht. Wahrscheinlich nichts Besonderes«, antwortete sie und lächelte schwach. »Weißt du wirklich nicht, was das sein könnte?«, fragte sie schließlich und wies vorwurfsvoll auf den Fleck auf dem Boden.

Georg zog daraus den Schluss, dass das Gespräch über Tryggvi damit für beendet erklärt war, und auch wenn er vielleicht selbst noch das ein oder andere hätte hinzufügen können, ließ er es bleiben.

»Nein. Keine Ahnung.«

Er schaute vorne nach, ob sich bereits eine Schlange wartender Kunden gebildet hatte, und ließ Hervör nur etwa zehn Sekunden aus den Augen. Als er zurückkam, hatte sie sich auf den Boden geworfen und attackierte den Fleck mit einem schmutzigen Brotmesser.

Die Tage vergingen einer nach dem anderen und waren manchmal so unsäglich ereignislos, dass Hervör kaum noch unterscheiden konnte, was heute, gestern oder vorgestern gewesen war. Auch ihre freien Tage waren ähnlich trist. Nach und nach begann sie aber wieder besser zu schlafen. Die Bachblüten, die Georg für sie in der Apotheke gekauft hatte, taten anscheinend ihre Wirkung und sie hatte auch einige der Ratschläge gegen Schlaflosigkeit befolgt, die er im Internet gefunden und für sie ausgedruckt hatte.

»Warme Milch, Hervör. Warme Milch mit Honig. Das soll helfen. Ob man wohl ein wenig Whisky dazugeben darf? Vielleicht nicht. Sherry. Sherry ist bestimmt gut. Vielleicht ein Schnapsglas voll oder so. Auf keinen Fall mehr«, fügte er hinzu und grinste.

»Na gut, ich kann es ja mal ausprobieren. Das mit dem Sherry meine ich«, antwortete sie.

Im *Viertel* war es ruhig gewesen in letzter Zeit und da Hervör in ihrer schlaflosen Phase bereits jede Ecke geschrubbt hatte, gab es für sie nichts anderes zu tun, als Kaffee zu trinken, in den Zeitungen zu blättern und diejenigen zu bedienen, die sich hereinverirrten. Die Stammkunden waren wie immer zur Stelle und verlässlich wie ein Schweizer Uhrwerk. Es gab eine ganze Menge davon, meist sehr unterschiedliche Menschen, weshalb Hervör auch manche von ihnen sehr gern mochte, andere wiederum überhaupt nicht. Valgeir, den sie noch von der Uni her kannte, kam jeden Morgen gegen zehn Uhr. Setzte sich ans Fenster und blätterte oberflächlich die Zeitung durch, während er seinen Kaffee trank – schwarz mit nur ein klein wenig Milch – und ein wenig mit ihr und Georg plauderte, wenn es gerade ruhig war. Doch in letzter Zeit kam er stets schon eine Stunde früher und bestellte seinen Kaffee to go, einmal mit Milch und noch einen Cappuccino dazu. Und dann war er auch schon wieder verschwunden. So ging das mehrere Tage hintereinander, bis Georg sich nicht länger beherrschen konnte.

»Warum setzt du dich gar nicht mehr zu uns, Valli? Hast du eine Freundin? Und sind wir dann gleich nur noch zweite Wahl für dich?«, fragte er.

Valgeir lächelte. Nein, er hatte keine Freundin gefunden, aber war wie immer auf der Suche und blinzelte Hervör übertrieben auffällig zu.

»Meine Schwester ist hier auf dem Spitalastígur eingezogen. Sie ist nicht so ganz auf dem Dampfer im Moment, sodass ihr kleiner Bruder wohl versuchen muss, sie ein wenig aufzumuntern. Ihr Frühstückskaffee bringen und solche Sachen.«

»Wie nett von dir«, flocht Hervör leise ein.

»Man tut sein Bestes.«

Dann verabschiedete er sich und lief mit den Kaffeebechern dem Regen entgegen, der die unschuldigen Fußgänger fast horizontal attackierte. Valgeir musste sich ziemlich abmühen, um die Tür für den nächsten Kunden aufzuhalten, der in dem Moment ins Café kam, in dem Valgeir es verließ. Doch der bedankte sich nicht, als sei es die natürlichste Sache der Welt, dass einem Mann wie ihm die Tür aufgehalten wurde.

»Der Armleuchter«, sagte Georg leise und verschwand in Windeseile in der Personalecke, wo er furchtbar beschäftigt tat. Hervör ging zur Theke hin, wo jetzt einer von den Stammkunden wartete, den sie überhaupt nicht ausstehen konnte.

»Gib mir zwei Croissants«, sagte er eilig und zog die Nase hoch. »Weißt du, wie man einen Flat white macht? Gib mir einen Flat white«, fügte er dann mit Befehlston in der Stimme hinzu.

Emil K. Halldórsson, Schauspieler am Nationaltheater mit festem Engagement und vermutlich einer der unangenehmsten Menschen, die Hervör je hatte bedienen müssen. Hochgewachsen und schlank mit dunklem, kurzem Haar und einem Künstlervollbart, den er sich vermutlich für irgendeine Aufführung hatte wachsen lassen. Sie fand ihn noch nicht einmal mehr gutaussehend, nachdem sie entdeckt hatte, wie unangenehm er tatsächlich als Mensch war. Einmal hatte sie in einer Kneipe eine wilde Knutscherei mit ihm, noch bevor er regelmäßig auf den Titelseiten der Klatschblätter erschien, doch selbst damals war er schon so von sich selbst eingenommen, dass er am nächsten Tag im *Viertel* so tat, als hätte er sie noch nie zuvor gesehen.

Hervör wählte die beiden kleinsten Croissants, die sie finden konnte, und legte sie auf einen Teller.

Währenddessen dachte sie: »Steck sie dir doch in deinen preisgekrönten Hintern, du Idiot!«, schenkte ihm ihr freundlichstes Lächeln und nahm das Geld des Starschauspielers entgegen.

Der Regen prasselte jetzt so laut an die Scheibe, dass die,

die drinnen saßen, aufschauten und die Köpfe über dieses Wetter schüttelten, als ob sie damit Anfang Februar in Island nie gerechnet hätten. Hervör brachte den Kaffee zu Emil K. Halldórsson hinüber und wünschte ihm einen guten Appetit ohne dass er irgendwie darauf reagierte.

Am nächsten Tisch ragten Schachfiguren empor, schwarze und weiße, und Hervör musste daran denken, wie unterschiedlich doch die Stammkunden im *Viertel* waren. Hervör blieb am Tisch stehen und blickte lange auf die Figuren hinab, bis sie schließlich einen Zug für Weiß machte.

»Ein Geniestreich!«, rief der Besitzer des Schachbrettes aus und machte augenblicklich den nächsten Zug. Er hatte schon eine ganze Weile dagesessen und die Positionen mit konzentrierter Miene betrachtet, denn es war keine leichte Aufgabe, gleichzeitig Schwarz und Weiß zu sein. Marinó war zweifellos der Nestor unter den Stammgästen des *Viertels* und saß jeden Tag an seinem Platz, seit Hervör begonnen hatte hier zu arbeiten, manchmal kam er sogar zweimal am Tag. Seine Manieren waren ganz von der alten Schule, stets die Höflichkeit in Person. Nahezu zahnlos, schien sich aber ganz offensichtlich täglich zu rasieren, wenn das faltige Gesicht auch meist von kleinen Bartstoppelresten übersät war, vermutlich weil sein Augenlicht deutlich nachgelassen hatte. Seinen Scheitel hatte er stets akurat zur Seite gekämmt und er trug immer den gleichen Anzug, weiße Socken und schwarze Lackschuhen, die in all den Jahren, die er sie nun schon besaß, schon bessere Tage gesehen hatten, auch wenn er sie stets sorgfältig zu polieren schien. Seine Jacke war an den Ellbogen schon recht verschlissen, und es würde nicht mehr lange dauern, bis der rechte Ellbogen aus dem Loch, das sich dort zu bilden begann, hervortreten würde. Er trug den Geruch alter Bücher mit sich und kam jeden Tag mit der immer gleichen Bitte.

»Guten Tag, mein Freund. Könnte ich wohl eine Tasse schwarzen Kaffee haben mit einem winzigen Schluck warmer Milch darin? Danke schön auch.«

Einmal versuchte Georg, ihm die Mühe zu ersparen und fragte ihn, ob er ihm das Übliche bringen könnte.

»Ja, danke, mein Freund. Könnte ich wohl eine Tasse schwarzen Kaffee haben mit einem winzigen Schluck warmer Milch darin? Danke schön auch.«

Er trug immer eine abgetragene Ledertasche unter dem Arm. Sie beinhaltete drei Dinge. Ein kleines, schwarzes Notizbuch, in das er ab und zu etwas notierte und dabei manchmal vor sich hin kicherte, einen dünnen Band mit den Gedichten von Siegfried Sassoon und ein kleines Schachbrett, das man zu einem Kasten zusammenklappen konnte, in dem die Schachfiguren aufbewahrt wurden. Er nahm sich reichlich Zeit, die Figuren ordentlich aufzustellen, und spielte dann gegen sich selbst, während er vorsichtig seinen Kaffee schlürfte und sich ganz offensichtlich wohlfühlte. Wenn wenig zu tun war, setzten sich Georg oder Hervör manchmal zu ihm, machten einen Zug für Weiß und ließen Marinó gewinnen. Dann strahlte er vor Freude, auch wenn er sowieso gewonnen hätte, weil er ja nur gegen sich selbst spielte.

Marinó war immer allein, wirkte aber nie einsam. Vielleicht war er so daran gewöhnt, für sich zu sein, dass er sich nicht länger daran störte, und auch wenn er nichts gegen Gesellschaft hatte, schien er nicht besonders danach zu suchen. Hervör zog einen Stuhl an seinen Tisch heran und betrachtete angestrengt das Schachbrett. Er saß ihr geduldig gegenüber und überlegte, welche Möglichkeiten Schwarz in dieser Lage wohl hatte, doch das hing natürlich vor allem davon ab, was Weiß als Nächstes tun würde. Hervör hielt ihre Kette vorsichtig zwischen den Fingern, während sie sich das Hirn zermarterte.

»Ist das nicht Christopherus? Der heilige Christopherus, meine ich«, fragte Marinó schließlich und kniff die Augen zusammen, um den Anhänger besser zu sehen.

»Ja, genau«, antwortete Hervör, während sie versuchte, die Konzentration nicht zu verlieren.

»Es gibt heute nicht viele Menschen, die dem katholischen Glauben anhängen. Vor allem in der jüngeren Generation.«

»Ich bin auch nicht katholisch. Das ist nur ein Schmuckstück, das meine Oma mir einmal zum Geburtstag geschenkt hat. Sie war allerdings ziemlich fanatisch, was Glaubensfragen anging.«

Marinó lächelte. Sie schwiegen eine Weile und ließen die Augen nicht vom Schachbrett ab.

»Der Glaube ist eine Sache, die Religion eine ganz andere …«, sagte er schließlich und lehnte sich ein wenig in seinem Stuhl zurück. »Ich gebe zu, dass ich mit Religion nichts anfangen kann. Aber ich denke, ich könnte nicht leben, ohne zu glauben, wenn du verstehst, was ich meine. Dass die, die uns verlassen haben, noch immer über uns wachen, auch wenn sie sich vielleicht nicht unbedingt bei Gott und seinen Kollegen häuslich niedergelassen haben. Ich glaube nicht, dass uns die Menschen, die uns wirklich nahegestanden haben, so ganz im Stich lassen, auch wenn sie gehen mussten. So einfach kann das nun einmal nicht sein.«

Hervör blickte Marinó an. Er schaute aus dem Fenster.

Sie hatte den Eindruck, dass sich der Verkehr von draußen in seinen tiefen, dunklen Augen spiegelte, bevor er wieder zu sich kam und zurück auf das Schachbrett blickte.

»Er ist der Beschützer der Reisenden. Der Christopherus. Aber das wusstest du sicher schon«, fügte Marinó hinzu.

»Ja, das wusste ich schon«, antwortete Hervör. »Ich nehme mal an, dass er mich auf meinen Reisen zwischen Breiðholt und der Innenstadt beschützt. Weitere Reisen mache ich im Moment wohl kaum.«

»Junge Menschen müssen unbedingt reisen und sich in der Welt umschauen. Unbedingt! Dann ist ihre Seele ruhiger, wenn sie nach Hause zurückkehren. Dann wissen sie besser zu schätzen, wie gut sie es hier haben, und können sich niederlassen und eine Familie gründen. Wenn die Menschen jung sind und ungebunden, ist die beste Gelegenheit, sich in der Welt umzuschauen. Was würde dich am meisten interessieren, mein Kind? Amerika vielleicht?«

»Ich habe keine Ahnung, was mich am meisten interessiert. Einfach einmal rauszukommen wahrscheinlich. Vielleicht, weil ich weiß, dass ich hier festsitze.«

Eine große Gruppe von Touristen kam herein und sah völlig verloren aus. Gleich hinterher kam ihr entnervter, aber lächelnder Reiseleiter und begann Tische und Stühle hin und her zu rücken, damit alle beieinandersitzen konnten. Hervör stand auf, lächelte Marinó noch einmal zu und steckte die Kette unter ihr T-Shirt, bevor sie ihren Platz an der Kaffeemaschine einnahm.

»Hast du dir schon etwas ausgesucht? Für heute Abend?«

Es war kurz vor vier Uhr, als Georg ihr diese Frage stellte. Hervör fiel nicht auf Anhieb ein, wovon er eigentlich sprach.

»Ich weiß noch nicht«, antwortete sie schließlich. »Ich muss zugeben, dass Karaoke eigentlich nicht mein Ding ist.«

»Das kannst du vergessen, altes Mädchen. Schließlich kriegen wir nur eine Betriebsfeier im Jahr. Ich selbst habe schon wenigstens drei Lieder im Kopf, die ich singen will.«

»Verstehe. Du willst also dieser unerträgliche Typ sein, der das Mikrofon nicht mehr aus der Hand gibt, völlig verschwitzt und viel zu besoffen. Ich könnte dir einen Elvis-Anzug spendieren, wenn du willst. So ein Vegas-Fettsack-Kostüm mit Smaragden drauf.«

»Das wäre prima«, antwortete Georg und begann ein paar Schritte mit entsprechendem Hüftschwung hinzulegen, ohne sich daran zu stören, dass er das mitten im Café vor einer ganzen Menge von Gästen tat.

Hervör lächelte. Irgendwie schaffte er es immer, sie zum Lächeln zu bringen.

Die Betriebsfeier des *Viertels* fand am selben Abend statt. Hervör hatte sie schon fast vergessen und es war völlig untypisch für sie, dass sie sich noch gar keine Gedanken darüber gemacht hatte, was sie anziehen sollte. Sie war nicht einmal sicher, ob sie überhaupt hingehen wollte. Es würde ihr nichts ausmachen, das Ganze dieses Jahr einmal ausfallen zu lassen. Doch normalerweise waren die Tratschgeschichten über die Fehltritte bei der Betriebsfeier eine ganze Woche lang das Hauptgesprächsthema, also war es wohl besser, dabei zu sein, um sich nicht wie ein Außerirdischer zu fühlen. Die Belegschaft war nicht gerade groß, mit ihr und Georg nur etwa zehn Leute, doch aus irgendwelchen Gründen lud der Besitzer des *Viertels*, der nur selten selbst vor Ort war, immer irgendwelche Freunde mit ein, was dann zu einer ziemlich peinlichen Atmosphäre führte. Doch er war kein Geizhals und hielt normalerweise mit einem Glas Rotwein in der Hand eine donnernde Rede, sprach darüber, wie viel Glück er doch mit seinen Mitarbeitern hatte, auch wenn er außer Georg und Hervör keinen von ihnen beim Namen kannte, und Hervörs Namen kannte er nur, weil er bei der letzten Betriebsfeier versucht hatte, sie zu küssen, und dann eine Weile dem Taxi hinterhergelaufen war, in dem sie vor ihm geflüchtet war.

Hervör begann bereits mit dem Aufräumen, in der Hoffnung, dass sie es nach der Schließung des Cafés rasch nach Hause schaffen würde. Sie kletterte eine kleine Trittleiter hinauf und griff nach den Flaschen mit dem Kaffeesirup, die nie jemand benutzte. Sie stellte die verklebten Flaschen auf dem Tisch ab, während sie mit einem Tuch das mit Staub angedickte klebrige Zeug vom Regal wischte. Sie hörte nicht einmal, wie die Tür geöffnet wurde.

»Gibt es denn keine Bedienung hier?«, fragte eine heitere Stimme hinter ihr.

Sie drehte sich so abrupt um, dass sie fast das Gleichgewicht verloren hätte.

Da stand er, als wäre es das Selbstverständlichste auf der ganzen Welt. Sie war der Meinung gewesen, dass sie eine stillschweigende Vereinbarung darüber getroffen hatten, dass er sich andere Cafés als das *Viertel* suchen würde. Und da stand er plötzlich und verlangte nach Bedienung. Und hatte etwas Blondes mitgebracht.

Tryggvi lächelte Hervör an. Das blonde Weibsstück lächelte dahingegen nicht, sondern blickte sich leicht missbilligend um, während sie ständig an ihren langen, an den Spitzen gebrochenen und gebleichten Haaren herumfummelte. Hervör stieg ruhig die Leiter hinab und hoffte, dass ihr pochendes Herz nicht im ganzen Café zu hören war.

»Was darf ich euch anbieten?«, fragte sie schließlich und spürte, wie sie ein wenig zitterte, als sie nach dem Block griff.

Tryggvi war noch immer bester Laune und bestellte einen Latte und eine Zimtschnecke, bevor er sich zu seiner Begleiterin umdrehte und fragte, was sie wollte.

»Dich«, sagte sie leise und biss sich auf die Lippe, während sie sich in seiner Halsbeuge zu vergraben versuchte.

Hervör blickte sie an und fürchtete ihrem Brechreiz nachgeben zu müssen. Wo sie doch wirklich und wahrhaftig darüber nachgedacht hatte, warum er ihr eine Fitnesstrainerin vorzog. Sonnenstudiobraun in einer Jeans, die aussah, als hätte man sie darin eingenäht, und einer Lederjacke, die sie noch nicht einmal zumachen konnte, weil sie so eng war. Und um sich dann noch endgültig haarsträubend lächerlich zu machen, schien sie sich auch noch zu benehmen, als wäre sie fünfzehn und nicht nah an der Grenze zum Vierzigsten.

Hervör räusperte sich leise, da sich hinter den beiden Turteltauben bereits eine kleine Schlange gebildet hatte.

»Latte. Fettarm«, sagte die Fitnesstrainerin und blickte Hervör mit leerem Ausdruck an.

»Setzt euch doch und ich bringe euch dann alles rüber«,

antwortete Hervör und unternahm noch nicht einmal den Versuch eines Lächelns.

»Danke. Danke schön«, antwortete Tryggvi. Er lächelte nicht mehr und schien es sogar ein wenig zu bedauern, hierhergekommen zu sein.

»Und wie geht es dir sonst so? Ist alles so weit in Ordnung bei dir?«, fügte er etwas leiser hinzu, während seine Freundin in ihren Lederstiefeln umhertrippelte, um einen freien Tisch zu finden.

»Mir geht es gut«, antwortete Hervör in neutralem Ton, bevor sie sich dem nächsten Kunden zuwandte.

Tryggvi ging langsam von der Theke weg und setzte sich an den Tisch, an den sich das blonde Trauerspiel bereits hingeplumpst hatte.

Hervörs Hände zitterten so sehr, dass sie sich nicht zutraute, ihnen den Kaffee hinüberzubringen, ohne, völlig aus Versehen natürlich, alles über ihnen auszuleeren. Deshalb bat sie Georg, ihnen das Tablett zu bringen, nachdem sie den Kaffee fertig hatte, und verfolgte aufmerksam, wie er die Tassen vorsichtig vor ihnen absetzte. Die Fitnesstrainerin hatte sich an Tryggvi herangeschmissen, ein Bein quer über seins gelegt und jetzt seinen Arm mit beiden Händen umfasst. Hervör beugte sich herab, um saubere Kaffeetassen zu holen, die auf dem Regal unter der Kaffeemaschine standen, und war immer noch damit beschäftigt, als Georg zurückkam. Er beugte sich zu ihr herab und tat so, als wollte er sich zwei Finger in den Hals stecken und anfangen zu würgen über dieses unappetitliche Seniorenpetting an Tisch Nummer sechs.

»Das ist er«, flüsterte sie schließlich, als sie nebeneinander unter der Kaffeemaschine auf dem Boden hockten.

»Er wer?«, flüsterte Georg zurück, begriff es aber im gleichen Moment.

»Er? Mit der?«, fragte er entrüstet.

Hervör nickte und wollte am liebsten ins Regal unter der Maschine kriechen und sich da für alle Zeiten verstecken.

Georg richtete sich im Schneckentempo auf und schaute hinüber. Er sah, wie Tryggvi das Muster im Milchschaum oben auf dem Kaffeee betrachtete, und hörte ihn sagen, dass ihm so etwas immer ausgesprochen gut gefiel. Doch die Fitnesstrainerin brummelte nur etwas vor sich hin, das Georg nicht hören konnte, schüttete Zucker in ihren Kaffee und rührte so heftig um, dass von dem Muster in ihrem Milchschaum mit Sicherheit nichts mehr übrig war. Georg beugte sich wieder herab und packte Hervör an den Schultern.

»Was für ein alter Stoffel. Was jemand an dem nur findet! Und ich sage noch nicht einmal etwas über dieses gerupfte Huhn da an seiner Seite«, flüsterte er und schüttelte den Kopf.

Hervör schaute auf und lächelte.

»Hör mal, Hervör. Die sieht aus wie ein Ledersofa vom Sperrmüll. Wenn man so nach jahrelangem Fitnesstraining aussieht, würde ich das nicht weiterempfehlen«, fügte er leise hinzu und hievte sie beide vom Boden hoch.

Hervör versuchte sämtliche Gespräche an Tisch Nummer sechs zu ignorieren und noch nicht einmal in die Richtung zu schauen. Trotzdem entging ihr nicht, dass die Fitnesstrainerin den Namen Ingibjörg trug und dass sie normalerweise immer morgens gemeinsam zum Ausdauertraining gingen und dann mittags zum Bodypumping. Hervör trat zu Marinó, der gerade mit ruhigen Bewegungen seine Schachfiguren aufräumte.

»Und, wer hat gewonnen?«

»Heute hat Weiß den Sieg davongetragen«, antwortete er zufrieden. »Ich bin mir ziemlich sicher, dass da deine drei Züge den Ausschlag gegeben haben«, fügte er hinzu und lächelte, sodass sein Gesicht von all den Falten geradezu verzerrt wurde.

»Bis Montag dann, Marinó. Morgen ist geschlossen wegen der Betriebsfeier heute Abend.«

»Aber das ist doch wunderbar, mein Kind. Viel Vergnügen, aber lasst die Kirche im Dorf«, sagte er, während er langsam zur Tür ging.

Hervör nahm seine Tasse hoch und wischte kurz über die Platte, während sie einen raschen Blick zu Tisch Nummer sechs hinüber riskierte. Sie wandte die Augen sofort wieder ab, als sie sah, dass auch Tryggvi zu ihr hinschaute, während Ingibjörg sich mit den Fingern durch ihr strähniges Haar fuhr und laut in ihr Handy lachte.

Hervör griff nach zwei leeren Tassen und einer Zeitung vom Tisch daneben und eilte in die Küche. Sie legte die Zeitung vor sich hin und überflog die Titelseite. Unterhalb des Eyjafjallajökull war ein Pferd angefahren worden, dreizehn Tote bei einem Selbstmordattentat in Bagdad und irgendjemand hatte es geschafft, den Jackpot zu knacken. Der glückliche Gewinner würde wohl alle seine Geldsorgen für immer los sein.

»Pfui Teufel«, murmelte Hervör und warf die Zeitung schwungvoll in den Müll.

Sie ging zur Theke zurück und kniff Georg im Vorbeigehen von hinten in die Kniekehlen, sodass er fast zusammensackte.

»Hör mal, altes Mädchen«, sagte er rasch und schüttelte theatralisch die Faust nach ihr, während sie sich zum anderen Ende der Theke hin rettete.

»Hast du das mit dem Lottogewinn gelesen?«, fragte sie ihn kurze Zeit später.

»Ja, davon hatte ich schon gehört«, antwortete Georg. »Nicht schlecht, auf einen Schlag so viel in der Tasche zu haben. Wusstest du, dass der Lottoschein hier im Vísir gekauft wurde?«

»In dem Kiosk hier direkt gegenüber?«

»Ja. Wahrscheinlich ist es irgendein sowieso schon stinkreicher Jeepfahrer aus einer feinen Altstadtvilla.«

»Hoffentlich nicht«, antwortete Hervör. »Ganz bestimmt nicht. Sind das nicht immer irgendwelche alleinerziehenden Mütter von drei Kindern? So sollte es zumindest sein. Alleinerziehende Mütter oder Leute wie du und ich.«

»Genau. Wo wir gerade vom Geld sprechen. Wenn ich heute Abend mal wieder anfange, allen einen auszugeben, kannst du mich dann bitte bremsen? Ich kann mir das nämlich im Moment überhaupt nicht leisten«, sagte Georg und schüttelte den Kopf. Hervör erklärte sich einverstanden.

Georg war auch unter dem Spitznamen Georg der Großzügige bekannt, denn bei jeder ordentlichen Sauftour ließ er es niemals zu, dass irgendjemand in seiner Nähe einen Drink selbst bezahlte. Dann wachte er am nächsten Morgen auf mit hämmernden Kopfschmerzen, einem Hurrikan im Bauch und einer Brieftasche, die kaum noch zuging. Leider aber nicht, weil so viel Geld darin steckte, sondern wegen all der Quittungen und Scheckkartenbelege vom Abend zuvor, die zusammen selten weniger als fünfzigtausend Kronen ausmachten.

»Ich pass schon auf dich auf«, versprach Hervör. »Außer wenn du es doch warst mit dem Lottogewinn«, fügte sie hinzu und sah ihn forschend an.

»Wohl kaum, meine Gute. Wohl kaum«, wiederholte er, während er an dem Tisch vorbeiging, von dem Tryggvi und seine Freundin jetzt gerade aufgestanden waren. Ingibjörg versuchte sich so unauffällig wie möglich ihre Lederjacke anzuziehen.

»Wie wär's denn damit, mal eine Nummer größer zu kaufen?«, dachte Hervör bei sich, während sie die eher traurigen Versuche der Fitnesstrainerin beobachtete, sich in die Jacke zu zwängen, die ihr allem Anschein nach auch noch Atemnot zu verursachen schien, nachdem sie sie endlich anhatte. Sobald sie ihren Arm durch den Ärmel hindurchgequetscht hatte, ergriff sie Tryggvis Hand und blickte ausgesprochen missmutig zu Hervör hinüber, bei der Tryggvi sich auf dem Weg nach draußen jetzt herzlich verabschiedete.

»Wiedersehen«, antwortete Hervör so, wie sie jedem anderen Kunden auch geantwortet hätte.

»War schön, dich zu sehen«, fügte er noch hinzu.

»Ja …«, antwortete Hervör, bevor sie sich darüber klar wurde, dass wohl eher »Gleichfalls« die korrekte Antwort gewesen wäre. Doch es war nicht schön gewesen, ihn zu sehen, und sie verstand eigentlich nicht, was ihn dazu gebracht hatte, hier aufzukreuzen und seine neue Freundin vorzuführen wie eine Zuchtstute. Fliederblüte vom Blauberg. Ingibjörg vom World Class Studio. – Man kann es auch übertreiben, sagte Georg, ohne aufzublicken, nachdem Tryggvi und seine Freundin das Café verlassen hatten.

»Was denn?«

»Der Mann hat dich ohne Unterlass angestarrt, Hervör«, sagte er und zeigte mit der Spülbürste, die er in der Hand hielt, in Richtung von Tisch Nummer sechs.

»Habe ich nicht bemerkt. Nicht, dass ich darauf geachtet hätte …«, sagte sie und versuchte gleichgültig zu wirken.

»Aber ich. Die abgetakelte Fregatte neben ihm versuchte die ganze Zeit, seine Aufmerksamkeit auf sich zu ziehen, aber er hat immer nur dich angestarrt.«

»Hast du denn dauernd hingesehen, Georg?«, fragte Hervör. Die Frage überraschte ihn.

»Nein. Nein, nein. Nicht wirklich. Ich finde ihn – und eigentlich sie beide – einfach eine ziemlich traurige Nummer. Ihn nicht weniger als sie. Er hält sich für einen total coolen Typen in seinem Boss-Anzug. Aber ich bin mir ziemlich sicher, dass er nicht belesener ist als ich, auch wenn er in Yale war, und auch das nur, weil sein Vater sich das leisten konnte. Und dann bin ich auch um einiges größer als er.«

Hervör war dabei, ein Sandwich nach dem anderen in den Kühlschrank zu räumen, hielt jetzt inne und blickte Georg an.

»Aber, Georg! Warum vergleichst du dich auf einmal mit ihm?«

Er zögerte einen Moment und unternahm mehrere Versuche, einen Satz anzufangen, der Hervörs Frage beantwortete.

»Ich bin … es ist nicht so, dass … so gesehen, vergleiche ich mich eigentlich nicht mit ihm. Ich wollte nur darauf hinweisen, wo seine Schwächen liegen. Die aber ziemlich offensichtlich sind, muss ich schon sagen. Warum kommt er auf einmal hierher? Hat nie einen Fuß ins *Viertel* gesetzt und jetzt führt er dir dieses Weibsstück vor, als ob du daran deine Freude hättest.«

»Jetzt reg dich doch nicht so auf«, bat Hervör ihn behutsam. Sie konnte sich nicht erinnern, Georg jemals so aufgebracht gesehen zu haben.

»Ist schon in Ordnung. Mir ist das auch völlig egal. Wirklich«, sagte sie dann und lächelte gleichmütig.

Georg nickte, atmete tief durch und lächelte zurück, bevor er begann den Aufsatz zum Milchaufschäumen abzuschrauben, um ihn ordentlich säubern zu können. Allmählich beruhigte er sich wieder.

Sie arbeiteten eine Weile lang schweigend nebeneinander. Hervör spürte, wie Georg tief in Gedanken versunken war, und versuchte, das Schweigen mit irgendwelchen beiläufig eingeworfenen Bemerkungen aufzulockern.

»*It Ain't Me Babe*. Damit fange ich heute Abend an.«

Georg lächelte.

»Bei mir ist Scorpions *Winds of Change* ganz oben auf der Liste. Danach singe ich The Smiths – *Some Girls Are Bigger Than Others*. Und dann schwanke ich noch zwischen zwei anderen Liedern, aber wenn ich richtig gut drauf bin, singe ich sie alle vier.«

Die letzte Stunde verging rasch und bevor sie sich versahen, hatte Georg die Stühle hochgestellt und Hervör war fast fertig mit der Abrechnung.

»Bist du sicher, dass es dir nichts ausmacht, wenn ich mich

aus dem Staub mache? Meine Mutter ist nämlich schon da, um mich abzuholen«, erklärte Georg entschuldigend. Es gefiel ihm gar nicht, Hervör allein zu lassen, und rein theoretisch sollten auch immer zwei Mitarbeiter gemeinsam zumachen.

»Überhaupt kein Problem. Ich bin sowieso praktisch schon fertig. Muss mich eigentlich nur noch zu Hause umziehen und so. Bis später dann.«

Er lächelte ihr zu, bevor er zur Tür hinausstürzte und in das Auto hineinsprang, das schon auf ihn wartete und dabei den gesamten Feierabendverkehr aufhielt, nicht gerade zur Freude der anderen Fahrer.

Sie hatten für die Betriebsfeier in einem neueröffneten Restaurant auf der Vesturgata reserviert, das zwei Künstlern gehörte, die irgendwann aus Mangel an Inspiration ein allzu großzügiges Darlehen aufgenommen hatten, und daher jetzt ihre Zeit damit verbrachten, ihr Glück als Geschäftsleute zu versuchen. Schließlich war diese Branche immer Erfolg versprechend, und solche Abenteuer endeten selten mit dem Bruch einer Freundschaft und/oder den dazugehörigen Anwaltskosten. Das Restaurant befand sich in einem Gebäude, in dem früher einmal die Konservenfabrik Ora untergebracht war. Da Ora noch heute Erbsen und Fischbällchen eindoste, konnten die Eigentümer des neuen, schicken Restaurants den Namen allerdings nicht weiterverwenden. Mit der Fantasie schienen die beiden es nicht allzu sehr zu haben, auch wenn sie sich selbst so gern als Männer des Geistes betrachteten. Und so war ihnen nichts Besseres eingefallen, als die Buchstaben umzudrehen und ihren Essenstempel Aro zu nennen. Und dabei blieb es.

Hervör brauchte lange, bis sie zu Hause ankam. Sie fiel fast die Treppe zu ihrer Wohnung hinunter und hielt das für ein Zeichen höherer Fügung, dass sie sich im weiteren Verlauf des Abends nicht mehr vor die Tür wagen sollte. Der ganze Tag war schon eine Katastrophe gewesen, und wenn man jetzt noch bedachte, wie sehr es Hervör Egilsdóttir derzeit sowieso schon an jedem Hauch von guter Stimmung mangelte, war vom bevorstehenden Abend auch nicht viel zu erwarten. Sie schloss die Haustür hinter sich und warf ihre Tasche schwungvoll in den Flur. Keine Lust, heute Abend auszugehen. Keine Lust, sich die Haare zu waschen, etwas zum Anziehen zu finden und Lipgloss aufzutragen. Schwerfällig setzte sie sich auf das Sofa im Wohnzimmer und ließ sich auf die Seite fallen.

»Keine Lust …«, stöhnte sie hoffnungslos und setzte sich auf dem Sofa zurecht, legte sich dann auf den Rücken und blickte mit leeren Augen an die Decke. Warum musste er ausgerechnet heute kommen? Wo sie doch immer überzeugt gewesen war, dass Fitnesstrainerinnen ihren Kaffee nicht so stark süßten, aber diese Überzeugung hatte Ingibjörg ihr nun gründlich verdorben.

Hervör schloss die Augen und wäre fast eingeschlafen, als das Telefon zu klingeln begann. Sie blieb noch eine Weile reglos liegen und überlegte ernsthaft, nicht dranzugehen, die Vorhänge vorzuziehen und den Abend auf dem Sofa ihrer Wohnung im Herzogtum von Breiðholt zu verbringen, wo die Leute genug und Besseres zu tun hatten, als sich unter den Pöbel in der City zu mischen. Doch das Telefon klingelte und klingelte und am Ende rollte sie sich müde vom Sofa und griff danach.

Georg.

»Hallo«, antwortete sie und gähnte mit Absicht laut in den Hörer hinein, um ihre »Ich-komm-doch-nicht-heute-Abend-ich bin-so-fertig«-Rede einzuleiten.

»Hervör. Kommst du nicht bald?«, flüsterte Georg. Sie konnte ihn kaum verstehen, so laut war es um ihn herum.

»Ich bin gerade erst heimgekommen«, erklärte sie und schaute ihrem Spiegelbild entgegen. Sie presste ihr Kinn auf die Brust, um zu sehen, wie viele Doppelkinne sich bilden würden. Drei. Sie musste aufpassen, den Hals nie so zu krümmen, wenn man sie gerade fotografierte.

»Kannst du dich vielleicht ein wenig beeilen? Ich komme noch um hier. Örlygur ist jetzt schon stockbesoffen und fragt ständig nach dir. Es wäre also besser, wenn du unterwegs wärst, und zwar lieber jetzt als gleich.« Hervör atmete schwer. Sie konnte das Ganze in allen Einzelheiten vor ihrem inneren Auge sehen und hörte die ehrliche Not in Georgs Stimme, der sie jetzt wirklich brauchte. Es war eine Frage von Leben oder Tod aus Langeweile.

»Ich werfe mir schnell irgendeinen Fetzen über und rufe mir ein Taxi. Bis in einer halben Stunde dann. Halt durch, mein Freund.«

»Ich kann für nichts garantieren. Bitte beeile dich«, stöhnte Georg.

»Eine halbe Stunde. Ich muss mich nur ein ganz klein wenig aufpolieren, ich sehe aus wie eine Wasserleiche.«

»Was?«

Der Lärm am anderen Ende der Leitung nahm immer mehr zu, und Georg schloss mit den Worten, dass er sie nicht verstehen könne, bevor er sich verabschiedete und sie noch einmal inständig bat, sich doch zu beeilen.

Hervör streckte sich müde und drehte zuerst das Wasser in der Dusche auf und dann die Ginflasche, um sich ein Glas einzugießen, während das Wasser warm wurde. Das dauerte jedes Mal eine ganze Weile, sodass Hervör ihr Glas fast ausgetrunken hatte, bevor sie in die Dusche stieg. Sie versuchte sich zu beeilen und dachte an Georg, der währenddessen das Geschwätz von Örlygur über sich ergehen lassen musste.

Örlygur.

Örlygur Áki, Besitzer des *Viertels*, Abenteurer und Geschäftsmann. Dieser typische isländische Männerverschnitt, der alle menschlichen Tugenden in sich vereint, die Hervör nicht im Geringsten anziehend fand. Örlygur fuhr einen Wagen, der bis zur letzten Schraube der Bank gehörte, und lebte in der schicken Lækjargata in einer durchgestylten, schwarzweiß eingerichteten Wohnung, die seinem Vater gehörte. Das erwähnte er jedoch selten, wenn seine Heimstatt von den Damen gepriesen wurde, die seinen meist Freitag- oder Samstagnacht gegen drei Uhr ausgesprochenen Einladungen mit Freuden folgten. Er ging regelmäßig zum Fitnesstraining ins World Class, um allen erzählen zu können, dass er regelmäßig zum Fitnesstraining ins World Class ging. Immer tadellos gekleidet und dementsprechend eitel. Man sah ihn nie anders als mit einem Kaugummi im Mund, den er mit Lichtgeschwindigkeit kaute, während er gleichzeitig mit ähnlicher Geschwindigkeit redete. Er sprach dabei immer wie jemand, der alles weiß und nicht das geringste Verständnis für die abweichenden Meinungen anderer aufbringen kann. Der einzige Moment, in dem er einmal nicht an seinem Kaugummi kaute, war, wenn er in ein nicht im Geringsten herzliches, aber schallendes Gelächter ausbrach, sodass man sämtliche Zähne im Ober- und Unterkiefer bewundern konnte.

»So ist das nämlich und nicht anders«, schloss er dann meist und kaute weiter.

Hervör goss sich noch ein Glas ein und blickte in ihren offen stehenden Kleiderschrank. Da die überwältigende Mehrheit des Inhaltes schwarz war, fiel es ihr schwer, ein Kleidungsstück vom anderen zu unterscheiden. Das wäre aber noch nicht einmal ein so großes Problem, wenn Hervör ihre Kleider zusammenfalten und ordentlich in den Schrank legen würde. Das tat sie aber nicht, und deshalb blickte sie jetzt auf einen Haufen von Kleidern, die in die Regale hineingestopft worden waren und daraus jeden Moment wie eine schwarze Lawine hervorzuquellen drohten. Sie hatte keine Ahnung, was sie anziehen sollte. Hatte noch nicht einmal eine vage Vorstellung davon, in welche Richtung es gehen sollte, und begann daher ziellos in dem Haufen zu wühlen und alles, was auf keinen Fall infrage kam, auf das ungemachte Bett zu werfen. Ganz unten im Schrank sah sie ein schwarzes Kleidungsstück, nach dem sie jetzt griff. Eine große Staubwolke lag darauf, die Hervör zunächst einmal abklopfte und erst dann feststellte, dass es das schwarze Kleid war, das sie noch nie getragen hatte. Sie wusste noch nicht einmal, warum sie es ursprünglich gekauft hatte. Langärmelig und knielang, kohlschwarz (außer der dünnen Staubschicht) und mit dem gigantischsten V-Ausschnitt, den die Welt je gesehen hatte. Was vermutlich auch die Erklärung dafür war, dass sie es noch nie getragen hatte.

Jetzt betrachtete sie das Kleid und blickte dann auf ihre

Brüste hinab. Sie warf einen Blick auf die Uhr. In zehn Minuten sollte sie unten im Aro sein. Sie goss sich noch ein Glas ein und bestellte ein Taxi, um sich selbst Druck zu machen. In Rekordgeschwindigkeit fönte sie ihre Haare trocken, schlüpfte in die Strumpfhose und zog sich das Kleid an. Man konnte sie wohl kaum als ausschweifend bezeichnen in diesem Kleid, schließlich war es langärmelig und knielang, aber viel bewegen durfte sie sich vermutlich auch nicht darin, wenn sie nicht ihre Brüste aus dem Ausschnitt heraus verlieren wollte.

»Und hier kommt sie endlich, die Königin der Nacht!«, rief er und kaute seinen Kaugummi mit Hochgeschwindigkeit. Örlygurs Stirn glänzte vor Schweiß, doch er hatte sich bereits die Hemdsärmel hochgekrempelt, um sich ein wenig abzukühlen. Er stand auf und blickte Hervör entgegen, die gerade hereinkam und auf den Tisch zuging, an dem die Mitarbeiter des *Viertels* und zwei Freunde von ihm saßen, die sonst keiner kannte. Das führte dazu, dass sich alle Anwesenden umdrehten und Hervör zuschauten, wie sie den Raum durchschritt, denn eine Königin bekommt man schließlich nicht jeden Tag zu Gesicht.

»Na, prima«, dachte Hervör und versuchte, Haltung zu bewahren und vor allem nicht in ihren hochhackigen Schuhen zu stolpern. Sie begrüßte ihre Kollegen mit einem Kopfnicken und schaute Örlygur traurig an, bevor sie Georg anlächelte und sich zu ihm setzte.

»Eine Dreiviertelstunde zu spät, altes Mädchen. Aber danke, dass du überhaupt gekommen bist. Ich habe dir nämlich angehört, dass du eigentlich keine Lust hattest«, sagte Georg und lächelte.

»So wie du am Telefon gejammert hast, Freundchen …«

»Toll siehst du aus. Das Kleid steht dir wirklich gut«, fügte Georg hinzu und sein Blick rutschte aus Versehen ihren Brustkorb hinab nach unten.

Örlygur starrte eine ganze Weile mit rotweinverklärten Augen auf Hervör, bevor er wieder zu sich kam.

»Ja, also dann, meine Lieben. Da wir jetzt vollständig sind, können wir endlich anfangen. Herzlich willkommen nochmals zur Feier des Jahres – unserer jährlichen *Viertel*-Party.«

Irgendwie schien er mit tosendem Jubel gerechnet zu haben, der allerdings ausblieb – außer einem einsamen »Juhu« –, also räusperte er sich befangen und fuhr fort. Der Kaugummi war auf Vollgas geschaltet.

»Mit Sicherheit ist das *Viertel* das einzigste Café mit so hervorragenden Mitarbeitern …«

Hervör schaute verstohlen zu Georg hin. Wenn es etwas gab, was Georg nicht stillschweigend hinnehmen konnte, war das, wenn jemand solche Fehler machte. Sie sah, wie er seine Serviette krampfhaft in der Hand zusammenpresste und ganz offensichtlich alle Kräfte zusammennehmen musste, um Örlygur nicht zu korrigieren.

»Besonders danke ich Georg und Hervör, ohne die der Laden nie so gut laufen würde. Gute Mitarbeiter machen das *Viertel* zu dem, was es ist … und ich glaube, keiner hat so viel Glück mit seinen Mitarbeitern als wie ich.«

Georg hatte begonnen, kleine Fetzen von seiner Serviette abzureißen und sie nervös zwischen den Fingern hin und her zu rollen. Wenn Örlygur die Grammatik noch einmal dermaßen schändlich missbrauchte, würde er sich nicht mehr beherrschen können.

»So und jetzt lassen wir mal so richtig die Sau raus, das wird der Wahnsinn, das verspreche ich euch«, sagte Örlygur zum Schluss. Dann lachte er, sodass die Anwesenden sämtliche seiner Zähne bewundern konnten. »So ist das nämlich, und nicht anders, liebe Leute.«

Drei-Gänge-Menüs zählten nicht gerade zu Hervörs täglichem Speiseplan. Das Essen war gut und sie versuchte nach Möglichkeit, Örlygurs starren Blick zu ignorieren, während sie ständig unauffällig nachschaute, ob ihre Brüste schon aus dem Ausschnitt gehüpft waren. Wie immer unterhielt sie sich am meisten mit Georg und begann allmählich den Einfluss des Alkohols zu spüren, als sie sich entschuldigte und zur Toilette ging. Die Toiletten waren im Keller des Gebäudes untergebracht und irgendwie schaffte Hervör es, sich ins Lager zu verirren, obwohl dies deutlich mit der Aufschrift »Nur Personal« markiert war, bevor sie endlich die Toilette fand. Sie betrachtete sich im Spiegel und war im Großen und Ganzen zufrieden mit dem Anblick, der sich ihr da bot. Nicht zu aufgedonnert, aber trotzdem elegant – vielleicht verdiente dieses Kleid doch ein besseres Schicksal, als in irgendeiner Ecke zum Staubfänger zu verkommen. Von nun an sollte es regelmäßig an die frische Luft kommen. Sie beugte sich nach vorn, um sich die Haare über den Kopf fallen zu lassen, und wäre beinahe an das Waschbecken geknallt. Sie kicherte albern und dachte, wie nett es doch wäre, sich von einem Waschbecken k. o. schlagen zu lassen und dadurch das Taxi nach Hause zu sparen. Sie warf noch einen letzten Blick in den Spiegel, drehte sich dann zur Seite und hüpfte ein wenig hoch, um ihren Hintern sehen zu können. Der war eigentlich gar nicht so schlecht. Inzwischen war sie auch ziemlich überzeugt davon, dass sie viel hübscher war als die Fitnesstrainerin. Gar keine Frage.

Auf dem Weg zurück verlief sie sich dann nicht wieder, und sie war die Treppe schon wieder halb oben, als sie irgendjemand bei der Hüfte packte und entschlossen gegen die Wand drückte.

Hervör stieß einen kleinen Schrei aus, bevor sie erkannte, wer der Missetäter war. Örlygur war nicht besonders hochgewachsen. Er war auch sonst schon kleiner als Hervör und in hochhackigen Schuhen überragte sie ihn beträchtlich, sodass sie jetzt auf ihn herabblickte, wie er da vor ihr stand und sich mit einem Arm an der Wand abstützte.

»Und, wie geht's denn so, Hervör, mein Schatz? Warum willst du dich nicht mal ein bisschen mit mir unterhalten?«

Die Schweißperlen auf seiner Stirn glitzerten in dem grellen Licht im Treppenhaus.

Hervör atmete tief durch und schob sich das Haar hinter die Ohren. Vielleicht war es besser als nichts, sich von diesem Trottel anbaggern zu lassen.

»Ich sitze nun einmal am anderen Ende des Tisches. Da kann ich wohl kaum über alle Köpfe hinweg brüllen, um mich mit dir zu unterhalten«, sagte sie ruhig.

»Nein, da hast du wohl ganz recht«, antwortete er laut und brach in ein wieherndes Gelächter aus. In seinen beiden hintersten Eckzähnen hatte er Silberfüllungen.

»Ich habe schon den ganzen Abend auf dich gewartet, mein Mädchen. Bist du vielleicht eine von denen, die gerne auf sich warten lassen? Stehst du drauf, die Männer leiden zu lassen?«

Örlygur griff sie jetzt entschlossen am Arm. Er schaute ihr nicht länger ins Gesicht, sondern hatte seinen Blick auf ihren Ausschnitt geheftet, der für ihn sowieso mehr in Augenhöhe war.

»Nicht wirklich …«, antwortete Hervör und seufzte.

Örlygur blickte auf und streichelte ihr über den Arm

»Du bist so wunderschön, Hervör. Ich weiß nicht, ob ich dir das schon einmal gesagt habe …«

»Doch, hast du. Hast das bei der Betriebsfeier letztes Jahr gleich mehrmals erwähnt. Hast es sogar dem Taxi hinterhergerufen, mit dem ich wegfuhr.«

Er räusperte sich peinlich berührt und blickte ihr direkt in die Augen, während er seinen nächsten Zug plante.

»Bist du vielleicht ein wenig jung zum Flirten?«

»Örlygur. Ich bin siebenundzwanzig Jahre alt. Sechs Jahre jünger als du.«

Sie schob seinen Arm mit einer entschlossenen Bewegung weg. Sie hatte sich an seinen Aufmerksamkeiten den ganzen Abend über nicht weiter gestört, auch wenn ihr das nicht besonders gefiel, aber jetzt reichte es.

»Siebenundzwanzig Jahre alt! Das glaube ich nicht. Wirklich?«

»Hör mal, ich will jetzt wieder nach oben gehen. Nett, mit dir zu plaudern«, sagte Hervör schließlich und wollte weiter die Treppe hinaufgehen, doch Örlygur hielt sie davon ab.

»Soll ich dir mal was sagen, Hervör, da draußen gibt es eine Million Weiber, die verrückt nach mir sind. Einfach nicht genug von mir kriegen. Ich weiß nicht, ob du dir einbildest, dass du was Besonderes bist, dass du so tun kannst, als ob du nicht auf mich stehst. Aber am Ende krieg ich dich doch noch. Wart's nur ab«, sagte er und pikste leicht mit dem Finger auf ihr Kleid, bevor er sich umdrehte und die Treppe hinauftrottete. Sein kleiner Kugelhintern wiegte sich in den viel zu engen Hosen hin und her.

Hervör blieb zurück und ging im Geiste noch einmal Örlygurs hochdramatische Rede durch, bevor sie vor Lachen fast platzte.

Ihre lautstarke Ankunft im Tokio entging wohl keinem der bereits anwesenden Gäste dort. Örlygur war nicht knauserig, das musste man ihm lassen. Zwei der Mädchen hatten das Festtagsessen sehr zum Unmut des Fahrers bereits im Taxi wieder von sich gegeben, sodass die Truppe nun um zwei Mitglieder verringert war, als der Höhepunkt des Abends bevorstand.

»Und jetzt also das Match. So ist das nämlich und nicht anders«, versicherte Örlygur, der inzwischen einen Knopf zu viel an seinem Hemd geöffnet hatte.

»Fünfzigtausend Kronen für denjenigen, der das Rennen macht.«

Er wirkte siegessicher und fügte hinzu, dass er schon ein Dutzend Mal auf Geschäftsreise in Japan gewesen war und dort vermutlich an mehr Karaoke-Wettbewerben teilgenommen hatte als sämtliche Mitarbeiter im *Viertel* zusammen.

Georg schnaubte und riss sich die Jacke lässig vom Leib. Er hatte schon lange genug von Örlygurs Gesellschaft, der fälschlicherweise glaubte, er sei sein bester Kumpel. Hervör stand an der Bar und hielt ein Glas Bier für Georg in der

Hand, der herangestürmt kam, als Örlygur sich für seinen Auftritt bereit machte.

Sie lehnten sich zurück und lächelten müde. Hervör war inzwischen reichlich beschwipst und war immer einverstandener damit, das Busenkleid für die Party gewählt zu haben. Sie hatte aufgehört, die Gingläser zu zählen, die sie bereits geleert hatte, und verschwendete keinen Gedanken mehr daran. Sie hatten ihre Wirkung getan und sie war so zufrieden mit sich und der Welt wie lange nicht mehr. Sie legte Georg den Arm um die Schultern und lächelte albern, während sie zwei Schnäpse und einen Doppelten bestellte.

Georg blickte sie an, den Mund voller Bier, und brummte, als ob er gerade etwas sagen wollte. In diesem Moment erklangen jedoch die ersten Geigentöne und Örlygur stand mit inbrünstig geschlossenen Augen in der Mitte der Bühne.

Hervör und Georg blickten sich an.

»*Strangers in the night exchanging glances …*«

»Neiiiin«, stöhnte Georg.

Hervör drehte sich langsam um und beugte sich über die Theke, während sie von Lachkrämpfen geschüttelt versuchte, auf den Beinen zu bleiben.

»Ich glaube, er bildet sich wirklich ein, Frankieboy zu sein. Siehst du das? Hervör, du musst dir das anschauen.«

»*Dubidubiduuuu …*«

Örlygur war jetzt von solcher Hingabe ergriffen, dass er sich das Hemd so temperamentvoll vom Leib riss, dass die Knöpfe fröhlich über die Bühne hüpften.

Nach seinem atemberaubenden Auftritt keuchte Örlygur jetzt wie ein Schlagersänger beim ESC. Trotzdem versuchte er vollkommen cool zu wirken, als ob das seine leichteste

Übung sei. Schließlich hatte er vor ein paar Jahren in Kumamoto mehr als ein Karaokelied geschmettert.

»Herr Jesus im Himmel. Ich glaube, ich bin wieder stocknüchtern«, stöhnte Georg und leerte rasch sein Glas.

Hervör tupfte die Mascarastreifen ab, die von ihren Augen herabliefen, und versuchte wieder zu Atem zu kommen. Das war einfach zu komisch gewesen.

Wenn man nüchtern ist und alle anderen betrunken, vergeht die Zeit so unglaublich langsam. Wenn man ein wenig beschwipst ist, vergehen die Stunden schon ein wenig schneller. Doch wenn man so richtig betrunken ist, dass der nächste Stopp nur noch der Imbisswagen und die Bordsteinkante sind, vergeht ein ganzer Abend in Lichtgeschwindigkeit. Die Menschenmenge im Tokio hatte sich inzwischen vervielfacht und im Karaokewettbewerb des Jahrhunderts fehlte nur noch Georgs Auftritt. Hervör war rechtmäßig entschuldigt, da sie sich gerade ein klein wenig in der Damentoilette hingelegt hatte, als sie an der Reihe war. Jetzt kuschelte sie sich in eine Ecke unter Georgs Jacke und lächelte alkoholgeschwängert, während er zur Bühne schritt. Er krempelte die Ärmel hoch und räusperte sich einmal, bevor er nach dem Mikrofon griff. Er war auch schon ziemlich betrunken, doch nicht so sehr, um Örlygur Ákis Sieg nicht ernsthaft zu gefährden.

Hervör erkannte das Lied gleich, als die ersten Töne erklangen. War am 9. April 1969 auf der Nashville-Skyline-Platte erschienen. Sie konnte sich nie ganz entscheiden, war sich aber doch sicher, dass dies eines ihrer Lieblingslieder war. Sie lächelte vor sich hin und spürte, wie ein Wohlgefühl ihren Körper durchströmte, den sie jetzt auf dem Sofa ausstreckte. Dieses unbeschreibliche Gefühl, wenn die Alkoholmenge im Blut den höchsten Pegel erreicht hat, bevor es zu Unannehmlichkeiten wie Erbrechen oder Panikattacken kommt, und gleichzeitig eines der besten Lieder der Welt ertönt. Das Gefühl, dass alles so ist, wie es sein sollte. Sogar der Lärmpegel im Raum schien ihr in diesem Moment gesunken zu sein.

»Lay, lady, lay, lay across my big brass bed ...«

Einstimmiger Jubel ertönte im ganzen Saal und Georg blinzelte Hervör zu. Er war ganz in seinem Element. Örlygur saß in einiger Entfernung, und aus irgendwelchen Gründen begann er sein aufgeknöpftes Hemd um sich herumzuwickeln. Er schien nichts dagegen zu haben, seine World-Class-gestylten Bauchmuskeln für alle zur Schau zu stellen, die sie bewundern wollten. Für die anderen auch.

Hervör schaute Georg mit ihrem Dauerlächeln an. Sie murmelte den Text mit und dachte bei sich, wie viel Glück sie doch hatte, ihn zum Freund zu haben. Er war in all dieser Zeit so gut zu ihr gewesen. Eigentlich war er schon immer gut zu ihr gewesen, oft sogar, wenn sie es gar nicht verdient hatte.

Georg blickte Hervör direkt in die Augen und hielt sein Bierglas in ihre Richtung, während er sang. Sie schaffte es gerade so, ihr Glas auch anzuheben, das noch nicht ganz leer war, und ihm zuzuprosten, auch wenn sie so weit von der Bühne weg war.

»Why wait any longer for the one you love, when he's standing in front of you.«

Örlygur hätte mit Sicherheit nicht so leicht auf die fünfzigtausend Kronen verzichtet, wäre der Saal nicht nach Georgs Darbietung in tosenden Jubel ausgebrochen. Er versuchte also, das Beste daraus zu machen, und gab sich als Mann von Welt, dem es auf eine solche Summe nicht ankam, wenn es darum ging, eine herausragende Show zu entlohnen. Er fühlte sich sogar verpflichtet, selbst noch einmal zum Mikrofon zu greifen, damit diese Tatsache auch keinem der Anwesenden entging. So ist das nämlich und nicht anders.

Hervör war jetzt sehr müde und sehnte sich nach nichts so sehr wie nach ihrem Bett. Außerdem hatte sie einen brutalen Schluckauf, das unentrinnbare Ende jeder Party, auf der sie in die Nähe von Alkohol geriet. Sie stolperte also gemeinsam mit Georg nach draußen, der sich auf die Suche nach einem Taxi begeben wollte, als Örlygur ihr nachrief.

»Hervör! Hervör … wart doch mal. Komm … komm doch mal her, ich muss mit dir reden.«

Sie blickte Georg müde an. Örlygur kam hinter ihnen her gewankt mit offenem Hemd, das er nur halbwegs in die Hose gestopft hatte. Georg ging weiter und sagte, er würde sie dann holen, wenn er ein Taxi gefunden hätte. Sie nickte und drehte sich zu Örlygur um.

»Ich gehe jetzt heim«, antwortete sie und hickste.

»Was soll denn das, kannst du dich nicht einmal ein bisschen mit mir unterhalten?«, antwortete er leicht irritiert und nahm sein Handy zur Hand. »Ich rufe uns jetzt ein Taxi«, fügte er hinzu, ohne sie anzusehen oder zu fragen, ob sie sich überhaupt ein Taxi mit ihm teilen wollte.

»Das ist nicht nötig. Georg hat das schon übernommen.«

Örlygur ließ sein Telefon sinken und blickte Hervör an

mit einem Ausdruck, der am ehesten an Mitleid erinnerte. Nach einer Weile verwandelte sich dieser Ausdruck dann in ein schiefes Lächeln.

»Jetzt verstehe ich«, sagte er laut und siegesgewiss. »Jetzt habe ich dich durchschaut, mein Kind.«

»Wovon sprichst du eigentlich?« Sie war müde und ihr Schluckauf hatte auch nicht gerade nachgelassen.

»Du bist einfach immer hinter dem Geld her, stimmt's? Bist eine von den Weibsstücken, die immer denen hinterherlaufen, die für sie blechen. Da hat er gerade fünfzigtausend Kronen bar auf die Kralle gekriegt, also besteht ja wohl kein Zweifel daran, wer für dein Taxi nach Hause zahlt.«

»Wie kann man nur dermaßen bescheuert sein«, stöhnte sie, drehte sich um und wollte weggehen.

»Oder ist es vielleicht, weil er ein Neger ist?«, rief Örlygur ihr hinterher.

Hervör biss die Zähne so fest zusammen, dass ihr der Kiefer schmerzte. Plötzlich hatte sie das Gefühl, als hätte ihr jemand mit einem nassen World-Class-Handtuch ins Gesicht geschlagen. Sie drehte sich in aller Ruhe um und war selbst erstaunt, wie gut sie sich bisher im Griff gehabt hatte. Doch das würde sich nun vermutlich innerhalb weniger Sekunden ändern.

»Was hast du da gesagt?« Sie blickte ihn eiskalt an und spürte, wie merkwürdig ihr die Worte zwischen den zusammengepressten Zähnen heraus entwichen.

Örlygur grinste. Zumindest hatte er sie davon abgehalten zu gehen.

»Bist du eine von denen, die auf schwarze Jungs stehen, Hervör? Du weißt, was man über Schwarze sagt, nicht wahr?

Glaubst du nicht, dass das eine Nummer zu groß für dich ist?«

Hervör blickte auf diese traurige Imitation von einem Mann, die da vor ihr stand. Solariumgebräunt und im besten Fall bemitleidenswert. Man könnte fast glauben, dass ein so fanatischer Anhänger von Sonnenstudios selbst gern so aussehen wollte wie jemand, der mit dunkler Haut geboren war.

Sie trat auf ihn zu, sodass sie jetzt nur noch ein Schritt von ihm trennte. Örlygur lächelte. Er kaute seinen Kaugummi mit raschen Bewegungen und trippelte herum wie ein Boxer vor dem nächsten Schlag.

»*Zehn kleine Negerlein* …«, begann er zu singen und brach in ein künstliches Lachen aus, bevor er versuchte fortzufahren.

Jetzt hatte sie genug. Die Wut kochte in ihr hoch und sie wusste nicht, ob sie in Tränen ausbrechen würde oder ihn mit der geballten Kraft ihrer Lungen so anbrüllen würde, dass ihm die Haare vom Kopf fielen. Was dann geschah, war eine Überraschung. Für sie nicht weniger als für ihn. Sie machte einen Schritt zurück und trat Örlygur ihren rechten Fuß mit aller Kraft zwischen die Beine. Sie dachte, die Augen würden ihm gleich aus dem Kopf springen, und der vorher mit Volldampf gemarterte Kaugummi flog in hohem Bogen aus seinem geöffneten Mund heraus. Er brachte keinen Ton hervor, stattdessen sackte er im Zeitlupentempo zusammen, zuerst auf das eine Knie, dann auf das andere, bevor er schließlich auf die Seite kippte, die Hände im Schritt gefaltet.

Seit sie fünf Jahre alt gewesen war, wusste sie, dass das eins der Dinge war, die absolut verboten waren. Man durfte keinen Strickstock in die Steckdose stecken, man durfte kein Bleichmittel trinken, man durfte alte Leute nicht an den Ohren ziehen, egal wie groß die waren, und vor allem war es streng verboten, Jungs zwischen die Beine zu treten. Ihr war das egal. Ihre Verachtung für diesen Mann, der nicht nur sie beleidigt hatte, sondern auch ihren Freund, war von einem solchen Ausmaß, dass sie nicht die geringste Reue empfand. Sie blickte auf ihn herab, wie er sich da orientierungslos hin und her wiegte. Das Ganze schien ausgesprochen unangenehm zu sein.

»Ist alles in Ordnung?« Georg war zurückgekommen.

»Natürlich. In bester Ordnung«, antwortete sie und lehnte sich an ihn. Jetzt war sie wirklich todmüde. Und merkwürdigerweise war ihr Schluckauf verschwunden.

Georg begriff bald, dass nicht die geringste Chance bestand, Hervör zu wecken, als sich das Taxi ihrer Wohnung näherte. Sie murmelte nur etwas Unverständliches vor sich hin, als er sanft an ihrer Schulter rüttelte, um ihr mitzuteilen, dass sie jetzt zu Hause waren. Er hielt es für relativ unwahrscheinlich, dass sie aus eigener Kraft aus dem Taxi klettern, die Treppe zu ihrer Wohnung hinuntergehen und den Schlüssel finden würde. Also beschloss er, das Taxi zu bezahlen, und stieg zuerst selbst aus, bevor er sie hochhob. Sein Rücken schmerzte ein wenig, während er sich dabei abmühte, sie aus dem Wagen zu bekommen, doch danach war das Ganze einfacher, als er gedacht hatte.

»Neee ... viel zu schwer. Viel, viel zu schwer ...«, brummte sie im Halbschlaf, schaffte es aber trotzdem, sich an Georgs Hals festzuklammern, der sich jetzt vorsichtig die Treppe hinuntertastete. Er ließ sie halb auf seinem Knie ruhen, während er in ihrer Tasche nach den Schlüsseln kramte, und schaffte es irgendwie, die Haustür zu öffnen, ohne das Gleichgewicht oder Hervör zu verlieren. Dann hob er sie mit einem Ruck wieder an und stieß dabei ihren Kopf gegen den Türrahmen, als er versuchte hindurchzugehen. Auch ihr Nacken schlug irgendwo an, doch sie schien sich nicht besonders daran zu stören. Danach gelang es Georg, sie ohne weitere nennenswerte Verletzungen ins Schlafzimmer zu bugsieren, wo er sie vorsichtig auf das Bett legte. Sein Blick fiel auf den Teddy, der wie üblich mit den Armen in die Höhe gestreckt auf einem der Kissen lag, und er legte ihn Hervör auf den Schoß, bevor er sie zudeckte. Sein Rücken knackte ein wenig, als er sich endlich wieder aufrichtete. Georg ging so leise er konnte hinaus und ließ die Schlafzimmertür halb offen. Vermutlich hätte er das Zimmer in Begleitung eines Blasorchesters und bei Abwurf einer Atombombe verlassen können, ohne sie aufzuwecken, aber dennoch ging er auf leisen Schritten ins Wohnzimmer hinüber und zog sich die Schuhe aus, bevor er sich auf das Sofa legte und die Decke überzog.

Karen

»BRECHDURCHFALL. Geht das nicht gerade um? Ich könnte sagen, dass ich mir das irgendwo eingefangen habe und die Einladung zum Essen deshalb leider nicht wahrnehmen kann. Das könnte ich doch sagen, oder?«

Karen lief mit verschränkten Armen in der Küche auf und ab und trommelte zwischendurch mit Zeige- und Mittelfinger leicht auf den Mund, als würde sie einen primitiven Kampfschrei üben, bevor sie sich auf das Schlachtfeld wagte.

»Eine Krankheit vortäuschen, das tut man doch nicht, mein Kind«, antwortete Þór und beobachtete seine Enkeltochter, die jetzt stehen blieb und einen Schluck von ihrem Kaffee trank, der schon lange kalt geworden war.

»Das weiß ich selbst. Normalerweise mache ich so etwas auch nicht. Es ist nur so, dass … ach, ich will einfach nicht gehen, Opa«, sagte sie leise und setzte sich auf die Küchenbank.

»Und wieso willst du nicht gehen, Karen, mein Liebes? Das klingt doch, als könnte es richtig nett werden. Er will dich seiner Familie vorstellen. Ich verstehe wirklich nicht, was daran so schlimm sein soll. Wenn seine Familie so nett ist wie er selbst, werdet ihr euch ganz wunderbar verstehen. Und dann kannst du ihn vielleicht auch bald einmal zu uns zum Kaffee mitbringen, wenn du Lust hast«, sagte Þór in scheinbar gleichgültigem Ton und blickte Karen verstohlen von der Seite an.

Karen schaute ihren Großvater an und bezweifelte, dass er nachvollziehen konnte, wie sie sich fühlte. Das war wohl auch kein Wunder, denn erstens war er ein Mann und zweitens seit sechzig Jahren verheiratet. Karen und Aron kannten sich jetzt seit ein paar Wochen und bisher lief alles gut. Manchmal zu gut, fand Karen, sodass früher oder später etwas wirklich Schlimmes nicht ausbleiben konnte. Manchmal empfand sie es als so unnatürlich, wie sehr alles in Ordnung war, dass sie selbst versuchte, irgendeine Art von Zusammenstoß herbeizuzwingen, in der Hoffnung, dass es zu einem echten Streit führen würde und er endlich erkannte, dass es keinen Zweck hatte, mit jemandem wie ihr zusammen zu sein. Dann hätte er die Nase voll und würde sich von ihr trennen. Und sie hätte das Ganze wenigstens hinter sich.

Manchmal schüttelte Aron den Kopf und sagte, er könne sie einfach nicht verstehen. Darüber war sie froh. Er gab offen zu, dass er neugierig darauf war, mehr über sie zu erfahren. Vermutlich war er gerade deshalb so neugierig, weil sie nicht gerade viel von sich preisgab. Wenn es nämlich schiefging, würde es ihr sehr unangenehm sein, dass es da irgendwo einen Typen gab, der eine Unmenge von Dingen über sie wusste. Vielleicht sogar all ihre Gefühle kannte. Also behielt sie lieber so viel wie möglich für sich. Zumindest für den Anfang. Er fragte sie regelmäßig nach ihrem Bruder, versuchte, an der Oberfläche zu kratzen. An manchen Tagen war sie bereit, über ihn zu reden, von ihm und von all dem zu berichten, was sich in ihr Gedächtnis gegraben hatte. Doch an anderen Tagen füllten sich ihre Augen mit Tränen, sobald sein Name fiel, und sie weigerte sich strikt, auch nur ein Wort über ihn zu sagen. An solchen Tagen schien es, als ob sie ihn für sich allein haben wollte. Ihn tief in sich bewahren.

Karen hatte einige schwere Tage hinter sich und Aron hatte begonnen, sich ernsthaft Sorgen um sie zu machen. Nichts, was er sagte, tat oder vorschlug, schien sie aufheitern zu können. Sie war schweigsam, antwortete ihm nur einsilbig und wollte nicht unter Leute gehen, noch nicht einmal ins Kino. Oft sah er ihr an, dass sie geweint hatte, und manchmal stiegen ihr die Tränen ohne jede Vorwarnung in die Augen.

»Das ist eigentlich ganz normal bei mir«, antwortete sie, wenn er sie fragte, ob er denn gar nichts tun konnte, damit es ihr ein wenig besser ging. »Es ist nur das erste Mal, dass ich bei all der Heulerei und dem Tamtam, das ich da veranstalte, einen Zuschauer habe«, fügte sie hinzu und unternahm den Versuch eines Lächelns. Sie wusste, dass er das nicht viel länger aushalten würde. Es gibt wohl kaum etwas, das Männer schlechter ertragen, als eine Frau weinen zu sehen. Und deshalb wollte kein Mann eine Freundin, die ständig herumheulte.

Sie hatte gerade in seiner Wohnung in der Lindargata geduscht und er saß auf dem Sofa, als er sich endlich aufraffte und sie fragte. Sie kam aus dem Badezimmer, hatte ein Handtuch um den Körper gewickelt und einen Turban um den Kopf und blickte ihn an, wie er so dasaß und in einem Buch las. Sie lächelte schwermütig und überlegte, wann er wohl mit ihr Schluss machen würde. Es würde ihr leid tun, aber warum sollte jemand mit einem so zerrissenen Stück Mensch zusammen sein wollen, das eine Ladung Ärger vom Umfang eines afrikanischen Kleinstaates mit sich herumschleppte, wenn es da draußen jede Menge Mädchen gab, die immer gut gelaunt, nett und dann auch noch viel hübscher waren als sie. Mädchen, die regelmäßig ins Fitnessstudio gingen, Mädchen, die nicht rauchten und die gerne neue Rezepte ausprobierten, aber weder Mikrowellengerichte noch ihre Nägel verzehrten. Er richtete sich auf dem Sofa auf, streckte ihr seine Hände entgegen und wartete darauf, dass sie zu ihm kam. Sie wickelte das Handtuch noch fester um sich und ließ sich direkt in seine offenen Arme fallen. Er hielt sie eng umschlungen und fuhr mit den Fingern über ihren Brustkorb und ihre zarten Schlüsselbeine.

»Ich muss mit dir sprechen«, sagte er schließlich und blickte sie an.

Jetzt war es also so weit. Jetzt würde er mit ihr Schluss machen. Karen blickte nach unten und zog das Handtuch noch fester um sich herum. Sie versuchte sich aus seiner Umarmung zu lösen, doch er hielt sie so fest, dass sie ihm nicht entkam.

»Nein, so nicht. Bleib bei mir sitzen und hör mir zu. Ich habe schon lange darüber nachgedacht und ich glaube, wir müssen jetzt einfach darüber reden«, fügte er hinzu.

Sie saß bewegungslos da und blickte weiter auf ihre Zehen.

»Hast du schon einmal darüber nachgedacht, vielleicht zu einem Psychologen zu gehen?«

Sie brauchte einen Moment, bis ihr klar geworden war, was er da gesagt hatte, doch dann blickte sie ihn entrüstet an.

»Wozu?«

»Um dir helfen zu lassen«, antwortete er zögernd.

»Wozu?«, fragte sie noch einmal.

Aron atmete tief durch und zuckte mit den Schultern. »Vielleicht würde es dir dann besser gehen«, antwortete er schließlich.

»Es gibt einen Grund dafür, dass hier jede Menge Psychologen eine Praxis haben. Eine Menge Leute gehen zu ihnen und es geht ihnen besser, wenn ihnen jemand, der dafür ausgebildet ist, dabei hilft, ihr Leben wieder in den Griff zu bekommen. Dafür muss sich niemand schämen, Karen. Einem Menschen kann es auch seelisch, nicht nur körperlich schlecht gehen. Keiner schämt sich dafür, mit einer Knieverletzung zum Arzt zu gehen. Warum sollte man sich dafür schämen, sich Hilfe zu holen, egal ob es einem nun körperlich oder seelisch schlecht geht?«

Es wäre ihr lieber gewesen, wenn er mit ihr Schluss gemacht hätte, als eine solche Leier darüber zu ertragen, wie verkorkst ihre Seele war. Das wusste sie schließlich selbst besser als jeder andere, und in Wirklichkeit musste man schon ein Kreuz im Kalender machen, wenn es ihr mal nicht schlecht ging. Was sollte es da helfen, vor irgendeinem wildfremden Menschen herumzuheulen und ihm auch noch irgendwelche horrenden Summen dafür zu bezahlen? Sie schwieg lange.

»Ich kenne einen wirklich guten«, sagte Aron vorsichtig. »Und wegen des Geldes brauchst du dir keine Sorgen zu machen. Darum kümmere ich mich schon. Ich will dir doch so gerne helfen, aber ich weiß nicht mehr, was ich noch tun soll. Und wenn es etwas gibt, das dir helfen könnte, auch wenn das ein anderer macht, dann will ich das versuchen … Er heißt Leó, der, den ich da kenne.«

Karen schwieg noch immer. Schließlich stand sie auf und ging schnurstracks ins Schlafzimmer, ohne auch nur ein Wort zu sagen. Sie warf das Handtuch auf den Boden und zog sich an. Er stand in der Tür und blickte sie an.

»Entschuldige«, sagte er. »Vielleicht bin ich da ein wenig zu weit gegangen.«

Sie riss sich den Turban vom Kopf, drehte ihr Haar ungekämmt zu einem Knoten hoch und wickelte einen Gummi darum.

»Bitte verzeih mir, Karen«, sagte er wieder und hoffte auf irgendeine Reaktion von ihr. Wenigstens einen Blick.

Sie schob sich an ihm vorbei und zog sich im Flur die Schuhe an.

»Willst du einfach so gehen?«

»Ja, ich gehe«, spie sie ihm entgegen. Sie stieg von einem Fuß auf den anderen, während sie nach den rechten Worten suchte. Dabei versagte ihre Stimme gleich schon beim ersten Ton.

»Weißt du, ich glaube, es wäre viel einfacher für dich, dir eine andere zu suchen, als in meinen Problemen herumzuwühlen.« Sie blickte ihm geradewegs in die Augen, während sie sich ihren Schal umwickelte. »Wir haben uns gerade erst kennengelernt und du bildest dir schon ein, du kannst beurteilen, ob ich eine Therapie brauche, als ob ich nicht mehr ganz dicht wäre. Du verstehst einfach überhaupt nichts. Du hast keine Ahnung, was in meinem Leben los ist. Ich werde nie wieder glücklich sein. Ich werde ihn immer vermissen und es wird mir nie besser gehen. Damit habe ich mich abgefunden. Daran ändert auch irgendein teures Gequatsche mit so einem Psychoheini nichts mehr, für den ich übrigens mit Sicherheit niemand anderen bezahlen lassen würde.«

Jetzt war es Aron, der schwieg und den Blick gesenkt hielt. Sie standen einander gegenüber. Keiner hatte noch etwas hinzuzufügen.

»Ich wollte dir nur helfen. Es tut mir so weh, mit anzusehen, wie du leidest, Karen. Ich will mir keine andere suchen. Ich habe schon die gefunden, die ich will. Und ich will, dass es dir besser geht und dass du mir erlaubst, dir zu helfen. Wenn du mir nur erlauben würdest, für dich zu sorgen«, sagte er schließlich.

»Ich kann für mich selbst sorgen«, antwortete Karen kurz angebunden, bereute es aber gleich wieder, als sie sah, wie niedergeschlagen er war. Er nickte und bat sie noch einmal um Verzeihung. Das schlechte Gewissen traf sie wie ein Paukenschlag, sodass sie einen Schritt auf ihn zu machte und seine Hand sanft in die ihre nahm. Er wollte nur gut zu ihr sein, weil er sie gern hatte. Irgendwie.

Sie umarmte ihn und zog ihn fest an sich, bevor sie sich die Schuhe auszog und ihre Jacke wieder aufhängte.

Aus irgendwelchen Gründen beschloss sie, es einmal damit zu versuchen, lehnte es aber strikt ab, dass Aron auch nur irgendetwas davon für sie bezahlte. Sie wusste selbst nicht, warum sie sich dazu hatte überreden lassen, aber dann dachte sie, warum nicht zur Abwechslung einmal dafür Geld aus dem Fenster werfen. Einfach mal ausprobieren, ob es etwas brachte oder nicht. Wenn sie überlegte, wie viel Geld sie in den Kneipen der Stadt ausgegeben hatte, was trotz zahlreicher Versuche auch nichts geändert hatte, konnte sie es genauso gut auch einmal für ein einziges Gespräch ausgeben. Auch wenn es mehr Spaß machte, in die Kneipe zu gehen.

Die Praxis von Leó Daviðsson lag im Industriegebiet von Skeifan, ganz oben in einem mehrstöckigen Gebäude, sodass sie nach all den Treppenstufen ganz außer Atem war, als sie schließlich an die altmodische Holztür mit der Milchglasscheibe klopfte. Einen Augenblick lang kam ihr in den Sinn, das Ganze doch lieber sein zu lassen und sich in Windeseile die Stufen hinabzustürzen, doch vermutlich war es dafür schon zu spät, denn durch die Scheibe sah sie bereits die Silhouette von Leó Daviðsson. Er öffnete und lächelte sie an. So, als ob er auf einen Blick erkannt hätte, was sie für ein hoffnungsloser Fall war und damit eine nicht versiegende Einnahmequelle für ihn. Er war jünger als Karen erwartet hatte, irgendwo zwischen dreißig und vierzig, aber davon abgesehen sah er genauso aus, wie sie sich das vorgestellt hatte. Mit kohlrabenschwarzem Haar und einem ordentlich gestutzten Vollbart, der wohl vertrauenserweckend wirken sollte. Er trug ein weißes Hemd, das unter einem dunkelgrünen Strickpullover hervorschaute. Er wünschte Karen einen guten Tag, schüttelte ihr die Hand und stellte sich vor, als wüsste sie nicht genau, wen sie da vor sich hatte. Sie lächelte nervös und versuchte sich unauffällig im Zimmer umzusehen. Die hohen und weiß getünchten Wände ließen es vermutlich wesentlich größer aussehen, als es tatsächlich war. Sie zählte auf die Schnelle ganze drei Topfpflanzen, und ihr Blick fiel auf einen kleinen Couchtisch, der zwischen einem cremefarbenen Sofa und einem Schreibtischstuhl in einer Ecke des Zimmers stand. Auf dem Tisch standen eine weitere Topfpflanze und eine Box mit Kleenex-Tüchern. Für die Heulsusen.

Er bat sie, auf dem Sofa Platz zu nehmen und setzte sich selbst ihr gegenüber auf den Stuhl. Er legte ein Bein aufs andere, nahm einen Stift und eine Mappe mit leeren Blättern in die Hand und blickte Karen dann eine Weile an.

»Und was bringt dich hierher, Karen?«, fragte er schließlich mit weicher, nahezu hypnotisierender Stimme.

Sie dachte eine Weile nach.

»Ich bin eigentlich eher hierher gebracht worden«, antwortete sie.

»Aber du hast dich bringen lassen, nicht wahr?«, schlussfolgerte er und ließ den Blick nicht von ihr ab.

Sie schaute zurück, als wollten sie Wer-zuerst-wegschaut-hat-verloren spielen. Natürlich gewann er, schließlich war er ein Profi. Karen wandte ihren Blick ab und konzentrierte sich stattdessen auf die Kleenex-Packung vor ihr.

»Ja. Das stimmt«, sagte sie schließlich. Sie fand es zu früh, vor diesem Menschen herumzuheulen, also versuchte sie mit dem wahren Grund, warum es Tage gab, an denen sie keine große Lust mehr hatte weiterzuleben, so lange wie möglich hinterm Berg zu bleiben.

»Es kommt vor, dass ich … irgendwie ein wenig traurig bin, ab und zu mal«, log sie Leó eiskalt an, der irgendetwas in seine Mappe kritzelte und nickte. Karen räusperte sich und verspürte das unwiderstehliche Bedürfnis, ihre Beine auf dem Sofa an sich zu ziehen. Aber sie konnte sich beherrschen und versuchte weiter darüber nachzudenken, was sie Leó noch so sagen konnte.

»Und worin, glaubst du, liegt der Grund dafür?«, kam er ihr zuvor.

»Keine Ahnung …«, sagte Karen und überlegte, wie lange sie wohl damit davonkommen konnte, dermaßen haarsträubend zu lügen.

»Kannst du deine Gefühle etwas näher beschreiben, wenn du, wie du sagst, traurig bist?«

Karen schwieg. Sie hatte keine Lust auf das alles. Und noch weniger darauf, sechstausend Kronen dafür zu bezahlen, über ihre Gefühle zu sprechen, wo sie doch bisher all ihre

Kraft darauf verwendet hatte, sie vor allen anderen zu verbergen, völlig kostenlos.

»Traurigsein eben,« antwortete sie kurz angebunden und blickte Leó an, der ein einziges Wort in seine Mappe schrieb.

Er nickte. Der Regen prasselte so laut an die Scheibe, dass es die Stille im Raum angenehm unterbrach.

»Wie fühlst du dich rein körperlich? Treibst du Sport? Rauchst du oder trinkst du Alkohol?«

»Schlecht. Nein. Ja und ja«, sagte sie und seufzte. Das war bescheuert.

»Kannst du dieses Unwohlsein, diese Traurigkeit, wie du selbst sagt, mit irgendeinem bestimmten Ereignis oder einer Kette von Ereignissen in Verbindung bringen, Karen?«

Karen fühlte es in sich brodeln und sie konnte nicht erkennen, was diese mehr oder weniger intelligenten Fragen von Leó dem Psychologen bringen sollten. Außerdem war sie zu tief gesunken, um sich selbst noch einmal aus diesem Sumpf herauszuziehen und glücklich zu werden, zumindest nicht, ohne wegen unbezahlter Therapierechnungen Konkurs anzumelden. Sie atmete tief durch und schüttelte den Kopf. Das waren so ungefähr die unangenehmsten fünfzehn Minuten ihres Lebens gewesen, und sie konnte nicht begreifen, warum sie diesem Unsinn jemals zugestimmt hatte. Sie fiel Leó ins Wort, als der ihr gerade eine weitere Frage stellen wollte.

»Moment mal, entschuldige bitte. Solltest du nicht mit mir reden? Solltest du mir nicht helfen, statt dass ich mir hier einen dabei abwürge, irgendwelche Antworten zu finden? Ich bin es schließlich, die dich bezahlt, nicht umgekehrt, und dann soll ich die ganze Arbeit machen!«

Leó saß unbeweglich da und blickte Karen direkt in die

Augen. Sie stellte ihre Beine auf und fühlte, wie sie zitterten. Am liebsten würde sie sich jetzt in eine flüssige Masse verwandeln und von diesem Sofa herabfließen, zur Tür hin und dann darunter hindurch, sodass sie sich aus dieser unangenehmen Lage ganz einfach befreien konnte. Doch die Wahrscheinlichkeit war wohl gering, dass das eintreten würde, und so saß sie weiter in viel zu fester Form auf dem Sofa. Das brachte doch nichts. Nichts brachte irgendetwas. Statt sich in eine flüssige Masse zu verwandeln, begann sie dieselbe in Form von Tränen zu produzieren. Leó saß ihr noch immer gegenüber und sagte kein Wort. Immerhin hatte er sie nicht gleich rausgeschmissen, was für seine Qualifikation als Psychologe sprach. Und als Mensch. Die Tränen liefen ihr jetzt die Wangen hinunter und tropften auf ihren Pullover. Sie brachte nicht einmal mehr die Energie auf, sie zu trocknen, weil sie schon jetzt wusste, dass es noch viel, viel mehr werden würden.

Sie weinte 20 Minuten lang ununterbrochen, und damit endete ihre erste Therapiestunde. Leó begleitete sie bis zur Tür und wollte noch etwas sagen, als Karen aufblickte.

»Wiedersehen. Ich weiß aber noch nicht, ob ich überhaupt wiederkomme.«

Dann lief sie rasch aus dem Raum.

Aron fragte nicht, wie die Stunde gewesen war. Sie hatte nicht das geringste Bedürfnis, ihm davon zu erzählen, und dabei blieb es.

Doch dann hatte er sie vor zwei Tagen gefragt. Ohne jede Vorwarnung. Keine Einleitung, nichts, was darauf hätte hinweisen können, was für eine Bombe er aus der Tasche ziehen würde.

»Ich habe überlegt, ob du nicht Lust hättest, mit mir zu

einem Abendessen zu gehen? Wir wollen uns alle bei meiner Schwester Halldóra treffen. Nur wir Geschwister mit Partnern und dann noch irgendwelche Cousins und Cousinen, glaube ich.«

Als wäre es das Natürlichste auf der ganzen Welt. Geschwister und Partner. Partner. War sie auf einmal irgendeine Partnerin geworden? Sie hatte nicht das geringste Interesse daran, die Partnerin von irgendjemandem zu sein, nur weil sie mit ihm geschlafen hatte und sie sich zusammen ein paar langweilige DVDs angeschaut und ein wenig miteinander geplaudert hatten. Und jetzt sollte sie zu einem Familienessen im trauten Heim geschleppt werden. Sie blickte ihn ausdruckslos an.

»Halldóra hast du doch schon einmal getroffen«, fügte er hinzu und lächelte. Damit meinte er wohl den Tag, als Karen von seinen nächsten Anverwandten auf dem Friedhof eingekesselt worden war.

»Freitagabend. Hast du nicht Lust mitzukommen?« Er sah sie mit einem gutmütigen Dackelblick an und nahm ihre Hand, während sie wehrlos auf dem Sofa saß.

»Ach, Freitagabend«, antwortete Karen und versuchte sich verzweifelt etwas auszudenken, was sie vorhaben könnte.

»Ja …«, antwortete Aron und streichelte ihr sanft die Hand, während er auf eine Antwort wartete.

»Ich weiß nicht so genau, ob ich kann …«, antwortete Karen und versuchte langsam zu sprechen, um mehr Zeit zu gewinnen, damit ihr doch noch eine Ausrede einfiel. Doch ihr Kopf war völlig leer und sie spürte, wie ihr Herz immer schneller zu schlagen begann.

»Nicht?« Sie hörte, wie enttäuscht er war, und sah, wie ein

trauriger Ausdruck in seine Augen trat. »Kannst du das nicht verschieben oder so? Ich würde mich wirklich freuen, wenn du mitkommst ... Und dann hast du auch meine Schwester Billa noch nicht getroffen. Es wäre wirklich schön, wenn ihr euch endlich einmal kennenlernen würdet. Dann hättest du auch schon meine ganze Familie kennengelernt und wir könnten vielleicht mit deiner anfangen. Das wäre doch nur gerecht, oder?«

Er unternahm den Versuch eines Lächelns, wirkte aber sehr enttäuscht, weil Karen vielleicht nicht mit ihm kommen würde.

»Billa. Das ist deine leibliche Schwester, nicht wahr?«

»Ja«, antwortete Aron, angenehm überrascht, dass sie sich daran erinnern konnte. Er hatte sonst nicht den Eindruck, dass sie den Erzählungen über seine Familie viel Aufmerksamkeit schenkte.

»Sie und ihr Mann machen gerade eine heftige Krise durch«, fügte er hinzu. »Ich glaube sogar, dass sie einen Schlussstrich ziehen wollen. Was ich für keine schlechte Idee halte, ich konnte ihn nämlich noch nie besonders gut leiden, und jeder Blinde kann sehen, dass sie viel zu gut für ihn ist. Er hat sie oft sehr schlecht behandelt.«

Karen hörte nur mit einem Ohr zu und nickte.

»Aber ich kenne die ganze Geschichte noch nicht. Das Problem mit Billa ist, wenn es ihr schlechtgeht und sie sich eigentlich von denjenigen helfen lassen sollte, die ihr nahestehen, ist sie wie vom Erdboden verschluckt. Sie ruft nicht mehr an und will keinen sehen. Und dann taucht sie plötzlich wieder auf, wenn die Dinge wieder einigermaßen in Ordnung sind, und tut so, als sei nichts geschehen.«

Karen nickte wieder. Sie saßen auf dem Sofa und schwiegen. Aron hielt Karens Hand und strich mit dem Zeigefinger sanft über die Buchstaben ihrer Tätowierung.

»Bitte«, sagte er schließlich und lächelte.

Wenn es etwas gab, was Karen nicht ertrug, dann waren das Männer, die bettelten. Sie sah Aron scharf an und setzte sich mit etwas Abstand von ihm auf dem Sofa zurecht. Sie schwieg noch eine Weile, begriff aber am Ende, dass sie keine gute Ausrede dafür hatte, nicht mitzukommen. Verdammt.

»Na ja, vielleicht kann ich das ja verschieben, was ich eigentlich vorhatte. Dann schauen wir da eben mal vorbei.«

Kindliche Freude breitete sich auf dem Gesicht des Handballhelden aus, ähnlich wie auf den Zeitungsbildern von der Nationalmannschaft, die drei Tage hintereinander die Titelseiten jeder einzelnen Zeitung des Landes geschmückt hatten, als sie den Europapokal heimbrachten. Endlich ein Sieg.

Er schloss Karen fest in seine Arme und kuschelte sich an sie. Ihr war ganz schlecht vor lauter Stress, seine Familie wiederzutreffen und jede Menge anderer Leute noch dazu. Und dann auch noch vor ihnen essen zu müssen. Das war einfach zu viel und sie musste sich konzentrieren, um nicht zu hyperventilieren. Und da half es wenig, in den Schraubstock der Arme eines Zweimetermannes eingeklemmt zu sein, der irgendwie in sie verliebt zu sein schien. Karen hatte das Gefühl zu ersticken. Sie löste sich entschlossen aus seiner Umarmung, machte es aber sofort wieder gut, indem sie sich zu ihm hinüberbeugte, ihn auf den Mund küsste und seinen Kopf in ihre Hände nahm. Er war zufrieden. Schön.

Das war am Mittwoch gewesen. Die ganze Zeit über hatte sie bereits eine leichte Unruhe verspürt, doch gegen halb vier am

Freitag Nachmittag lag es ihr wie Blei im Magen, um genau zu sein, zur Kaffeezeit in der Ásvallagata 40. Zu diesem Zeitpunkt begriff sie endlich, dass es nur noch ein paar Stunden bis dahin war, dass sie sich vor Aron und seiner versammelten Sippschaft bis auf die Knochen blamieren würde. Mit Sicherheit würde sie über die Fußmatte im Flur seiner Schwester stolpern (wobei sie davon ausging, dass dort eine lag). Das Essen würde ihr im Halse stecken bleiben oder von der Gabel herunter auf ihr Kleid fallen. Über und über mit Soße bekleckert würde sie dann nach dem Wasserglas greifen und im gleichen Moment das Rotweinglas umkippen und über die weiße Tischdecke verschütten, die seit 70 Jahren in Familienbesitz war. Die ruinierte Tischdecke würde dann Karen zu Ehren im Spaß immer die Schusseldecke genannt werden, doch das spielte eigentlich keine Rolle mehr, da Aron zu diesem Zeitpunkt nicht nur sie, sondern auch die Decke längst entsorgt hatte. Sie war gerade dabei, ein Brot mit Käse und Erdbeermarmelade zu essen, als ihr all das klar wurde. Im gleichen Moment verging ihr der Appetit, sie schoss hoch und lief verwirrt auf und ab, um sich wieder zu beruhigen. Þór beobachtete sie und begann sich Sorgen zu machen. Trotzdem beschloss er, es ihr zu überlassen, ob sie darüber sprechen wollte, was sie so sehr plagte, und er trank einen Schluck von seinem Kaffee. Jórunn hatte sich ein wenig hingelegt. Sie hatte sich in den letzten Tagen nicht gut gefühlt, doch sie war überzeugt davon, dass das nichts anderes als eine kleine Unpässlichkeit wegen der Wetteränderungen oder allerhöchstens irgendeine ärgerliche Grippe war. Deshalb hatte Þór in dieser Zeit immer den Kaffeetisch gedeckt, was man daran erkennen konnte, dass der Käse nicht auf einem Teller, sondern einfach in der Plastikverpackung auf dem Tisch lag. Auch die großen Schokoladenschnecken waren nicht in acht gleich große Teile geschnitten und auf einem Servierteller angeordnet worden, wie Jórunn das stets tat, sondern lagen ungeschnitten in der Bäckertüte auf dem Tisch, die aber immerhin ein wenig aufgerissen dalag, damit die Anwesenden einen besseren Blick darauf hatten, was es heute gab.

Sie blickte ihren Großvater sorgenvoll an.

»Ich habe einfach keine Lust, da hinzugehen«, wiederholte sie. »Das ist einfach alles viel, viel zu kompliziert geworden. Warum soll man auf einmal irgendwelche Leute treffen, die man überhaupt nicht kennt? Ich kenne ja ihn selbst noch nicht einmal richtig, und dann wird man schon zu einem Familientreffen geschleppt und soll ein schlechtes Gewissen haben, wenn man versucht, dem irgendwie zu entkommen.«

Þór räusperte sich, als ob er einen wichtigen Gesprächsbeitrag vorbereitete. Stattdessen griff er jedoch nach dem Messer, um sich ein Stück von dem Gebäck abzuschneiden.

»Karen, das sind doch auch nur Menschen, so wie du und ich. Weder besser noch schlechter. Ich weiß, dass du willst, dass sie dich mögen, und das werden sie auch tun, wenn du nur versuchst, du selbst zu sein. Ich finde nämlich, dass du ein überdurchschnittlich nettes Mädchen bist«, sagte er schließlich und lächelte.

»Ja, aber nur, weil du mein Opa bist«, antwortete Karen und ergriff Þórs große Hand.

»Nein, überhaupt nicht. Das sage ich als einfacher Mensch. Neutral und was auch immer. Das ist die reine Wahrheit und nichts als die Wahrheit.«

Sie lächelten beide, schwiegen aber sonst. Schließlich stand

Karen auf und begann, den Küchentisch abzuräumen. Es ging schon auf sieben Uhr zu, als sie endlich anfing sich fertig zu machen. Aron würde um sieben Uhr kommen, um sie abzuholen, also musste sie sich ein wenig beeilen, um rechtzeitig fertig zu sein. Wenn sie nicht fertig wäre, bestand immer die Gefahr, dass er klopfen würde, ihr Großvater die Tür öffnen und ihn hereinbitten würde. Das wollte sie nicht. Auf keinen Fall. Also noch ein Grund, um sich zu beeilen. Sie schaute in ihren Kleiderschrank. Nicht zu kurz, nicht zu weit ausgeschnitten, nicht zu friedhofsmäßig. Wieder wurde sie von ihren Gedanken mitgerissen und verbrachte einige Minuten damit, sich all die möglichen und unmöglichen Dinge vorzustellen, die schiefgehen konnten. Was, wenn ihr beim Essen tatsächlich übel wurde und sie alles in hohem Bogen über die anderen Gäste hinwegspuckte? Da wäre es dann auch egal, was sie anhatte, denn das Einzige, woran sich die Leute später erinnern würden, wäre dann, wie sie allen den Appetit verdorben hatte.

Sie warf sich verzweifelt auf ihr Bett und starrte an die Decke. Noch nicht ein Mal war ihr in den Sinn gekommen, dass dieser Abend auch gut verlaufen könnte. Dass es vielleicht sogar … ganz nett werden könnte. Schließlich wäre das ja auch ziemlich weit hergeholt, da war es schon besser, darauf vorbereitet zu sein, dass es zum Schlimmsten käme, alles andere wäre dann ein Plus. Sie stand wieder auf und schnappte sich das Erste, was sie im Schrank fand. Ein graues, knielanges und langärmeliges Wollkleid mit schwarzen Lederaufsätzen an den Ellbogen und vorn zwei Taschen aus dem gleichen Material. Das müsste dann vermutlich zu dicken, schwarzen Strumpfhosen passen, überlegte sie und zog sich an, fasste ihr Haar in einem hohen Zopf zusammen und schminkte sich so leicht, dass man es fast nicht sah. Dann lief sie die Treppe hinunter, zog sich im Flur ein Paar Stiefeletten und eine schwarze Wolljacke an und wickelte sich einen weißen Schal um. Sie warf noch einen Blick in den großen Flurspiegel und war mit dem Ergebnis einigermaßen zufrieden. Noch zufriedener wäre sie mit Sicherheit gewesen, wenn sie sich noch ein oder zwei Gläser Alkoholisches hätte genehmigen können, doch das ließ sie heute lieber bleiben.

»Wie hübsch du aussiehst, mein Liebes«, sagte Jórunn, als sie langsam die Treppe herunterkam und sich dabei auf dem Geländer abstützte. Sie war wieder wach, bewegte sich aber noch immer steif und ungelenk. Karen half ihr die Treppe hinunter und spürte, wie die Hand ihrer Großmutter zitterte.

»Geht es dir jetzt besser, wo du ein wenig geschlafen hast?«

»Ja, ein bisschen«, antwortete Jórunn und lächelte schwach. »Ich verstehe auch nicht, was mit mir los ist. Wahrscheinlich plagt mich einfach nur wieder die Gicht. Das werde ich schon irgendwie wieder abschütteln. Ganz bestimmt.«

Karen nickte. Was für ein Mensch war das nur, der im Alter von fast achtzig Jahren so überzeugt davon war, die Gicht abzuschütteln, als wäre es nur eine kleine Erkältung. Im gleichen Moment erhielt Karen eine SMS.

Bin unterwegs. Gleich da. Freu mich auf dich :)

Ihr Magen krampfte sich zusammen und ihr Blick fiel automatisch noch einmal auf den Spiegel, auch wenn sie jetzt nicht anders aussah als ein paar Minuten vorher. Þór kam aus dem Wohnzimmer und nahm Jórunn in den Arm. Karen blickte auf ihre Großeltern, wie sie Arm in Arm vor ihr standen. Fast sechzig Jahre. Sie war noch nicht einmal halb so alt. Sie konnte sich kaum vorstellen, wie viel Glück man haben musste, um mehr als ein halbes Jahrhundert lang verliebt zu sein. Sie bezweifelte, dass ihr das passieren würde. Die Szene wirkte auf sie, als wären sie Schauspieler in einer amerikanischen Familienserie, wo die einzige Tochter sich auf den Weg zu ihrem ersten Date machte und die Eltern gerührt auf ihr Kind blickten, das da auf einmal fast erwachsen war. In ihrer isländischen Wirklichkeit waren es jedoch die Großeltern einer fast Dreißigjährigen, die damit kämpfte, nicht noch den letzten Rest Hoffnung zu verlieren, dass doch einmal bessere Zeiten kommen würden. Schließlich gab es nichts, was vollkommen war.

»Na ja, dann also«, sagte Karen schließlich, griff nach ihrer Handtasche und machte sich zum Aufbruch bereit.

»Will er denn nicht kurz hereinschauen?«, fragte Jórunn leise.

»Was ... Nein, nein. Ich glaube nicht. Nicht jetzt. Wir müssen uns sicher beeilen, um nicht zu spät zu kommen.«

»Ja, ich verstehe. Natürlich.«

»Viel Spaß«, fügte Þór noch hinzu und schloss Karen fest in seine Arme. In diesem Moment wollte sie sich am liebsten die Schuhe von den Füßen schleudern, alles hinschmeißen, einen Teller Reisbrei essen und über den aufregenden Abenteuern von Ómar Ragnarsson in irgendeinem gottverlassenen Fjord einschlafen. Doch dafür war es jetzt wohl zu spät.

Karen umarmte ihren Großvater und küsste ihre Großmutter auf die Wange. Sie hatte den Eindruck, dass sie sich ungewöhnlich heiß anfühlte, doch das war vielleicht nur, weil sie gerade wach geworden war. Sie schloss die Haustür vorsichtig hinter sich und sah, dass Aron noch nicht da war. Ebenso vorsichtig ging sie die Treppe hinunter, setzte sich auf die unterste Stufe und griff nach der Zigarettenpackung in ihrer Tasche. Sie schaute dem Rauch hinterher, wie er zum Himmel aufstieg, und hatte gerade einmal drei Züge getan, als der schwarze Cityjeep des Handballhelden direkt vor ihr anhielt. Aron saß am Steuer und strahlte übers ganze Gesicht. Jetzt oder nie. Die Option »nie« wäre Karen zwar lieber gewesen, aber dafür war es jetzt zu spät. Sie stand langsam auf, drückte ihre Zigarette aus und atmete noch einmal tief durch, bevor sie sich in das Auto setzte, das immer noch den Geruch eines Neuwagens hatte.

»Wie hübsch du aussiehst«, sagte Aron, beugte sich zu ihr hinüber und küsste sie auf den Mund. Sie schaffte es nicht rechtzeitig, ihn davon abzuhalten, sodass er eine volle Ladung frischen Zigarettenrauch-Geschmack abbekam. Auch wenn er selbst nie geraucht hatte, schien er sich nicht besonders daran zu stören. Ein wenig verschämt blickte Karen über die Schulter zum Küchenfenster und musste lächeln, als sie plötzlich zwei Schatten hinter der Gardine verschwinden sah, so schnell wie Leute um die achtzig das eben können.

Karen war schweigsam auf dem Weg, überlegte dafür umso öfter, ob es eine realistische Möglichkeit gäbe, sich während der Fahrt aus dem Wagen hinauszuwerfen und damit dem Ganzen zu entkommen, schwer verletzt vielleicht, aber zu diesem Zeitpunkt war ihr das völlig egal geworden. Sie spürte, wie ihr das Herz in die Hose rutschte, als Aron den Wagen vor einer ansehnlichen Doppelhaushälfte im Nökkvavogur anhielt. Sie öffnete den Mund und wollte gerade um Gnade bitten und dass er sie jetzt gleich wieder heimfuhr. Doch gerade als sie ihre Stimme erheben wollte, zog Aron die Handbremse an und trommelte vor Anspannung leicht auf seine Schenkel. Das brachte Karen aus dem Konzept und sie blieb stumm.

»So, jetzt sind wir da!«, rief er freudig. »Ist alles in Ordnung?«

»Ja. Ja, ja. Alles in Ordnung.«

»Du brauchst überhaupt nicht nervös zu sein oder so. Das weißt du. Die sind alle supernett und cool.«

Karen schaffte es, ein Lächeln auf ihre Lippen zu zwingen und rasch mit dem Kopf zu nicken, ohne Aron anzusehen. *Supernett und cool.* Er hätte genauso gut sagen können, dass es sich um menschenfressende Zombies handelte. Das hätte überhaupt keine Rolle gespielt. Sie wäre fast in Ohnmacht gefallen vor Aufregung und stützte sich an der Autotür ab, bevor sie sie öffnete und heraussprang. Aron nahm sie an der Hand und sie gingen rasch in Richtung der Haustür. Karen hatte geplant, noch einmal tief durchzuatmen und sich zu sammeln, während sie darauf warteten, dass jemand zur Tür kam. Doch zu ihrem Entsetzen klopfte Aron nicht, sondern öffnete einfach die Tür und zog Karen mit sich hinein. Ein warmer Geruch nach Gewürzen und Essen empfing sie und überall in der Wohnung brannten kleine Teelichter. Sie hörte ein Stimmengewirr und leise Musik im Hintergrund. Tim Hardin. *Shilow Town.* Das erste Lied auf der Nine-Platte, die im Jahre 1973 erschienen war.

»Guten Abend, alle zusammen!«, sagte Aron fröhlich und wurde genauso freundlich begrüßt. Karen war sich ziemlich sicher, dass hier noch eine Menge mehr Leute waren als nur seine Geschwister, deren Partner und irgendwelche Cousins und Cousinen. Im Wohnzimmer mussten gut zwanzig Leute sein. Von denen sie keinen kannte. Hilfe.

»Und das ist meine Karen«, fügte er hinzu, legte ihr den Arm um die Schultern und schob sie dann ein wenig nach vorne. Alle Augen waren auf Karen gerichtet. Jetzt würde sie wirklich jeden Moment zusammensacken, und am Ende mit ihren Nerven, lächelte sie die Leute an, während Aron ihre Namen herunterbetete.

»Hallo, Karen.«

– Hallo. Wie geht's?

Karen konnte sich an Halldóra erinnern, Arons Schwester, die sich jetzt vorsichtig durch die Menschenmenge schob und lächelnd auf sie zukam. Sie umarmte und küsste ihren Bruder, bevor sie sich vor Karen hinstellte, ihre Hände ergriff, sie beide willkommen hieß und Karen auf die Wange küsste. Karen lächelte. Vielleicht würde das doch kein so brennend heißes Fegefeuer, wie sie sich das ausgemalt hatte.

»Ist Billa noch nicht da?«, fragte Aron und steckte sich eine Weintraube in den Mund, bevor sie Halldóra in die Küche folgten, wo diese für die beiden etwas zu trinken holen wollte.

»Nein, sie ist aber unterwegs«, antwortete Halldóra. »Sie sagte, sie würde spät kommen. War wohl heute ziemlich viel los bei ihr. Rot oder weiß? Oder lieber ein Bier?«

Karen nahm ein Glas Weißwein, während Aron den Kühlschrank öffnete und sich ein Bier herausnahm.

»Tolles Kleid, das du da anhast, Karen«, sagte Halldóra und reichte ihr das Weinglas. Sie lächelte schüchtern und dankte ihr. Halldóra schien wirklich nett zu sein.

Karen folgte Aron und Halldóra zurück ins Wohnzimmer und setzte sich. Die Wohnung war wirklich schön, ohne auch nur im Geringsten übertrieben zu wirken. Der Raum war voller Möbel und Dingen aus aller Welt, darunter zwei afrikanische Stehlampen, die Halldóra sehr zum Missfallen ihres Mannes den ganzen Weg aus Marokko mitgeschleppt hatte, eine Regalwand, die vermutlich aus dem Dänischen Bettenlager stammte, und ein alter, aber wunderschön bestickter Stuhl, den sie im einzigen Trödelladen der Stadt gefunden hatte. Außer ihnen waren da noch irgendwelche Verwandten mit ihren Ehepartnern, Freunde von Halldóra und ihrem Mann Guðni und zwei seiner Arbeitskollegen mit ihren Frauen. Halldóra hatte Geschichte studiert, arbeitete mit verschiedenen Autoren zusammen und war außerdem Lehrbeauftragte an der Universität Islands. Und dazu war sie auch noch leidenschaftliche Köchin, die nichts lieber tat, als stapelweise Kochbücher im Internet zu bestellen, in der vagen Hoffnung, sich irgendwann einmal durch alle hindurchkochen zu können. Es war jetzt schon fast acht Uhr und Halldóra verschwand in der Küche, um sich um das Essen zu kümmern. Sie bat alle, sich an den Tisch zu setzen, das Essen war fast fertig. Karen setzte sich neben Aron und lächelte vor sich hin. Sie fühlte sich wohl. Die Atmosphäre war völlig entspannt und die Leute wirklich nett. Das Lächeln war den ganzen Abend über nicht von Arons Gesicht gewichen, und während er ihr abwechselnd den Rücken streichelte oder ihre Hand hielt, war sein Blick immer auf sie geheftet. Ein betörender Essensgeruch erfüllte das Wohnzimmer und Halldóra lehnte dankend jede Hilfe in der Küche ab, während sie ein Gericht nach dem anderen auf den Tisch stellte. Das Motto des Abends war Indien und auf dem Tisch lagen große Stapel Naan-Brot, zusammen mit Papadam und selbstgemachtem Chutney. Wie die perfekte Hausfrau hielt sie eine dampfende Schüssel Aloo Gobi fest, als es an der Haustür klopfte und diese sich gleich darauf öffnete.

»Das kann nur Billa sein«, sagte Halldóra lächelnd, während sie das letzte Gericht auf den Tisch stellte.

Karen überlegte, wie Billa wohl aussehen mochte. Wenn sie Halldóra und Aron auch nur im Entferntesten ähnlich war, würden sie sicher gut miteinander auskommen. Sie lächelte und streckte sich ein wenig, als sie die Schritte aus dem Flur hörte und Billa die Anwesenden mit »Hallo« begrüßte.

Aron stand auf, um seine Schwester willkommen zu heißen. Sie war hochgewachsen und schlank mit langem, dunklem Haar, das glatt auf ihren Mantel herabhing, und einem Pony, der über der hohen Stirn sanft zur Seite fiel. Sie wirkte müde, lächelte aber, als sie ihren Bruder sah, und umarmte ihn. Die Gäste drehten sich zu ihr um, begrüßten sie und beobachteten gespannt, wie Aron seine Schwester jetzt zu Karen hinführte, die er ihr so gern vorstellen wollte.

Im gleichen Augenblick verschwand das Lächeln von Billas Gesicht.

Karen saß auf ihrem Stuhl und hatte keine Kraft aufzustehen. Sie konnte ihre Beine nicht länger spüren. Sie hatte sich die ganze Zeit vorgestellt, was heute Abend alles schiefgehen könnte. Doch damit hatte sie nicht gerechnet.

»Also, das ist Karen. Karen, das ist meine Schwester Billa.« Aron konnte vor Aufregung kaum stillhalten.

Ein Ausdruck undurchdringlicher Härte erschien auf Billas Gesicht und ihr Blick heftete sich auf Karen. Das Gemurmel im Raum war verebbt und alle Augen waren jetzt auf die beiden Frauen gerichtet. Karen senkte ihren Blick und hielt sich mit beiden Händen am Stuhl fest, um zu verbergen, wie sehr ihre Hände zitterten.

»Ja«, sagte Billa schließlich mit kalter Stimme. »Wir kennen uns schon«, fügte sie trocken hinzu.

Aron blickte mit fragenden Augen auf seine Schwester, bevor er Karen anschaute, die ihren Stuhl jetzt vom Tisch wegschob, um aufzustehen.

»Ach so?«, fragte Aron erstaunt und lachte nervös, auch wenn er die eiskalte Luft zu spüren begann, die auf einmal das Wohnzimmer erfüllte.

Karen stand auf und hielt den Blick gesenkt. Und noch immer standen die beiden Frauen einander gegenüber. Wieder fühlte sich Karen, als sei sie der verachtenswerteste Mensch auf der ganzen Welt. Und Billa fühlte sich von Neuem betrogen.

»Was ist hier los?«, fragte Aron zögernd. Im gleichen Augenblick kam Halldóra mit zwei großen Glasschüsseln voll Reis herein.

»Ich gehe jetzt«, sagte Karen leise und blickte Halldóra an.

»Gute Idee«, erwiderte Billa und fuhr sich mit der Hand durchs Haar.

Karen konnte kaum sehen, wohin sie trat, tastete sich aber entschlossen am Tisch entlang, bevor sie Aron anschaute.

»Karen? Karen, wohin gehst du?«

»Die kannst du ruhig gehen lassen. Lass es gut sein …«, fügte Billa hinzu.

Halldóra stand noch immer mit den Reisschüsseln in ihren Händen da und blickte verwirrt auf ihre Stiefgeschwister, bevor sie zu Karen schaute, die jetzt rasch auf die Haustür zulief. Halldóra rief ihr hinterher, hörte aber nur noch das Zuschlagen der Tür.

Aron blickte seine Schwester, die weiter unbewegt dastand, scharf an.

Karen lief weg. Sie blickte sich um, als sie Aron hinter sich herrufen hörte, doch dann setzte sie mit raschen Schritten ihren Weg fort und schlang die Arme in der eisigen Kälte um ihren Körper.

»Karen! Karen!«

Sie konnte ihn hören, aber sie blieb nicht stehen. Der eiskalte Wind fegte ihr durchs Haar, doch sie versuchte wegzulaufen, so schnell sie konnte. So durchtrainiert wie Aron war, hatte er sie allerdings schnell eingeholt und hielt sie entschlossen am Arm fest.

»Karen!«, sagte er jetzt fast grob und blickte ihr direkt ins Gesicht. »Was zum Teufel ist hier eigentlich los?«

Sie schüttelte ihn ab und lief weiter. Er würde die ganze Geschichte schon von seiner Schwester zu hören bekommen. Es war also völlig sinnlos für sie, auch nur den leisesten Versuch einer Erklärung zu unternehmen.

»Nein!«, sagte er laut und wäre beinahe auf der glatten Straße ausgerutscht, als er sie wieder festhielt. »Jetzt reicht es mir aber! Ich habe die Nase voll von so etwas, Karen! Manche Sachen wirst du mir schon erklären müssen. Ich kann nicht dauernd wie ein Idiot dastehen und versuchen, die Lücken irgendwie auszufüllen, die du immer offenlässt.« Er drehte sich zu ihr hin und schloss seine großen Arme fest um ihre Schultern.

Sie blickte ihn an, doch ihre Augen waren leer. Sie überlegte, ob sie vielleicht anfangen sollte zu weinen, damit er wenigstens wüsste, wie leid ihr das alles tat, aber sie beschloss, das sein zu lassen. Es spielte keine Rolle mehr. Sie versuchte ihn mit ihren Händen wegzuschieben und schlug ihm bei diesem Gerangel aus Versehen auf die Brust. Was bildete er sich eigentlich ein, sie einfach festzuhalten und Antworten zu verlangen auf etwas, das er sowieso nie verstehen würde? Wie sollte er auch Verständnis für die Fehler anderer haben, wo er doch selbst nie welche machte?

»Billa? Billa? Wieso verdammt noch mal nennst du sie Billa?«, brüllte sie ihn mit heiserer Stimme an.

Aron runzelte fragend die Stirn und konnte immer noch nicht begreifen, wie ein ansonsten wirklich netter Abend plötzlich so aus den Fugen geraten konnte. Er blickte gen Himmel, versuchte sich zu beruhigen und blickte eine Weile den winzigen Schneeflocken nach, die jetzt herunterschwebten.

»Weil sie Silja heißt«, sagte er schließlich. »Als sie klein war, konnte sie ihren Namen nicht richtig aussprechen und sagte immer nur Billa. Und dabei blieb es dann irgendwie. Aber jetzt wirst du mir antworten. Woher kennt ihr euch und was um Himmels willen war da drinnen los?« Er atmete schwer.

Karen stand regungslos vor ihm. Es würde leer sein ohne ihn. Es hatte begonnen, ihr zu gefallen, wenn er ihre Hand hielt oder seinen Arm um ihre Schultern legte. Auch wenn er das ziemlich oft tat und sie sich manchmal fast erdrückt fühlte davon. Aber er war ein guter Mensch. Wahrscheinlich zu gut für jemanden wie sie. Silja Vésteinsdóttir. Natürlich. Der Name war in ihr Gedächtnis geritzt wie auf die Scheibe des Fensters in ihrem Haus. Wie verdammt dumm hatte sie nur sein können.

»Hat sie sich vielleicht gerade erst von ihrem Mann getrennt, weil er mit irgendeiner Schlampe im Bett war?«, fragte Karen schließlich und zog die Nase hoch.

Aron blickte sie an.

»Woher weißt du …?«, fragte er zögernd, während sein Hirn die Puzzleteile eins nach dem anderen zusammenzufügen begann. Es war kein schönes Bild, das sich ihm da bot. Sah eher ausgesprochen unangenehm aus.

»Ja, das bin nämlich ich. Die Schlampe. Zu Hause bei ihr. Deine Schwester und ich kennen uns bereits, weil sie nach Hause kam, bevor ich abhauen konnte. Ich war einfach nicht schnell genug auf dem Weg raus, verstehst du?«

Aron schaute Karen lange an, während er verdaute, was sie ihm da gerade in einem eiskalten Plauderton erzählte. Tatsachen, die sich nicht mehr ändern ließen und vor allem nicht mehr wiedergutmachen ließen.

»Ich wusste es nicht«, fügte Karen hinzu. Sie vermied es, ihn anzuschauen, und schlang die Arme in der Kälte noch enger um sich. »Ich wusste nicht, wer er war. Wusste nicht einmal, dass er verheiratet war. Ich war einfach betrunken und ich …«

Es fiel ihr schwer, den Satz zu beenden. Er hatte sich entschieden, auf welche Seite er gehörte, und mit Sicherheit war das keine schwere Entscheidung gewesen.

Aron stand bewegungslos da und sagte kein Wort. Er steckte die Hände in die Taschen seiner Hose und schüttelte den Kopf. Blickte sie nicht an. Der Schnee fiel jetzt direkt auf sie herab. Um sie herum herrschte absolute Windstille und ihr Schweigen wurde nur durch das ferne Rauschen des Verkehrs unterbrochen.

»Ich wusste, dass ich alles kaputtmachen würde. Das wusste ich die ganze Zeit«, sagte Karen schließlich, drehte sich auf dem Absatz um und ging rasch weg. Aron folgte ihr nicht.

Auf der Suðurlandsbraut sah sie ein Taxi und sprang hinein. Ihr war inzwischen eiskalt und sie zitterte, als sie in das warme Auto stieg. Glücklicherweise hatte sie ihre Handtasche bei sich, auch wenn sie die Jacke zurückgelassen hatte. Es war ihr egal. Sie mochte diese Jacke sowieso nicht besonders, also machte es ihr nichts aus, dass sie sie nie wieder sehen würde. Sie lehnte sich an die Autoscheibe, schloss die Augen und versuchte sich darauf zu konzentrieren, gleichmäßig ein- und auszuatmen. Trotzdem zitterte sie weiter, denn das Zittern kam nur zum Teil von der Kälte. Verdammt, wie konnte sie nur so dumm sein. Jemand anderes würde vielleicht seufzen und sich nur darüber aufregen, wie klein Island doch war und Reykjavík noch viel kleiner. Nicht Karen. Das passte haargenau zu allem anderen. Natürlich würde er zu seiner Schwester halten, wie gute Brüder das taten. Sie hätte immer zu Einar gehalten, egal, was passiert wäre. Und Einar hätte immer zu ihr gehalten. Sie hatte es die ganze Zeit gewusst, dass das nicht ewig halten konnte. Sie hatte sich nur nicht vorstellen können, dass Aron sie von ganzem Herzen hassen würde, wenn es erst einmal aus war zwischen ihnen.

Jetzt war es also vorbei. Sie konnte wieder anständig in die Kneipe gehen und musste nicht länger auf dem Sofa herumhängen und irgendwelche DVDs anschauen oder die Verwandtschaft treffen und alle möglichen Fragen beantworten. Sie musste sich nicht länger den Rücken streicheln oder die Hand halten lassen. Sie musste nicht länger nachts davon wach werden, dass er seinen Arm über sie legte und sie an sich zog, während er etwas brummelte, das sie nicht verstand. Jetzt konnte sie wieder wach werden, ohne auf die Wange geküsst zu werden, und musste sich nicht länger Sorgen machen, weil er sie mit seinem Dackelblick anschaute, während sie über ihrem Sudoku brütete und nicht gerade sehr sexy aussah. Und dann würde sie auch dem drohenden IKEA-Ausflug entgehen, um die halbleere Wohnung wieder aufzupeppen. Das konnte er jetzt alleine machen, schließlich war IKEA ihrer Meinung nach der Vorhof zur Hölle. Die Dinge waren wieder so, wie sie sein sollten. Jetzt würde sie zum Beispiel nicht länger grundlos idiotisch vor sich hin lächeln. Jetzt müsste sie nicht ständig aufpassen, das Telefon bei sich zu haben. Es würden keine Anrufe oder SMS mehr von ihm kommen. Das Leben war wieder so wie früher. Gut so, dachte sie bei sich. Und gleichzeitig spürte sie, wie sich die Leere in ihr breitmachte.

Sie trocknete sich die Augen und versuchte, sich für ihre Großeltern irgendeine Entschuldigung auszudenken, wenn die sich erkundigten, warum sie schon so früh zurück war. Sie freute sich darauf, nach Hause zu kommen, sich die Schuhe von den Füßen zu schleudern, unter die Decke auf dem Sofa zu kriechen und den Kopf auf das bestickte Kissen zu legen, bis ihre Wange die Silhouette der Felsen von Þingvellir trug. Karen öffnete ihre Handtasche, als der Taxifahrer in die Ásvallagata einbog, und begann das Geld abzuzählen, als sie spürte, wie ein blaues, flackerndes Licht auf ihr Gesicht fiel. Sie kniff die Augen ein wenig zusammen und blickte auf. Ein Krankenwagen mit Blinklicht parkte auf der linken Straßenseite. Sie spürte, wie ihr Gesicht weiß wurde, als sie sah, dass der Wagen direkt vor dem Haus Nummer 40 stand. Þór eilte die Treppe so schnell er konnte hinab, die Jacke nur halb übergezogen.

Karen hörte nicht mehr, was der Taxifahrer ihr hinterherrief, als sie aus dem Auto heraussprang, noch bevor es angehalten hatte.

Hervör

ER WAR SCHON LANGE VOR IHR WACH, hatte ein Glas Wasser getrunken und war bereits zurück auf dem Sofa, wo er die Zeichentrickfilme im Kinderprogramm anschaute. Als Hervör endlich ins Wohnzimmer gestolpert kam, sah sie aus wie ein verirrter Obdachloser, während sie schmatzend den schlechten Geschmack in ihrem Mund ertastete.

»Hi …«, sagte sie heiser und wühlte in ihrem Haar. Sie trug noch immer ihre Kleider von gestern Abend und hatte Bauchschmerzen, weil sie in diesen viel zu engen Strumpfhosen geschlafen hatte.

»Guten Morgen«, antwortete Georg und richtete sich auf. Er hatte furchtbares Kopfweh und sein Nacken schmerzte vom Schlafen auf dem Sofa, doch wenn er Hervör anschaute, konnte er sich immer noch damit trösten, dass sie um einiges schlechter dran sein musste als er.

Hervör schlurfte zum Fenster hinüber und blickte nach draußen. Auf dem Windschutz, der den Garten um das Haus herum umgab, hatte sich der Schnee so hoch aufgetürmt, dass er die Sicht über das winterliche Reykjavík fast völlig verhüllte. Es war halb eins und draußen war Bilderbuchwetter, windstill und kalt. Perfekt, um einen erfrischenden Spaziergang zu machen und sich in einem gemütlichen Café bei einer Tasse warmem Kakao aufzuwärmen. In Hervörs Ohren klang ein solches Vorhaben allerdings eher wie ein Mordversuch, schließlich musste sie sich am Fensterbrett aufstützen, um sich von ihrem Kater nicht buchstäblich in die Knie zwingen zu lassen. Das würde kein leichter Tag werden. Sie ließ sich neben Georg auf das Sofa fallen und schaute mit einem halben Auge auf den seichten Zeichentrickfilm, der für ihren Geschmack und gegenwärtigen Zustand eindeutig zu farbenfroh war. Sie lehnte sich im Sofa zurück und schloss die Augen.

»Hast du heute noch etwas vor?«, fragte sie, ohne die Energie aufzubringen, die für das Öffnen ihrer Augen vonnöten gewesen wäre.

»Oh, nein. Diesen Tag hatte ich schon lange abgeschrieben«, sagte er und lächelte matt.

»Mmhmm«, antwortete sie.

Hervör war schon wieder todmüde, und nur mit viel Mühe gelang es ihr, die Beine anzuziehen und sich auf dem Sofa zusammenzurollen. Nach wenigen Minuten waren sie beide eingeschlafen.

Es begann schon zu dämmern, als Hervör wieder aufwachte, im Fernsehen hatte gerade die Liveübertragung eines Handballspiels begonnen, das sie nicht im Mindesten interessierte. Sie griff nach der Fernbedienung, schaltete den Fernseher aus und knipste stattdessen die kleine Tischlampe an. Im gleichen Moment wurde auch Georg wach, der eine ganze Weile brauchte, um sich darüber klar zu werden, wo er sich eigentlich befand. Hervör legte The Freewheelin' Bob Dylan auf – *Honey Just Allow Me one More Chance* – und zog sich noch einen Pullover über, denn so kurz nach dem Aufwachen zitterte sie vor Kälte.

»Ich habe da eine Riesenbeule auf dem Kopf«, sagte sie

und massierte sich die Stelle, bevor sie Georgs Hand ergriff und damit über ihre Beule fuhr. »Bin ich da gestern hingefallen oder habe ich mich vielleicht irgendwo gestoßen?«

»Kann mich nicht erinnern …«, antwortete Georg und traf die gründlich erwogene Entscheidung, das Ganze auf sich beruhen zu lassen und nichts darüber zu erzählen, wie er sie halb bewusstlos aus dem Taxi gezerrt und auf ihr Bett gelegt hatte. Wenn sie sich selbst nicht erinnern konnte, war es wohl unnötig, daran zu rühren.

Sie beschlossen, sich eine Pizza kommen zu lassen. Sich heute noch vor die Tür zu wagen war ausgeschlossen. Georg griff nach dem Telefon, und mit Engelszungen und Bestechung gelang es ihm, den Pizzaboten davon zu überzeugen, im nächsten Kiosk vorbeizuschauen und ihnen für 2000 Kronen eine Tüte voll gemischter Süßigkeiten mitzubringen. Hervör ging in die Dusche und fühlte sich gleich ein klein wenig frischer, während Georg weiter platt auf dem Sofa lag und hoffte, dass der dröhnende Schmerz in seinem Kopf ein wenig nachlassen würde, wenn er etwas zu essen bekam. Zurück aus der Dusche, zog Hervör ihre blaugestreifte Schlafanzughose und dazu ihren liebsten Kuschelpullover an. Sie brachte es nicht über sich, auch noch ihr Haar zu kämmen, also wickelte sie es einfach zu einem dicken Knoten hoch. Den zu entwirren verschob sie auf bessere Zeiten – schließlich dauerte es bei ihr sowieso immer ewig, bis der Knoten platzte.

»Kommt er?«, fragte Hervör, als sie draußen jemanden auf ihre Haustür zugehen hörte.

Georg sprang auf die Beine und wickelte die Banderole von dem Bündel Geldscheine, das er in der Tasche trug. Das Preisgeld für den Karaoke-Wettbewerb von gestern Abend.

Der Pizzabote war ein typischer Vertreter der Pizzabotenzunft. Höflich, aber verkrampft, mit unreiner Haut und kaum älter als siebzehn. Georg gab ihm reichlich Trinkgeld und griff mit Glitzern in den Augen nach der Tüte mit den Süßigkeiten.

Schweigend schlangen sie die Pizza hinunter wie hungrige Wölfe. Es waren nur noch zwei Stückchen übrig, als sie sich wieder nebeneinander auf das Sofa setzten und sich mit üblen Bauchschmerzen zurücklehnten.

»Warum muss ich es auch jedes Mal übertreiben«, stöhnte Georg und strich sich über den Bauch, der aussah, als sei er im fünften Monat.

Hervör stimmte zu und atmete schwer.

»Möchtest du?«, fragte Georg und hielt ihr lächelnd die Tüte mit den Süßigkeiten vor die Nase.

»Ja, danke. Zum Nachtisch …«, antwortete sie und suchte sich zwei scharfe Bonbons aus.

Sie lachten albern und versuchten, sich davon nicht allzu sehr erschüttern zu lassen, denn davon wurde ihnen nur noch übler. Hervör atmete noch einmal tief durch und spürte, wie sie immer weiter in ein schwarzes Loch fiel. Sie wusste nicht genau, warum, denn sie konnte sich nicht daran erinnern, dass gestern Abend irgendetwas gigantisch Schlimmes oder Bedauernswertes vorgefallen war. Sie hatte zwar ihren Chef ziemlich heftig zwischen die Beine getreten, doch das bereute sie nicht im Geringsten und würde es in der gleichen Situation jederzeit wieder tun.

»Ich glaube, ich habe gerade meinen Job verloren …«, sagte sie schließlich.

»Ach, ja?«

»Das wäre noch nicht einmal so schlimm. Die Frage ist nur, was ich stattdessen mache …«

»Ich glaube, es spielt keine Rolle, was du getan oder zu Örlygur gesagt hast. Du könntest ein umfangreiches, internationales Gerichtsverfahren aufgrund wiederholter sexueller Belästigung und allgemeiner Verwerflichkeit anstrengen. Und dafür, ein unsäglicher Rüpel zu sein. Vor allem dafür gibt es Zeugen«, fügte Georg hinzu und hob die Hand.

Hervör nickte und lächelte vor sich hin, als ihr der Kaugummi wieder einfiel, der Örlygur in hohem Bogen aus dem Mund geflogen war, bevor er mit den Händen im Schritt zu Boden gesunken war.

»Ich weiß einfach nicht, was ich überhaupt will«, sagte sie leise und zog an einem kleinen Faden, der aus der Decke hing. »Ich finde den Gedanken unerträglich, dass es das gewesen sein soll. Dass ich diesen Job noch viele Jahre weitermache und von fernen Ländern nicht mehr mitbekomme als irgendein exotisches und hochgiftiges tropisches Insekt, das ich in einem der Säcke mit den Kaffeebohnen entdecke. Ich habe einen Universitätsabschluss und einen Berg von Schulden beim Studienfonds, die ich mit meinem Café-Lohn abbezahlen muss. Leuten wie unserem Armleuchter Kaffee bringen muss, für die ich ein Dreck bin.«

»Aber nein, Hervör, auf unsere Weise leisten auch wir der Gesellschaft einen Dienst«, unterbrach Georg sie. »Es gibt eine Menge Leute, die sich auf uns verlassen, weil sie mit unserer Hilfe besser über den Tag kommen, wir kochen ihnen einen guten Kaffee, ohne den sie nicht in Gang kommen würden, und wir sind nett zu ihnen. Denk doch nur einmal daran, wie wichtig wir zum Beispiel für Marinós Tagesablauf sind. Ich will auch nicht ewig im *Viertel* arbeiten, aber bis ich herausgefunden habe, was ich mit meinem Leben anfangen will, ist das in Ordnung. Vielleicht werde ich Wissenschaftler, die Gediegenheit in Person. Lehrer, vielleicht. Ich weiß noch nicht. Aber die meisten Leute mag ich. Unsere Probleme sind doch nur Luxusprobleme, Hervör«, fügte er hinzu und steckte sich ein Gummibärchen in den Mund. »In Island ist sechshundert Jahre lang nicht das Geringste passiert«, fuhr er fort. »Sechs Jahrhunderte lang war das Leben in Island ein einziger, öder Heimatfilm. Langweilig. Kein leichtes Leben und nur Ärger von früh bis spät. Und dann ging alles so schnell. Heute kannst du werden, was du willst. Und genau da liegt das Problem. Du hast nicht länger die Wahl, ob du Hausfrau oder Hausfrau werden willst. Du kannst Hausfrau werden oder Astronautin und alles, was dazwischen liegt. Und dann kann man heute sogar kleine Negerlein importieren, so wie mich, und ihnen eine Familie und eine Zukunft schenken, während ich da draußen im Busch vermutlich eingegangen wäre. Zumindest hätte ich nie so viele Schuhe besessen. Könnte vermutlich nicht einmal lesen. Außerdem hätte ich dann vielleicht auch dich nicht getroffen.«

Er schwieg eine Weile und hielt Hervör dann wieder die Tüte hin. Sie lehnte dankend ab, legte stattdessen den Arm um seine Schultern. Georg lächelte und rückte ein wenig näher an sie heran.

»Also hör mit dem Gejammer auf, altes Mädchen«, fügte er hinzu und stupste sie in die Seite.

Sie zuckte zusammen und kniff ihn in den Finger.

Es war schon fast elf Uhr, als Georg vom Sofa aufstand. Er fühlte sich steif, nachdem er mehr oder weniger den ganzen

Tag über am gleichen Platz gesessen oder gelegen hatte. Er hinkte nach vorn in den Flur, zog seine Lackschuhe vom Abend an und hängte sich seine dunkelblaue Wolljacke mit den graukarierten Ellbogen über. Er lehnte es kategorisch ab, dass Hervör sich außer Haus wagte, um ihn heimzufahren, und rief sich stattdessen ein Taxi. Als die Lichter des Wagens den Bürgersteig vor dem Haus erhellten, verabschiedete er sich.

»Danke für den netten Tag«, sagte Hervör und lächelte, während sie im Türrahmen stand und den Pullover fester um sich wickelte.

»Ja, das war sehr nett«, antwortete Georg. Er machte einen Schritt in Richtung Tür und legte die Arme um Hervör. Sie hatte ihn nie umarmt und musste ein wenig überlegen, bevor sie ihre um den eigenen Körper geschlungenen Arme löste und ihn gleichfalls umarmte. Er konnte gut umarmen. Fest und herzlich, als ob er sie wirklich gern hätte. Vielleicht sollten sie einander öfters umarmen, dachte sie bei sich. Nach einer Weile ließ Georg sie los und stand noch einen Augenblick vor ihr, bevor er über das ganze Gesicht zu lächeln begann, sodass man seine schneeweißen Zähne glitzern sah, und küsste sie dann auf die Wange.

»Du musst dir keine Sorgen wegen Örlygur machen. Bestimmt nicht. Wir sehen uns dann morgen früh. Frisch und … na ja. Bis morgen früh also«, sagte er und lief die Stufen zur Straße hinauf. Hervör stand noch einen Moment im Türrahmen und lauschte dem leiser werdenden Motor des Taxis. Es war ein kalter, windstiller Abend und sie betrachtete das Lichtermeer der Stadt, bevor sie wieder in die warme Wohnung hineintappte und die Tür hinter sich schloss. Sie war jetzt überhaupt nicht schläfrig, schließlich hatte sie den ganzen Tag über vor sich hingedöst und deshalb ließ sie die Freewheelin'-CD immer weiter laufen. Gerade erklangen die ersten Töne von *Blowin' in the Wind*, als Hervör hörte, dass sie eine SMS empfangen hatte. Sie griff nach dem Telefon und musste die Nachricht eine ganze Weile lang betrachten, bevor sie auch nur annähernd begriff, was darin stand.

> Hi hervor, wir sitzen hier beim bier &
> haben eine kleine wette laufen.
> Tryggvi sagt, er hat mit dir geschlafen
> als du an der uni warst
> und es laeuft immer noch was.
> Stimmt das? CU, Ingimar.

Sie las die SMS gleich mehrmals. Dann lehnte sie sich zurück. Sie erinnerte sich, dass Tryggvi diesen Ingimar irgendwann einmal erwähnt hatte. Aber sie hatte keine Ahnung gehabt, dass dieser Typ über die Sache mit ihr und Tryggvi Bescheid wusste. Und jetzt saßen diese alten Säcke mit ihrer schmutzigen Fantasie da, ließen sich volllaufen und lachten sich tot über sie. Sie knallte das Telefon in die Ecke des Sofas und spürte, wie ihre Wangen sich röteten. Wahrscheinlich hatte er ihm sämtliche Details brühwarm erzählt. Dass sie vielleicht ein wenig zu fett, aber ganz anständig im Bett war. Was er doch für ein toller Hecht war, sich ein fast zwanzig Jahre jüngeres Mädchen unter den Nagel zu reißen.

Hervör verlor nicht oft die Beherrschung, und wenn ihr jemand das Leben schwer machte oder ihr zu sehr auf die Nerven ging, zog sie sich einfach zurück, das hatte sie sich mit den Jahren angewöhnt. Also ignorierte sie die SMS, stürzte zur Küchennische hinüber, zog sich die Gummihandschuhe an und begann abzuspülen. Sie hatte das Geschirr gerade in die Spüle gestellt, als sie hörte, wie das Telefon erneut den Empfang einer Nachricht anzeigte. Und noch eine, da hatte sie noch nicht einmal den letzten Teller saubergemacht. Wieder von Ingimar:

Brauchst nur ja oder nein sagen.

Wir wetten um geld,
kriegst vielleicht was ab,
wenn du antwortest ...

Hervör begann vor Wut durch die Nase zu schnauben und konnte den Text der neuesten Nachricht kaum noch lesen. Ingimar war ganz offensichtlich nicht von der geduldigen Sorte.

Na los doch, suesse! Antworten!

Normalerweise hätte sie die Nachrichten jedes Mal sofort wieder gelöscht und Ingimar und seine Kumpel bedauert, dass sie an einem Sonntagabend nichts Besseres mit ihrer Zeit anzufangen wussten. Einsam und abgetakelt, aber nicht in der Lage zuzugeben, dass sie nichts lieber täten, als ihren Kindern bei den Hausaufgaben zu helfen oder mit ihrer Frau vor dem Fernseher auf dem Sofa zu kuscheln. Doch sie hatten keine Kinder oder nur die Sorte, die sie nur alle zwei Wochenenden zu sehen bekamen, und eine Frau hatten sie auch nicht. Weil sie Loser waren. Hervör wanderte durch ihre Wohnung, bis sie schließlich zum Telefon griff und die Auskunft anrief, nur um die Information zu erhalten, dass Ingimars Nummer nicht im Telefonverzeichnis eingetragen war. Sie hatte nicht die Nerven, ihm zu antworten, schließlich hatte er es nicht verdient, dass sie ganze zehn Kronen ihrer Prepaid-Karte an ihn verschwendete, genauso wenig, wie er es verdient hatte, ein glücklich verheirateter Familienvater zu sein.

Ingimar konnte sie mal. Sie kannte ihn überhaupt nicht, aber nachdem sie Örlygur am Abend zuvor seiner verdienten Strafe zugeführt hatte, war sie noch immer in Stimmung und deshalb beschloss sie, nicht untätig zu bleiben und sich keine weiteren Unverschämtheiten gefallen zu lassen. Sie gab die Nummer ein, die sie zwar aus ihrem Handy gelöscht hatte, nicht aber aus ihrem Gedächtnis. Hervör atmete tief durch und polierte noch einmal die Rede, mit der sie Tryggvi überschütten wollte, sobald er antwortete. Sie war auf laute Geräusche, Gläserklirren und Gelächter im Hintergrund vorbereitet. Es war ihr eigentlich völlig egal, aber dennoch schob sie sich die Ärmel hoch, während sie auf und ab ging und darauf wartete, dass er dranging. Nach dreimaligem Klingeln antwortete er.

»Hallo, mein Liebes.« Er klang erstaunt, dass sie anrief. Sie dagegen war erstaunt, dass im Hintergrund Totenstille herrschte. Kein Stimmenwirrwarr, keine Lachsalven, kein Gitarrengeplänkel. Das brachte sie ein wenig aus dem Konzept, sodass sie ihm nicht gleich antwortete. Schließlich fasste sie sich wieder und machte sich bereit, ihm die Leviten zu lesen, am besten so, dass er in Tränen ausbrach, wenn sie mit ihm fertig war.

»Vergiss *mein Liebes*«, zischte sie ins Telefon.

»Was meinst du …? Stimmt etwas nicht, mein Liebes?« Er schien ehrlich verwundert zu sein.

»Oh, nein! Tryggvi. Nein.« Doch da stimmte wohl wirklich etwas nicht. Sie zögerte ein wenig, bevor sie fortfuhr. Das lief nicht so, wie geplant.

»Wa … Was verdammt noch mal soll das bedeuten, mit irgendwelchen von deinen perversen Kumpels über mich zu sprechen und ihnen vorzulügen, wir wären immer noch … du weißt schon, dass wir immer noch etwas miteinander haben oder so etwas in der Richtung?«

In ihrem Kopf hatte das vorher irgendwie eindrucksvoller geklungen. Sie kniff die Augen zusammen, um sich besser auf die schlimmste Schimpftirade konzentrieren zu können, die ihr Wortschatz erlaubte, so verletzend und gemein wie möglich.

»Moment mal, Moment. Ich habe keine Ahnung, wovon du sprichst, Hervör. Ich habe mit keinem meiner Freunde je über dich gesprochen.«

»Pah! Und was ist mit Ingimar? Und die ganzen Typen auf der Party, wo du jetzt gerade bist? Was ist mit denen? Jetzt versuch bloß nicht, dich da noch rausreden zu wollen!«

Jetzt war sie so richtig in Rage. Sie war sich sicher, dass sie in der Lage sein würde, ihn zum Weinen zu bringen.

»Party? Jetzt?«, antwortete Tryggvi und sie glaubte zu hören, wie er leise kicherte. »Schön wär's. Aber nein, ich bin auf keiner Party. Ich sitze hier im Hauptgebäude und habe noch etwas für morgen vorzubereiten. Ich habe Ingimar schon bald … ich glaube, zwei Wochen nicht mehr gesehen. Was hast du eigentlich, mein Liebes?«

Sie schwieg. Nicht nur, weil sie nicht wusste, was sie darauf antworten sollte, sondern weil sie das Gefühl hatte, dass ihr jemand mit voller Wucht in den Bauch geboxt hatte. Er hatte ihr den ganzen Wind aus den Segeln genommen und sie hatte keine Ahnung, was eigentlich los war.

»Hervör …?«

»Ja …«, antwortete sie schließlich und erklärte ihm die ganze SMS-Geschichte.

Tryggvi schwieg lange, bis er sich am Ende räusperte.

»Von welcher Nummer wurden diese Nachrichten geschickt?«, fragte er. Er sprach jetzt in ernstem Ton und mit seiner Vorlesungsstimme.

Hervör sagte, dass die Nummer nicht eingetragen war, und las sie ihm vor.

Wieder schwieg er. Sie hörte, wie er tief durchatmete, bevor er zwei Worte hervorstöhnte.

»Ich verstehe.«

»Aber ich nicht. Wenn du es mir also vielleicht erklären könntest«, sagte Hervör mit mehr Schärfe in der Stimme, als es ihrer Absicht entsprach.

»Es ist Inga«, brachte Tryggvi schließlich mit Mühe hervor.

»Welche Inga?«

»Es tut mir leid, Hervör. Ich werde dafür sorgen, dass das aufhört. Ich bitte dich von ganzem Herzen um Entschuldigung. Es war Ingibjörg, die dir diese Nachrichten geschickt hat.«

Hervör brauchte eine ganze Weile, bis sie die Fitnesstrainerin vor sich sehen konnte, wie sie in ihrer knallengen Lederjacke dasaß und sich damit abmühte, diese Nachrichten zu schicken und so zu tun, als sei ihr Name Ingimar.

»Und das ist die Frau, mit der du jetzt zusammen bist, weil ihr auf der gleichen Wellenlänge seid?«, fuhr Hervör ihn an. Und bereute es im gleichen Moment schon wieder. Weshalb sollte es ihr auch nicht völlig egal sein, dass er mit einer Frau zusammen war, die vor lauter Eifersucht den Verstand verloren hatte? Einer Frau, die er ihr vorgezogen hatte, weil er sich eine wunderschöne Zukunft mit ihr vorstellen konnte. Eine glänzende und glückliche Zukunft mit Ingibjörg, dem Stalker.

»Hervör … bitte verzeih mir.«

»Nein, um Himmels willen. Dir habe ich nichts zu verzeihen. Schließlich hast nicht du diese SMS geschickt. Aber meine Güte, mit der hast du vielleicht das große Los gezogen. Meinen herzlichsten Glückwunsch. Und jetzt mach's gut.«

Sie drückte ihn weg und spürte das Adrenalin durch ihre Adern schießen. Schon nach wenigen Sekunden begann das Telefon wieder zu klingeln. Sie nahm an, dass es entweder Tryggvi oder Ingibjörg mit Männerstimme war. Und sie hatte nicht das geringste Interesse daran, mit einem der beiden zu sprechen. Sie griff nach einem Pullover, der auf dem Fußboden lag und warf ihn über das Telefon, bevor sie ins Bad hinüberging, sich die Zähne putzte und dann ins Bett kroch.

Am Dienstagnachmittag tauchte Örlygur im Café auf. Er trug eine Sonnenbrille und einen langen, schwarzen Wollmantel, der seiner Figur nicht gerade schmeichelte. Er nickte Georg zu und aus den Augenwinkeln heraus warf er auch Hervör einen Blick zu, die gerade an der Kaffeemaschine stand. Er setzte sich ans Fenster, zog zwei Ordner aus seiner Tasche und verteilte einen Stapel Papiere auf dem Tisch. Als wolle er sich auf wichtige geschäftliche Entscheidungen vorbereiten. Georg ging ruhig zu ihm hinüber. Hervör blieb hinter der Kaffeemaschine in Deckung, behielt aber alles im Auge.

»Ja, also. Danke für den schönen Abend neulich. Möchtest du einen Kaffee oder sonst etwas?«

Örlygur trug noch immer seine Sonnenbrille, obwohl der Raum nicht gerade gut beleuchtet war. Er schüttelte den Kopf.

»Nein, danke. Zumindest nicht gleich. Ich warte auf meinen Anwalt. Vielleicht, wenn er da ist.«

Örlygur wirkte ruhiger als sonst. Er mahlte keinen Kaugummi vor sich hin und beendete seine Sätze nicht mit einem künstlichen Gewieher.

Georg stand eine Weile still da und blickte Örlygur an. Vielleicht bereitete er ja doch eine Anzeige gegen Hervör vor.

»In Ordnung«, antwortete Georg und trottete langsam zurück.

Hervör beobachtete Örlygur, wie er dasaß und versuchte, beschäftigt zu wirken.

»Sophia Loren da drüben möchte keinen Kaffee«, sagte Georg und wies mit dem Kopf in Örlygurs Richtung. »Er wartet auf seinen Anwalt ...«, fügte er hinzu und schaute Hervör an.

Hervör stand bewegungslos da und fühlte das Blut in ihren Adern gefrieren. Wollte er sie wegen Körperverletzung anzeigen? In-die-Eier-Treten ersten Grades? Sie vor ein Gericht zerren und ihr alles wegnehmen, was sie besaß? Was natürlich sowieso nur der Volvo und ihr überzogenes Konto war, das sie ihm mit Freuden überlassen würde.

»Pfffh ...«, schnaubte Hervör und wischte zwei Tische ab,

bevor sie aus dem Fenster blickte. Sie kippte den Rest aus ihrer Kaffeetasse hinunter und verzog beim letzten Schluck das Gesicht, denn der Kaffee war inzwischen eiskalt geworden.

»Marinó ist heute nicht gekommen«, sagte sie schließlich.

»Nein. Heute nicht und gestern auch nicht«, antwortete Georg. »Das ist wirklich ungewöhnlich«, fügte er hinzu.

»Ja ...«, antwortete Hervör. Das war wirklich ungewöhnlich.

Die Tür ging auf und herein kam ein junger, gut angezogener Mann. Er hielt eine dunkle Ledertasche in der Hand und schaute sich im Café um, bis er Örlygur erblickte, der von seinem Stuhl aufsprang und ihm entgegenging.

»Hallo, Danni, alter Freund, wie geht's denn so die Tage?« Örlygur war wieder ganz der Alte, laut und affektiert.

Der Mann grüßte zurück und setzte sich mit an den Tisch. Örlygur streckte die Hand empor und schnalzte zweimal mit den Fingern in Georgs Richtung.

»Zwei Cappuccino, Freundchen«, rief er. Georg lächelte und nickte. Was sollte er auch sonst tun?

»Ich mach das schon«, sagte Hervör entschlossen. Wenn man sie schon wegen Körperverletzung anzeigen würde, war es mit Sicherheit am besten, so früh wie möglich darüber Bescheid zu wissen. Sie hielt das Tablett fest in ihren Händen und schlenderte zum Tisch der beiden hinüber. Örlygur hatte inzwischen seine Sonnenbrille abgenommen und blickte ihr entgegen.

»Hallo, Hervör. Danke für den netten Abend neulich«, fügte er hinzu. Er lächelte.

Sie überlegte, ob er sich wirklich nicht mehr daran erinnern konnte, dass sie einige Abende zuvor mit aller Kraft mitten in seine Fortpflanzungsorgane hineingetreten hatte. Vermutlich nicht, wenn er da jetzt in aller Seelenruhe dasaß und sich für den netten Abend bedankte. Hervör stellte die Kaffeetassen zwischen die Briefe und Papierstapel auf den Tisch, bevor sie antwortete.

»Gleichfalls, Örlygur. Ich habe mich wirklich gut amüsiert«, fügte sie hinzu und lächelte.

Örlygur grinste und wandte sich seinem Tischnachbarn zu.

»Danni, das ist Hervör. Eine der besten Mitarbeiterinnen, die ich je gehabt habe. Auf die kann man sich hundert Pro verlassen. Und sie lässt sich nix gefallen, dieses Mädchen«, fügte er hinzu und lachte mit weit aufgerissenem Mund.

Hervör schaute den jungen Mann an und grüßte. Er lächelte und stellte sich höflich vor. Er hieß Daníel und war Örlygurs Anwalt. Hervör überlegte, wie ein so netter Mann für einen Idioten wie Örlygur arbeiten konnte. Andererseits musste sie zugeben, dass sie technisch gesehen ebenso für einen Idioten wie Örlygur arbeitete, und das, wo sie selbst genauso nett war.

»Den Danni, den kenne ich schon seit der Grundschule. Hundert Pro, der Mann, hundert Pro. Wenn du je einen Anwalt brauchst, frag Danni. Hundert Pro.«

Hervör schaute Örlygur an. Wenn er vorhatte, sie anzuzeigen, würde er ihr wohl kaum seinen eigenen Rechtsanwalt empfehlen.

»Hör mal, wie geht's Mía denn so, mein Freund? Geht es ihr nicht gut, wie immer? Tolle Frau, deine Mía. Hundert Pro.«

Daníel blickte nach unten und räusperte sich ein wenig.

Sogar Hervör, die Daníel erst vor einer Minute kennengelernt hatte, spürte, dass Mía aus irgendwelchen Gründen ein heikles Thema war. Normale Leute hätten das gleich gemerkt und das Ganze auf sich beruhen lassen. Aber nicht Örlygur.

»Und, zieht ihr das nicht voll durch? Wie? Heiraten und karrenweise Kinder in die Welt setzen und so weiter?« Wieder wurde er von einer Lachsalve erschüttert und riss Danni männlich an der Schulter, der selbst nur schwieg.

Hervör war das peinlich, sodass sie sich verabschiedete und sich unauffällig davonmachte. Auch wenn Örlygur sie anscheinend nicht entlassen wollte, musste sie das *Viertel* endlich hinter sich lassen. Je früher, je besser.

Der März ist zweifellos der langweiligste Monat des Jahres. Es war egal, ob jemand Geburtstag hatte oder ob sich endlich die ersten Ergebnisse der alljährlichen Januar-Diät zeigten, so kurz vor den Osterfeiertagen. Der März ist langweilig. Die Tage vergingen, erschreckend abwechslungslos, und Hervörs Absicht, die Kündigung einzureichen, schien sich im Einerlei des Alltags in Luft aufzulösen. Marinó war jetzt seit einer ganzen Woche nicht ins Café gekommen. Natürlich war er in keiner Weise verpflichtet, hier seinen morgendlichen Kaffee zu trinken, doch Georg und Hervör hatten begonnen, sich ein wenig Sorgen zu machen. So, wie sich nur die Mitarbeiter eines Cafés über ihren treuesten Kunden Sorgen machen können.

»Vielleicht trinkt er seinen Kaffee jetzt einfach nur anderswo«, schlug Georg vor.

»Vielleicht. Ich finde das aber nicht sehr wahrscheinlich«, antwortete Hervör.

»Wenn er morgen auch nicht kommt, kümmern wir uns um die Sache und schauen mal nach«, sagte Georg.

»Ja. Oder ist das vielleicht zu aufdringlich? Er hat doch sicher Familie, oder? Kinder und so, die sich um ihn kümmern und nachschauen, ob alles in Ordnung ist.«

»Ich bin mir ziemlich sicher, dass er keine Kinder hat. Sonst hätte er uns bestimmt von ihnen erzählt. Vielleicht ist das ein wenig aufdringlich. Aber ich finde einfach nichts trauriger als diese Nachrichten, dass alte Leute drei Wochen lang tot in ihrer Wohnung lagen und nur gefunden wurden, weil sich die Nachbarn über den Gestank beschwert haben. Ich kann mir nicht vorstellen, dass es eine traurigere Art gibt, ein Leben zu beenden, das fast ein ganzes Jahrhundert gedauert hat. Ich will einfach nur sichergehen, dass mit dem armen Kerl alles in Ordnung ist.«

Hervör nickte und gemeinsam beschlossen sie, nach Marinó zu schauen, falls noch ein weiterer Tag verging, ohne dass er zum Kaffee kam.

Sie räumten auf und machten alles fertig. Der Tag war zum Abend geworden und Hervör war müde. Sie freute sich darauf, sich auf ihr Sofa fallen zu lassen und dort zu liegen, bis es Zeit zum Schlafengehen war, und dann würde sie sich auf ihr Bett fallen lassen. Sie litt an chronischem Energiemangel, bedankte sich aber freundlich lächelnd für alle Ratschläge, doch mit irgendwelchem Sport anzufangen, um sich von dieser Lethargie zu befreien. Sich in irgendeinem Fitnessstudio hin- und herschütteln zu lassen war in ihren Augen ähnlich erstrebenswert wie eine Darmspiegelung. Die Fitnessstudios der Stadt mussten also wie in all den Jahren zuvor ohne sie auskommen.

Auf dem Heimweg ging sie im Thai Me Up vorbei und kaufte sich eine Nudelbox mit Gemüse. Dann machte sie es sich auf dem Sofa gemütlich und schaltete den Fernseher ein. Sie war völlig ausgehungert und schaufelte die Nudeln direkt aus der Box in sich hinein. Urplötzlich hielt sie mit dem Kauen inne, als das riesig vergrößerte Gesicht von Dr. Tryggvi Tómasson auf dem Bildschirm erschien. Er wirkte irgendwie älter und müder im Fernsehen, während er sich mit seiner Vorlesungsstimme über die Gewitterwolken äußerte, die sich am Himmel der isländischen Wirtschaft gebildet hatten. Interessant. Hervör schaute ihn an, ohne zu hören, was er sagte. Das war schließlich nichts Neues, besonders wenn er über die aktuelle Konjunkturlage sprach. Und dann war er natürlich auch alt. Wer wollte schon irgendeinen Tattergreis bemuttern, wenn sie, die sie fast zwei Jahrzehnte jünger war als er, mit anderen älteren Herrschaften um die ganze Welt reisen konnte, nach Spanien zum Golfspielen, auf eine Kulturreise in die Schweiz oder zu nie endenden Weinproben in Frankreich? Hervör aß ihre Nudeln auf und zog sich die Decke bis zum Kinn. Das freundliche Gesicht der Nachrichtensprecherin auf dem Bildschirm war das Einzige, was nach ihrer Arbeitszeit einem menschlichen Kontakt nahekam, und damit war sie voll und ganz zufrieden. Dennoch wäre es schön, sich auch einmal wieder auf etwas freuen zu können. Etwas, das einem allein beim Gedanken daran wieder dieses Kitzeln im Bauch verschaffen würde. Sie schloss die Augen und das Letzte, was sie hörte, bevor sie einschlief, war die Wettervorhersage für morgen. Es sollte Sturm geben.

Hervör schoss hoch, als sie es an der Haustür klopfen hörte. Auf dem Fernsehbildschirm war ein malerisches Landschaftsbild zu sehen, zu dem ein Männerchor ein hochdramatisches Fischerlied schmetterte. Sie kniff die Augen zusammen und schaute auf die Uhr. Zehn Minuten nach zwölf. Wieder klopfte es. Sie kroch unter der Decke hervor und schaute den Flur entlang. Ein menschliches Wesen stand draußen vor der Tür. Sie konnte durch die gemusterte Glasscheibe nicht erkennen, wer es war, und konnte sich auch beim besten Willen nicht vorstellen, wer zu dieser unchristlichen Zeit etwas von ihr wollte, und dann auch noch ohne sich vorher telefonisch anzumelden. Am ehesten fiele ihr da Guðbjörg von mastercard.is ein, die jetzt mit ihrer Geduld am Ende war und vor ihrer Tür stand, um ihr die Kniescheiben zu zerschmettern, weil sie die letzten dreizehn Raten ihrer Kreditkartenabrechnung nicht bezahlt hatte. Sie bückte sich und wickelte sich die Decke um. Nach einem weiteren Klopfen schaute sie wieder den Gang entlang zur Tür hin. Die Umrisse schienen eher die eines Mannes zu sein. Sie spürte, wie die Nudeln in ihrem Magen für eine gewisse Unruhe zu sorgen begannen, und eine Sekunde lang überlegte sie, ob Grund zur Panik bestand. Sie hörte, wie der Besucher sich am Briefschlitz zu schaffen machte. Es bestand Grund zur Panik.

»Hervör? Hervör, mein Liebes? Bist du da? Hervör?«

Hervör zischte leise. Diese Stimme würde sie überall erkennen, auch wenn sie nicht im Vorlesungsmodus war. Tryggvi. Sie hielt sich in sicherem Abstand von der Tür, während sie überlegte, wie sie reagieren sollte. Er lag inzwischen auf den Knien und rief mit erstickter, gequälter Stimme durch den Briefschlitz. Er war betrunken.

»Hervör, mein Liebes? Du wunderschöne Frau … bitte mach doch auf!«

Was Ingibjörg wohl über diese Aktion denken würde? Hervör überlegte einen Moment lang, schluckte die Frage jedoch gleich wieder hinunter. Sie brauchte nicht lange auf eine Erklärung zu warten.

»Ich habe mit Ingibjörg Schluss gemacht. Das war ein solcher Fehler … das weißt du doch, Hervör, mein Schatz.«

Er lag noch immer auf den Knien und sprach durch den Briefschlitz. Sie hatte nicht vor, ihn hereinzulassen. Sie hatte auch nicht vor, ihm zu antworten. Noch nicht zumindest.

»Ich weiß nicht, was mit mir los war. Vielleicht hatte ich nur eine Art von Torschlusspanik«, fuhr er fort.

Vermutlich wusste er, dass sie dort drinnen war, auch wenn sie sich nicht bemerkbar machte.

»Ich weiß, dass wir unsere Beziehung die ganze Zeit nur so locker haben wollten«, sagte er schließlich. »Natürlich hätte man es nicht gern gesehen, während du noch mitten im Studium warst und deine Abschlussarbeit geschrieben hast, das weißt du ja auch selbst … aber ohne dich fehlt mir einfach etwas. So sehr.«

»Entschuldige mal, schließlich wolltest du, dass ich gehe«, sagte Hervör leise vor sich hin.

»Aber dann habe ich begriffen, dass ich es war, der wollte, dass du gehst. Ich habe unsere Beziehung selbst beendet«, fügte Tryggvi hinzu.

Herzlichen Glückwunsch, Stephen Hawking, dachte Hervör.

Tryggvi schwieg lange und Hervör riskierte einen Blick,

um zu sehen, ob er vielleicht mit den Fingern im Briefschlitz festgefroren und vor Kälte umgekommen war.

»Bitte, bitte, mach doch auf, Hervör, mein Engel …«, sagte er am Ende einer langen Pause.

Sie beschloss, das bleiben zu lassen.

»Ich vermisse dich. Ich vermisse dich so sehr, dass ich jeden Tag an dich denke. Du bist das Erste, woran ich denke, wenn ich morgens aufwache, und abends vermisse ich dich so sehr und wünsche mir, dass du bei mir wärst. Ich habe mich ganz miserabel gefühlt, nachdem ich zu dir ins Café gekommen war. Mir war einfach nicht in den Sinn gekommen, dass es dir unangenehm sein könnte, auf Ingibjörg zu treffen. Es ist schwer, nicht mehr an dich zu denken, Hervör Egilsdóttir. Es ist nahezu unmöglich. Ich verstehe ja, dass du wütend bist auf mich. Ich kann das sogar sehr gut verstehen. Aber lass mich doch rein, ich bitte dich um Himmels willen, lass mich rein. Es tut mir alles unendlich leid. Sprich mit mir. Bitte.«

Hervör lehnte sich gegen die Wand.

»Ich wollte immer nur dich. Die ganze Zeit über. Eigentlich von dem Moment an, in dem du in meiner Stunde einschliefst. Du bist fast zwanzig Jahre jünger als ich, Hervör. Was sollte ich denn denken? Ich habe es einfach nicht über mich gebracht, irgendwelche Bekenntnisse abzulegen, dass ich mit dir zusammen sein wollte, mit dir eine Familie gründen wollte und … all das.«

Hervör hielt es für eine ausgesprochen traurige Vorstellung, dass ein Professor der Universität Islands, der gerade sein fachliches Urteil im Staatlichen Fernsehen verkündet hatte, jetzt mit blaugefrorenen Fingern in ihrem Briefschlitz hing, sturzbetrunken und erbärmlich jammernd. Er steckte da ganz offensichtlich in einem so tiefen Sumpf von Problemen, dass sie sich nicht zutraute, ihn da herauszuziehen. Sie beschloss, dass sie hiermit ganz offiziell und endgültig über Tryggvi Tómasson hinweg war.

Lautlos schlich sie zu ihrer Anlage und steckte sich die Ohrenstöpsel ein. Sie hatte genug gehört. Wenn sie sich noch mehr anhören würde, könnte es passieren, dass sie ihre Meinung änderte und ihn hereinließ. Sie legte sich auf den nackten Fußboden und starrte an die Decke, während sie es Dylan überließ, Tryggvi zu übertönen.

I ain't saying you treated me unkind, you could have done better but I don't mind. You just kind of wasted my precious time, but don't think twice it's alright.

Sie war auf dem Fußboden fest eingeschlafen, und als sie wieder zu sich kam, tat ihr Rücken weh. Es war fünf Minuten nach fünf und sie überlegte, ob Tryggvi wohl noch immer draußen vor ihrer Tür war. Sie richtete sich auf und nahm die Ohrenstöpsel ab, bevor sie den Boden entlangkroch und einen Blick in Richtung Haustür riskierte. Sie konnte seine Umrisse nicht mehr sehen und der Briefschlitz war geschlossen. Sie stand auf, um nachzusehen, ob er wohl zusammengekrümmt auf dem Bürgersteig vor ihrer Tür lag. Sie öffnete die Tür einen Spalt weit und schaute hinaus. Niemand. Tryggvi war weg, nur ein Manschettenknopf lag noch da, den er vermutlich verloren hatte, während er versuchte, seine Hand durch den Briefschlitz zu zwängen. Hervör nahm den Manschettenknopf auf und betrachtete ihn. Er sah alt aus. Aus Silber, mit seinen Initialen darauf, die in einen feinziselierten Rahmen eingraviert waren. Sie hielt das Schmuckstück in der Hand und ließ den Blick über die Stadt schweifen, die noch im Dämmerschlaf lag. Dann schloss sie die Tür wieder und legte den Manschettenknopf auf ihren kleinen Küchentisch, bevor sie ins Schlafzimmer ging und sich auf ihr Bett fallen ließ. Sie würde noch eine kleine Weile schlummern können, bevor sie zur Arbeit musste.

»Heute ist er auch nicht gekommen«, sagte Georg gegen Mittag. »Ist es nicht an der Zeit, mal zu schauen, was da los ist?« Seine Stimme klang besorgt, während er sich mit verschränkten Armen an den Tisch hinter der Kaffeemaschine lehnte.

Hervör stimmte zu.

»Er muss hier irgendwo ganz in der Nähe wohnen, glaubst du nicht auch?«

»Ja, das würde ich meinen. Mischen wir uns da auch nicht zu viel ein? Hoffentlich regt er sich nicht über alle Maßen auf und wird völlig wütend, schließlich ist es seine Sache, wenn er seinen Kaffee woanders trinken will …«, sagte Georg.

Hervör lächelte.

»Ich glaube nicht, dass Marinó nur wegen des Kaffees herkommt. Und ich bezweifle, dass er stinksauer wird, nur weil wir uns ein wenig Sorgen um ihn machen. Wir kümmern uns gleich nach der Arbeit darum. Finden seine Telefonnummer und probieren ihn anzurufen«, beschloss Hervör. Georg nickte.

Nachdem sie abgeschlossen und das »Offen«-Schild umgedreht hatten, setzten sie sich an den Computer in der kleinen Personalecke. Hervör wärmte sich die Hände, indem sie eine große Kaffeetasse sanft umfasst hielt, während Georg eine Käsestange hinunterschlang, die sonst im Müll gelandet wäre. Sie begannen ihr Forschungsprojekt, indem sie auf der Homepage des Einwohnermeldeamtes nachschauten.

»Es gibt zwei Marinós hier in 101 Reykjavík. Der eine heißt Rikharðsson mit Nachnamen und ist im Jahre 1922 geboren. Das muss unser Mann sein. Bragagata 22b.« Georg tippte die Webadresse des Telefonverzeichnisses ein und schlug unter Marinó Rikharðsson in der Bragagata nach. Das war leicht zu finden und Georg schaute Hervör erwartungsvoll an, als sie die Nummer eingab und auf eine Antwort wartete.

Sie hatte nicht damit gerechnet, dass eine Frauenstimme antworten würde. Die teilte ihr jedoch lediglich mechanisch mit, dass diese Telefonnummer gesperrt war.

»Gesperrt?«, fragte Georg und konnte die Enttäuschung in seiner Stimme nicht verbergen.

»Ja«, antwortete Hervör. »Da bleibt uns nur eins übrig«, fügte sie hinzu und zog ihre Jacke an.

Sie schlossen die Tür sorgfältig hinter sich ab und gingen die Bankastræti hinunter. Hervör zitterte vor Kälte, als sie um die Ecke der Þingholtsstræti bogen und der kalte Wind an ihrem Haar zerrte. Sie hob die Schultern so hoch wie möglich, sodass es ihr gelang, den größten Teil ihres Gesichtes im Kragen ihrer Jacke zu verbergen. Sie hatten beide die Hände in die Jackentaschen gesteckt und liefen schweigend nebeneinander her. Kurz, bevor sie in den Laufásvegur abbogen, rutschte Hervör malerisch auf einer großen Eisplatte aus. Da ihre Hände sich ganz offensichtlich in den Jackentaschen überaus wohlfühlten, knallte sie ungebremst mit ihrem Hintern auf die Straße.

»Verdammt noch mal, wie ich diesen Mist hasse«, sagte sie mit bewundernswerter Selbstbeherrschung und blieb auf dem Boden liegen. Hatte einfach keine Lust, wieder aufzustehen.

Georg drehte sich weg, damit sie ihn nicht lächeln sah, riss sich dann aber zusammen und bedauerte sie ein klein wenig, bevor er ihr wieder auf die Beine half.

»Du hast dir doch hoffentlich nichts gebrochen? Den Hintern gebrochen?«, fragte er fürsorglich.

»Nein … ich glaube nicht. Aber es hat ekelhaft wehgetan.«

Sie klopfte sich den Schnee ab und ging mit schnellen Schritten weiter, Georg musste aufpassen, dass er sie nicht aus den Augen verlor.

Dann verlangsamte sie ihre Schritte wieder und betrachtete die Häuser in der feinen Straße.

»In einem von den Klötzen müsste man wohnen. Wenn man erst mal reich ist und so. Vielleicht lässt sich das ja mit meiner Mastercard kaufen«, sagte sie und wedelte lässig mit den Händen in der Luft herum.

»Eine schicke Villa auf Kreditkarte. Gar keine so schlechte Idee …«, antworte Georg und blickte einen großen, kahlen Baum hinauf, der direkt vor einem grau verputzten Haus stand. »Aber in einem solchen Haus muss man schon mit seiner Familie wohnen, fürchte ich, sonst wäre es viel zu leer um einen herum.«

»Da würde ich mir an deiner Stelle keine Sorgen machen. Du wirst mit Sicherheit einen ganzen Haufen von Kindern haben und eine supersmarte Frau, eine von der Sorte, die auch als Mutter über vierzig noch toll drauf ist.«

Georg verzog die Lippen zu einem winzigen Lächeln. Und sagte nichts.

»Was ist eigentlich mit dir? Hast du in letzter Zeit jemanden kennengelernt? Mir ist neulich erst aufgefallen, dass ich dich nie nach so etwas frage«, sagte Hervör schließlich.

»Ich? Aber, nein. Nichts dergleichen. Das müsste auch schon ein ziemlich schräger Vogel sein, der mein Geschwätz den ganzen Tag ertragen könnte. Und dann müsste ihre Grammatik auch perfekt sein. Meine Liebe könnte nie so blind sein, dass ich einen falschen Satzbau ertragen könnte.«

»Was für ein Unsinn. Ich glaube, die Frau, die dich einmal bekommt, hat großes Glück, so klug und belesen, wie du bist. Was du nicht alles weißt. Mir wird nie langweilig, dir zuzuhören. Noch nicht einmal, wenn du mir endlos von den ersten motorisierten Fischerbooten in den 20er Jahren erzählst. Das ist dann einfach nur witzig. Und natürlich auch unglaublich interessant.«

»Warum wirst du dann nicht einfach meine Frau?«, fragte Georg, während er auf dem Bürgersteig ein paar Schritte rückwärts machte.

»Gar keine schlechte Idee«, antwortete Hervör abwesend, während sie gleichzeitig das Schicksal herausforderte, indem sie begann, wie eine Eisläuferin auf der spiegelglatten Straße entlangzuschliddern.

Schließlich kamen sie an einem kleinen, zweistöckigen Holzbau in der Bragagata an, nach ihrer Rechnung musste es die Nummer 22 sein. Sie öffneten ein kleines Türchen, das zum

Hinterhaus führte, und schauten sich nach dem Eingang zu 22b um.

»Hier muss es sein«, sagte Georg und zeigte auf eine Tür, die zum Keller des Hauses führen musste.

Auf einem kleinen, gelben Zettel standen in altmodischer Schrift die Hausnummer und der Name gekritzelt: 22b, Marinó Rikharðsson. Drinnen war es stockdunkel.

»Ja, dann …«, sagte Hervör zögernd. Langsam wurde sie etwas nervös, also schob sie Georg nach vorn, der schließlich an der Tür klingelte.

Er klingelte nur einmal und nur ganz kurz. Sie warteten und schauten einander an. Sie hatten sich noch nicht entschieden, was sie eigentlich sagen wollten, wenn Marinó ihnen tatsächlich die Tür öffnen sollte.

Nichts geschah.

Sie warteten noch eine Weile, bis Hervör schließlich mit dem berühmtesten Tatata-Taaa der Musikgeschichte klingelte.

»Beethovens Fünfte?«, fragte Georg und lächelte.

»Warum denn nicht? Wenn man so fröhlich klingelt, ist es doch gleich schon wahrscheinlicher, dass er zur Tür kommt, weil er dann weiß, dass es keiner vom Finanzamt ist oder so …«

»Was bist du nur für ein kluges Mädchen«, antwortete Georg sarkastisch, sodass sie sich genötigt fühlte, sich mit einem kräftigen Ellbogenstoß in seinen Bauch zu revanchieren.

Im gleichen Augenblick wurde eine schwache Lampe im Inneren der Wohnung eingeschaltet. Sie blickten einander an und warteten darauf, dass etwas geschah. Kurz darauf erkannten sie die Umrisse eines Menschen, der sich stockend und allem Anschein nach mit viel Mühe der Tür näherte.

Langsam öffnete sich die Tür und Marinó blickte mit verschlafenen Augen in die Dunkelheit hinaus. Er war unrasiert und ungekämmt, trug einen braun-weißen Wollpullover, der schon bessere Tage gesehen hatte, genau wie sein Besitzer. Er hustete einen sehr hässlichen Husten und versuchte sich aufzurichten, indem er sich am Türrahmen abstützte, bevor er zu sprechen begann.

»Guten Abend, was kann ich für euch tun?« Wieder hustete er.

»Hallo, Marinó«, antwortete Georg. Er wusste nicht genau, was er noch sagen sollte, denn er hatte das Gefühl, dass Marinó sie nicht erkannte.

»Wir sind es, Georg und Hervör vom *Viertel*. Wir wollten nur einmal nachschauen, wie es dir geht, weil du jetzt schon ein paar Tage nicht gekommen bist.«

Marinó beugte sich ein Stückchen weiter aus dem Türrahmen heraus und betrachtete sie eine Weile, bis er begriff, wer da vor ihm stand.

»Ja, was ist denn mit mir los? Was ist denn nur los mit mir? Natürlich seid ihr das. Ich hätte euch gleich erkennen müssen. Bitte entschuldigt … ich habe meine Brille nicht auf und ich … ich bin nicht ganz auf der Höhe. Bitte kommt doch herein. Da lasse ich euch hier in der Kälte stehen, als hätte ich alle meine Manieren vergessen. Bitte kommt doch herein.«

Marinó ging ihnen voran in die Wohnung hinein, musste sich aber an der Wand des Flurs abstützen, um das Gleichgewicht nicht zu verlieren. Hervör blickte Georg an. In der einen Woche, in der Marinó nicht ins *Viertel* gekommen war, schien er um zwanzig Jahre gealtert zu sein. Er blieb kurz stehen und hustete wieder den gleichen hässlichen Husten, dann ging er weiter und strich sich vorsichtig über den Brustkorb.

»Mir ist in der vergangenen Woche nicht recht wohl gewesen. Habe die meiste Zeit nur herumgelegen wie ein altes Wrack und bin eigentlich nicht vor die Tür gekommen. Wer weiß, wie lange es noch dauert, bis ich gar nicht mehr aufstehe«, sagte er und versuchte ein Lachen, das aber nur wieder in einem Hustenanfall endete.

Die Wohnung war klein und niedrig. Sie war sauber, roch aber stark nach alten Büchern, für Nippes hatte Marinó ganz offensichtlich nichts übrig. Sie folgten ihm einen kleinen Flur entlang, von dem zwei Türen abgingen, die vordere führte in das Badezimmer, die hintere in eine kleine Küche. Am Ende des Flurs lag ein kleines Wohnzimmer, das gleichzeitig als Schlafzimmer zu dienen schien. Dort bestand der einzige Schmuck aus einer alten Wanduhr mit Pendel, die ein stetes Ticken von sich gab, sodass die Bewohner immer wussten, dass die Zeit verging, was auch geschah.

»Hat denn jemand nach dir geschaut?«, fragte Hervör schließlich, nachdem sie und Georg sich auf ein kleines Sofa im Wohnzimmer gesetzt hatten und Marinó ihnen gegenüber auf der Bettkante Platz genommen hatte, wo er versuchte, sich so gut er konnte aufrecht zu halten. Auf dem Nachttisch neben dem Bett stand ein kleines Radio mit einer kaputten Antenne.

»Nein«, antwortete er schließlich und senkte den Blick. »Es gibt auch nicht viele, die da infrage kämen. Man könnte mich wohl einen alten Einsiedler nennen«, fügte er hinzu und versuchte zu lächeln.

Er tat Hervör leid, wie er so dasaß und so unsäglich einsam wirkte. Es musste schwer sein, alt und allein zu sein. Und dann auch noch alt, allein und krank.

Wieder wurde Marinós dünner Körper von einem trockenen Husten geschüttelt. Georg ging in die Küche und kam mit einem Glas Wasser zurück und bat Marinó, doch einen Schluck zu trinken. Er lächelte und war es ganz offensichtlich nicht gewohnt, dass sich jemand in seinem eigenen Zuhause um ihn kümmerte.

»Vielen Dank, mein Junge«, sagte er schließlich und trank zwei Schluck Wasser. Er trank gerade den letzten Tropfen, als er mit sorgenvollem Blick zu ihnen aufschaute.

»Und ich habe euch nichts anzubieten. Noch nicht einmal einen Tropfen Milch zum Kaffee oder ein kleines Stückchen Kuchen. Ich bekomme ja sonst nie Besuch und ich habe die ganze Woche nicht einkaufen können …« Er blickte sie mit traurigen Augen an. Es machte ihn sehr betroffen, seinen Gästen nichts anbieten zu können, wo sie sich doch die Mühe gemacht hatten, einen so alten, hoffnungslosen Kerl zu besuchen, der schon längst unter die Erde gehörte, wie er das selbst mit einem verschmitzten Lächeln formulierte.

»Aber ein paar Kekse habe ich noch! Zwei oder vielleicht drei gefüllte Kekse im mittleren Regal in der Küche. Mit weißer Creme gefüllt, diese viereckigen«, sagte er und wollte schon aufstehen.

Georg hielt ihn davon ab.

»Wir sind randvoll mit Kaffee und Süßem nach der Arbeit, lieber Marinó, mach dir mal keine Sorgen wegen uns, schließlich sind wir nicht hergekommen, um etwas zu essen zu bekommen. Wir wollten nur nachschauen, ob wir vielleicht irgendetwas für dich tun können.«

»Aber bitte, nehmt euch doch wenigstens einen Keks, das ist doch das Mindeste. Hervör, mein Kind, kannst du die Kekse bitte für mich holen?«

Sie nickte. Weder sie noch Georg verspürten auch nur eine Spur von Hunger. Doch sie verstand, dass es für den alten Mann eine Frage der Würde war, seinen Gästen etwas anbieten zu können, wie wenig es auch sein mochte. Um seinetwillen würde sie einen Keks essen und Georg sollte gefälligst dasselbe tun. Sie ging in die Küche und öffnete einen der Küchenschränke. Der Anblick, der sich ihr da bot, bestand aus drei gähnend leeren Regalbrettern, die nichts enthielten außer einer kleinen, durchsichtigen Plastiktüte, die um eine Kekspackung der isländischen Marke Fron gewickelt war. Die Tüte war mit einem Plastikbändchen verschlossen und darin steckten dreieinhalb Kekse. Hervör blickte sich um und überlegte, wo Marinó wohl sonst noch seine Vorräte aufbewahren konnte, schließlich konnte er nicht allein von Keksen leben, die er ja auch für eventuelle Gäste aufsparte. Vorsichtig öffnete sie den Kühlschrank. Eine halbleere Flasche Lebertran. Ein altes Stück Roggenbrot in einer Plastiktüte. Zwei Kartoffeln, deren gekrümmte Keime aus der untersten Schublade herausragten. Er hatte nicht die Kraft gehabt, aus dem Haus zu gehen, und war deshalb eine ganze Woche nicht zum Einkaufen gekommen. Niemand hatte nach ihm geschaut oder ihm etwas zu essen gebracht. Sie fand einen kleinen Teller und richtete die Kekse darauf an, bevor sie den Teller ins Wohnzimmer brachte und auf den Tisch vor dem Sofa stellte.

»Na, siehst du. Das sieht doch schon viel besser aus«, sagte Marinó. »Jetzt greift aber zu«, fügte er hinzu und in seiner Stimme ließ sich ein Hauch von Stolz vernehmen. Hervör bedankte sich und biss in den Keks, der abgestanden schmeckte und schon ganz weich war. Marinó lächelte.

Trotz lautstarker, aber nicht besonders überzeugender Proteste erklärte sich Marinó schließlich damit einverstanden, dass Hervör für den kleinen Haushalt in der Bragagata 22b etwas einkaufen gehen sollte, während Georg Marinó Gesellschaft leisten würde. Sie weigerte sich standhaft, den Scheck anzunehmen, den Marinó für sie ausstellen wollte, und machte sich davon, bevor er weitere Einwände vobringen konnte. Sie lief rasch die Stufen hinauf und ging die Bragagata entlang, dann auf die Njarðargata und schließlich zu dem Kaufmann auf dem Skólavörðurstígur. Sie fühlte sich gut. Endlich tat sie etwas, das irgendeine Bedeutung hatte. Sie spielte eine Rolle im Leben eines anderen Menschen, der sie brauchte. Noch besser fühlte sie sich bei dem Gedanken, dass sie nicht oben in Breiðholt auf ihrem Sofa unter der dünnen Decke lag und vor dem Fernseher schlief. Sie füllte den Einkaufskorb mit allem, wovon sie glaubte, dass es Marinó schmecken würde. Brot, Käse, Butter, Räucherwurst, eine Dose Fischbällchen, eine Dose Gehacktes vom Fisch, Trockenfisch, Kartoffeln, eine Fertigmahlzeit Fleischbällchen, eine Fertigmahlzeit Kochwurst und eine Fertigmahlzeit Reisbrei. Dann noch Quark, die viereckigen, mit weißer Creme gefüllten Kekse, Milch, Kaffee, Puddingschnecken, Butterkekse und Zwieback, Blockschokolade, ein Stück Schichtkuchen und ein kleines Päckchen Kandiszucker. Sie schleppte die Tüten zurück zur Bragagata, und kaum war sie wieder zur Tür herein, hatte sie schon die Kartoffeln aufgesetzt.

»Ach, wie gut das schmeckt«, sagte Marinó und schnitt ein Fischbällchen entzwei, bevor er sich die Gabel zum Mund führte.

Georg lächelte. Es musste Ewigkeiten her sein, dass er zuletzt Fischbällchen aus der Dose gegessen hatte, und er hatte völlig vergessen, wie gern er sie als Kind gemocht hatte. Zu dritt saßen sie an einem kleinen Tisch vor dem Küchenfenster und aßen Fischbällchen mit Pellkartoffeln und Butter. Beim Tischdecken hatte Hervör drei Blatt von der Küchenrolle abgerissen und sie quer zusammengefaltet, sodass der Tisch fast ein wenig festlich wirkte.

»Einfach köstlich, ich muss schon sagen«, betonte Marinó noch einmal.

Nach dem Essen gingen Marinó und Hervör zurück ins Wohnzimmer, während Georg den Abwasch und das Kaffeekochen übernahm.

Marinó stöhnte leise, als er sich wieder auf die Bettkante setzte. Hervör hatte fast den Eindruck, dass er ein klein wenig rosiger aussah als vorher.

Schweigend hörten sie zu, wie die Wanduhr Gegenwärtiges in Zukunft verwandelte, Schlag um Schlag.

Marinó besaß eine beachtliche Büchersammlung, die sich in der ganzen Wohnung ausbreitete, so klein sie auch war. Genealogien, Lebens- und Schicksalsberichte längst verschwundener Generationen, der Lebenskampf vergangener Zeiten. Hervör betrachtete den mit Schnitzwerk verzierten Bücherschrank, der bis zum letzten Quadratzentimeter mit Büchern gefüllt war. In diesem Augenblick fiel ihr Blick auf das Bild, das in einem Silberrahmen oben auf dem Schrank stand. Sie schaute es lange an, bevor sie sich aufraffte und es herunternahm, um es besser betrachten zu können. Das Bild war alt und trug in der rechten Ecke die Aufschrift des Fotografen in Goldbuchstaben, Morten Eyjólfsson. Darauf war eine junge, wunderschöne Frau zu sehen, sie trug eine helle Bluse und hatte blondes, lockiges Haar, das sie zu einem Knoten aufgesteckt trug. Sie blickte schelmisch in die Kamera und ihre Lippen rundeten sich zu einem gewinnenden Lächeln, das bis zu ihren fröhlichen Augen reichte. Hervör betrachtete das Bild lange, bevor es ihr in den Sinn kam, dass sie rein theoretisch gesehen in den Sachen eines anderen Menschen herumwühlte. Sie blickte verschämt zu Marinó hinüber und machte sich bereit, das Bild wieder zurückzustellen. In diesem Moment kam Georg ins Wohnzimmer, eine Kaffeetasse in jeder Hand, und er blickte mit einer gewissen Schärfe zu Hervör hin, die mit dem Bild in der Hand dastand.

Marinó nahm die Tasse entgegen und bedankte sich herzlich bei Georg. Hervör stellte sich auf die Zehenspitzen, um das Bild wieder auf das Bücherregal zu stellen, fuhr jedoch wieder zurück, als Marinó sie bat, es ihr zu reichen. Er nahm das Bild und streichelte sanft darüber, als täte es ihm leid, dass er es so hatte verstauben lassen. Hervör schwieg. Sie fand, dass sie schon zu weit gegangen war.

»Sigrún«, sagte er schließlich und betrachtete das Bild, während er den Staub vorsichtig mit dem Ärmel seines Pullovers abwischte. »Mein geliebtes Mädchen«, fügte er hinzu und streichelte der jungen Frau auf dem Bild mit seinen welken Fingern über die Wange.

Georg und Hervör schwiegen beide. Sie wollten es Marinó überlassen, ob er ihnen von Sigrún erzählte oder nicht. Das Ticken der Wanduhr war das einzige Geräusch, das im

Wohnzimmer in der Bragagata zu hören war. Die Zeit verging, auch wenn Marinó in Gedanken in einer weit zurückliegenden Vergangenheit angelangt war. Seine Augen waren feucht, als er sich endlich wieder seinen Gästen zuwandte, die schweigend auf dem kleinen Sofa saßen.

»Dieses Mädchen da war meine Frau. Natürlich ist das alles schon schrecklich lange her. Manchmal kommt es mir schon so lange vor, dass ich mich selbst davon überzeugen muss, dass es in diesem Leben war und nicht in irgendeinem anderen.« Er schwieg eine Weile und stellte das Bild vor sich auf den Nachttisch und fuhr fort.

»Wir haben im Frühsommer 1945 geheiratet. Wir waren gleich alt, gerade einmal dreiundzwanzig Jahre. Wir hatten sogar am gleichen Tag Geburtstag«, sagte er und lächelte. »Das war der Sommer, in dem die Welt wieder lachen lernte, die Zeit des Wiederaufbaus, eine bessere Zeit. Eine Zeit des Glücks. Und ich war ein unbeschreiblich glücklicher Mann. Wir hatten ein kleines Häuschen in Keflavík gemietet, und ich hatte bei den Amerikanern Arbeit im Straßenbau bekommen. Unsere Verhältnisse waren mehr als bescheiden, aber trotzdem schufen wir uns ein gemütliches Zuhause. Ich war nie im Leben so froh, nach Hause zu kommen, wie damals, wenn ich die Tür zu unserem kleinen Häuschen öffnete und sie da drinnen auf mich wartete, lächelnd oder singend, immer mit etwas beschäftigt. Seit damals hatte ich nie wieder das Gefühl, nach Hause zu kommen. Ich habe viele Türen geöffnet von Häusern und Wohnungen, in denen ich gelebt habe, aber nie wieder bin ich nach Hause gekommen.«

Hervör saß schweigend da und hörte Marinó zu, den sie bisher nur oberflächlich gekannt hatte. Er war fast jeden Tag ins *Viertel* gekommen, seit sie dort angefangen hatte. Hatte entweder Schwarz, Weiß oder beide Seiten auf dem Schachbrett gespielt und mit ihr über Gott und die Welt geplaudert. Doch auf der Bettkante in diesem kleinen Wohnzimmer saß ein Mann, den sie noch nie getroffen hatte und den sie erst jetzt ganz langsam kennenlernte.

»Und Mitte des Sommers wurde sie schwanger. Ich weiß noch, wie sie aufblühte, noch schöner wurde als zuvor. Ich arbeitete, so viel ich konnte, denn ich wollte, dass wir zurück nach Reykjavík ziehen, sobald das Baby auf der Welt war. Ich habe es immer bereut, nicht öfter zu Hause gewesen zu sein in dieser Zeit, aber so war das eben damals. Ich konnte auch nicht wissen, was noch geschehen sollte. Auch wenn man darüber damals nicht so viel Aufhebens gemacht hat wie heute, habe ich mich doch schrecklich darauf gefreut, Vater zu werden. Eine Familie zu haben. Man hatte mir einen Platz auf einem Fischerboot angeboten, das von Reykjavík aus in See stach, und wir hatten vor, im nächsten Frühling dorthin zu ziehen.«

Marinó schwieg und hielt seine Kaffeetasse mit beiden Händen umfasst, bevor er sich noch einen Schluck nahm und die Tasse dann wieder auf dem Nachttisch abstellte. Er senkte den Blick und verschränkte die Hände ineinander.

»Es war im März, genau nach Plan, und doch war nichts so wie geplant. Es war ein furchtbarer Sturm, als sie plötzlich Fieber bekam, und alles geschah so furchtbar schnell, dass ich es noch heute nicht begreifen kann. Ihre Schwester war bei ihr, aber der Arzt war am anderen Ende der Stadt auf Krankenbesuch und kam erst, als es schon zu spät war. Sie weinte viel. Sie schien zu spüren, dass da etwas nicht stimmte. Mein Engel. Niemals je in meinem Leben habe ich mich wieder so nutzlos gefühlt. Dann hörte sie auf zu weinen, und von dem Moment an begann sie mir zu entgleiten. Eine ganze Weile noch flossen ihr die Tränen lautlos aus den Augen. Dann schloss sie die Augen und öffnete sie nie mehr wieder. Ich hielt ihre Hand, bis mich jemand wegbrachte. Noch heute kenne ich keine medizinische Erklärung für das, was da geschah. Doch an diesem Tag habe ich meine Sigrún und unseren Jungen verloren. An diesem Tag habe ich alles verloren.«

Georg schwieg und blickte Hervör an. Sie starrte den alten Mann an, der auf der Bettkante saß und rhythmisch mit dem linken Fuß auftrat, während er beide Hände auf den Oberschenkeln ruhen ließ. Ihre Augen füllten sich mit Tränen. Ohne dass sie etwas dagegen tun konnte.

»So war das«, sagte Marinó schließlich. »Ich habe gelernt, dass man die Nähe eines geliebten Menschen nie für selbstverständlich nehmen darf. Wenn ich die kurze Zeit zurückbekommen könnte, die wir miteinander hatten, hätte ich sie öfter geküsst. Sie öfter umarmt. Wäre nicht so viel weg gewesen. Man darf nämlich keine Zeit verlieren. Die Zeit kann so knapp bemessen sein, das Leben wird uns aus den Händen gerissen, wenn wir am wenigsten damit rechnen.«

Sie saßen alle schweigend und in ihre eigenen Gedanken versunken da. Als das Schweigen zu lang geworden war, konnten sie es nur auf die alte isländische Weise brechen, und das hieß mehr Kaffee anbieten, und Hervör beschloss, diese Aufgabe zu übernehmen. Marinó und Georg lehnten beide dankend ab, also räumte sie das Geschirr zusammen und brachte es in die Küche.

»Hast du irgendwann noch einmal geheiratet?«

»Nein, mein Junge. Das habe ich nicht getan«, antwortete Marinó. »Ich hatte doch die Liebe meines Lebens schon gefunden. Hatte sie in ihr gefunden. Als sie von mir gegangen war, blieb nichts mehr übrig. Ich habe nur sie geliebt. Und das tue ich noch, mehr als ein halbes Jahrhundert später. Man darf seine Zeit nicht verschwenden«, wiederholte er noch einmal und blickte Georg ernst an, bevor er sich die tränennassen Augen trocknete.

Hervör kam zurück ins Wohnzimmer, nachdem sie das Geschirr abgewaschen und die Einkäufe weggeräumt hatte.

»Ihr müsst mir das nachsehen«, sagte Marinó in entschuldigendem Ton. »Manchmal werde ich ein bisschen wehmütig, wenn ich mich meinen Erinnerungen hingebe. Und so eine ärgerliche Grippe macht es sicher auch nicht besser. Entschuldigt bitte.«

»Du brauchst dich für gar nichts zu entschuldigen«, antwortete Hervör.

Es war schon fast zehn Uhr, als sie sich in der Bragagata verabschiedeten. Georg hatte die Telefonrechnung mitgenommen und Marinó versprochen, sich gleich am nächsten Morgen darum zu kümmern. Er schrieb seine und auch Hervörs Telefonnummer auf einen Zettel, den er an die Wand neben Marinós Telefon hängte. Morgen nach der Arbeit würden sie dann wieder bei ihm vorbeischauen.

»Und noch einmal meinen herzlichsten Dank für alles. Vielen Dank«, sagte Marinó wieder und drückte Georg zum Abschied die Hand, so fest, wie er nur konnte.

Sie waren schweigsam auf dem Weg zurück. Hervör hatte

ihr Auto weit weg vor einer Bäckerei geparkt, sodass sie ein gutes Stück zu laufen hatten.

»Ist das nicht unglaublich traurig?«, fragte Hervör schließlich. Ihre Schultern bebten von ihren Schluchzern.

»Ja, sehr traurig«, antwortete Georg. »Aber auch wunderschön«, fügte er dann hinzu.

»Schön?«, fragte Hervör und war so entgeistert, dass sie wie angewurzelt stehen blieb.

»Ja. Sie haben einander so sehr geliebt. Und wie er sie noch immer liebt. Eine Liebe über den Tod hinaus, und ich dachte, das gebe es nur in Büchern, nicht im richtigen Leben. Natürlich ist es traurig, dass sie sterben musste. Entsetzlich traurig. Aber wenigstens haben sie die Liebe gefunden, die manche ihr Leben lang vergeblich suchen. Sie fanden sie und teilten sie miteinander, auch wenn sie dafür viel zu wenig Zeit bekamen.«

Hervör stand weiter unbewegt da und die Tränen flossen ihr die Wangen hinab. Sie war von einer merkwürdigen Erregung erfüllt und fühlte sich seltsam verletzlich. Georg ging ein paar Schritte weiter, blieb dann aber wieder stehen und blickte sich zu ihr um. Er ging ihr entgegen und breitete die Arme aus. Als er sie in seine Arme schloss, legte auch sie ihre Arme fest um ihn. Sie sollte ihn viel öfter umarmen. Es gab nämlich nicht viele, die sie einfach nur in den Arm nahmen. Sie standen lange an der Straßenecke und hielten einander fest, während der kalte Wind sanft um sie herumwirbelte, so, als wolle er sie auf keinen Fall stören.

Mía

SIE BLICKTE IN DEN SPIEGEL und strich sich mit den Fingern vorsichtig über die Stirn. Noch immer meinte sie die gelbliche Verfärbung erkennen zu können, auch wenn das wohl nur Einbildung war. Allmählich heilten ihre Verletzungen ab, und es war schon einige Wochen her, dass sie mit ihren zwei geschwollenen Augen ausgesehen hatte wie ein unmittelbar vom Aussterben bedrohter Panda. Der Bluterguss war so weit abgeklungen, dass er jetzt an einen karamellfarbenen Lidschatten aus der Zeit um 1992 erinnerte, kurz bevor diese Farbe wieder in der Versenkung verschwunden war. Mía hatte sich inzwischen ein wenig mit ihrer Wohnung angefreundet und sich in den vergangenen drei Tagen nur ein einziges Mal an der Dachschräge gestoßen, was bereits einen persönlichen Rekord darstellte. Das Küchenfenster hatte gigantische Ausmaße, sodass sie sich vorstellte, wie sie an warmen Sommertagen dort hinausklettern und auf dem Dachvorsprung sitzen konnte. Dass sie ihre Spaziergänge in diesem Viertel gemeinsam mit Daníel unternehmen und dann auf dem Austurvellir in der Stadtmitte ein Bier schlürfen würde, hatte sie sich zwar auch einmal in so schönen Farben ausgemalt, doch daraus wurde ja nun nichts mehr.

Sie war seit ihrer Kopfverletzung nicht wieder zur Arbeit erschienen und hatte die letzten beiden SMS-Nachrichten ihrer Chefin Susanne ignoriert, in denen sie fragte, wann sie denn wieder mit Mía rechnen könne. Trotz allem konnte Mía Susanne gut leiden. Sie war im mittleren Alter, ihre Familie stammte ursprünglich aus Nantes und sie hatte eine ausgesprochen üppige Figur, was wieder einmal gründlich das Klischee widerlegte, dass französische Frauen nicht dick werden. Susanne war die Gründerin und Inhaberin der Damenboutique Freyja in der Hverfisgata, die auf so genannte *anständige* Größen spezialisiert war. Mía mochte sich nicht vorstellen, wieder zur Arbeit gehen zu müssen, denn in irgendeinem Klamottenladen vor sich hinzudämmern, in dem sie noch nicht einmal den Mitarbeiterrabatt nutzen konnte, es sei denn, sie würde aufgrund einer akuten Allergie explosionsartig ihren Umfang vervierfachen, war mit Sicherheit der Tiefpunkt ihrer farblosen Karriere. Deshalb war sie im Grunde genommen ganz froh, als Susanne ihr nach vier Anrufen, die Mía nicht beantwortet hatte, eine SMS schickte, um ihr mitzuteilen, dass sie leider keine andere Möglichkeit sehe, als ihr zu kündigen. Es tue ihr sehr leid. Mía starrte einen Moment lang mit leerer Miene auf die Nachricht und verspürte dann Erleichterung. Jetzt musste sie wenigstens nicht selbst kündigen. Sie warf sich auf ihr Sofa und überflog rasch die Lage. Es war halb zehn an einem Dienstagmorgen und es gab nichts, was sie an diesem Tag zu tun hatte. Auch morgen nicht. Und am Tag danach auch nicht. Vielleicht würde sie einen Spaziergang hinunter zu dem kleinen See vor dem Rathaus machen. Sich in den Buchladen setzen und bei einer Tasse Kaffee die Zeitungen lesen. Vielleicht aber auch nicht. Sie griff nach der Fernbedienung und schaltete den Fernseher ein, dann glitt sie vom Sofa herab und legte eine DVD ein. Die Gleiche, die sie die vergangenen Wochen über so oft gesehen hatte und inzwischen selbstverständlich auswendig kannte. Sie schaute auch nicht wirklich hin, mochte aber den Film als Hintergrundkulisse, wenn sie ziellos durch ihre Wohnung wanderte. Vielleicht kurz das Geschirr spülte, in die Zeitung schaute und einige der Kleiderhaufen umschichtete, die sie noch immer nicht in den Schrank eingeräumt hatte.

Indien. Mumbai, Maharashtra. 1990. Tajindar Shah. Die mitreißende Musik befand sich kurz vor der freudigen Ekstase, als Tajindar endlich Karunasris Liebe errungen hatte und sie mit all ihren Freunden in einem überwältigenden Arrangement und in solcher Farbenpracht tanzten, dass Mía damit rechnete, sich an Ort und Stelle in jedem Augenblick übergeben zu müssen. War es so, wenn Menschen sich verliebten? Die Farben und die Freude, Musik und Tanz?

»Bis dass einer fremdgeht ...«, sagte Mía laut und zog sich die Decke bis ans Kinn. Abwesend schaute sie auf den Fernsehbildschirm. Sie hoffte Karunasris wegen, dass Tajindar das Büro nicht mit irgendeiner Schlampe teilte, die ihn am Ende in ihr Bett zerrte.

Sie zuckte zusammen, als die Türklingel frech ertönte. Das war mit an Sicherheit grenzender Wahrscheinlichkeit die nervigste Türklingel, die sie je gehört hatte.

Mía rollte sich vom Sofa herab und wickelte die Wolldecke um sich herum, bevor sie den Hörer der Sprechanlage in die Hand nahm und auf den Knopf drückte, ohne zu fragen, wer es war. Sie tapste zur Tür hin, nahm die Kette ab und ließ die Tür offen stehen, bevor sie auf ihren Platz auf dem Sofa zurückkehrte. Gleich darauf kam Valgeir herein, seine Arbeitstasche und eine braune Bäckertüte in einer Hand, und er versuchte die Tür zu schließen, ohne die beiden Kaffeebecher zu verlieren, die er in der anderen Hand hielt.

»Hallo«, rief er ins Wohnzimmer hinein und schob die Tür mit dem Fuß zu, bevor er die Kaffeetassen auf dem nächsten Tisch abstellte.

Mía antwortete nicht, nickte ihm aber zu, als er hereinkam, und lächelte schwach. Er ging zum Sofa hinüber, auf dem sie lag, und küsste sie auf die Wange. Im selben Augenblick stieß Karunasri einen schrillen Schrei aus, der sich sehr bald in hochdramatischen und doch mitreißenden Gesang verwandelte. Die ersten Zweifel über Tajindars Treue suchten sie heim. Was sonst.

Valgeir setzte sich neben seine Schwester und verfolgte Karunasris Seelenqualen, die im Regen umherirrte, während all ihre Freundinnen ihr hinterhertanzten.

»Ich begreife einfach nicht, wie du dir das anschauen kannst«, sagte er schließlich und schüttelte den Kopf.

»Was meinst du?« Sie antwortete, ohne ihn anzusehen.

»Es schaudert mich, wenn sie anfangen zu singen. Ihre Stimmen sind viel zu hoch. Und dann ist das einfach so übertrieben gespielt und absurd. Der Typ da zum Beispiel tut überhaupt nichts. Mit seiner Sonnenbrille in irgendeinem orangefarbenen, viel zu engen T-Shirt, und ständig nickt er mit dem Kopf. Und dabei ist er einer der Hauptdarsteller, nicht wahr?«

Mía antwortete nicht.

»Mir gefällt das«, sagte sie schließlich müde. »Mir gefällt die Musik. Aufbauend. Auch die Farben. Irgendwie erfrischend.«

Valgeir betrachtete Mía, wie sie über dem Sofa ausgestreckt dalag, die Decke bis zum Kinn gezogen. Die aufbauenden und erfrischenden Farben und Töne des Films schienen bisher noch nicht die erwünschte Wirkung auf sie gehabt zu haben, auch wenn sie ein noch so treuer Fan der indischen Filmindustrie war.

»Bist du heute überhaupt schon einmal vor der Tür gewesen?«, fragte er sie schließlich.

Mía bewegte ihren Kopf vorsichtig von einer Seite zur anderen. Nein. Sie war heute noch nicht vor der Tür gewesen.

»Und gestern?«

Valgeir erntete die gleiche Reaktion.

»Ist die Prellung nicht schon viel besser?«, fragte er schließlich und hoffte, dass sie auf diese Frage ein klein wenig lebhafter reagieren würde.

Mía drehte den Kopf, sodass er die gelbliche Verfärbung der Prellung um ihr Auge herum betrachten konnte. Die Fäden auf der Stirn waren inzwischen gezogen worden, doch noch immer trug sie ein Pflaster über der roten Narbe. Ganz allmählich ging es aufwärts mit ihr. Aber sie sah weiterhin schlecht aus. Die Augen waren glasig und dumpf. Ein grauer Schleier umgab die tiefgrüne Farbe ihrer Augen, und ihr Teint, auch früher schon eher im blassen Bereich, war dem gleichen Grau zum Opfer gefallen.

Schweigend saßen sie nebeneinander und schauten dem Film mit unterschiedlich leidenschaftlichem Interesse zu.

Schließlich blickte Valgeir auf die Uhr, tätschelte seiner Schwester noch einmal die Beine, um dann aufzustehen, weil er zur Arbeit musste. Er trank seinen Kaffee aus und reichte Mía die Bäckertüte, während sie noch immer an ihrem Becher nippte. Sie lächelte ihn mit zusammengepressten Lippen an.

»Ich rufe dich heute Abend an, um zu hören, wie es dir geht«, sagte er und nahm seine Tasche auf, die er im Flur abgelegt hatte.

Als er gerade die Haustür öffnete, hörte er, wie Mía ihm nachrief.

»Ja?«

»Danke für den Kaffee«, sagte sie leise. Er lächelte.

»Nichts zu danken«, antwortete er, bevor er zur Tür hinausging, die er vorsichtig hinter sich schloss. Er war spät dran.

Sie nahm einen Schluck Kaffee und schaute in die Papiertüte hinein. Ein Schokostückchen. Sie biss ein wenig ab und kaute langsam, bevor sie sich vorsichtig wieder hinlegte. Sie spürte, wie ihr die Tränen aus den Augen herausrannen und auf das Kissen unter ihrem Kopf liefen. Die Aktivität ihrer Tränendrüsen schien dieser Tage keine Grenze nach oben zu haben.

Es wurde schon allmählich wieder dunkel, als Mía vom Sofa aufstand. Sie war kurz eingeschlafen und jetzt war sie hungrig. Draußen hatte es wieder zu schneien begonnen und der Wind blies die Schneeflöckchen waagerecht an ihr Fenster. Mía setzte sich auf die Fensterbank und schaute dem Schneetreiben zu, bis ihr die Augen schmerzten. Sie war einsam und litt so stark an ihrer Rastlosigkeit, dass ihr nichts Besseres einfiel, als wieder schlafen zu gehen. Sie wollte doch nur mit ihm reden. Nicht darüber, was geschehen war, warum er sie nicht länger wollte, was sie tun konnte, um ihn zurückzubekommen, oder solche Dinge. Sie wollte sich nur an ihn schmiegen und sich mit ihm unterhalten. Über alles und nichts. Das war es, was sie so vermisste. Sie war sich ziemlich sicher, dass er dieser Tage etwas Besseres zu tun hatte, als sie zu vermissen. Und das fand sie unfair. Ein lautes Brummen in ihrem Bauch riss Mía aus ihren Gedanken. Eine Tasse Kaffee und ein halbes Gebäckstück ließen sich wohl nicht unter die Rubrik ausgewogene Ernährung einordnen. Sie schaute über ihre Wohnung hinweg und ihr Blick fiel auf einen Haufen von Mänteln und Jacken, der strategisch günstig in der Tür zum Schlafzimmer platziert war. Sie fischte eine dunkelblaue Daunenjacke, einen weißen Schal und eine Strickmütze heraus und begann ihre Winterschuhe zu schnüren. Sie musste sich Vorräte besorgen, wenn sie nicht in ihrem Jammertal, in dem sie sich inzwischen häuslich eingerichtet hatte, vor Hunger dahingerafft werden wollte. Es hatte aufgehört zu schneien, als sie dem Bónus-Supermarkt auf dem Laugavegur zustrebte. Sie war hungrig, ohne Appetit auf irgendetwas zu haben. Unwillkürlich musste sie an Auður denken. Eigentlich war es eher die Ausnahme als die Regel, wenn sie einmal nicht an Auður dachte, stattdessen saß ihr Bild in ihrem Kopf fest wie die Made im Speck. Was aß Auður wohl am liebsten? Vermutlich ging sie zum Einkaufen nie in den Bónus. War sicher Klassen besser als Mía, was das betraf. Vermutlich ging sie nur ins wesentlich feinere Hagkaup und war darüber hinaus Stammkundin in dem Delikatessenladen auf dem Skólavörðurstígur, wo die Verkäuferinnen sie schon persönlich kannten. Und um allem die Krone aufzusetzen, war sie zweifellos auch eine hervorragende Köchin. Mía hatte sich nicht gerade die beste Zeit zum Einkaufen ausgesucht, denn es schien, als ob ganz Reykjavík beschlossen hatte, nach der Arbeit einkaufen zu ge hen, so wie das berufstätige Menschen eben tun. Auch Alleinstehende gehen zu dieser Zeit gern einkaufen, immer in der vagen Hoffnung, vielleicht jemanden zu treffen, der sich erbarmt, ein wenig mit ihnen zu plaudern. Die Yuppies strömten in die Geschäfte, wussten haargenau, was sie wollten, und stöhnten mit einem Blick auf die Uhr deutlich hörbar auf, während sie in der Schlange standen. Riefen vielleicht auch noch lautstark danach, dass eine weitere Kasse geöffnet werden müsste. Die Mitarbeiterinnen an den Kassen immer freundlich, immer ausländisch und mit den immer gleichen Worten, den Einzigen, die man ihnen im Isländischkurs beigebracht hatte. Zwischen den Regalen wanderten dann noch Studenten umher, im Korb nichts außer Pasta, verzweifelt auf der Suche nach etwas Essbarem, einfach irgendetwas Essbarem, solange es nur billig und einigermaßen verdaulich war.

Mía wurde aus ihren Gedanken gerissen, als jemand seinen Einkaufswagen heftig von hinten in ihre Beine rammte. Sie wollte schon lautlos vor sich hin fluchen, als sie sich umdrehte und es ihr nicht gelang, ihren Ärger in Worte zu kleiden, weil er in einer Flut von auf Englisch geäußerten Entschuldigungen und Äußerungen des Bedauerns unterging. Der Schuldige war ein hochgewachsener und schlanker junger Mann, der mit seinem Friseur auf Kriegsfuß zu stehen schien. Er war so in sein Bemühen vertieft gewesen, die isländischen Warenbezeichnungen zu entschlüsseln, dass er nicht aufgepasst hatte, wohin er seinen Wagen schob – mit den oben genannten Folgen.

Mía blickte ihn weiter empört an, begann aber gleichzeitig Mitleid mit ihm zu empfinden, weil ihm das Ganze offenkundig schrecklich leid tat.

»Are you hurt? You're hurt aren't you? I'm so, so, so sorry. I'm sorry. Do you want to have a seat … somewhere? I'm so incredibly sorry. Would you like a hanky?«, bot er ihr schließlich an und hielt ihr ein weißes Taschentuch vor die Nase. Mía hatte keine Ahnung, was sie damit tun sollte, also lehnte sie dankend ab. Dem Akzent nach zu urteilen schien er Engländer zu sein. Das Taschentuch wies wohl auch eindeutig darauf hin.

Sie versicherte ihm, dass sie unverletzt war. Sie war nur erschrocken. Das war keine große Sache. Unnötig, sich immer wieder zu entschuldigen. Wirklich. Absolut unnötig.

Er lächelte ihr zu, bevor er sich ein letztes Mal entschuldigte und einen Blick auf ihren gähnend leeren Einkaufskorb warf.

»Hungry?«, fragte er schließlich.

»No. Not really …«, antwortete Mía, bevor sie in seinen Wagen hineinschaute. Er war ganz offensichtlich bereits wesentlich erfolgreicher gewesen. Würstchen, Speck und Eier, Weißbrot, Orangensaft und Kakao. Kaffee, eine Tüte Gebäck, Snickers, Müsli und Milch.

»I'm looking for something called … Hotdog-Brötschen«, sagte er und las von einem kleinen Zettel ab, den er in der Tasche trug. »Hotdog-Brötschen and … that's a tough one … Remoulade?«

Mía musste lächeln. Sie hatte selbst seit Ewigkeiten keine

Würstchen mehr gegessen, da Daníel gegen fertige Fleischerzeugnisse war. Sie begleitete den Engländer in Richtung des Soßen- und Mayonnaise-Reichs und griff nach zwei Gläsern Remoulade, eins für ihn und eins für sich selbst. Dann fand sie eine Packung Würstchen, Röstzwiebeln und Ketchup. Senf und rohe Zwiebeln vermied sie wie die Pest, also brauchte sie nur noch die Brötchen zu finden, dann hatte sie ganz offiziell den Meilenstein einer ersten, selbst eingekauften Mahlzeit in ihrem neuen Heim erreicht.

»Vielen Dank für der Hilfe«, sagte der Engländer und lächelte, während er eine Tüte mit Brötchen fest in der Hand hielt. »Vielen Dank …?«

»Mía.«

»Mía. Oh, lovely. That's a lovely name. Quite possibly one of my favourite Icelandic names, cause I might just not make a mess out of pronouncing it. Nice to meet you, Mía, I'm Liam.«

Sie gaben einander die Hand, direkt vor dem Regal mit den Vitaminpillen.

Dann verabschiedete sie sich und machte sich auf den Weg zur Kasse. Er bat sie noch zwei Mal um Entschuldigung für den Unfall mit dem Einkaufswagen, erklärte seine Freude darüber, sie kennengelernt zu haben, und machte sich selbst auf den Weg zum Süßigkeitenregal. Dort suchte er nach eigenen Angaben nach seiner großen Liebe auf diesem Gebiet, nämlich einer bestimmten Sorte isländischer Lakritze, von der er sich eine Tüte, vielleicht auch drei, besorgen wollte.

Mía schlenderte mit ihren Einkaufstüten nach Hause. Normalerweise unterhielt sie sich nicht gern mit Fremden, und unter anderen Umständen hätte sie sich mit einer Entschuldigung zufriedengegeben und wäre ihres Weges gegangen. Stattdessen aber hatte sie ihre eigene Jämmerlichkeit für ein paar Minuten lang vergessen und einen Ausländer auf Safari durch den isländischen Einkaufsdschungel gelotst. Eine Zeit lang hatte sie sogar überlegt, Tourismus zu studieren, sich aber dann letzten Endes doch für Ethnologie entschieden. Sie hatte schon lange begriffen, dass das eine grottenfalsche Entscheidung gewesen war, wie so vieles andere in ihrem Leben. Aber jetzt freute sie sich zumindest darüber, dass sie den Einkauf bewältigt hatte. Ob sie es dann auch noch schaffen würde, die Sachen zu essen, war ein ganz anderes Kapitel. Aber es war nicht völlig ausgeschlossen.

Es war warm in ihrer Wohnung, als sie die Tür aufstieß und die Einkaufstüte auf den Küchentisch legte. Sie hatte gerade ihre Jacke und ihren Schal ausgezogen, als das Telefon zu klingeln begann. Es war Valgeir.

»Ist alles in Ordnung? Du bist ja ganz außer Atem«, fragte er besorgt, gleich nachdem er sie begrüßt hatte.

»Bin gerade erst reingekommen. War kurz einkaufen.«

»Du? Warst? Einkaufen? Etwas zu essen kaufen?«, antwortete Valgeir mit nahezu kindlicher Freude, als ob es eine ganz außergewöhnliche Leistung wäre, dass seine Schwester nicht nur den ganzen Tag wie ein Häufchen Elend auf dem Sofa verbrachte.

»Irgendwann musste es ja einmal dazu kommen. Möchtest du ein Würstchen?«, fragte Mía und begann die Tüte auszuräumen.

In weniger als einer halben Stunde war Valgeir zur Stelle,

und ein paar Minuten später saßen sie an dem kleinen Küchentisch unter dem Fenster. Mía kippte anständig Ketchup und Remoulade auf ihr Würstchen und betrachtete es eine Weile auf ihrem Teller.

»Prost«, sagte Valgeir und hob sein Würstchen hoch.

Mía lächelte und prostete ihrem Bruder zu, bevor sie einen großen Bissen nahm. Sie hatte viele Tage hintereinander nicht mehr mit jemandem am Tisch gesessen und spürte, wie sehr sie das vermisst hatte. Am Ende eines Tages Körper und Seele in guter Gesellschaft und bei anständigem Essen zu regenerieren. Abwesend hörte sie Valgeir zu, der von seinem Arbeitstag erzählte, von dem neuen Kollegen, der lispelte, und dass er Ende des Monats auf Geschäftsreise nach London fliegen würde.

»Brauchst du etwas?«, fragt er schließlich.

»Nein, ich bin satt«, antwortete Mía.

»Aus London, meinte ich«, antwortete Valgeir und versuchte, sich nicht davon irritieren zu lassen, dass seine Schwester kein Wort von dem gehört zu haben schien, was er ihr erzählt hatte.

»Entschuldige. Nein. Ich habe überhaupt keine Wünsche. Nein, danke«, fügte sie entschuldigend hinzu.

Sie schwiegen und Mía strich über die lackierte Oberfläche ihres IKEA-Tisches, während Valgeir sein Würstchen aufaß. Sie schob den Teller zur Seite, verschränkte die Arme auf dem Tisch und legte ihr Kinn darauf.

»Hast du vielleicht ein wenig Milch, Mía?«

»Nein. Keine Milch. Ich habe überhaupt nichts da.«

Er sah sie an, wie sie da quer über dem Tisch hing und nicht so aussah, als wollte sie sich jemals wieder von dort wegbewegen. Valgeir setzte sich zurück an den Tisch und lauschte eine Weile dem Gurgeln der Kaffeemaschine, bevor er wieder zu sprechen begann.

»Hast du schon nach Arbeit gesucht?«

Mía richtete sich auf und schüttelte den Kopf. Nein. Sie hatte noch nicht nach Arbeit gesucht.

»Müsstest du dich da nicht langsam einmal drum kümmern, Liebes?«, fügte er so vorsichtig, wie er nur konnte, hinzu.

Sie nickte. Natürlich musste sie sich endlich einmal darum kümmern, insbesondere in Anbetracht der Tatsache, dass sie in zwei Wochen die nächste Miete würde bezahlen müssen. Geld, das sie nicht hatte, es sei denn, sie würde einen Job finden.

»In der Zeitung habe ich gestern gesehen, dass sie bei Curia jemanden fürs Telefon suchen«, sagte sie und lachte trocken. »Vielleicht bewerbe ich mich ja. Nicht, dass ich so viele andere Angebote hätte«, fügte sie hinzu und zog die Nase hoch.

Valgeir sah, dass ihr gleich wieder die Tränen kommen würden. Manchmal gab es nichts auf der Welt, das er weniger ertragen konnte, als seine Schwester weinen zu sehen, dann musste er sich mit aller Kraft zusammenreißen, um nicht auch in Tränen auszubrechen, wenn er sie so sah, so zerbrechlich und so klein, so aufgewühlt.

»Ich kann mir einfach nicht vorstellen, dass mich irgendjemand anstellen würde, wenn das hier dauernd passiert«, sagte sie und zeigte auf ihre Augen. Dicke Tränen rannen ihr jetzt die Wangen herab. »Ich kann einfach nicht aufhören, daran zu denken, an die beiden zu denken, an diese Frau zu denken. Ich begreife einfach nicht, wie ich dermaßen dämlich sein konnte zu denken, dass Daníel mit mir würde zusammenbleiben wollen. Jedes Mal, wenn ich eine Absage bekam und mit irgendeinem Aushilfsjob weitermachte, hatte ich das Gefühl, ihn zu enttäuschen. Natürlich müssen nicht alle die Riesenkarriere machen, aber jeder kann sehen, dass Auður viel besser zu ihm passt, als ich jemals zu ihm gepasst habe. Sie können einander vielleicht bei schwierigen, juristischen Fällen helfen und haben so viel gemeinsam. Er muss sich nicht mehr schämen, wenn er jemandem erzählt, was seine Freundin so beruflich macht. Sie arbeitet nicht in einem Klamottenladen, der auf Wollpullover in Walgrößen spezialisiert ist. Nein, sie ist natürlich eine Staranwältin oder so«, sagte sie und trocknete sich mit dem Ärmel die Augen.

Valgeir schwieg und hörte seiner Schwester zu. Schließlich schob er seinen Stuhl zu ihr herüber und legte ihr den Arm um die Schultern.

»Denk doch nicht so viel an sie, Mía. Denk an dich selbst. Konzentriere dich darauf, dich selbst wieder aufzubauen, statt dich mit irgendeinem fremden Menschen zu vergleichen.«

»Einem ganz bestimmten fremden Menschen, der mir den Freund weggeschnappt hat«, warf Mía ein.

»Es ist doch nicht verwunderlich, dass du aufgebracht bist. Das ist doch völlig normal. Ich weiß, ich in deiner Lage wäre genauso sauer.«

»Ich bin sauer. Total. Ich bin noch nicht einmal wirklich traurig. Ich bin nur stinksauer auf alles und jeden. Am liebsten würde ich einen Bus klauen und alle überfahren, die mich jemals geärgert haben, und die beiden wären ganz oben auf der Liste. Du kannst ja gern eine Runde mitkommen, und wir können auch welche von deiner Liste überfahren, wenn wir eh schon dabei sind. Ein Bus wäre auf jeden Fall besser als ein Pkw, das ist billiger und natürlich vor allem umweltfreundlicher.«

Valgeir überlegte, ob er lachen sollte, war sich aber nicht sicher, weil seine Schwester todernst wirkte.

Mía schwieg. Sie hatte aufgehört zu weinen und starrte vor sich hin. Valgeir stand auf und goss Kaffee in zwei Tassen ein und trug sie zum Küchentisch hinüber. Im gleichen Augenblick sprang Mía auf.

»Kann ich dein Auto kurz ausleihen? Dann fahre ich schnell Milch kaufen«, sagte sie rasch.

»Was ... ja. Ja, natürlich. Ich kann aber auch schnell rüber ins Vísir laufen und da eine Tüte Milch kaufen«, antwortete er zögernd.

»Ich beeil mich«, rief sie, während sie sich die Stiefel überzog und nach den Schlüsseln griff, die auf dem kleinen Telefontischchen lagen. Bevor Valgeir ihr antworten konnte, hatte sie schon die Tür hinter sich zugeknallt.

Sie war lange nicht mehr Auto gefahren. Zu ihrer alten Arbeit war sie normalerweise mit dem Fahrrad gefahren, und wenn sie zusammen irgendwohin gefahren waren, saß meist Daníel am Steuer. Sie brauchte also eine Weile, bis sie losfuhr, sie musste sich wieder in Erinnerung rufen, wie das alles funktionierte, nicht zuletzt, wie man sich bei Glatteis im Straßenverkehr verhalten sollte. Sie wusste, wohin sie wollte. Was sie tun wollte, wenn sie am Ziel angekommen war, wusste sie allerdings noch nicht. Wahrscheinlich gar nichts. Vielleicht würde sie klopfen und fragen, ob sie vielleicht ihre Haarspülung, diese ganz exklusive, stehengelassen hatte. Sie konnte sie nämlich in ihrer neuen, sündhaft teuren und kalten Mietwohnung nicht finden, in die sie ziehen musste, weil er sie wegen Auður sitzengelassen hatte. Vielleicht würde sie auch in der Hoffnung klopfen, dass Auður die Tür öffnete, damit sie ihr einen Schlag ins Gesicht verpassen konnte. Sie war sich allerdings nicht sicher, ob es ihr danach auch tatsächlich besser gehen würde. Natürlich war die Vorstellung angenehm, es irgendwie zu schaffen, dass es Auður schlecht ging. Wenn Auður nie geboren worden wäre, hätte Daníel sie Mía nicht vorziehen können. Das waren eindeutige Tatsachen. Und deshalb war es nicht fair, dass es Mía nicht nur schlecht, nein, hundsmiserabel ging, und Auður sich pudelwohl fühlte. Praktisch auf ihre Kosten glücklich war. Mía hielt es geradezu für ihre Pflicht, eine Art kosmischer Balance wiederherzustellen, indem sie etwas unternahm, um das Glück der Auður Lillý Bjarnadóttir ein wenig zu mindern.

Sie fuhr am Meer entlang und bog in die Kringlumýrabraut ab, dann in Lágmúli in Richtung Álftamýri. Sie hielt nicht direkt auf dem Parkplatz vor dem Haus Nummer 52, sondern parkte in angemessener Entfernung von den Fenstern der Wohnung. Sie sah gleich, dass Licht in der Wohnung war, die noch bis vor Kurzem ihr Zuhause gewesen war. Mía stieg aus dem Auto aus und schloss es ab. Sie war aus dem Haus gerannt, ohne eine Jacke überzuziehen, und schlang sich jetzt die Arme um den Körper, als der kalte Wind sich um ihren Hals legte und ihr das Haar ins Gesicht blies. Sie ging hinüber zum Parkplatz und betrachtete die Autos, die dort parkten. Die meisten kamen ihr bekannt vor, doch bei einem grünen VW Golf, den sie hier noch nie vorher gesehen hatte, blieb sie stehen. Sie ging um das Auto herum und betrachtete es. Ein knallgelber Tweety baumelte vom Rückspiegel herab und auf dem Rücksitz lag eine rote Sporttasche. Ganz offensichtlich das Auto einer Frau. Mía hegte keinerlei Zweifel, dass Auður die Besitzerin dieses Wagens war. Sie konnte sich auch vage daran erinnern, das Tweety-Auto schon einmal auf dem Parkplatz von Curia gesehen zu haben, und natürlich ging Auður regelmäßig zum Fitnesstraining, so perfekt, wie sie nun einmal war. Mía spürte die Kälte nicht mehr und blickte zu den Fenstern von Daníels Wohnung hoch. Die Wohnung lag im ersten Stock und von dieser Seite aus konnte man das Küchenfenster sehen und auch das Fenster vor dem Zimmer, das sie als Arbeitszimmer genutzt hatten, das aber irgendwann einmal als Kinderzimmer dienen sollte, wenn es denn einmal so weit wäre. Mía starrte die Fenster an und war sich nicht sicher, ob sie dort jemanden gesehen hatte oder ob ihre Sinne sie schon täuschten, weil sie so lange in dieser Kälte stehend auf denselben Punkt gestarrt hatte. Schließlich wurde das Licht im Arbeitszimmer gelöscht. Er war zuhause. Mía war sich absolut sicher, dass er nicht allein war, also schüttelte sie die Kältestarre ab und wartete noch länger in der Hoffnung, sie durchs Fenster zu sehen. Nur um sicherzugehen, ob sie da war oder nicht. Mit ihrem dünnen Haar und den abstehenden Ohren. Mía musste nicht lange warten, bis Auður im Küchenfenster erschien. Weil sich die Spüle direkt unter dem Fenster befand, konnte sie sehen, dass Auður mit dem Abwasch begonnen hatte. Mía konnte sie deutlich erkennen. Sie trug einen Pferdeschwanz und lächelte. Schaute ab und zu über die Schulter zurück, als spräche sie mit jemandem. Dieser Jemand konnte natürlich nur Daníel sein. Mía überlief ein Schauder. Spülen war das Langweiligste auf der ganzen Welt, und normalerweise hatte sich bei ihr das Geschirr früher oder später meterhoch in der Spüle aufgetürmt, sodass sie beginnen mussten, ihren Kaffee aus tiefen Tellern zu trinken. Dann hatte Daníel sie immer gerufen und sie gebeten abzutrocknen, während er spülte, und gemeinsam arbeiteten sie sich dann durch den Berg von Geschirr durch. Auður hingegen schien dieser vernünftige Typ zu sein, der alles gleich spülte, was natürlich viel besser war. Mía schien es, als ob sie spülte und auch gleich alles wieder abtrocknete. Nahezu gleichzeitig. In Lichtgeschwindigkeit. Wesentlich schneller, als Mía das je getan hatte, da bestand kein Zweifel. Der Wind hatte zugenommen und Mía spürte, wie ihre Hände allmählich taub wurden. Sie schüttelte sie ein wenig, bevor sie ihre Arme wieder so dicht sie konnte vor der Brust verschränkte und weiter wartete. Es verging eine kleine Weile, bevor er kam, um ihr beim Abwasch zu helfen, schließlich war sie ja selbst so unglaublich talentiert auf diesem Gebiet. Doch da kam er, stand hinter ihr, schien ihr etwas ins Ohr zu flüstern und legte die Arme um sie herum. Mía sah, wie sie lächelte, bevor sie sich zu ihm umdrehte und ihre Hände um seinen Hals legte. Sie küssten sich. Mía kniff die Augen zusammen und murmelte vor sich hin, dass sie wohl jetzt wie Meryl Streep in dem Film war, von dem sie sich nie erinnern konnte, wie er hieß. Der, in dem sie das Kaninchen kochte. Aber schließlich gaffte sie nicht irgendeinem Unbekannten hinterher. Das war schließlich ihr Freund, der sich da jetzt so leidenschaftlich am Hals der großen Spülheldin zu schaffen machte und für den Moment genug vom Spülen zu haben schien. Zumindest zog er sie von der Spüle weg und löschte eine der Küchenlampen, bevor sie im Inneren der Wohnung verschwanden.

Mía hätte beim besten Willen nicht sagen können, wie lange sie da auf dem Parkplatz gestanden hatte, doch sie spürte, wie sie vor Kälte unbeherrschbar zitterte, als sie endlich wieder zu sich kam. Sie ließ den Blick sinken und sah, dass ihre Schuhe voller Schnee waren. Was für ein Stillstand. Mía ging zurück zum Wagen ihres Bruders. Sie wäre beinahe gestürzt, als sie mit den Zehen an einen faustdicken Stein stieß, der aus irgendwelchen Gründen mitten auf dem Parkplatz lag. Als wäre alles andere noch nicht genug, hätte es ihr jetzt gerade noch gefehlt, anständig aufs Gesicht zu fallen und sich zu verletzen, während sie auf ihrem peinlichen, aber geheimen Spionageausflug unterwegs war. Ohne noch einmal darüber nachzudenken, griff Mía nach dem Stein, der da gerade versucht hatte, sie zu Fall zu bringen, vollführte einen Halbkreis wie ein Diskuswerfer, bevor sie ihn in Richtung von Auðurs Wagen schmiss. Sie war noch nie besonders treffsicher gewesen und hatte auch noch nie besonders weit werfen können, und deshalb war das Ganze auch eher versuchter Vandalismus als vorsätzlicher Anschlag. Doch zu diesem Zeitpunkt schien es, als hätten sich all ihre Kräfte und Fähigkeiten im Steinwurf auf einen Punkt konzentriert, denn der Stein flog in einem malerischen Bogen viele Meter weit, bevor er schließlich mit einem lauten Knall durch die Fensterscheibe der Fahrertür im Inneren des Wagens landete und augenblicklich die Alarmanlage auslöste.

Mía rannte los, drückte frenetisch auf die Fernsteuerung, um das Auto aufzuschließen, und riss die Tür auf. Sie spürte, wie ihr das Herz in der Brust raste, während sie mit größten Schwierigkeiten versuchte, den Schlüssel in das Schloss zu stecken und den Motor anzulassen. Sie versuchte langsam anzufahren, damit die Räder nicht durchdrehten, und fuhr so schnell sie konnte los.

Auf dem Weg zurück versuchte Mía sich auf das Fahren zu konzentrieren. Sie konnte nicht glauben, was da aus ihr geworden war. Dass es dem jungen Glück da gelungen war, sie in eine Furie zu verwandeln, die auch vor Vandalismus nicht zurückschreckte und vor Wohnungen von Liebespärchen herumlungerte, nur von der Hoffnung getrieben, dass sie möglicherweise dünn genug angezogen war, um sich eine Lungenentzündung zu holen, daran zu sterben und damit ihr trauriges, inhaltsloses Leben zu beenden.

Langsam brachte der Wagen sie wieder zurück in die Innenstadt und Mía fand schließlich ein ganzes Stück von ihrer Wohnung entfernt einen Parkplatz. Sie blieb noch eine Weile im Wagen sitzen und atmete tief durch. Sie hatte noch nicht einmal Milch gekauft. Abgesehen davon hätte Valgeir sich inzwischen furchtbare Sorgen gemacht und wäre extrem genervt. Sie war eine knappe Stunde lang weg gewesen und beschloss, lieber noch einen Moment im Auto sitzen zu bleiben, bevor sie nach oben ging, um sich der Moralpredigt ihres Bruders zu stellen. Sie hatte auch kein Ammenmärchen parat, das sie aus dem Ärmel schütteln konnte, und würde ihm zweifellos schlicht und einfach die Wahrheit sagen müssen, dass sie nämlich Daníel und Auður nachspioniert hatte und am Ende deren Auto kaputtgemacht hatte. Dann würde er noch ärgerlicher werden, weil sie so durchgeknallt war, und würde vielleicht überhaupt kein Wort mehr mit ihr reden, bis sie wieder normal war.

»Wer bist du und was hast du mit meiner Schwester Mía gemacht?«, würde er ihr um die Ohren hauen.

Sie wurde unsanft aus ihren Überlegungen gerissen, als jemand die Autotür auf der Beifahrerseite öffnete und sich zu ihr in den Wagen setzte.

»Ich hatte schon gedacht, dass du das Auto verkauft hättest, um dir Drogen und ein Ticket auf die Kanarischen Inseln zu kaufen, Schwesterherz«, sagte Valgeir und schloss die Tür hinter sich.

Mía senkte den Blick und bohrte in dem Loch am Knie ihrer Jeans. Sie schwiegen.

»Bist du zu seiner Wohnung gefahren?«, fragte er schließlich und fegte mit der Hand ein wenig Staub vom Armaturenbrett.

Mía nickte und atmete schwer.

»Verstehe«, antwortete Valgeir ohne Wut in der Stimme und ohne den Anschein zu erwecken, als wolle er in den nächsten Sekunden eine Predigt darüber halten, wie durchgedreht sie doch war.

»Hattest du etwas vergessen oder bist du nur zufällig da vorbeigefahren?« Er fragte sie mit sanfter Stimme, blieb beherrscht, aber ohne auch nur einen Moment lang die Augen von ihr zu lassen.

»Ich musste nur was nachschauen«, antwortete sie schließlich und zog die Nase hoch. Mit Sicherheit hatte sie sich bei diesen Eisestemperaturen eine Erkältung eingefangen.

Valgeir blickte seine Schwester an und wollte zu sprechen beginnen, doch sie unterbrach ihn.

»Ich weiß schon, was du sagen willst. Jedes Wort. Du wirst mit mir schimpfen, weil ich schon so geworden bin wie Meryl Streep in dem Film, wo sie das Kaninchen kocht, und du wirst mir sagen, dass ich mich darauf konzentrieren soll, mein Leben wieder in den Griff zu bekommen, mir einen Job zu suchen und nach vorn zu blicken, statt dauernd nur an Auður und Daníel zu denken. Und du wirst mir sagen, dass ich sowieso viel zu gut für ihn bin.«

»Glenn Close«, sagte Valgeir nach einer Weile.

»Was?«

»Es war Glenn Close, nicht Meryl Streep. In *Eine verhängnisvolle Affäre*, wo sie das Kaninchen kochte.«

»Meinetwegen«, antwortete Mía und schlang die Arme fest um ihren Körper, um sich ein wenig zu wärmen.

»Tu einfach genau das, was du wirklich willst. Du musst da durch, das kann dir keiner abnehmen. Ich weiß, dass du im Grunde genommen ein einigermaßen vernünftiger Mensch bist, und ich verlasse mich darauf, dass du keinen Unsinn machst. Du weißt selbst ganz genau, dass es dir nicht guttut, ständig nur über diese Frau zu grübeln, was sie hat und du nicht. Aber wenn das nun einmal eine Phase ist, durch die du hindurchmusst, dann tust du das eben. Du bist tausendmal mehr wert als sie und wenn Daníel das nicht kapiert, dann hat er dich eh nicht verdient. Ich muss sagen, ich hatte wirklich gedacht, dass mehr in diesem Typ steckt, aber da lag ich wohl falsch. Ich konnte ihn eigentlich immer ganz gut leiden, auch wenn er manchmal so ein Sauertopf war und dich in deiner Lebenslust oft ein wenig gebremst hat. Und dann diese Manie, keine Fleischwaren zu essen. Der reinste Partykiller. »Nein, ich esse keine Würstchen. Das ist doch nur der Dreck, den sie in der Schlachterei vom Boden aufkehren.«

»Ich weiß …«, unterbrach Mía ihn.

»Wenn ich du wäre, wäre ich erst mal froh, ihn los zu sein. Würde Frikadellen und Würstchen essen und mich darauf freuen, neue Leute kennenzulernen. Ich bin für dich da. Egal, wie du ausflippst, ich bin immer für dich da. Zumindest, bis du anfängst, Kratzer in die Autos anderer Leute zu machen und Scheiben einzuschmeißen oder so etwas in der Art«, fügte er hinzu und grinste.

Mía lächelte verschämt und legte ihrem Bruder den Arm um den Hals.

»Ich vermute mal, dass du keine Milch gekauft hast?«

Sie schüttelte den Kopf.

»Dann lauf ich schnell ins Geschäft. Geh du schon mal nach oben und wärm dich auf«, sagte er und wickelte sich die Jacke dichter um den Köper, bevor er die Autotür öffnete und ausstieg.

Mía schloss den Wagen und ging nach Hause. Der Abend war windstill und kalt und sie hörte den vom Laugavegur hinüberwehenden Motorgeräuschen zu. Trotzdem war ihr nicht mehr so kalt, und zum ersten Mal seit Langem dachte sie, dass alles vielleicht, irgendwann einmal, doch wieder gut würde.

Der Wecker hatte schon vier Mal geklingelt. Vier Mal drückte Mía auf die Schlummertaste, statt ihn auszuschalten. Sie hatte es nicht eilig aufzustehen. Sie hatte nichts vor an diesem Tag. Sie wusste nicht einmal, warum sie eigentlich den Wecker stellte.

Nach einer Stunde unruhigen und nutzlosen Schlafes stand sie auf. Draußen war es strahlend hell, sodass sie davon ausging, dass es schon Mittag war. Sie spürte, wie verschwollen und steif ihre Gesichtsmuskeln waren. Vielleicht sollte sie weniger Kaffee trinken und mehr Wasser, falls sie dazu überhaupt in der Lage war. Mía hatte immer noch nicht all ihre Kisten ausgepackt, auch wenn sie jetzt schon ein paar Wochen lang in dieser Wohnung hockte. Jedes Mal, wenn sie etwas brauchte, kramte sie danach, doch wenn sie über die Masse an Müllsäcken und Pappkartons hinwegblickte, in die sie in aller Eile ihre Besitztümer gestopft hatte, gab sie schnell wieder auf. Sie stand am Küchenfenster und goss sich ein Glas Wasser ein, als der Briefträger zwei Umschläge durch den Schlitz fallen ließ. Sie erschrak so heftig, dass sie sich an dem Wasser, das sie gerade getrunken hatte, verschluckte. Sie goss den Rest des Wassers in die Spüle und hob die Umschläge vom Boden auf. Einer war ein Fensterumschlag von Intrum Justitia. Eine Mahnung, doch freundlicherweise die angehäuften Telefonrechnungen zu bezahlen, die inzwischen höher geworden waren, als sie wirklich wissen wollte. Mía machte ungern Schulden und hätte die Telefonrechnung selbstverständlich schon längst bezahlt, wenn sie nur das Geld dafür hätte. Sie legte die Rechnung auf den Küchentisch, strich das Papier glatt und blickte es starr an, während sie überlegte, wo sie die 38 Tausend Kronen auftreiben könnte, auf die sich die Rechnung belief. Dann blickte sie auf den anderen Umschlag, den sie in der Hand hielt. In einer Ecke waren drei Buchstaben in weinroter Farbe gedruckt. Mía wurde übel, wenn sie das Logo nur sah, und ein kalter Schauer lief ihr über den Rücken, als sie einen Finger in den Umschlag zwängte und ihn grob aufriss.

LÍN.

Sie war nicht unbedingt verärgert darüber, ihr Studiendarlehen zurückzahlen zu müssen. So gesehen. Schließlich war das Ganze ein Darlehen, das sie aufgenommen hatte, und wenn man nun einmal ein Darlehen hat, muss man es auch irgendwann einmal auf Heller und Krone wieder zurückzahlen. Was ihr aber auf der Seele brannte, war die Tatsache, dass sie ein Darlehen für ein Studium aufgenommen hatte, das sich im Nachhinein als vollkommen nutzlos erwiesen hatte, sie aber nichtsdestotrotz unter das Joch des Isländischen Studienfonds gezwungen hatte, der sich in der Vergangenheit als harter Verhandlungspartner erwiesen hatte. Und jetzt war es wieder einmal so weit. Das hier war vermutlich die dritte Mahnung, die sie seit Februar erhalten hatte. Sie würde zahlen müssen. Natürlich war es jetzt auch zu spät, die fällige Zahlung aufzusplitten, doch schließlich hatte sie anderes zu tun gehabt, zum Beispiel nicht an Herzschmerz zugrunde zu gehen. Doch jetzt war die Zeit gekommen, dass sie freundlicherweise und ohne weitere Verzögerungen die gesamte Rate abzuzahlen hatte, und zwar den Gesamtbetrag, wenn sie die gewöhnlichen Inkassomaßnahmen und weitere Unannehmlichkeiten vermeiden wollte.

»Gewöhnliche Inkassomaßnahmen …«, ärgerte sie sich. Als ob dieses Pack noch gewöhnlicher werden könnte, selbst wenn sie sich Mühe geben würden.

Es war gerade einmal halb eins und schon steckte Mía bis zum Hals in Schulden, ganze 138 Tausend Kronen, die sie sofort zahlen musste, am besten vorgestern. Sie stand auf, um Kaffee zu kochen, und gab einen zusätzlichen Löffel Kaffeepulver dazu. Es war einer dieser Tage.

Nach zweieinhalb Tassen Kaffee setzte sie sich zurück an den Küchentisch. Sie setzte sich aufrecht hin, legte den Brief vom Studienfonds vor sich hin und atmete tief durch, bevor sie zum Telefon griff und die Nummer eintippte. Das Telefon zeigte jedoch keinerlei Reaktion und Mía kroch den Fußboden entlang, um nachzusehen, ob irgendeine Schnur nicht eingestöpselt war. Dann begriff sie. Man hatte ihr das Telefon abgestellt.

»Verdammt noch mal …«, stöhnte Mía.

Sie stand auf, holte den Laptop, den Daníel ihr vor zwei Jahren zum Geburtstag geschenkt hatte, und setzte sich mit dem Computer auf dem Schoß ins Wohnzimmer. Dort loggte sie sich in das W-LAN vom Stockwerk darunter ein. Anna Karenina – Passwort: Tolstoi. Nicht gerade schwierig zu knacken.

Sie lud die neueste Ausgabe von Skype herunter und unternahm einen zweiten Versuch anzurufen. Die Verbindung kam zustande, sie konnte die Eins wählen, um mit einem Mitarbeiter verbunden zu werden, Zwei, um ihren eigenen Tod vorzutäuschen, oder die Drei, um im Hinterhof hingerichtet zu werden. Sie atmete tief durch. Die würden ihr im Nacken sitzen, bis sie ihre Schulden bezahlt hatte. Doch um das tun zu können, musste sich etwas ändern in ihrem Leben.

Sie wartete, um mit der Zentrale verbunden zu werden, und lauschte abwesend der Warteschleifenmusik, während sie ihren Blick über das Chaos in ihrer Wohnung schweifen ließ und dann über das noch viel schlimmere Chaos in ihren Finanzen nachdachte, dem sie noch viel weniger entkam. Im Telefon erklang ein alter Schlager, wo die Freiheit noch grenzenlos war. Mías Beine waren schon eingeschlafen, weil sie sich mit dem Laptop auf dem Schoß so unbequem in die

Ecke gezwängt hatte. So konnte es nicht weitergehen. Ganz bestimmt nicht.

Nachdem zwei weitere Lieder über endlose Weiten und den Frühling im Fjord erklungen waren und noch immer niemand am anderen Ende der Leitung den Versuch einer Antwort unternommen hatte, legte Mía auf. Nicht, dass sie etwas Dringendes vorhatte, aber dafür war sogar ihre Zeit zu schade.

»Wenigstens habe ich es versucht …«, murmelte sie und klappte den Laptop wieder zu.

Der neueste Gipfel ihres Schuldenbergs war nicht verschwunden und sie überlegte, wie sie für den Anfang erst einmal das Geld für die Telefonrechnung zusammenkratzen könnte. Aller Wahrscheinlichkeit nach müsste sie ihren Lebenslauf auf den neuesten Stand bringen, sich an Arbeitsvermittlungen wenden, in den Zeitungen und im Internet nach etwas suchen, was sie machen könnte. Sie wusste, dass ihr gegenwärtiger Zustand nicht ewig andauern konnte, und das wollte sie auch nicht. Trotzdem schauderte es ihr bei dem Gedanken, an einem neuen Arbeitsplatz anzufangen, wo sie über nichts Bescheid wusste und gezwungen war, neue Leute kennenzulernen. Mit anderen Menschen reden musste. Etwas über sich selbst erzählen musste.

Sie stand vom Sofa auf und kochte mehr Kaffee. Die Sonne schien zum Fenster herein und es war einer dieser Tage, bei dem man vielleicht, trotz allem, das Gefühl hatte, der Frühling stünde vor der Tür. Natürlich war es zu früh, um zu sagen, dass draußen Frühling war, aber über allem lag doch eine gewisse Leichtigkeit, die schweren Wolken schienen sich zu verziehen, das Erdreich begann sich zu regen.

Mía war schon den ganzen Tag in düsterer Stimmung gewesen und der Abend brachte auch keine Besserung. Ganz im Gegenteil. Den ganzen Tag über wand sie sich vor Kummer und Pein, wenn sie nicht gerade Kaffee trank oder noch mehr Kaffee trank, auf und ab wanderte, sich in ihrer erbärmlichen Existenz suhlte und den Film von Auður und Daníel wieder und wieder vor ihrem geistigen Auge ablaufen ließ. Wie er sie umarmte, wie er sie vom Abwasch weg und zu sich her drehte, denn schließlich hatten sie im Schlafzimmer alle Hände voll zu tun.

»Es ist einfach nicht fair«, sagte sie zu sich selbst und schlang die Arme einmal mehr fest um ihren Körper. »Es ist so verdammt unfair.«

Der Regen war aus allen Richtungen gegen die Fensterscheiben geprasselt, und sie ging davon aus, dass der Abend nicht viel ereignisreicher werden würde, als der Tag es gewesen war. Nachmittags, als es noch hell war, legte sie sich ein wenig hin, und als sie gegen Abend wieder wach wurde, war draußen rabenschwarze Nacht. Sie hatte Bauchschmerzen, die zweifellos daher rührten, dass sie den ganzen Tag über nicht anderes als zwei Kekse heruntergewürgt hatte. Die Kopfschmerzen, unter denen sie mehr oder weniger ständig litt, seit sie die Treppe im Nasa geküsst hatte, hatten sich wieder gemeldet und egal, wie viele Schmerztabletten sie schluckte, es nützte nichts. Unkonzentriert warf sie einen Blick in den Kühlschrank, um ihre Rastlosigkeit noch zu steigern, einfach, weil sie nichts Besseres zu tun hatte. Hoffnungslos ließ sie ihren Blick über den Inhalt schweifen, der sich nicht verändert hatte, seit sie zum letzten Mal hineingeschaut hatte. Ein Glas Remoulade, eine Packung Milch und ein abgelaufener Nudelsalat, den sie vor einer Woche in einem Anfall von Optimismus gekauft hatte. In der Tür klapperte eine halbe Flasche abgestandenes Tonic. Mía nahm die Flasche in die Hand und überlegte, ob der Inhalt noch trinkbar war. Denn wo Tonic ist, muss auch Gin sein. Mía wühlte sich durch mehrere Kartons hindurch, weil sie sich an den Rotwein erinnerte, den sie irgendwo gefunden und zusammen mit Valgeir getrunken hatte. Und da war sie. Tiefblau und viereckig mit einer exotischen und betörenden Inhaltsangabe. Bombay Saphire. Im gleichen Moment musste sie an Tajindar und natürlich auch an Karunasri und deren Schicksal denken, auch wenn sie den Film oft genug angesehen hatte, um die Handlung fast auswendig zu können, nahezu wortwörtlich, wenn sie nur Hindi sprechen könnte. Sie hielt die Flasche in ihren Händen und ging mit entschlossenen Schritten zum DVD-Spieler hinüber.

Knapp zwei Stunden später hatte sie eine Entscheidung getroffen, sich noch ein Glas eingegossen und die Dusche aufgedreht. Sie hielt ihr Glas aus der Dusche heraus, wusch sich mit einer Hand die Haare und genehmigte sich zwischendurch immer wieder einen Schluck. Auch wenn ein Tag wie der andere war, wusste sie doch, dass jetzt Samstagabend war und der passende Anlass für eine Abwechslung und dafür, sich durch etwa eine halbe Flasche durchzutrinken, bevor sie sich auf den Weg in die nächste Kneipe machte. Allein. Sie brauchte gar keine Gesellschaft, von niemandem, und hatte hiermit beschlossen, den Rest ihres langweiligen Lebens allein zu verbringen, unverheiratet und kinderlos. Valgeir durfte allerdings gern ab und zu vorbeischauen, wenn er wollte.

Beim Versuch, die Tür abzuschließen, ließ sie drei Mal den Schlüssel fallen und starrte dann auf ihr Telefon, um einen ernsthaften Versuch zu unternehmen, die Zeit nicht aus den Augen zu verlieren.

01:30.

»Wunderbar«, dachte sie bei sich und gab sich die größte Mühe beim Abstieg durchs Treppenhaus.

Der Regen hatte eine Pause eingelegt, nachdem er die Stadt rein gewaschen hatte, die jetzt gar keinen so schlechten Eindruck machte. Ein kalter Windzug verlieh ihr das Gefühl, fast wieder ein wenig nüchterner zu sein. Doch das durfte nicht geschehen, also beeilte sie sich die Óðinsgata hinauf. Sie hatte sich nicht wirklich Mühe gegeben, sich zurechtzumachen, sondern sich einfach in eine Jeans gezwängt, dazu ein weißes T-Shirt und ihre Lederjacke übergezogen und einen dicken, weißen Schal um den Hals gewickelt. Und natürlich war ihr kalt. Doch das war ihr vollkommen egal, somit war das Problem abgehakt. Ohne genau zu wissen, wohin ihr Ausflug gehen sollte, überquerte sie den Skólavörðurstígur und ging dann den Vegamótastígur hinunter. Sie entschied sich für die Bar, vor der die Schlange am kürzesten war, und es gelang ihr, relativ schnell hineinzuschlüpfen, auch wenn sie dabei fast jemanden zu Fall brachte. Er kam ihr bekannt vor, aber sie vermutete, dass sie ihn nicht persönlich kannte. Der von der Wettervorhersage im Fernsehen oder ein Schauspieler. Einer von beiden.

Sie ließ ihren Blick über den Raum schweifen, um herauszufinden, ob sie jemanden kannte. Sie hoffte, nicht, denn sie hatte kein sonderliches Interesse daran, den Leuten zu erzählen, wie es ihr ging und was sie diese Tage so anstellte. Denn auf die Frage, wie es einem geht, wollen die Leute sowieso immer nur hören: Danke, gut, und dir?

»Und wie geht's dir?«

»Beschissen, danke der Nachfrage. Mein Freund hat mich sitzenlassen, weil er sich in so ein Frettchen verknallt hat. Und dann wohne ich jetzt in einer total hässlichen Wohnung mitten in der Stadt, wo wahrscheinlich alles voller Wanzen ist, auf jeden Fall herrscht das totale Chaos da, ich bin arbeitslos und weiß nicht, was ich mit meinem Leben anfangen soll. Das wäre so das Wesentliche. Und du? Was gibt's Neues bei dir?«

In einer Ecke sah sie eine große Gruppe von Mädchen sitzten. In der Mitte der Gruppe lugte ein einziger Mann hervor, und Mías Blick fiel gleich auf den beachtlichen Haarschopf, der hoch herausragte. Sie erkannte ihn. Es war der Engländer, der sie im Bónus mit seinem Einkaufswagen gerammt hatte. Unglaublich, was isländische Frauen doch für eine Schwäche für Ausländer hatten. Er sah gut aus, musste sie zugeben, und dann war er auch noch höflich und nett. Das war aber noch lange kein Grund, sich auf ihn zu werfen, wie die Geier auf ein totes Zebra. Primitiv. Nahezu barbarisch.

Mía ging zur Bar. Sie beschloss, Vernunft walten zu lassen und sich ein Glas Rotwein zu bestellen, damit die Leute nicht dachten, sie sei versoffen. Und ein Glas Wasser dazu.

»Immer zwischendurch einen Sinatra für mich, das ist mein Motto«, verkündete sie dem ungehobelten Typen im hellen, langen Mantel, der sich gleich an sie herangemacht hatte. Sverrir, Herzchirurg.

»Einen Sinatra? Was meinst du damit?«

»Frank Sinatra. Hat sich immer ein Glas Wasser zu seinem Drink dazubestellt. *Einen Sinatra* bestellen. Heißt so viel wie, bitte ein Glas Wasser zu meinem Drink.«

Sverrir redete wie ein Wasserfall und schien sich wenig daran zu stören, dass Mía keinen Versuch machte, ihm zuzuhören. Er fragte sie auch nie nach ihrer Meinung oder unternahm auch nur den geringsten Versuch, etwas über sie herauszufinden. Am Rande bekam sie mit, dass er übers Lachsangeln sprach, sein Wochenendhäuschen, Jeeptrips auf den Gletscher mit seinen Freunden. Nichts davon weckte auch nur einen Funken Interesse bei ihr. Sie nickte an den richtigen Stellen, wenn sie sich dazu aufraffen konnte, und nutzte ansonsten die Zeit, in der Sverrir ihr ein Ohr abkaute, um den Blick über den Raum schweifen zu lassen.

»Ja, so ist das nun mal, Süße«, beendete er seinen Vortrag, bevor er sich einen großen Schluck, von was auch immer er bestellt hatte, genehmigte.

»Genau«, stimmte Mía abwesend zu. Sie hatte bereits ein oder zwei stadtbekannte Typen entdeckt, einen Schlagersänger im mittleren Alter, der ihr schon einmal einen Drink spendiert hatte, und irgendeinen Fernsehjournalisten, der gerade erst unter großem Getöse entlasssen worden war und der schon deutlich zu viel getrunken hatte. In einer Ecke saß ein Pärchen. Der Mann trank schweigsam sein Bier, während er sich mit den Ellbogen auf den Tisch aufstützte. Die Frau hatte schon ausgetrunken und schlief mit weit offenem Mund.

Sie blickte über die hufeisenförmige Kneipe hinweg und erkannte einen Sportler, der bei der weiblichen Bevölkerung des Landes großes Ansehen genoss, das heißt, solange die nicht mit Ausländern beschäftigt war. Sie hatte ihn schon mehrmals am Wochenende irgendwo in der Gegend gesehen und musste zugeben, dass er sich für sein Aussehen nicht verstecken musste. Sie bestellte sich noch ein Glas und spürte, dass sie ihren Kopf nicht allzu schnell drehen durfte, um das Gleichgewicht nicht zu verlieren. All der Gin war allmählich unten angekommen. Sverrir war verschwunden. Sie schlürfte ihren Wein und ließ den Sportler nicht aus den Augen, wie er an der Bar stand und sich mit zwei Bekannten unterhielt. Er spürte vermutlich, dass sie ihn anschaute, denn er hob langsam den Blick in ihre Richtung. Ohne die Miene zu verziehen, versenkte er sich wieder ins Gespräch mit seinen Freunden.

»Verd …«, stöhnte Mía und dachte bei sich, dass es vermutlich aussichtsreicher war, sich von ihrem Barhocker herunterzuschwingen, sich zum anderen Ende der Kneipe aufzumachen und über irgendetwas zu sprechen. Sie überlegte, welches Gesprächsthema sie aufgreifen könnte und war noch immer nicht zu einem Ergebnis gekommen, als sie schon fast bei ihm angelangt war. Sie hatte schon lange keinen mehr angebaggert. Zumindest würde es interessant sein zu sehen, was dabei herauskam.

Der Mut verließ sie und sie versteckte sich geschickt hinter einem seiner Freunde, der ihr den Rücken zudrehte. Sie schüttelte den Kopf und bestellte sich an der Bar einen Schnaps. Oder zwei. Danke. Sie hatte gerade ihren Geldbeutel zurück in die Handtasche gesteckt, als sich der Freund, der ihr den Rücken zugedreht hatte, entschuldigte und sich auf den Weg zur Toilette machte. Sie versuchte Haltung zu bewahren. Aufrecht und nicht mit einem Arbeitslosenbuckel von der Größe des Glöckners, der sich mit Sicherheit allmählich auf ihrem Rücken herausbildete. Sie würdigte den Sportler keines Blickes, obwohl der jetzt direkt neben ihr stand. Sie atmete tief durch und schob einen der beiden Schnäpse langsam über die Theke, bis er direkt vor seiner Nase stand. Er blickte auf das Glas, dann auf sie. Lächelte.

»Ein dreifach Donnerndes auf Island«, sagte sie, hob einen Daumen in die Luft und zwinkerte ihm zu. Im gleichen Moment schon, in dem sie ihre Augen wieder öffnete, wurde ihr klar, wie schlapp dieser Versuch einer Anmache gewesen war. Sie wollte einfach irgendetwas zu ihm sagen. Etwas Witziges.

»Herzlichen Dank«, antwortete er, prostete ihr zu und lächelte, bevor sie beide gleichzeitig ihre Gläser hinunterkippten.

Mía versuchte weiter Haltung zu bewahren, sie war nie so sehr für Schnaps gewesen. Doch dies war schließlich ein besonderer Anlass. Er lehnte sich an die Theke und betrachtete sie. Sie lächelte kindisch, versuchte aber ihm direkt in die Augen zu blicken und nichts Dummes zu sagen. Sie wusste nämlich inzwischen, dass die Wahrscheinlichkeit dafür in Anbetracht der nackten Tatsachen und ihres Alkoholkonsums ziemlich groß war.

Jetzt bestellte er selbst zwei Schnäpse an der Bar und unterhielt sich weiter mit seinem Freund. Mía trat sich selbst ans Bein – zur Strafe für diese missglückte Anmache, die sie zwei Schnäpse gekostet hatte, die sie sich genauso wenig leisten konnte wie alles andere auch. Sie begann in ihrer Tasche herumzuwühlen, als sie sah, dass auf der Theke langsam ein Glas mit einer schwarzen Flüssigkeit vor sie hingeschoben wurde. Sie lächelte. Es schauderte sie bei dem Gedanken, dieses Gesöff hinunterkippen zu müssen, doch sie bedankte sich und prostete ihm zu, während sie versuchte an eine Blumenwiese mit Regenbogen zu denken, bevor sie schluckte. Sein Freund verschwand bald von der Bildfläche und bot Mía noch seinen Stuhl an, bevor er ging. Sie nahm an und über kurz oder lang hatten sie und der Sportler begonnen, ihre Narben zu vergleichen und Geschichten über die Entstehung der verschiedenen Schandflecke auszutauschen. Er lachte. Sie lachte. Sie fand, dass sie einander ganz hervorragend verstanden, als er plötzlich abgelenkt wurde. Er hörte auf, sie anzuschauen, und begann etwas am anderen Ende der Bar zu mustern, was ihm Sorgen zu machen schien. Mía wiederholte ihre Frage und er schrak aus seinen Gedanken auf, entschuldigte sich und erzählte, dass er im Moment vor allem einige der jüngeren Mannschaften trainierte. Sie nickte und spürte, wie ihr plötzlich die Gesprächsthemen ausgingen. Sie schaute in die gleiche Richtung wie er, um herauszufinden, was dort seine Aufmerksamkeit erregt hatte, und war nicht erstaunt über das, was sie dort sah. Sie war blond, hochgewachsen und sehr schlank. Mit einem Gesicht, das Mía das Gefühl gab, wie ein pausbäckiges Kindergartenbalg auszusehen. Jetzt schaute sie ihn an. Sie lächelte nicht und schien vollauf damit beschäftigt zu sein, dem Gespräch mit einigen der vier Typen zu folgen, die um sie herum saßen. Mía saß bewegungslos da und ließ den Blick sinken. Schließlich stand sie auf und beugte sich herab, um ihre Tasche aufzuheben. Er bemerkte es noch nicht einmal. Mía wollte gerade sagen, dass sie jetzt nach Hause gehen wollte, als er ihr zuvorkam, sich entschuldigte und sagte, er habe sich noch anderswo verabredet, danke ihr aber für die nette Unterhaltung.

Sie lächelte zögernd, überlegte, ob sie noch etwas sagen sollte, nickte dann aber nur mit dem Kopf. Mía schaute ihm nach, wie er mit schnellen Schritten hinausging. Sie war vorausgegangen. Und er war ihr gefolgt. Typisch. Verdammt.

Mía zog sich ihre Lederjacke an und hatte eine Weile mit dem Reißverschluss zu kämpfen. Sie machte sich auf den Weg nach Hause und konnte jetzt schon ihren Kater ahnen. Es graute ihr davor und sie stieß einen lauten Jammerton aus. Das Gefühl der Hoffnungslosigkeit wuchs ins Unermessliche. Als sie wieder zu sich kam, stand sie in der Schlange vor dem Imbiss in der Lækjargata. Einen Augenblick lang überlegte sie, wie sie dort eigentlich hingeraten war, doch im Großen und Ganzen war sie nicht unzufrieden mit der Situation, denn sie hatte wirklich Hunger. Wenn es etwas gab, was sie jetzt retten konnte, dann war das ein Baguette mit reichlich Mayonnaise. Was sonst noch drauf war, war ihr eigentlich egal. Hauptsache Mayonnaise. Die Schlange kroch nur langsam voran, und Mía machte ein paar Tanzschritte seitwärts und zurück, um sich ein wenig aufzuwärmen. Sie erschrak ein wenig, als jemand sie anstupste und sie halb zu sich herumdrehte.

»Entschuldige …«

»Na, gut, ich werd's versuchen«, antwortete Mía und betrachtete ihn einen Moment lang, bevor sie sich wieder umdrehte. Sie stand jetzt kurz vor dem Hungertod und war leicht genervt darüber, dass auch in dieser Schlange die Blondinen bevorzugt wurden.

Er sah aus, als wäre er nicht viel älter als zwanzig. Ein wenig kindisch, aber sonst ganz ansehnlich. Mía dachte bei sich, dass er in sieben bis acht Jahren als durchaus passabel durchgehen mochte, bis dahin wäre sie aber längst eine alte Schachtel, einsam und verbittert mit vierundzwanzig Katzen und einem gigantischen Müllhaufen, den sie sich angehäuft hatte, um zu irgendetwas, wenigstens irgendetwas auf der großen, weiten Welt eine emotionale Bindung zu haben.

»Ich wollte dir nur sagen, dass du das totale Haar hast, so was habe ich noch nie gesehen.«

Mía blickte den Jüngling forschend an. Was sollte das denn heißen?

»Total, also ich meine, total cool. Wunderschön, echt«, sagte er schnell und ließ den Blick sinken, während er nach Worten suchte. Oder irgendeiner Möglichkeit, die Szene zurückzuspulen, um von vorn anfangen zu können.

Sie hatte jetzt überhaupt keine Geduld für so etwas und wollte ihm eigentlich sagen, dass er doch jetzt bitte schön seine Klappe halten sollte, aber plötzlich hatte sie Mitleid mit ihm. Er wirkte fast genauso bemitleidenswert, wie sie selbst in solchen Dingen war. Das war schon eine Leistung, auch wenn er sich hinter der Tatsache verstecken konnte, dass er noch so jung war. Aber er hatte gesagt, dass ihre Haare schön seien. Es war lange her, dass sie ein Kompliment für ihr Äußeres bekommen hatte, wenn man von Bemerkungen absah, wie gut doch die Wunde und ihre Beule verheilt waren. Sie lächelte.

Mías Bauch war immer noch voll von ihrem Mayonnaisebaguette und sie fühlte sich nicht sonderlich wohl, das war mit Sicherheit die umfangreichste Mahlzeit, die ihr seit Langem über die Lippen gekommen war. Sie hätte jetzt eher ein kleines Verdauungsschläfchen gebrauchen können, als hier linkisch durchs Zimmer zu turnen, während sie einander gierig die Kleider vom Leib zerrten. Er küsste hektisch und grob, doch ihr war das egal. Es war schon eine Weile her, dass sie einen echten Leckerbissen abbekommen hatte, doch wo Daníel nun jede Nacht mit Auður beschäftigt war und den Abwasch vernachlässigte, war es völlig in Ordnung, dass sie in der Schlange vor dem Imbiss einen Teenager auflas und mit ihm nach Hause ging.

Sie war ziemlich betrunken und fiel auf ihn, während er vor ihr stand und sie aus dem Pullover zu zerren versuchte. Glücklicherweise stand direkt hinter ihm das Bett, sodass Mía den Sturz wie absichtlich wirken lassen konnte, und dabei auch noch wirklich sexy aussah. Sie saß auf ihm und überließ es ihm, ihren BH zu öffnen. Mía war kurz davor einzuschlafen, kam aber wieder zu sich, als er sie mit Entschuldigungen überschüttete, weil es ihm nicht gelingen wollte, die Haken zu lösen. Darin sei er nicht besonders gut. Mía konnte dem nicht widersprechen und schlüpfte mit einer geübten Handbewegung aus dem BH.

»Wow …«, stöhnte er. Sie war nicht sicher, ob die Bewunderung ihren Brüsten galt oder ihren unübertrefflichen Fähigkeiten beim Ausziehen von Unterwäsche in Lichtgeschwindigkeit. Sie ließ sich dramatisch auf das Bett fallen, aber eigentlich mehr, weil sie sich nicht länger aufrecht halten konnte. Das war besser.

Er kletterte auf sie und begann mit seiner Zunge heftig ihr Ohr zu bearbeiten. Mía überlegte, wer ihm wohl gesagt hatte, dass das ein unfehlbarer Kniff sei, und es gelang ihr, ihn zu ihrem Hals umzuleiten, bevor er ihr Trommelfell zum Platzen brachte. Er legte eine kurze Pause ein und presste dann seine Lippen mit voller Wucht auf die ihren.

»Du bist so wunderschön.« Er blickte Mía mit verträumten, in Alkohol schwimmenden Augen an und streichelte ihr vorsichtig über das Haar, so wie ein kleines Kind einen Welpen streichelt.

Einen Augenblick lang überlegte sie, was sie wohl antworten sollte. Danke? Du auch? Was für ein Unsinn? Doch sie sollte keine Gelegenheit zum Antworten haben, denn in diesem Moment hatte er begonnen, mit solcher Kraft an ihrem Hals zu saugen, dass er mit Leichtigkeit jeden Industriestaubsauger hinter sich gelassen hätte.

»Wenn du mir einen Knutschfleck verpasst, bring ich dich um«, sagte Mía entschlossen und zerrte ihn weg.

»Entschuldige, entschuldige, entschuldige … entschuldige«, antwortete er bekümmert.

Er bat noch einmal um Entschuldigung und rutschte, deutlich sanfter jetzt, ein Stück weit hinunter und begann ihre Brüste zu küssen. Doch es dauerte nicht lange, bis er auch begann sie zu streicheln, zuerst vorsichtig, doch dann immer grober, bis er sie schließlich wie einen hartnäckigen Hefeteig knetete und ausrollte. Mía lag unbeweglich da und konzentrierte sich auf einen kleinen Riss in der Decke direkt oberhalb des Bettes und überlegte, warum ihn noch keiner darüber aufgeklärt hatte, dass diese Technik ihn auf der Beliebtheitsliste nicht weit nach oben bringen würde.

»Gefällt dir das?«

Da sie nicht vorhatte, diese Nummer zur Gewohnheit werden zu lassen, geschweige denn eine Art Lehrmeisterin für ihn zu werden, nickte sie mit dem Kopf und brummelte etwas, was sich nach Vergnügen anhörten sollte. Sie musste noch eine ganze Reihe solcher Laute aus ihrem Repertoire hervorholen, bis der Handlungsverlauf dem Höhepunkt zustrebte. Bei ihm zumindest.

Als sie aufwachte, war ihr eiskalt. Der Teenager war es ganz offensichtlich nicht gewohnt, mit jemandem die Decke zu teilen, sodass Mía zusammengekrümmt an die kalte Wand gepresst dalag und er in der Mitte des Bettes, die ganze Decke um sich herumgewickelt wie ein Säugling. Ihr Kopf war kurz davor zu explodieren, und sie hatte das Gefühl, dass sich in ihrem Mund eine Moorlandschaft breitgemacht hatte. Sie richtete sich auf und schaute sich um. Erblickte ihren BH, kroch mit größter Vorsicht aus dem Bett und begann ihre Kleider aufzusammeln. Griff nach seinem Telefon, um sich ein Taxi zu rufen. Erst in dem Moment, als sie nach der Adresse gefragt wurde, begriff sie, dass sie keinen blassen Schimmer hatte, wo sie eigentlich war. Sie rüttelte den Jungen grob. Sie wollte nur noch weg von hier.

»Wo bin ich? Welche Adresse ist das hier?«

»Guten Morgen«, sagte er mit schwerer Schlafstimme. »Was? Adresse? Hier?«

»Du lieber Gott …«, stöhnte Mía. Sie wühlte in einem Haufen von Briefen auf dem Schreibtisch und fand schließlich einen Kontoauszug von der Bank. Blikaás 40. Hafnarfjörður. Sie atmete schwer und griff wieder nach dem Telefon.

»Ich bin im gottverlassenen Hafnarfjörður. Blikaás 48.« Sie hatte keine Lust, das Taxi direkt vor der Haustür anhalten zu lassen. Ärgerlich legte sie auf und zog sich ihre Jeans an. Wo sie ihre Lederjacke gelassen hatte, wusste sie allerdings nicht mehr.

»Meine Lederjacke?«

Er war schon wieder eingeschlafen, also rüttelte sie ihn noch einmal.

»Was? Ja, Moment mal. Vielleicht im Flur. Ich weiß nicht genau.«

Mía hörte die Klospülung. Na, toll. Seine Mitbewohner waren offensichtlich schon wach und sie würde Hallo sagen müssen. Verdammt noch mal. Der Junge war endlich wach und bot an, nach ihrer Jacke zu suchen. Sie drehte sich weg, während er sich die Unterhose anzog. Es schauderte sie.

»Ja, ich geh dann mal und suche nach deiner Jacke. Mein Papa findet es nämlich nicht besonders gut, wenn ich Mädchen mit nach Hause bringe«, fügte er verschämt hinzu.

Und sie hatte geglaubt, schlimmer könne es nicht mehr kommen. Er wohnte also noch daheim bei Mama und Papa. Der liebe, kleine Bub. Nicht, dass sie seinen Vater kennenlernen wollte, aber dass er schon gleich etwas gegen sie hatte, war einfach zu viel. Mía rang verzweifelt die Hände. Was hatte sie sich nur gedacht?

»Hör mal, geh du nur wieder ins Bett, Freundchen. Ich kriege das schon hin.« Sie schubste ihn auf das Bett und griff nach ihrer Tasche.

»Was? Nein … nein, nein. Wirklich? Aber kann ich nicht wenigstens deine Telefonnummer haben?«

Mía zögerte einen Moment, bevor sie die Schlafzimmertür öffnete und versuchte, sich auf die Begegnung mit dem vor Wut schäumenden Erzeuger des Goldstücks hier vorzubereiten, den sie mit ihrem Lärm geweckt hatte. Er saß aufrecht im Bett, mit nacktem Oberkörper und einem Hoffnungsschimmer in den Augen.

»Nein. Tschüs.«

Vorsichtig öffnete sie die Tür und hoffte inniglich, ihre Jacke sofort zu finden und ohne weitere Probleme zur Haustür zu gelangen. Sie war auf keinen Fall in der Lage, sich so früh am Morgen irgendwelchen Auseinandersetzungen zu stellen, ganz abgesehen von ihrem geschwächten Allgemeinzustand nach der Trinkerei vom Abend zuvor. Das Haus sah neu aus, mit sorgfältig durchdachtem Design. Die Kücheneinrichtung war schwarz, zum Esszimmer hin offen, in dem ein eindrucksvoller Eichentisch mit sechs hohen Stühlen stand. An einer Wand hing ein großes Gemälde. Rote Kleckse auf weißer Leinwand. Wie beeindruckend. Sie sah ihre Jacke aufblitzen. Jemand hatte sie sanft über eine Stuhllehne gehängt und da lag sie, starr vor Angst in einem fremden Haus, genau wie sie. Sie warf sich die Jacke über und lief weiter. Die nächste Aufgabe bestand darin, die Tür zu entdecken, aus dem Haus herauszukommen und Nummer 48 zu finden, wo vermutlich schon das Taxi auf sie wartete. Sie blickte sich um. Ihr Herz setzte aus und sie spürte, wie alle Farbe aus ihrem Gesicht wich, als sie jemanden im Badezimmer husten hörte. Ein Männerhusten. Vor Schreck wich sie zurück und hoffte, dass sie nicht dort vorbeimusste, um aus diesem gottverdammten, wenn auch geschmackvoll durchgestylten Haus zu entkommen. Sie hielt die Luft an, als sie spürte, dass sie über etwas stolperte, etwas Pelziges und Lebendiges. Sie hatte es geschafft, auf die Familienkatze zu treten, die jetzt einen schrillen Schmerzensschrei ausstieß und wegschoss, dann aber in der Mitte des Flurs stehen blieb, zurückblickte und sie anfauchte. Sie folgte der Katze und stimmte fast einen Jubelgesang an, als sie den Vorraum erblickte. Im gleichen Moment hörte sie, wie die Badezimmertür geöffnet wurde. Sie hatte keine Zeit mehr zu verlieren. Sie musste machen, dass sie wegkam. Mía riss die Tür auf und knallte sie hinter sich wieder zu. Sie wagte es nicht, die Treppe zur Straße hinunterzulaufen, falls der vor Wut schäumende Familienvater sie verfolgen sollte, stattdessen schwang sie sich über die kleine Steinmauer an der Treppe und rannte über die Wiese. Sie blickte zurück, um herauszufinden, ob sie verfolgt wurde, und sah einen Mann im mittleren Alter, der am Wohnzimmerfenster stand und ihr nachblickte. Sie lief mit unverändertem Tempo weiter und sprang über die nächste Mauer. Das Taxi fuhr vor Blikaás 48 vor. Mía war gerettet.

Sie warf die Schlüssel auf das Tischchen im Flur und schloss die Tür hinter sich. Ihre Wohnung sah genauso aus wie gestern Abend, als sie sie verlassen hatte. Alles war unverändert. Nur, dass sie in der Zwischenzeit mit jemandem geschlafen hatte. Jemand hatte ihr einmal erzählt, dass der erste Sex nach einer Trennung ein wichtiger Schritt zur Genesung sei. Körperlich die Dinge zu überwinden. Mía hatte allerdings nicht das Gefühl, dass sie heute Nacht irgendetwas überwunden hatte. Sie hatte Daníel nie so sehr vermisst wie in diesem Moment. Sie zog sich die Jacke aus, schleuderte die Schuhe von den Füßen, kroch unter die Decke und schlief ein.

Karen

DER GERUCH WAR DAS SCHLIMMSTE DARAN. Der Gestank sterilisierter Unsicherheit umgab eine Miniaturausgabe des Lebens mit den Neugeborenen im obersten Stock und dem Tod im Keller. Ernsthafte Erkrankungen, allgemeine Unpässlichkeiten und Unfälle irgendwo dazwischen. Und alle rochen gleich, egal ob sie nun an einem hartnäckigen Husten infolge einer Wintergrippe litten oder aufgrund eines Krebsleidens dem Tod geweiht waren. Glücklicherweise hatte Karen noch nie ein Krankenhaus im Ausland betreten müssen, doch sie war sich ausgesprochen sicher, dass der Krankenhausgeruch ein internationales Phänomen war. Und dann waren da noch die Gemälde an den Wänden. Welchem Kretin war es eingefallen, überall verträumte Landschaftsgemälde aufzuhängen, die ausschließlich dem Zweck dienten, die Leute nur noch melancholischer werden zu lassen. Andere, schönere und hellere Orte blickten in künstlerischem Glanz auf Menschen herab, die in diesem Krankenhaus gefangen waren – mit Husten und Durchfall.

Sie saß in dem kleinen Warteraum und wartete auf Þór. Die Ärzte hatten ihn vor zehn Minuten gerufen und Karen wurde allmählich ungeduldig. Ein Jahr war es nun her, dass sie zuletzt in einem Krankenhaus gewesen war. Damals musste sie auf niemanden warten, der ihr sagte, dass Einar tot war. Sie spürte es. Spürte, wie ihr Herz auf einmal innen hohl wurde, und wartete darauf, weinen zu können. Doch dieser Schmerz war viel mehr als alles, über das sie je eine Träne vergossen hatte. Kein Ausmaß an Tränen konnte je genug sein. Sie waren nur ein jämmerlicher Versuch von Trauer. Ein Zeugnis vollkommenen Alleinseins. Sie saß unbewegt da und starrte vor sich hin. Sie spürte, wie schwer ihr das Atmen fiel. Sie hatte nie aufhören können, darüber nachzudenken, ob er wirklich sofort tot gewesen war oder erst, als die Rettungssanitäter endlich bei ihm angekommen waren. Vielleicht hatte er in diesen Minuten nach dem Unfall doch noch gelebt. Voller Angst und unter unbeschreiblichen Schmerzen. Hatte geweint. Und war dann lautlos und allein mitten im Schneetreiben gestorben. All das, bevor der Krankenwagen überhaupt angekommen war, und dann bildeten sie sich ein, ihr sagen zu können, dass er sofort tot gewesen war. Das konnten sie nicht wissen.

Sie schreckte aus ihren Gedanken hoch, als sie Þór näher kommen hörte. Er wurde von einem Mann im Ärztekittel begleitet, der sich vorstellte, ohne dass Karen sich seinen Namen merkte. Þórs Blick war ernst, doch er bedankte sich bei dem Arzt. Der verschwand und ließ Þór und Karen zurück in dem blassgrünen Warteraum mit den beiden großen Gemälden von sommerlichen Lavalandschaften. Er setzte sich vorsichtig auf einen der Stühle. Karen sah ihm an, dass er Schmerzen in den Knien hatte. Er schwieg, ergriff aber die Hand seiner Enkeltochter und atmete tief durch.

»Und was …?«, fragte Karen zögernd.

Þór trocknete sich die Augen. Karen wusste nicht, ob er

geweint hatte, denn er bekam oft anscheinend völlig grundlos feuchte Augen. Besonders wenn er zu viele Heimatdokumentarfilme hintereinander gesehen und dabei vergessen hatte, die Brille aufzusetzen.

»Sie schläft jetzt. Sie haben sie mit irgendwelchen Medikamenten vollgepumpt. Sie haben gesagt, dass … haben darüber gesprochen …«

Es fiel Þór schwer, die rechten Worte zu finden, und Karen sah, dass seine Unterlippe zu zittern begonnen hatte. Sein Gesicht war so grobschlächtig wie sein ganzer Körper, und Karen legte ihre Hand sanft an seine Wange. Sie konnte es nicht ertragen, Männer weinen zu sehen. Besonders die wenigen Männer, die ihr etwas bedeuteten. Wenn diese Männer weinten, wurde ihr klar, wie ernst die Lage sein musste, denn normalerweise versuchten sie es so lange wie möglich hinauszuschieben, bis sie auch nur eine einzige Träne vergossen, wo sie doch das starke Geschlecht waren. Oder so ähnlich.

Þór trocknete sich wieder die Augen und legte seinen langen Arm um Karens Schultern.

»Sie schläft nur. Sie wollen sie noch eine Weile hierbehalten. Wollen sie morgen früh irgendwelchen Untersuchungen unterziehen.« Er schwieg eine Weile und strich sich übers Kinn. »Vielleicht sollten wir uns auf den Heimweg machen, mein Kind«, sagte er schließlich.

»Sie haben gesagt, dass ich morgen früh anrufen kann, um zu hören, ob es etwas Neues gibt.«

Karen blickte vor sich hin, während sie ihrem Großvater zuhörte. Nickte an den entsprechenden Stellen, aber schwieg.

»Hattest du keine Jacke dabei, mein Liebes? Wie ich sehe, hat es wieder angefangen zu schneien«, fügte Þór hinzu und blickte auf die weißen Flocken, die über den Lichtern der Stadt schwebten, während er versuchte, den Reißverschluss seiner Jacke hochzuziehen.

»Nein …«, antwortete Karen zögernd und half ihm mit dem Reißverschluss. »Wahrscheinlich habe ich sie im Taxi vergessen. Das könnte gut sein. Aber mir ist nicht kalt, fügte sie hinzu.«

Sie nahmen ein Taxi nach Hause. Karen öffnete die Haustür und ihr fiel auf, wie unverändert hier drinnen alles war, abgesehen von der Tatsache, dass ihre Großmutter nicht da war. Sie freute sich so sehr darauf, sie wieder zuhause zu haben. Etwas anderes kam einfach nicht infrage. Þór ging schnurstracks in die Küche und begann Kaffee zu kochen. Karen setzte sich auf die Küchenbank und versank in ihren eigenen Gedanken. Zum ersten Mal, seit sie aus dem Taxi herausgestürzt und dann zusammen mit ihrem Großvater in den Krankenwagen eingestiegen war, wanderten ihre Gedanken zu Aron. Aron und Karen, das war ab jetzt Vergangenheit, auch wenn sie nicht wirklich sagen konnte, wer von beiden Schluss gemacht hatte. Doch das spielte jetzt auch keine Rolle mehr.

Þór stellte eine große Tasse vor Karen hin und füllte sie bis zum Rand mit Kaffee, der viel zu stark war für diese Tageszeit. Sie bedankte sich und nahm einen Schluck, auch wenn es sie jetzt eigentlich nicht nach Kaffee verlangte. Doch sie würde sowieso nicht schlafen können, da konnte sie auch genauso gut Kaffee trinken. Þór setzte sich mit seiner Tasse zu ihr auf die Bank und holte tief Luft. Er war müde.

»Ich gehe immer so ungern in Krankenhäuser«, sagte er

und blickte Karen an. »Ich ertrage diesen Geruch einfach nicht«, fügte er hinzu und trank einen Schluck. Er schaute Karen an, als ob er auf ihre Bestätigung wartete, wie wenig ansprechend sie selbst den Krankenhausgeruch fand.

Also stimmte sie zu und wärmte sich ein wenig auf, indem sie die Tasse mit beiden Händen umfasst hielt. Sie zitterte noch immer nach ihrem jackenlosen Ausflug in der Kälte.

»Und was denken sie …?«, fragte sie schließlich. »Wann glauben sie, dass sie wieder heimkommen kann?«

Þór blickte zwischen seiner Enkeltochter und der Kaffeetasse hin und her. Mehrmals fing er einen Satz an, brach aber jedes Mal wieder ab, als ob er entweder nicht genau wusste, was er sagen sollte, oder aber seine Gedanken nicht in Worte fassen konnte.

»Sie ist … Natürlich ist sie schon fast achtzig, worauf dieser Stoffel von einem Arzt mehrfach hingewiesen hat. Ich weiß nicht, ob das bedeutet, dass sie der Meinung sind, es lohnt sich nicht mehr, so alte Leute noch einmal auf die Beine zu bekommen, oder ob es einfach bedeutet, dass eben das ein oder andere im Körper nicht mehr so mitmacht wie früher. Das ist eben der Lauf der Welt«, fügte er hinzu und strich sich über das Kinn. »Wir wollen das Beste hoffen, mein Kind. Etwas anderes bleibt uns auch nicht übrig.«

Sie nickte und versuchte mit aller Kraft den Gedanken von sich zu weisen, dass ihre Großmutter im Sterben liegen könnte. Sie musste sich einfach wieder erholen und zurück nach Hause kommen. Die Dinge mussten wieder so werden, wie sie waren. Karen trank einen Schluck Kaffee, bevor sie die Tasse wieder hinstellte und die Arme verschränkte. Sie starrte weiter auf die Tasse, bis die im Nebel ihrer Tränen verschwand.

Sie konnte einfach den Gedanken nicht zu Ende denken, dass Jórunn, die immer da gewesen war, diese Welt verlassen sollte. Sie musste wieder heimkommen. Musste.

»Das sollte doch völlig egal sein, wie alt jemand ist«, stieß sie schließlich heftig hervor, räusperte sich und richtete sich auf. »Dieses Pack hat einen Eid geschworen, den Menschen zu helfen. Da werden sie sich wohl verdammt noch mal zusammenreißen können und gefälligst genau das tun, was sie versprochen haben.«

»Ja, ja, das tun sie sicher, die Ärzte. Wir wollen hoffen, dass sie das tun, mein Kind«, antwortete Þór in beruhigendem Ton. Öfter als einmal hatte er sich darüber gewundert, dass ein Mädchen mit einer so zarten, zerbrechlich wirkenden Gestalt wie Karen ein solches Temperament an den Tag legen konnte.

Sie kroch in ihr Bett, auch wenn sie genau wusste, dass sie heute Nacht keinen Schlaf mehr finden würde. Ihr unruhiger Geist kam nicht zur Ruhe, ihre Gedanken und Sorgen aus Vergangenheit, Gegenwart und Zukunft verschmolzen in ihrem Kopf in rasanter Geschwindigkeit. Es war schon zwei Uhr, als sie es aufgab, sich hin und her zuwälzen. Sie zog ihre Jeans an und einen riesigen Wollpullover, den sie irgendwann einmal ihrem Großvater weggeschnappt hatte und den zurückzugeben sie nie übers Herz gebracht hatte. Sie öffnete die Tür zum Flur und ging vorsichtig die Treppe hinunter. Dem gleichmäßigen Schnarchen nach zu urteilen, das durch das ganze Haus drang, schlief ihr Großvater tief und fest.

Sie knipste das Licht im Wohnzimmer an und lauschte dem Ticken der Wanduhr, die unbeirrt die Sekunden zählte, auch wenn die Hausherrin im Krankenhaus lag und ungewiss war, ob sie je zurückkommen würde. Immer verging die Zeit. Das Wohnzimmer war ordentlich aufgeräumt, die Wände hell gestrichen und die beiden braunen Regalwände aus Kiefernholz hatten hier gestanden, so lange Karen zurückdenken konnte. Auf einem der beiden standen Kinderfotos von ihr und auch zwei Bilder von den Kindern, die ihre Mutter in Norwegen hatte. Das mochten ihre Geschwister sein, doch Karen konnte die Anlässe an einer Hand abzählen, an denen sie sie getroffen hatte, und sie hatte keinen Kontakt zu ihnen – genauso wenig wie zu ihrer Mutter. Wessen Schuld das war, konnte sie auch nicht sagen. Vielleicht trugen sie beide die Verantwortung dafür. Vielleicht war auch alles so am besten. Karen betrachtete die Bilder und erinnerte sich daran, wie sie eine Familienkonferenz mit ihren Großeltern einberufen hatte, um sie zu bitten, doch freundlicherweise das Horrorbild von ihrer Konfirmation vom Regal zu entfernen, da dies doch gewiss keine Zierde für ihr Heim war. Sie hatten einander angeschaut und mit dem Kopf genickt. Ihre Enkeltochter war offiziell in der Pubertät angelangt.

An der Wand oberhalb des Regals hing ein großes Foto von Akranes, Jórunns Heimatstädtchen. Die Schwarz-Weiß-Aufnahme stammte aus den Jahren kurz nach dem Krieg und zeigte eine blühende Siedlung, umrahmt vom Berg Akrafjall, der darüber thronte. Jórunn zählte sich noch immer zu den Leuten der Halbinsel von Skagi, auch wenn sie nun schon seit sechzig Jahren in Reykjavík lebte, und sie fuhr regelmäßig hin, um ihre Freundinnen dort zum Kaffee zu besuchen.

Das Bild von Einar hatten sie neben eine Jesusstatue gestellt, zu dem allerdings keiner der Bewohner in der Ásvallagata 40 regelmäßigen Kontakt unterhielt. Es war das gleiche Bild, das sie auch für den Nachruf an die Zeitung geschickt hatten. Er blickte mit einem geradlinigen und freundlichen Blick direkt in die Kamera, auch wenn er auf Bildern aus Prinzip nie lächelte. Sie hatten ihn neben seiner Mutter beerdigt, die schon vor vielen Jahren an Krebs gestorben war. Karen war nicht so kindisch zu glauben, dass die Seele sich emporhob und im Grab nur die Hülle zurückblieb, in der sie zuvor ihre Heimstatt gehabt hatte. Einar war gegangen, sein Körper und seine Seele, und sie würde ihn nie wiedersehen. Es kam nicht infrage für sie, in einer unbegründeten Selbsttäuschung Trost zu suchen. Karen hatte nie so richtig an Gott geglaubt, hatte sich nur konfirmieren lassen, um Geld und Geschenke zu bekommen, und hielt es für Heuchelei, nur dann heulend angerannt zu kommen, wenn das Schicksal es schlecht mit ihr meinte.

Sie griff nach der grünlackierten Holzkiste, die irgendwann einmal für Äpfel gedacht gewesen war, doch jetzt einen Teil der Plattensammlung enthielt, die Einar hinterlassen hatte. Der Rest der Sammlung wurde oben auf dem Dachboden in einer ganzen Reihe von Pappkartons aufbewahrt und Karen kletterte regelmäßig hinauf und tauschte einige der Platten aus, damit sie mit der Zeit alle einmal hören konnte. Vorsichtig strich sie über die Hüllen und ging die Platten eine nach der anderen durch. The Rolling Stones – *Some Girls*, Led Zeppelin – *Houses of the Holy*, Donovan – *Sixty Four* und Serge Gainsbourg – *Histoire de Melody Nelson*, bis sie die eine fand, die sie suchte. Sie betrachtete die schwarzweiße Hülle eine Weile, bevor sie die Platte vorsichtig auf den Teller des alten Plattenspielers legte. *The Velvet Underground* – von der gleichnamigen Band. Im Jahre 1969 erschienen, einmal mit der Soundmischung von Val Valentin und ein anderes Mal von Lou Reed. Karen hielt die Lou-Reed-Ausgabe in der Hand. Die war seltener. Sie hob die Nadel mit allergrößter Vorsicht an und ließ sie auf dem dritten Streifen wieder herab. Die letzten Töne von *Some Kinda Love* verklangen gerade, während sie sich eine Zigarette holte und sich den dicken Mantel anzog, der im Flur hing. Sie öffnete die Haustür und setzte sich auf die oberste Treppenstufe. Sie ließ die Tür auf, um sich von *Pale Blue Eyes* in die Kälte hinaus begleiten zu lassen, und hoffte, dass ihr Großvater nicht von der Musik geweckt würde. Sie hatte es nie über sich gebracht, ihren Großeltern zu gestehen, dass sie regelmäßig rauchte. Nicht, dass sie je darüber gesprochen hätten. Natürlich wussten sie, dass sie rauchte, aber sie hatten ihr nie irgendwelche Vorträge über Lungenkrebs und gelbe Finger gehalten. Das wusste sie alles selbst.

Sie blickte auf die Straße. Vor ein paar Stunden erst hatte Aron dort lächelnd auf sie gewartet. Doch nur wenig später hatte sich herausgestellt, dass sie die Hauptschuld daran trug, dass die Ehe seiner Schwester gescheitert war, und kurz darauf war Jórunn im Rettungswagen ins Krankenhaus gebracht worden, wo sie noch immer nicht recht bei Bewusstsein war. Es war kein guter Tag gewesen. Karen griff nach ihrem Telefon, falls er versucht hatte, sie zu erreichen, und sie das Klingeln nicht gehört hatte. Doch das hatte er nicht getan. Natürlich hatte sie auch nicht wirklich damit gerechnet und jetzt beschloss sie, nicht mehr auf Nachrichten von ihm zu warten. Gierig zog sie an ihrer Zigarette und blies den Rauch sanft wieder aus. Sie blieb weiter auf der Treppe sitzen, auch als sie ihre Zigarette zu Ende geraucht hatte. Sie spürte, wie die Kälte sie durchdrang, doch eine wunderliche Stille umhüllte die ganze Gegend. Ihre Sitzmuskeln waren halb eingeschlafen, als sie aufstand und ins Haus zurückging. Sie wedelte mit den Händen umher, um den Zigarettengeruch zu verteilen, der in den Flur gezogen war, und hatte gerade die Haustür hinter sich geschlossen, als sie ihren Großvater sah, der im Schlafanzug mitten auf der Treppe stand und sie anschaute.

»Habe ich dich geweckt? Das wollte ich nicht«, sagte Karen rasch und griff nach dem Türknauf, um sicherzugehen, dass die Haustür fest geschlossen war.

Þór lächelte und zuckte mit den Schultern. Aber nein, er war von selbst aufgewacht. Und dabei ein wenig Musik zu hören war schließlich nicht zu verachten.

Karen schämte sich und schaltete den Plattenspieler im Wohnzimmer sofort aus. Þór war inzwischen in die Küche gegangen.

»Willst du einen Schluck Kaffee?«, fragte er.

Sie setzten sich an den Küchentisch, während die Kaffeemaschine brodelte. Es war inzwischen halb drei Uhr morgens, keine so schlechte Zeit für eine Tasse Kaffee.

»61 Jahre, Karen«, sagte Þór schließlich und strich sich über die Stirn.

»Ja …?«

»61 Jahre ist es jetzt her, dass ich deine Großmutter zum ersten Mal gesehen habe. Auf den Tag genau. Unglaublich, nicht wahr?«

Karen blickte ihren Großvater an. Natürlich fand sie das auch beeindruckend. Insbesondere in Anbetracht dessen, was an diesem Tag geschehen war. Þór schmunzelte und schaute aus dem Fenster. Seine Augen wirkten abwesend, denn er war mit rasender Geschwindigkeit auf dem Weg in die Vergangenheit.

»Sie nannten mich den Troll. Fragten mich manchmal, ob ich als Kind zu viel Trollsuppe gegessen hätte und solche Dinge. Ich fand die Leute vom Skagi immer ein wenig merkwürdig. Auch wenn sie dort vielleicht sind wie alle anderen auch, die an einem abgelegenen Ort geboren sind und dort ihr ganzes Leben verbracht haben. Immer nannten sie mich den Troll. Nie Þór. Dabei hatte ich noch nicht einmal den schlimmsten Spitznamen. Seltsamer Zwang, alle mit irgendeinem Spitznamen zu versehen«, sagte Þór und lächelte verschmitzt. »Ich war schon seit etwa einem Monat dort, als ich deine Großmutter zum ersten Mal sah. Ich arbeitete auf einer Baustelle in dem Gebiet, das man heute das obere Skagi nennt. Und dann sah ich sie eines Tages auf der Straße, zusammen mit ihrer Freundin und zwei kleinen Kindern. Ich ließ meine Werkzeuge sinken, damit ich sie ungestört betrachten konnte. Sie trug ein helles Kleid und einen langen, blauen Mantel. Ihr kohlschwarzes Haar glitzerte in der Sonne. Sie bewegte sich wie eine Tänzerin. Ging die Straße entlang und lächelte. Schloss die Augen, als sie sich der Sonne zuwandte und ihre warmen Strahlen genoss. Ich musste Lyður, meinen Vorarbeiter, am Ärmel zupfen, um ihn zu fragen, wer das sei. Er grinste nur. Ich war ganz offensichtlich nicht der erste Zugereiste, der von ihr beeindruckt war. »Jórunn«, sagte er schließlich, doch mehr erfuhr ich nicht von ihm. Doch für mich war das in diesem Moment der schönste Name, den ich je gehört hatte. Danach sah ich sie noch mehrmals vorübergehen. Über Umwege fand ich heraus, dass sie und ihre Freundin bei der reichsten Familie auf der ganzen Halbinsel im Dienst waren, bei Þorvaldur Bertelsson und seiner Frau, und dass die beiden kleinen Kinder der Sohn und die Tochter der Familie waren. Tag und Nacht dachte ich nur an sie«, sagte Þór schließlich und blickte Karen direkt in die Augen. »Nie zuvor hatte ich mich so gefühlt, und dabei hatte ich noch nicht einmal ein einziges Wort mit ihr gewechselt. Kannte sie überhaupt nicht. Nicht vor diesem Abend im Báruhaus. Ich hatte gehofft, sie zu Gesicht zu bekommen, auch wenn ich nicht wusste, ob sie überhaupt auf solche Tanzabende kam. Ich ging mit ein paar Jungs vom Bau hin und hielt die ganze Zeit nur Ausschau nach ihr. Da entdeckte ich sie endlich. Sie stand zusammen mit ihrer Freundin am Rande des Saals. Später erfuhr ich, dass ihre Freundin Berta hieß und dass es praktisch nichts gab, worüber sie nicht in schallendes Gelächter ausbrechen konnten«, sagte er und schüttelte den Kopf.

Karen konnte sich gut an Berta erinnern. Jórunn hatte sie regelmäßig zum Kaffee in der alten Heimat besucht und solange die Akranesfähre noch fuhr, kam Berta mitunter auch zu ihnen in die Stadt. Vor vier Jahren war Berta gestorben und Jórunn trauerte noch immer um sie. Ihre Eltern waren schon miteinander befreundet gewesen, sodass die beiden einander kannten, solange sie zurückdenken konnten, und immer waren sie beste Freundinnen gewesen. Hatten einander durch dick und dünn begleitet, Freude und Glück miteinander geteilt, Geburten und Todesfälle.

»Und da standen sie«, fuhr Þór fort, »hielten die Hand vor den Mund und hatten die Augen vor Lachen geschlossen. Ich konnte nicht anders und musste auch lächeln. Ich war unbeschreiblich froh, sie zu sehen, und irgendwie hat sie mich schon in diesem Moment glücklich gemacht, obwohl ich sie noch immer nicht kennengelernt hatte. Das Báruhaus war eine Art Gemeindezentrum, wo alles stattfand: Tanzabende, Vereinsversammlungen, Theater- und Kinovorführungen. Es stand auf einem kleinen Hügel unten am Meer. Und an diesem Abend waren alle gekommen und die Leute standen bis auf die Straße hinaus. Ich sah, wie Jórunn den Tanzenden zuschaute, sich im Takt hin und her wiegte. Ich gab mir einen Ruck und beschloss, sie zum nächsten Tanz aufzufordern. Die Jungs hatten begonnen, mich zu beobachten, zu lachen und mich am Ärmel zu zupfen, denn vermutlich hatte ich einen wild entschlossenen Ausdruck im Gesicht. Wahrscheinlich war es der Lärm, den sie machten, der ihre Aufmerksamkeit von der Tanzfläche weg und zu uns hinüber gerichtet hat. Ihr Blick fiel direkt auf mich, vielleicht, weil ich die Augen nicht von ihr abwenden konnte. Sie schaute mich kurz an und lächelte, bevor sie wieder den Tanzenden zusah. Ich habe nicht schnell genug wegsehen können, und bevor ich mich versah, hatte Berta sie angeschubst und ihr vermutlich ins Ohr geflüstert, dass ich sie immer noch ansah, sodass sie wieder zu mir hinblickte. Im gleichen Moment endete der Tanz, die Leute begannen zu klatschen und ich machte einen Schritt in ihre Richtung. Ich hatte das Gefühl, als seien alle Augen im Saal auf mich gerichtet. Alle außer den ihren, denn sie blickte weiter über die Tanzfläche hinweg und beobachte die Pärchen, die sich jetzt auflösten und in zwei Richtungen auseinandergingen, bevor der nächste Tanz angekündigt wurde. Ich bezog vor ihr Stellung und räusperte mich ein wenig. Ich hatte allerdings nicht darüber nachgedacht, was ich zu ihr sagen wollte. Hatte wohl gedacht, dass sich das von ganz alleine ergeben würde, doch das tat es nicht.«

Karen musste lächeln bei der Vorstellung, wie klein, verlassen und schüchtern ihr Großvater, der in ihrer Vorstellung der stärkste Mann auf der Welt war, in Gegenwart des Mädchens geworden war, das ihm so gefiel. In ihrer Vorstellung hatten die beiden schon seit eh und je zusammengehört, sodass sich die Geschichte, wie sie sich kennengelernt hatten, in ihren Ohren unglaublich fremd anhörte.

»Dann stellte ich mich vor und bat sie um den nächsten Tanz. Und sie sagte ja. Erst später erfuhr ich, dass sie selten tanzte und deshalb, ganz ohne böse Absicht, in der Vergangenheit schon viele Herzen gebrochen hatte, wenn sie den jungen Männern einen Korb gegeben hatte. Ich war zu sehr damit beschäftigt, anständig zu tanzen, um zu bemerken, wie sie mich anschauten, die anderen jungen Männer. Sie waren wohl nicht gerade gut auf mich zu sprechen und hatten schon damit begonnen, einen Plan auszuhecken, wie sie mich verprügeln wollten.«

»Dich verprügeln?«, fragte Karen heftig und setzte sich auf, zog die Knie an und umschlang sie mit den Armen. »Endlich richtig Action.«

»Das war natürlich so kurz nach dem Krieg. Damals waren es vor allem die amerikanischen Soldaten, die den isländischen Bauern die schönsten Frauen wegschnappten, doch genauso ungern sahen sie es, wenn sich ein Zugereister an eines »ihrer« Mädchen heranmachte. Die Leute vom Skagi konnten

Fremde noch nie leiden. Und ein Fremder blieb man, auch wenn man den größten Teil seines Lebens dort verbracht hatte, man konnte allenfalls ein Mann aus Akranes werden, aber nie einer vom Skagi. Doch daran dachte ich in diesem Moment überhaupt nicht.

Ich konnte sie kaum richtig ansehen, so sehr war ich darauf konzentriert, mich beim Tanzen nicht zu blamieren. Sie war schön, so wunderschön. Unfassbar. Ich weiß noch, dass ich versuchte, sie ganz vorsichtig an der Taille zu halten, auch wenn ich sie wirklich gern näher an mich herangezogen hätte. Und schon in diesem Augenblick hatte ich meine Entscheidung getroffen. Dieses Mädchen wollte ich zu meiner Frau machen.«

Er lächelte und spürte, wie sein alter Körper an Leichtigkeit gewann, während sein Geist ihn mehr als ein halbes Jahrhundert zurück in die Vergangenheit mitriss.

»Und dann brach selbstverständlich eine höllische Schlägerei aus. Da waren noch ein paar amerikanische Soldaten, die jungen Männer aus dem Dorf und wir Zugereisten. Das war einfach so üblich bei diesen Tanzabenden. Normalerweise waren es immer dieselben Übeltäter, die sich neue Gegner suchten. Und diesem Troll endlich mal ordentlich eins auszuwischen hatten sie wohl schon von langer Hand geplant. Und dann spielte da natürlich noch ihr verletzter Stolz mit hinein, weil ich ja mit deiner Großmutter hatte tanzen dürfen und sie nicht. Sie fingen also an, mich zu provozieren. Was genau sie gesagt haben, weiß ich heute nicht mehr. Und dann schlug mir einer mit der Faust direkt ins Gesicht. Spucker-Leifi, wenn ich mich recht erinnere.«

»Spucker-Leifi?«

»Ja, Leifi, der Spucker. Er spuckte ständig beim Sprechen, der arme Kerl. Also, er gab mir richtig eine drauf, dass ich die Glocken läuten hörte. Ich habe mich stets von solchen Prügeleien ferngehalten, so gut es ging. Doch das ließ ich mir nicht gefallen und dann habe ich einigen von denen ganz schön was verpasst. Meine Kollegen kamen mir dann auch zu Hilfe, und über kurz oder lang prügelten sich die Leute auf dem ganzen Vorplatz. Am Rand standen die Mädchen und kreischten laut, zwei von ihnen fielen sogar in Ohmacht vor Aufregung und einige versuchten, uns auseinanderzuzerren. Ich hielt immer noch Ausschau nach ihr, hatte aber auch genug damit zu tun, mich meiner Haut zu wehren. Ich hatte sie fragen wollen, ob ich sie nicht nach Hause begleiten dürfe. Ich wollte mich so gern ein wenig mit ihr unterhalten. Dann sah ich sie. Sie stand zusammen mit Berta ein wenig abseits und blickte ernst drein. Sie heulte nicht herum wie die anderen, sondern ließ den Blick über die ganze Truppe schweifen und ging dann weg. Schließlich ist deine Großmutter schon immer so vernünftig gewesen. Einen Moment lang war ich abgelenkt und ein verdammter Strolch namens Svanur schlug mir mitten auf die Nase. Nach diesem Abend war ich ziemlich angeschlagen, aber immerhin war es mir gelungen, sie ein klein wenig kennenzulernen, und damit war ich höchst zufrieden. Die ganze Zeit dachte ich jetzt nur an sie und versuchte den ganzen Tag lang auf der Straßenseite der Baustelle zu arbeiten, um die Chance nicht zu verpassen, vielleicht einen Blick auf sie werfen zu können. Und eine Woche später geschah es dann, ich war auf dem Weg in die Werkstatt und bog gerade um die Ecke der Vesturgata, wo wir um ein Haar zusammengestoßen wären. Sie entschuldigte sich über alle Maßen und lächelte mich an. Ich versuchte, so nett zu sein, wie nur irgend möglich, grüßte sie und Berta und begrüßte auch die beiden Kinder, auf die sie aufpassten. Sie fragte mich, wie es mir ging, und ich kann mich noch erinnern, dass ich antwortete, dass es mir ganz hervorragend ginge. Die Arbeit machte viel mehr Spaß, wenn es nicht dauernd regnete, und ging gut voran. Vermutlich hatte sie viel eher gemeint, wie es mir rein körperlich ging, schließlich trug ich nach dem Tumult am Báruhaus ein ganz prächtiges blaues Auge mit mir herum und einen Riss quer über die Lippe. Sie lächelte mich an. Zweifellos habe ich mich ausgesprochen närrisch benommen. Ich hatte mich Hals über Kopf verliebt.«

Þór und Karen schwiegen, dachten aber beide das Gleiche.

Er warf einen Blick auf die Küchenuhr. Viertel nach vier. Karen kauerte sich auf der Bank zusammen und wickelte den Pullover fester um sich herum.

»Das ist eigentlich dein Pullover, Großvater«, sagte sie und hob die Arme an. Die Ärmel waren ihr viel zu lang. »Du sagst einfach Bescheid, wenn du ihn wiederhaben willst«, fügte sie hinzu.

Þór lachte und erinnerte daran, wie Karen ihn wieder und wieder aus seinem Schrank herausgeholt hatte. Das war nun wirklich nicht der Rede wert. Sie lächelte und fuhr mit den Fingern sanft über den Küchentisch.

»Bist du nicht ein wenig abrupt von deinem Abendessen zurückgekommen?«, fragte Þór schließlich und legte eine Hand auf seine Stirn, während er darunter zu Karen hinüberschielte.

»Das kann man wohl sagen, ja …«, antwortete sie schließlich und schwieg eine Weile, bevor sie hinzufügte, das mit Aron sei wohl vorbei. »Genauso abrupt.« Sie atmete tief durch und lächelte gezwungen.

»Das ist aber schade, mein Kind«, sagte Þór leise und wartete auf weitere Erklärungen, ohne jedoch ein Wort darüber zu verlieren.

»Ja. Das kann man wohl sagen«, antwortete sie. »Es war meine Schuld. Was auch sonst«, fügte sie noch hinzu und kauerte sich noch mehr zusammen. »Es war ja auch ziemlich dumm von mir anzunehmen, dass so etwas gut gehen könnte. Man kann schließlich von keinem erwarten, dass er es mit mir aushält. Ich mache alles kaputt. Immer.«

Þór blickte sorgenvoll auf seine Enkeltochter. Es war nicht das erste Mal, dass er sie das sagen hörte, doch das änderte nichts daran, wie sehr es ihm wehtat, sie so reden zu hören.

»Aber das stimmt doch nicht, mein Kind. Du darfst nicht denken, dass alles, was schiefläuft, deine Schuld ist. So ein wunderbares Mädchen, wie du bist. Natürlich weiß ich nicht, was da heute Abend passiert ist, aber ich bin mir ziemlich sicher, dass es nicht deine Schuld war, denn du bist kein schlechter Mensch, meine liebe Karen. Du bist ein so liebenswerter und guter Mensch.«

Er schwieg eine ganze Weile und überlegte, ob er fortfahren sollte.

»Das, was mit Einar passiert ist, war nicht deine Schuld. Es war ein Unfall. Ein furchtbarer Unfall, den keiner hätte vorhersehen oder verhindern können. Noch nicht einmal du. Du musst irgendwann aufhören, dir selbst so wehzutun, mein Kind. Es war nicht deine Schuld.«

Karen schwieg. Es war nicht das erste Mal, dass ihr Großvater das zu ihr sagte. Und so wie die anderen Male, konnte sie es ihm nicht glauben. Wenn du mit einem verheirateten Mann nach Hause gehst und mit ihm schläfst, kurz bevor seine Frau nach Hause kommt, dann kann man dich wohl kaum zu den guten und braven Mädchen zählen. Wenn die betreffende Ehefrau dann die Schwester des Mannes ist, den du vielleicht gern deinen Freund nennen würdest, hat deine Schlechtigkeit neue, vorher ungeahnte Ausmaße erreicht. Das tut man einfach nicht. Sie wusste, dass ihr Großvater es gut mit ihr meinte, aber er hatte Unrecht. Sie war kein guter Mensch. Und es war doch ihre Schuld, dass Einar gestorben war. Es war ein Unfall, aber an diesem Unfall war sie schuld.

»Eitelkeit«, sagte sie schließlich. »Meine Eitelkeit hat ihn umgebracht. Eitel zu sein war noch nie eine Tugend. Und wenn die Eitelkeit eines Menschen dazu führt, dass ein anderer Mensch das Leben verliert, kann man wohl mit Fug und Recht behaupten, dass das kein guter Mensch ist.«

»Das darfst du nicht sagen. Bitte, Karen«, bat Þór.

»Wieso nicht? Es ist doch nur die Wahrheit. Genauso war es.«

»Es war ein Unfall.«

»Er wäre bei dieser Glätte nie ins Auto gestiegen, wenn ich ihn nicht darum gebeten hätte. Alles wegen meiner Haare«, sagte sie und lachte abschätzig über sich selbst. »Wollte nicht mit dem Bus fahren und an der Bushaltestelle warten müssen, denn dann wären meine Haare feucht geworden, und ich hatte mir doch so viel Mühe gegeben, sie glatt zu föhnen. Und wenn sie feucht werden und an der Luft wieder trocknen, stehen sie in alle Richtungen ab. Und das ist natürlich eine Frage von Leben und Tod. Man kann ja schließlich nicht das Risiko eingehen, dass einem die Haare in alle Richtungen abstehen.«

Sie schwieg und ließ den Blick sinken. Schüttelte den Kopf.

»Ob er nicht kommen könnte, um mich zu fahren. Und dann ist er auf der Straße unterwegs, weil ich keine Lust habe, den Bus zu nehmen, und irgendeiner kommt daher und stößt mit ihm zusammen und bringt ihn um. Wenn er nicht im Auto gewesen wäre, hätte er keinen Unfall gehabt, er wäre nicht gestorben, und das Leben wäre es immer noch wert, dass man morgens aufwacht, und nicht diese Hölle, die es seither an jedem einzelnen Tag gewesen ist.« Sie schwieg, als sie spürte, dass ihr die Stimme versagte.

»So ist das eben ...«, sagte sie schließlich.

Þór saß mit ernstem Blick da. Er hatte die Hand immer noch auf seiner Stirn liegen, mit der anderen fuhr er jedoch die Tischplatte entlang und griff nach der Hand seiner Enkeltochter. Karen überließ ihm ihre Hand und erlaubte ihm, sie in seiner verschwinden zu lassen. Nichts und niemand konnte etwas daran ändern, wie es ihr ging. Die Trauer wurde nicht weniger. Im Gegenteil. Ihr Leben war mit seinem Tod zu Ende gegangen. Sie war nicht am Leben. Sie existierte nur.

Sie war jetzt sehr müde, schließlich war es fast fünf Uhr. In wenigen Stunden würden sie im Krankenhaus anrufen können, um nachzufragen, wie es Jórunn ging. Sie wollte nicht weitersprechen. Es änderte ja auch nichts. Deshalb war es wohl am besten, es gar nicht erst zu versuchen.

Karen schlief noch, als Þór im Krankenhaus anrief. Er hatte den Frühstückstisch gedeckt, Brot, Räucherwurst und Käse,

Kakao und Kaffee. Jórunns Zustand war stabil, sie kam allmählich wieder zu sich und sie durften ins Krankenhaus kommen, um sie zu besuchen. Es wurde langsam hell, als sie in das Krankenzimmer traten, in dem Jórunn lag. Ihr weißes, langes Haar war auf dem schneeweißen Kissen kaum zu sehen. Sie lag im Bett, hatte das Gesicht zum Fenster gedreht und bemerkte daher nicht, wie Karen und Þór an ihr Bett traten, bis sie bereits direkt vor ihr standen. Þór strich ihr sanft über das Haar, lächelte ihr zu und küsste sie schließlich auf die Wange. Sie lächelte auch, sagte aber nichts, außer, dass sie sich darüber freute, Besuch zu bekommen. Karen zog einen kleinen Stuhl zum Bett hin, sodass ihr Großvater sich setzen konnte, und ließ sich selbst auf der Bettkante nieder. Die kleine Familie von der Ásvallagata 40 war wieder vereint. Karen lächelte ihre Großmutter an.

»Und wie geht es dir, meine Liebe?«, fragte sie vorsichtig. Während sie auf die Antwort wartete, gab sie sich der verrückten Hoffnung hin, dass Jórunn sich aus dem Bett schwingen und sagen würde, dass sie sich jetzt aber zügig auf den Heimweg machen sollten. Sie hätte sich genug erholt und jetzt reichte es ihr.

»Mir geht es so einigermaßen. Ja, ja. Einigermaßen gut«, antwortete Jórunn und nickte mit dem Kopf. Sie zögerte einen Moment, bevor sie fortfuhr und sich zu Karen hindrehte, als ob sie ihr etwas Vertrauliches mitteilen wollte.

Karen beugte sich zu ihr hinab. Jórunn zögerte noch immer und räusperte sich vorsichtig, bevor sie weitersprach.

»Du hast nicht vielleicht meine kleine Karen irgendwo gesehen? Ich habe sie im ganzen Haus gesucht und kann sie einfach nicht finden.«

Manche sind der Meinung, dass eine Veränderung stets etwas Gutes ist, doch wenn es eine Veränderung ganz ohne Zweifel zum Schlechten hin ist, sollten sich diejenigen, die eine solche Sicht auf alles haben, besser zurückhalten. Karen saß auf dem Stuhl mit dem moosgrünen Kunstlederbezug und verbarg ihren Kopf in den Händen. An der Wand über ihr hing ein Gemälde der Felsenschlucht von Ásbyrgi, malerisch grün und majestätisch. Ein besserer Ort als der, an dem sie sich jetzt befanden. Sie entschuldigte sich, sagte, sie sei gleich wieder da, und saß eine Weile draußen in einer Art von Wartezimmer, bevor sie sich wieder zu ihrer Großmutter ins Zimmer wagte. Der Arzt sagte, sie sei noch ein wenig durcheinander, da spielten sicher auch die Medikamente eine Rolle. Karen schnaubte leise und fragte, warum sie sie ihr denn dann gaben.

»Um den Blutdruck zu senken«, sagte der Arzt in ziemlich scharfem Ton. »Er war haushoch«, fügte er hinzu.

Sie hofften, dass Jórunn bald wieder richtig zur Besinnung käme, wenn sie die ideale Dosierung und Zusammensetzung der Medikamente gefunden hätten. Jetzt war aber das Wichtigste, dass sie sich gut ausruhte. »Der Körper bleibt nicht der Gleiche, über all die Jahre. So ist das nun einmal«, sagte der Arzt mit altkluger Stimme.

Karen schaute ihn an. Er war nicht viel älter als sie. Er war ihr schon gleich unsympathisch.

Die Tage in der Ásvallagata 40 vergingen einer wie der andere. Karen und Þór verbrachten viel Zeit im Krankenhaus und allmählich begann sich Jórunns Zustand zu bessern. Sie nannten es Altersschwäche, wenn sie Karen nicht erkannte, und wenn sie sich nicht davon abbringen ließ, dass sie eigentlich jetzt nach der kleinen Karen suchen müsste, statt sich hier den ganzen Tag mit fremden Leuten zu unterhalten, egal, wie sehr Karen die Dinge auch zu erklären versuchte. Etwas schien durcheinandergeraten zu sein, eine Störung der Hirnströme, die sie nicht begreifen ließen, in welcher Zeit sie angekommen war und dass Karen nicht länger ein kleines Mädchen war. Auf eine ganz sonderbare Weise wäre Karen durchaus bereit gewesen, gute Miene zum bösen Spiel zu machen und so zu tun, als sei sie immer noch klein und die Welt noch in Ordnung. Die Dinge waren viel einfacher damals. Karen konnte sich noch daran erinnern, wie traurig sie es jedes Mal fand, dass der Briefträger nie Post für sie hatte, als sie jünger war. Einen Brief mit der Post zu bekommen war ihrer Meinung nach nämlich ein Zeichen dafür, dass man erwachsen war. Ab und zu kam es allerdings vor, dass ihre Mutter ihr aus Norwegen schrieb, und Karen selbst hatte sich eine englische Brieffreundin gesucht, die ihr allerdings nur ganze zwei Briefe geschickt hatte. Ihr Großvater hingegen bekam jeden Tag Post.

»Sei doch froh, solange du noch keine offiziellen Briefe geschickt bekommst, mein liebes Kind«, hatte er einmal gesagt, als sie so offensichtlich niedergeschlagen darüber war, einmal wieder keinen Brief bekommen zu haben. »Das sind alles nur Rechnungen.«

Sie stand am Fenster und betrachtete die Lichter der Stadt. Die Stadt selbst bereitete sich allmählich darauf vor, den Winter hinter sich zu lassen und den Frühling willkommen zu heißen, und auch wenn die Temperaturen noch immer um den Nullpunkt herum waren, spürte man doch, dass das Land dabei war, aus einem Winterschlaf zu erwachen, der aus monatelanger Kälte und Dunkelheit bestanden hatte. Die abendliche Besuchszeit ging zu Ende. Jórunn lag in ihrem Bett und atmete ruhig und gleichmäßig. Karen musste an das Gespräch mit ihrem Großvater denken, wo er ihr von seinen Abenteuern in Akranes erzählt hatte und davon, wie er vom ersten Tag an entschlossen gewesen war, Jórunn für sich zu gewinnen. Sollte es da draußen doch irgendjemanden geben, der entschlossen war, sie für sich zu gewinnen? Jemanden, für den es trotz all ihrer Fehler der Mühe wert war, sich ihretwegen verprügeln zu lassen, sie vielleicht gerade deshalb noch mehr zu lieben? Normalerweise gaben sie auf, bevor sie sie besser kennenlernen durften. Genauer gesagt gab sie keinem von ihnen eine Chance, sie besser kennenzulernen, also gaben sie auf, wenn auch verschieden schnell. Einmal hatte einer von ihnen sie ausfindig gemacht, obwohl sie gegangen war, als er noch schlief. Er wusste nicht, wo sie wohnte, hatte ihre Telefonnummer nicht bekommen, nicht einmal ihren Nachnamen. Und trotzdem bekam sie eine SMS von ihm. Hochtrabend und bescheuert. Lachhaft. Als ob sie auch nur das geringste Interesse daran hätte, zu erfahren, dass die Nacht mit ihr ihm immer unvergesslich bleiben würde. Es bestand ja wohl kein Zweifel daran, dass jemand, der Detektiv spielte, um irgendein Mädchen aufzustöbern, das nach einer wilden Party mit ihm geschlafen hatte, ein ziemlich zweifelhafter Typ sein musste. Wenn er in der Lage war, an solche Informationen heranzukommen, würde er vermutlich noch hinter ganz andere Dinge kommen. Und dann würde er zweifelhafte Dinge über sie herausfinden und sofort jedes weitere Interesse an ihr verlieren. Warum also überhaupt Zeit damit verschwenden, wenn es spätestens dann sowieso vorbei sein würde?

Freitagabend.

Normalerweise ging Karen freitagabends in die Stadt, entweder allein oder mit Anna und Ína, doch jetzt war sie schon lange nicht mehr aus gewesen. Sie war beschäftigt, hatte andere Dinge im Kopf. Sie stand zu Hause in der Küche, kochte Spaghetti mit Hackfleischsoße, hatte das Telefon unters Ohr geklemmt und unterhielt sich mit Ína. Die beiden Schwestern hatten Jórunn oft im Krankenhaus besucht, um sie zu besuchen, aber auch um Karen zu treffen, die immer nur zuhause oder dort im Krankenhaus war. Sie wollte nicht einmal in ein Café mitkommen. Hatte nicht das geringste Bedürfnis, unter Leute zu gehen.

»Und geht ihr da heute Abend hin? Auf diese Party?«, fragte Karen und spritzte einen ordentlichen Strahl Ketchup auf das Hackfleisch in der Pfanne.

»Ja, wir hatten eigentlich vor, da mal vorbeizuschauen. Besteht irgendeine Chance dich mitzuschleifen? Nur kurz wenigstens?«, fragte Ína zögernd.

Karen schwieg. Sie hatte keine Lust auszugehen, Alkohol zu trinken und darauf zu warten, dass irgendein trauriger Verschnitt von Mann wochenlang mit ihr flirtete. Sie lehnte dankend ab, sagte, sie sei einfach nicht in der Stimmung dazu und dann hätte sie auch nichts anzuziehen.

»Ich kann dir etwas ausleihen«, sagte Ína rasch, obwohl sie genau wusste, dass alles, was ihr passte, an Karen herabhing wie ein Sack.

»Nicht heute, Ína. Trotzdem vielen Dank.«

Þór kam in die Küche und begann, den Tisch zu decken. Er winkte Karen zu, um ihr zu bedeuten, sie solle Anna oder Ína grüßen, weil er annahm, dass sie mit einer von den beiden gerade sprach.

Karen nickte und richtete die Grüße aus. Dann verabschiedete sie sich von Ína, wünschte ihr viel Spaß und versprach, vielleicht das nächste Mal mitzukommen.

Sie goss sich ein Glas Milch ein und griff wieder nach dem Ketchup. Þór schälte seine Kartoffeln. Er war nie besonders scharf auf diese Spaghetti gewesen. Sie aßen schweigend und Karen blätterte im Fernsehprogramm.

»Der Kabeljau-Krieg«, sagte sie schließlich mit vollem Mund. »Ein Dokumentarfilm im Ersten. Fängt um halb neun an«, fügte sie hinzu und schaute auf die Küchenuhr.

»Meinst du, dass du dir das wirklich ansehen würdest, mein Kind? Am Freitagabend?«, fragte Þór und griff nach der Milch.

Karen zuckte mit den Schultern.

»Gehen die beiden Mädchen aus heute Abend?«

»Glaub schon. Zumindest auf irgendeine Party.«

Sie scharrte mit der Gabel in ihrem Essen. Abwesend.

»Und du hast keine Lust mitzugehen?«

»Nicht besonders. Ich lass dich doch nicht alleine hier«, fügte sie hinzu.

»Mir wird es an nichts fehlen, mein Kind, um mich brauchst du dir keine Sorgen zu machen.«

»Mach ich aber doch«, sagte sie leise und fuhr fort, ziellos in ihrem Essen herumzustochern.

Þór füllte seinen Teller von Neuem.

»Geh doch ein bisschen aus, mein Liebes. Und wenn es nur zwei Stunden sind oder so. Geh ein klein wenig unter Leute. Das geht einfach nicht, die besten Jahre seines Lebens nur mit alten Leuten herumzuhängen.« Er lächelte und strich ihr über den Rücken.

»Und wenn dir auch noch etwas passiert? Während ich aus bin, um mich zu ›amüsieren‹?« Mit ihren Fingern zeichnete sie Anführungszeichen um das Wort herum in die Luft.

»Ich befinde mich wohl kaum in großer Gefahr hier auf dem Sofa vor dem Fernseher …«

»Mach dich nicht lustig darüber!« Karen stand vom Tisch auf und stellte ihren Teller in die Spüle.

Þór plagte das schlechte Gewissen, dass er sie so außer Fassung gebracht hatte, und er stand auch auf. Er ging zu ihr hinüber, strich sich mit der Hand über das Haar und atmete einmal tief durch, bevor er seine Enkeltochter in den Arm nahm.

Sie wusste auch nicht genau, warum sie sich hatte überreden lassen, doch kurze Zeit später war sie auf dem Weg die Treppe hinauf, um sich umzuziehen, während ihr Großvater den Abwasch übernahm. Sie hatte ihn mehrmals gefragt, ob er auch wirklich nichts dagegen hätte, wenn sie ausging. Ob er nicht viel lieber wollte, dass sie bei ihm zuhause blieb. Ob sie nicht wenigstens noch abwaschen sollte.

Karen schloss dic Zimmertür hinter sich und öffnete ihren Kleiderschrank. Sie blickte über ihren gesamten Besitz an Kleidung und wühlte ein wenig in den Regalen, weil sie die leidige Angewohnheit hatte, alles ganz vorne aufzustapeln, und deshalb meistens immer die gleiche Alltagskleidung trug.

Am Ende zog sie ein paar dicke, schwarze Leggings mit Kniebesätzen an, darüber ein blau-weißes Cape, das sie bei einem eBay-Trip erstanden hatte. Dann steckte sie sich ihr Haar noch auf einer Seite hoch. Überlegte, ob sie sich einen Drink genehmigen sollte, bevor sie ausging, und griff nach der Flasche, die sie ganz hinten in ihrem Kleiderschrank aufbewahrte. Beschloss dann, das doch lieber sein zu lassen, und zog sogar die Möglichkeit in Betracht, heute Abend einmal ganz aufs Trinken zu verzichten. Ob es dabei dann auch wirklich bleiben würde, war eine andere Frage.

Sie ging die Treppe hinunter und zog sich zur Feier des Tages, da der Regen der vergangenen Tage das Glatteis weggespült hatte, ihre hochhackigen schwarzen Schuhe an. Karen schaute noch einmal ins Wohnzimmer, wo ihr Großvater, das Kinn auf die Hand gestützt, im Sessel saß. Der Film über den Kabeljau-Krieg zwischen Island und Großbritannien war in vollem Gange.

»Also, dann geh ich mal kurz …«, sagte sie zögernd.

Þór drehte sich um und lächelte.

»Unbedingt, mein Kind. Bleib, so lange du willst, und versuch dich zu amüsieren.«

Sie nickte und küsste ihn auf die Wange. Im gleichen Augenblick rammte das britische Kriegsschiff mit voller Wucht und großem Getöse den isländischen Trawler.

»Verdammte Barbaren …«, murmelte Þór.

Karen schloss die Haustür vorsichtig hinter sich. Sie griff nach einer Zigarette und zündete sie noch auf der Treppe an. Das Wetter war mild und schön. Sie atmete tief ein und verspürte fast den Hauch von Frühling, wenn auch zigarettengeschwängert.

Ína war schon reichlich beschwipst, was hervorragend zu der innigen Freude passte, mit der sie Karen begrüßte. Anna war in nur wenig besserem Zustand als ihre Schwester und schloss ihre Freundin fest in die Arme.

»Schön, dich zu sehen.«

»Ebenso«, antwortete Karen und lächelte.

Karen kannte viele der Partygäste. Nur kurze Zeit später begann sie wirklich ein wenig Spaß zu haben und erwischte sich selbst plötzlich mit einem Glas in jeder Hand und einer Zigarette im Mund. Es war schon weit nach zwei Uhr, als die Gäste beschlossen, in die Stadt zu gehen. Ína schlummerte selig auf dem Ecksofa im Wohnzimmer, also machte sich Karen zusammen mit Anna und Birgir auf den Weg, nachdem sie eine Decke über Ína ausgebreitet hatten.

Sie schauten in ihren Stammkneipen vorbei und trafen die gleichen Leute wie immer. Karen spürte, wie sich die Wirkung des Alkohols verlor. Sie lehnte fast jedes Mal dankend ab, wenn Birgir ihr wieder einen Drink ausgeben wollte. Allmählich hatte sie genug und beschloss, sich auf den Heimweg zu machen.

»Bist du sicher?«, fragte Anna und schaute sie besorgt an.

»Ganz sicher«, antwortete Karen. Ohne, dass sie erklären konnte, warum, hatte sie die Nase voll vom Nachtleben der Stadt. Sie verabschiedete sich von den beiden, versprach, sich am nächsten Tag zu melden, und schlängelte sich durch die Menschenmenge. Sie ging an der Ölstofa vorbei und dachte daran, wie viele Abende sie dort mit ihren beiden Freundinnen verbracht hatte. Doch diese Zeit schien jetzt ein Ende zu haben, zumindest hatte der Gedanke daran deutlich weniger Anziehungskraft als früher. Vor der Bar gab es keine

Schlange, auch wenn sie bis auf die Straße hören konnte, wie voll es drinnen war. Sie wusste nicht warum, aber sie wollte gern kurz reinschauen. Vielleicht, um sich einen Drink zum Abschied zu gönnen oder aber die endgültige Bestätigung dafür zu erhalten, warum sie viel lieber zuhause blieb als auszugehen. Allmählich nahm ihr Leben eine ziemlich traurige Gestalt an.

Sie zwängte sich hinein und ging zur Bar. Der Raum war voll, wie sie vermutet hatte. Sie beschloss, noch ein Glas Wasser zu trinken, bevor sie nach Hause ging.

»Wasser? Na, jetzt hör aber mal auf. Kann ich dir nicht irgendetwas Anständiges anbieten?«

Sie blickte sich um. Er hatte dunkles, ziemlich langes Haar, einen Drei-Tage-Bart und war angezogen, als sei er direkt vom »Casual Friday« im Büro in die Kneipe gehüpft.

»Nein, danke.« Sie schüttelte den Kopf, lächelte schwach und drehte sich wieder zur Bar um.

»Karl«, stellte er sich vor, ohne dass sie danach gefragt hätte, und streckte ihr die Hand entgegen.

Sie nickte, gab ihm die Hand und ließ es dabei bewenden. Sie wollte wirklich nur einen Schluck Wasser trinken.

»Hat der Große sich eine angelacht!«

Karen hörte hinter sich ein schmieriges und etwas zu lautes Lachen. Karl ließ den Blick sinken und strich sich eine Haarsträhne hinters Ohr, bevor er Karen schüchtern anschaute. Zwei seiner Saufkumpel waren zur Stelle und einer davon riss ihm freundschaftlich an der Schulter.

Karl. Der Große. Wie witzig, diese Jungs, dachte Karen bei sich. Sie atmete einmal tief durch und bedankte sich beim Barkeeper für das Wasser, das er ihr endlich reichte. Nahm einen Schluck und drehte sich um. Sie hatten sie eingekesselt.

Sie hörte lautes Gelächter vom anderen Ende des Raums und blickte auf, um zu sehen, woher es kam. Und da stand er. Ganz offensichtlich hatte er einen Witz erzählt, denn das Mädchen, das bei ihm saß, lachte schallend auf, ein wenig zu laut vielleicht. Er lächelte. Zufrieden mit sich, dass er sie zum Lachen gebracht hatte. Karen hatte oft überlegt, ob sie ihn wohl irgendwann einmal in einer Kneipe treffen würde, und hatte den Gedanken beiseitegeschoben, weil sie keine Ahnung hatte, wie sie wohl reagieren würde, wenn sie ihn wiedersah. Das Mädchen strich ihm mit Bewunderung in den Augen den Arm entlang. Er zeigte ihr mit Sicherheit gerade die Narbe, die von seinem Ferienjob auf See herrührte. Die Beziehung schien allmählich ausgesprochen persönlich zu werden. Warum auch nicht. Sie war klein und sah sehr süß aus mit ihrem wunderschönen Haar. Und schien auch noch sehr nett zu sein. Cool angezogen und mit guter Laune. Wirkte mit Sicherheit nicht wie jemand, der nur Ärger mit sich brachte, und bestimmt weinte sie nie.

Sie wollte weg. Wollte nicht länger am gleichen Ort sein wie er und noch weniger in Gesellschaft von Karl und seinen feisten Kumpanen, die sich nicht zum Gehen anschickten. Sie trank wieder von ihrem Wasser und blickte noch einmal zu ihm hin.

Sie zuckte ein wenig zusammen, als sie bemerkte, dass auch Aron zu ihr hinübersah. Einige Sekunden lang trafen sich ihre Blicke quer durch die Kneipe und keiner von beiden schien seine Umgebung länger wahrzunehmen. Sein Blick war ernst. Auch sie hatte keinen Grund zu lächeln und spürte, wie das Herz in ihrer Brust zu hämmern begann. Sie wollte sich aus dieser Lage befreien und beschloss, sich schleunigst davonzumachen. Sie stellte ihr Glas weg und lief auf direktem Wege hinaus. Der Große rief ihr etwas hinterher. Etwas, das sie nicht im Geringsten interessierte.

Sie lief rasch den Vegamótastígur hinunter und überquerte die Bankastræti. Sie hatte überlegt, ob sie so tun sollte, ob sie sich vernünftig und abgeklärt geben sollte. Zu ihm hinübergehen, ihn und seine neue Freundin begrüßen und fragen, was es denn Neues gab. Doch so edel war sie nicht. Sie hatte ihm nichts zu sagen und ging davon aus, dass es bei ihm genauso war. Das war eines dieser Dinge, die man auf sich beruhen lassen musste. Etwas, das einfach da war und einem so viel Schmerz bereiten konnte, wenn man daran rührte. Sie machte einen kleinen Sprung und begann die Austurstræti hinabzurennen, konnte es nicht erwarten, nach Hause zu kommen. Dort war sie sicher. Dort gab es die Welt da draußen nicht.

Außer Atem, suchte sie auf dem Weg die Treppe zur Ásvallagata 40 hinauf nach ihren Schlüsseln. Sie versuchte die Tür so leise wie möglich hinter sich zu schließen und ließ sich im stockdunklen Wohnzimmer auf den Fernsehsessel fallen. Der Herzschlag ihres Heims, die alte Wanduhr und das Schnarchen ihres Großvaters, waren die einzigen Geräusche, die sie hören konnte. Sie streckte alle viere von sich und schloss die Augen, während sie versuchte, wieder zu Atem zu kommen.

Karen saß lange da und blickte in die Dunkelheit. Sie fürchtete sich davor, wieder aus dem Haus zu gehen. Wusste nicht länger, wie sie sich verhalten sollte, was sie tun sollte. Ihr graute bei dem Gedanken daran, je wieder mit einem Mann die Nacht zu verbringen. Und ein merkwürdiges Unwohlsein befiel sie bei dem Gedanken, dass Aron jetzt sicher schon mit dem hübschen Mädchen aus der Ölstofa nach Hause gegangen war. Doch was hatte sie sich denn gedacht? Dass er sie nie vergessen würde und sein Leben nicht weiterging? Dass er schlaflose Nächte damit verbrachte, darüber nachzudenken, was hätte werden können, wenn sie bloß nicht mit dem Ehemann seiner Schwester geschlafen hätte? Wohl kaum. Sie zog die Beine an und wäre fast eingeschlafen, wenn ihr nicht ihr Telefon zu verstehen gegeben hätte, dass sie gerade eine SMS bekommen hatte. Sie wartete einen Moment, bis sie nach ihrer Tasche griff und die Nachricht las.

Du fehlst mir.

Silja

Sie lag noch immer im Bett, im Niemandsland zwischen Schlaf und Wachen, und lauschte dem Winter, der das Haus so fest umarmte, dass es laut knarrte. Sie streckte sich ein wenig, schob sich zur Mitte des Bettes hin und tastete nach ihm. Erst als sie begriff, dass er nicht da war, öffnete sie die Augen. So, wie man Zeit braucht, um sich daran zu gewöhnen, Seite an Seite mit einem anderen Menschen einzuschlafen, braucht man auch Zeit, um sich daran zu gewöhnen, wieder allein einzuschlafen. Silja drehte sich auf den Rücken und starrte an die Decke. Draußen war es stockdunkel, sodass sie keine Ahnung hatte, wie viel Uhr es war. Schließlich spielte das auch keine Rolle. Sie hatte sich frei genommen, was von ihren Kollegen nicht gerade mit Begeisterung aufgenommen worden war. Doch sie hatte genug um die Ohren, und mit der Wunde an ihrer Hand, die nur schlecht verheilte, war sie sowieso nur eingeschränkt arbeitsfähig. Silja strich sich vorsichtig über die Hand und rollte sich in die Decke ein, die für sie allein jetzt viel zu groß war. Sie versuchte wieder einzuschlafen, doch das rhythmische Schlagen der Zweige gegen ihr Schlafzimmerfenster machte das unmöglich. Sie dachte an den Brief, den er ihr hinterlassen hatte. Es war der einzige Brief, den er ihr je geschrieben hatte. Sie hatte sich oft gewünscht, von ihm kleine Briefe zu bekommen. Nicht unbedingt leidenschaftlich dramatische Liebesbriefe, sondern kleine Botschaften, wenn sie zum Beispiel nach dem Nachtdienst wach wurde und er schon zur Arbeit gegangen war. So etwas wie, dass er sie liebte und wie schön er sie doch fand. Dass er sich jetzt schon darauf freute, sie am Abend zu sehen. Vielleicht auf einem Kassenzettel oder etwas ähnlich Banalem. Etwas, das ein Lächeln auf ihr Gesicht zaubern würde, etwas, worüber sie sich freuen konnte. Sie wissen ließ, dass er an sie dachte. Der Brief, den er ihr hinterließ, war kein Liebesbrief.

Sie wurde hellwach, als sie das Knarren der Treppenstufen hörte. Ein leichter und vorsichtiger Schritt, der sich die steile, alte Treppe hinunterbewegte. Einen Augenblick lang kam ihr in den Sinn, dass Baldur zurückgekommen war, doch das waren nicht seine Schritte. Sie krallte sich an der Bettdecke fest und begriff, dass wohl ein ungebetener Gast im Hause war. Sie spürte, wie sich ihr ganzer Körper anspannte, kroch leise aus dem Bett hervor und wickelte eine dünnere Decke um sich herum. Vermutlich wäre es das Beste, gleich die Polizei anzurufen, und Silja griff nach ihrer Jacke, die über der Lehne des Stuhls neben ihrem Bett hing. Sie wühlte hastig in beiden Taschen, doch dann fiel ihr wieder ein, dass sie das Telefon am Abend zuvor unten in der Küche liegen gelassen hatte. Lautlos fluchte sie und wickelte die Decke noch enger um sich herum, bevor sie sich vorsichtig der Schlafzimmertür näherte. Draußen heulte der Wind die ganze Zeit über, doch ihre Augen hatten sich langsam an die Dunkelheit gewöhnt, sodass sie die Umrisse der Möbelstücke erkennen und damit verhindern konnte, irgendwo anzustoßen. Sie streckte den

Kopf aus der Türöffnung und lauschte. Das Knarren wies darauf hin, dass der Verursacher der Schritte jetzt unten angekommen war, sodass Silja in Richtung der Treppe schlich. Sie überlegte, ob es etwas gab, was sie im Notfall als Waffe gebrauchen konnte, entdeckte jedoch auf die Schnelle nichts, was bei einem Einbrecher entsprechende körperliche Schäden hervorrufen könnte. Sie war gerade dabei, auf die erste Stufe zu steigen, als ihr Blick auf das Telefonbuch vom letzten Jahr fiel. Es war noch eingeschweißt, da sie beide nur das Internet benutzten, um eine Nummer zu suchen. Silja hatte diesen Schinken immer für überflüssig gehalten. Bis jetzt. Sie griff nach dem Buch und beschloss, dass es das Beste war, die Treppe rasch hinunterzulaufen, um den Dieb zu überraschen, bevor das Knarren der Stufen sie verraten konnte. Sie wickelte sich aus der Decke und ließ sie auf den Boden fallen. Es schauderte sie ein wenig vor Kälte, denn sie war gerade aus dem Bett gekommen und trug nur eine Unterhose und ein Top. Sie hielt das Telefonbuch so fest in ihren Händen, dass ihre Finger schon weiß geworden waren, und sie atmete mehrmals tief durch, während sie sich darauf vorbereitete, ihrem Gegner Auge in Auge gegenüberzustehen. Dann sprang sie los und lief so schnell sie konnte die Treppe hinunter.

»Wer ist da?«, schrie sie und hob das Telefonbuch zum Schlag.

Schweigen.

Silja horchte auf menschliche Geräusche, doch sie hörte nichts. Sie blickte forschend über die völlig dunkle Wohnung hinweg, konnte aber keinen Menschen entdecken. Erst jetzt sah sie all die Zettel. Klein und groß lagen sie überall auf dem

Fußboden verteilt. Sie sah, dass auf allen etwas geschrieben stand, und beugte sich hinunter, um einen in die Hand zu nehmen.

Du bist so süß, wenn du schläfst.
Viele Küsse für deinen Tag, mein Schatz.
B

Das war Baldurs Schrift. Silja blickte auf, bevor sie zwei weitere Zettel aufhob und las, was darauf stand.

Einen schönen Tag wünsche ich dir, mein Engel. Ich denk an dich und freu mich auf heut Abend.
B

Und auf der Rückseite einer Takeaway-Quittung vom Chinesen stand:

Die Beste und die Schönste.
Was bin ich nur für ein Glückspilz.
B

Silja wurde warm ums Herz, als sie all diese Zettel las. Es waren Dutzende, und am liebsten wollte sie sich jetzt nur hinsetzen und sie alle immer wieder lesen. Sie schrak auf, als in der Küche das Licht angeschaltet wurde. Dort hatte sie nicht nachgesehen und jetzt griff sie wieder nach dem Telefonbuch, bevor sie auf die Füße sprang. Sie schlich sich vorsichtig in die Küche und spürte, wie ihr einer der Zettel unter der Fußsohle festklebte.

In der Küche stand Baldur und hielt sie in seinen Armen. Sie lehnte sich zurück, stützte sich mit beiden Händen auf den Rand der Spüle und blickte ihr provozierend entgegen, während Baldur mit der Stirn an sie angelehnt dastand. Ihr langes blondes Haar fiel über ihre perfekten Arme herab, und entweder besaß sie die gleiche Schlafanzughose wie Silja oder sie hatte ihre gestohlen. Silja blickte die beiden an und ließ das Telefonbuch in ihren Händen sinken. Sie brachte kein Wort hervor, stieß jedoch ein leises Stöhnen aus, als sie die beiden so zusammen sah. Er bemerkte sie und blickte auf. Sein Blick war eiskalt und er schob die blonde Göttin ein Stück von der Spüle weg, die voller Blut und Gebäck war.

»Was für eine unglaubliche Sauerei du immer veranstaltest, Silja. Wir wollten hier gemütlich frühstücken, aber da vergeht einem ja der Appetit. Schau dir das an! Es wäre ja wohl das Mindeste, den eigenen Dreck wieder wegzuräumen.«

Silja versuchte etwas zu sagen, doch ihr fehlten die Worte. Außerdem konnte sie auch nicht sprechen, denn die Töne schienen ihr mitten im Hals stecken zu bleiben und sich von dort nicht weiterzubewegen. Sie ließ den Blick sinken und hob den Zettel auf, der an ihrem Fuß klebte.

Ich liebe dich. Ich werde Silja verlassen.
Ich will nur dich.
B

Silja blickte auf und schaute die beiden an, wie sie miteinander schmusten, ohne sich dabei von ihrer Anwesenheit stören zu lassen. Natürlich waren es die Schritte der Blonden gewesen, die sie gehört hatte. Es war der gleiche Schritt, den sie an jenem Morgen gehört hatte. Schritte, die sie seitdem ständig wieder in ihrem Kopf hörte. Sie griff nach dem Telefonbuch, um es aufzuheben, doch es wollte ihr nicht gelingen. Sie beugte die Knie, um das dicke Buch leichter anheben zu können, doch es wollte sich nicht vom Fleck bewegen. Sie begann Sternchen zu sehen, und von all der Anstrengung wurde ihr schwindelig.

»Es tut mir leid«, hörte sie eine Stimme sagen.

»Es tut mir leid, Silja.«

»Ich muss das Telefonbuch aufheben. Ich will euch damit schlagen«, sagte Silja mit ruhiger Stimme.

»Ich muss das Telefonbuch aufheben«, wiederholte sie und fühlte, wie ihr allmählich schwarz vor Augen wurde.

»Ich muss das Telefonbuch aufheben!«, schrie sie jetzt aus Leibeskräften und schoss aus dem Bett hoch.

Draußen war es noch immer stockdunkel und Silja war nass geschwitzt. Sie massierte leicht ihre Schläfen und versuchte wieder klar zu denken. Trank einen Schluck Wasser und stand auf. Ihr ganzer Körper schmerzte, als sie vorsichtig in Richtung Treppe schlich und ihr Blick auf das Bücherregal fiel, wo das Telefonbuch lag, an derselben Stelle wie immer. Sie ging zur Küche und wusste nicht, was sie dort erwartete, als sie das Licht anschaltete. Doch hier sah alles genauso aus, wie sie es am Abend zuvor zurückgelassen hatte. Schmutziges Geschirr in der Spüle, die Kaffeekanne in der Maschine halb voll mit kaltem Kaffee und Brotkrümel auf dem Tisch. Sie setzte sich an den Tisch und verbarg ihren Kopf in den Händen. Sie war noch immer völlig außer sich, wie es oft der Fall ist nach einem Traum, der so realistisch ist, dass ihn die Wirklichkeit selbst kaum nachahmen könnte. Sie blickte auf die Küchenuhr und sah, dass es gerade einmal zehn Minuten nach vier war. Doch Silja war hellwach und konnte sich nicht vorstellen, jetzt noch einmal zurück ins Bett zu gehen. Sie ging ins Badezimmer, spritzte sich kaltes Wasser ins Gesicht und steckte dann die Haare zu einem Knoten auf. Sie sah schlecht aus und hatte den Eindruck, in wenigen Wochen um Jahre gealtert zu sein. Sie strich sich über das Gesicht, betrachtete ihr Spiegelbild und bemerkte die tiefen Ringe unter ihren Augen. Langsam ging sie wieder nach oben, zog sich ein Paar dicke Leggings und Wollsocken an und zog den Reißverschluss ihres blauen Kapuzenpullovers hoch. Dann lief sie rasch die Treppe hinunter und direkt hinaus in den Flur, schlüpfte in ihre Schuhe und schloss ihre lange Jacke bis zum Hals hoch, sodass ihr Gesicht fast darin verschwand. Sie bewegte sich schnell, als ob sie es eilig hätte, das Haus zu verlassen, obwohl sie noch keine genaue Vorstellung davon hatte, wo sie eigentlich hinwollte. Sie fühlte sich erleichtert, als die Tür endlich hinter ihr zuschlug und sie rasch in die kalte, stille Nacht hinausschritt.

Wenn die Stille kein so merkwürdiges Geräusch hervorbrächte, würden wir sie wohl kaum bemerken. Die tiefe Stille dieser Nacht wurde jetzt durch Siljas Schritte auf dem Bürgersteig unterbrochen, der von einem unangenehmen, schwarzgrauen Schneematsch überzogen war, der unter ihren Füßen wegspritzte, wenn sie auftrat, dem es jedoch gelang, ihre Schuhe innerhalb kürzester Zeit völlig zu durchnässen. Sie ging in Richtung des Skólavörðurstígur. Es überraschte sie nicht, dass sie keinen einzigen Menschen auf der Straße sah. Sie rutschte ein wenig in dem Schneematsch, als sie die Straße überquerte und auf den Bürgersteig gegenüber trat.

»Wer wohnt eigentlich freiwillig in diesem Land?«, dachte sie bei sich, als sie spürte, wie die eiskalte Nässe in ihre Schuhe drang. Und doch war ihr nie der Gedanke gekommen, irgendwo anders hinzuziehen. Es ging ihnen gut in Island. In Reykjavík. In ihrem Haus. Doch diesen letzten Winter hatte sie als viel schwerer empfunden als sonst, das Wetter war irgendwie drückender und unerträglicher, sodass sie manchmal Zweifel heimgesucht hatten, ob der Frühling je wiederkommen würde. Silja musste an Liam denken, der ganz offensichtlich den traurigen, aber weit verbreiteten Fehler begangen hatte, die Herrlichkeit dieses Landes von einem kurzen Sommerurlaub her zu betrachten, den er dazu noch durch die rosarote Brille einer kindlichen Nostalgie hindurch vor Augen hatte. Sie hatte hin und wieder an ihn gedacht, seit sie vor einigen Wochen diesen völlig spontanen Ausflug nach Akranes unternommen hatten. Sie dachte auch noch daran, wie er sie geküsst hatte, bevor er aus dem Wagen gestiegen war. Wenn sie in ihrem Bett lag und nicht einschlafen konnte, überlegte sie manchmal, ob sie vielleicht versuchen sollte, ihn ausfindig zu machen. Wie im Kino. Vielleicht würden sie einander auch irgendwann aus purem Zufall auf der Straße begegnen, ein Zufall, den das Schicksal natürlich sorgfältig für sie geplant hatte. Sie würden beide lächeln und das Gleiche empfinden. Sie würde nie wieder an Baldur denken und ihn nicht länger vermissen. Doch wenn Liam auch nur ein Fünkchen Verstand hatte, war er sicher schon längst wieder abgereist. Und hatte sie vergessen.

Sie bog in die Óðinsgata ein und hatte jetzt eine Entscheidung darüber getroffen, wohin ihr nächtlicher Ausflug sie führen sollte.

Wie immer wurde sie von Fleetwood Mac und einem süßen Duft nach Gebackenem empfangen, als sie die schwere Hintertür zur Vésteinsbäckerei öffnete. Und wie immer stand Bäcker Vésteinn Vésteinsson über den großen Tisch gebeugt und rollte seine Zimtschnecken auf, die schon seit Langem das Aushängeschild der Bäckerei waren. Ein schwedisches Rezept, das noch von Vésteinn Vésteinsson Senior stammte und das nur auserwählte Eingeweihte kannten. Vésteinn arbeitete in Lichtgeschwindigkeit und doch sah ein Gebäckstück so vollkommen aus wie das andere. Die Musik war so laut, dass er Silja erst bemerkte, als sie ihm die Hand auf die Schulter legte. Er erschrak jedoch nicht, sondern drehte sich ruhig um und lächelte. Er wirkte auch nicht erstaunt darüber, sie zu sehen, auch wenn das Timing eher ungewöhnlich war.

»Sieh mal an, wer da zu Besuch gekommen ist«, sagte er und schaute seine Tochter an, die mit traurigen Augen zurückblickte, unter denen tiefe, dunkle Ringe zu sehen waren.

Vésteinn gab sich nicht einmal die Mühe, sich die Hände abzuwischen, sondern schloss sie, ohne zu zögern, fest in seine Arme. Silja spürte, wie ihr aller Wind aus den Segeln genommen wurde, und das nicht nur, weil die Umarmung ihres Vaters so kraftvoll war. Elend und schwach ließ sie sich in seine Arme fallen und wünschte, sie wäre wieder dreizehn Jahre alt, frei von allen Sorgen, von aller Verantwortung und allem Verdruss, und dass ihre Karriere als Hilfsbäckerin, Verkäuferin und Tellerwäscherin gerade ihren Anfang genommen hätte. Wie leicht war das Leben gewesen, auch wenn ihr der Gedanke damals nie gekommen war. Jetzt musste sie perfekt sein. Durfte nie einen Fehler machen. Sie musste alle heilen, alles in Ordnung bringen. Ihre Jacke war voller Mehlstaub und

Zimt, als ihr Vater sie wieder freigab, doch das war ihr egal. Sie zog sie rasch aus und hängte sie an den gleichen Haken wie immer, bevor sie sich eine Schürze schnappte und sich die Hände wusch. Vésteinn reichte ihr eine große Teigkugel und sie stellte sich neben ihm auf und begann Zimtschnecken zu formen.

Nach einer Weile ging Vésteinn nach vorn in den Laden und kam mit zwei Tassen Kaffee zurück. Er blieb bei der Anlage stehen und stellte eine der beiden Tassen ab, um die Lautstärke ein wenig nach oben zu drehen. Er schien nie genug von Fleetwood Mac zu bekommen, und Silja war sich sicher, dass er zu jedem Lied die passenden Schritte eingeübt hatte. Sie arbeiteten schweigend nebeneinander her und hörten der Musik zu. Silja räusperte sich und schien etwas sagen zu wollen, ließ es dann aber im letzten Augenblick wieder sein.

»Wolltest du etwas sagen, mein Kind?«, fragte Vésteinn.

Silja hatte angefangen, eine Mischung aus Zimt und Zucker über den ausgerollten Teig zu streuen, und unterbrach diese Arbeit jetzt. Sie griff nach einem Küchentuch, um sich die Hände abzuwischen, bevor sie die Musik leiser drehte.

»Hast du Mama angelogen? Als du sie betrogen hast«, fragte sie schließlich ohne aufzublicken.

Vésteinn bewegte sich jetzt nicht mehr im Takt der Musik und der zufriedene Ausdruck auf seinem Gesicht wich augenblicklich. Er blickte Silja an und atmete tief durch.

»Nein, Silja. Ich habe sie nicht angelogen. Das konnte ich einfach nicht. Ich fühlte mich einfach schrecklich. Gleich am Morgen danach rief ich sie an. Das bereue ich heute natürlich«, fügte er hinzu und rieb sich mit dem Handrücken über die Augen. »Damit habe ich ihr diese letzten Tage in Kopenhagen verdorben«, fügte er so leise hinzu, dass es kaum zu hören war. »Wo sie doch sonst nie irgendwo hingefahren ist, um sich mal etwas zu gönnen. Die Arme.«

Silja schwieg.

»Das wollte ich nur wissen«, sagte sie schließlich und griff nach einer neuen Teigkugel. »Lügen sind für mich nämlich das Allerschlimmste bei der ganzen Sache«, fügte sie nach einer Weile hinzu. »Man fragt sich automatisch, was eigentlich überhaupt gestimmt hat die ganze Zeit über.«

Vésteinn begriff, dass sie jetzt nicht länger an das Ende seiner, sondern an das Ende ihrer Ehe dachte.

Sie war schon wieder dabei, den Teig kräftig durchzukneten, bevor sie fortfuhr.

»Denn erst jetzt, wo alles zu Ende ist, fange ich so richtig an. Kann nicht mehr aufhören nachzudenken. Auf einmal lebe ich alleine und habe niemanden zum Reden, sodass ich endlos nachdenke und mit mir selbst diskutiere. Am Ende denke ich sogar darüber nach, ob er mich überhaupt jemals geliebt hat. Ob das vergangene Jahrzehnt ein gigantischer Witz war, über den sich alle kaputtgelacht haben außer mir. Ich habe mit aller Kraft versucht, mein Bestes zu geben. Immer. In allem. In diesem verdammten Job, wo ich irgendwelches Pack zusammenflicken muss, das im Suff auf die Nase gefallen ist. Ich musste schon Leuten den Finger in den Hintern stecken, die sich nur von Weißbrot ernähren und sich dann wundern, warum sie ständig so schlapp sind und unter Magenbeschwerden leiden. Nachtdienst, Tagdienst, Abenddienst und Extradienst. So vieles habe ich mir versagt, damit wir die Raten für das Haus zahlen können und es leichter haben, wenn wir einmal Kinder haben. Wir. Und dann geht er mit jedem Flittchen der Stadt ins Bett, während ich wie ein Idiot zu Hause vor dem Fernseher sitze. Ich begreife einfach nicht, wie man ein solcher Mensch sein kann. Ich begreife nicht, wie man das einem anderen Menschen antun kann. So behandelt man doch noch nicht einmal einen Freund, geschweige denn die eigene Frau. Ich begreife das nicht, Papa. Kann es einfach nicht begreifen.«

Vésteinn hörte auf zu arbeiten und schaute Silja zu, die den Teig jetzt mit solcher Heftigkeit knetete, dass der Tisch dabei wackelte. Er ging nicht davon aus, dass der Teig, aus dem Silja jetzt systematisch alles Leben herauspresste, noch zu gebrauchen war, doch er sagte kein Wort, sie musste sich jetzt abreagieren. Kleine Schweißtropfen bildeten sich auf ihrer Stirn, schließlich war ein Kapuzenpullover nicht die ideale Kleidung für eine überhitzte Backstube.

»Was?«, fragte sie schließlich und blickte ihren Vater an, dessen sorgenvoller Blick auf sie gerichtet war.

»Habe ich ihn ruiniert?«, fragte sie dann und blickte auf den leblosen Teig in ihren Händen.

»Ja … ich glaube, die Hefe hast du wohl komplett abgetötet, aber das macht nichts«, antwortete Vésteinn und strich seiner Tochter vorsichtig über den Rücken.

Siljas Augen füllten sich mit Tränen. Sie hörte auf, den Teig zu kneten, und vergrub ihre Hände tief in der zähen Masse. Salzige Tränen tropften auf den Tisch und große Mehlstreifen zogen sich quer über ihr Gesicht, als sie versuchte, sie wieder abzuwischen. Ihr Vater schob sie ruhig vom Tisch weg. Vorsichtig griff er nach Siljas verletzter Hand und verbarg sie in der seinen.

»Das heilt, mein Engel«, sagte er leise. »Es braucht seine Zeit, aber am Ende wird es heilen«, flüsterte er und nahm seine Tochter fest in die Arme, die jetzt laut zu schluchzen begonnen hatte, sodass sie die raue Stimme von Stevie Nicks übertönte, die über dem Backduft hinwegschwebte.

Es war schon bald neun Uhr und Vésteinns Arbeitstag neigte sich dem Ende zu. Sie saßen zusammen an dem Tisch im Kaffeeraum, der gleichzeitig als Büro diente, wenn es erforderlich war. Sie schwiegen, wussten aber beide die Gegenwart des anderen zu schätzen. Silja war überhaupt nicht schläfrig und hatte keine Lust nach Hause zu gehen. Das Haus war irgendwie nicht mehr dasselbe, seit Baldur gegangen war. Jetzt war es kein Zuhause mehr. Nur noch ein Haus.

»Weißt du, wo er sich im Moment aufhält?«, fragte ihr Vater und meinte natürlich Baldur.

»Nein«, antwortete sie.

Sie starrte die Wanduhr hinter Vésteinn an und ließ den Blick nicht ab davon.

Vésteinn trank seinen Kaffee und klopfte mit den Fingern leicht auf den Tisch.

»Hast du von deiner Mutter gehört?«

»Nein«, antwortete sie wieder, immer noch, ohne den Blick von der Uhr zu nehmen. Sie hatte das Telefonkabel aus der Steckdose gezogen und ihr Handy schwamm vermutlich auf die Eisberge von Grönland zu, nachdem sie es vor vielen Wochen ins Meer geschmettert hatte. Sie verspürte nicht die geringste Lust, mit ihrer Mutter zu sprechen. Sie wusste aufs Wort genau, wie das Gespräch zwischen ihnen verlaufen würde, und verlor allein beim Gedanken daran schon die Beherrschung. Letzten Endes hatte ihre Mutter das ja schon immer vorhergesagt, doch Silja hatte nur mäßiges Interesse daran, sich das anzuhören, genau wie an allem anderen, was sie ihr zu sagen hatte. »Immer« und »nie« waren die Lieblingswörter ihrer Mutter, wann immer sie sich stritten. Dabei hatte Silja einmal irgendwo gelesen, dass man genau diese Wörter in einer Auseinandersetzung vermeiden sollte. Ihre Mutter wusste ganz genau, was bei ihr los war, also sah Silja keinen Grund sie anzurufen, um mit ihr darüber zu reden. Halldóra, Siljas Stiefschwester, hatte sie vor zwei Tagen abends besucht. Halldóra hatte engen Kontakt zu ihrer Stiefmutter, also überließ Silja es ihr, sie über die aktuelle Lage zu informieren. Irgendwie hatte sie eine bessere Verbindung zu Siljas Mutter als Silja selbst. Vielleicht, weil Halldóra sich Mühe gegeben hatte, sie kennenzulernen und Zeit mir ihr zu verbringen. Silja hatte wenig mit Arnar zu tun gehabt, nachdem ihre Mutter ihn kennengelernt hatte, auch wenn sie sich mit seinen Kindern aus erster Ehe hervorragend verstand. Sie konnte sich auch nicht daran erinnern, sich je zu einem ernsthaften Gespräch mit ihm hingesetzt zu haben.

Vésteinn stand auf und streckte sich. Er hielt sich den Rücken und Silja sah ihm an, dass er Schmerzen hatte. Er blickte zu dem Regal unter der Decke und fuhr mit der Hand an den Ordnern entlang, die dort standen. Schließlich zog er einen grünen Ordner hervor und blätterte eine Weile darin, nahm dann zwei zusammengeheftete Seiten heraus und reichte sie Silja. Silja blickte auf den Absender – Curia Anwaltskanzlei – und erinnerte sich dann daran, dass ihr Vater im letzten Jahr einen Anwalt zu Rate ziehen musste, nachdem ein Mann im mittleren Alter vor der Bäckerei ausgerutscht war und sich das Steißbein verstaucht hatte.

»Solltest du dir nicht so jemanden suchen?«

»Ja, vermutlich«, antwortete Silja, während sie die Tatsache verdaute, dass ihre Geschichte wohl an diesem Punkt angelangt war.

»Advokater och soldater är satans lekkamrater«, sagte Vésteinn und lächelte. *Anwälte und Soldaten sind die Spielkameraden des Teufels.* Ab und an rutschte ihm noch ein schwedisches Sprichwort oder eine Redewendung heraus, die seine Mutter ihm beigebracht hatte, als er klein war. Nach dem Tod seiner Mutter hatte er nicht mehr viele, mit denen er Schwedisch sprechen konnte, sodass seine Sprachkenntnisse ziemlich eingerostet waren.

»Die sind aber ganz in Ordnung«, fügte er hinzu. »Hier unten auf dem Blatt steht die Telefonnummer. Du kannst es einfach mitnehmen.«

Silja nickte und faltete die Seiten zusammen, bevor sie sie in ihre Jackentasche steckte.

Sie stöpselte das Telefon ein, saß aber lange davor, bis sie die Zahlen eintippte und eine Verbindung zur Anwaltskanzlei Curia in Borgartún erhielt. Sie fühlte einen Stich im Magen, als die Sekretärin in der Zentrale ihre kurze Begrüßungsrede beendet hatte. Sie hatte selbst keine Rede vorbereitet.

»Ja … guten … guten Tag«, brachte sie schließlich mit Mühe hervor. Sie räusperte sich einmal und versuchte Zeit zu gewinnen. Das müsste sie doch eigentlich hinkriegen. Schließlich hatte sie studiert.

Am Ende gelang es ihr zu erklären, dass sie vor einer

Scheidung stand und rechtlichen Beistand benötigte. Sie ertrug es nur schwer, diese Worte aus ihrem eigenen Mund zu hören, verspürte aber danach eine gewisse Erleichterung, es hinter sich gebracht zu haben. Sie ließ sich scheiden. Sie würde diese Worte wohl in nächster Zeit noch öfter aussprechen müssen.

Die Sekretärin bat sie, einen Moment zu warten, während sie einen Mitarbeiter suchte, mit dem sie sprechen konnte. Bevor Silja antworten konnte, ertönte schon die Musik der Warteschleife.

Wie üblich war diese Musik von ausgesuchter Scheußlichkeit. Wie viele hatten wohl die Beherrschung verloren und einen Stuhl oder zwei zerschlagen, bevor sie das Telefon an die Wand geworfen hatten, und all das zu den sanften Tönen von Norah Jones? Bisher war Silja in der Küche auf und ab gegangen, doch nachdem sie bereits mehrere Minuten lang gewartet hatte, zog sie einen Küchenstuhl heran und setzte sich. Sie sprang wieder auf, als die Sekretärin ihr mitteilte, dass sie das Gespräch an eine Anwältin namens Auður Lillý weiterleiten würde, und sich freundlich verabschiedete. Silja konnte sich nicht mehr bei ihr bedanken, denn am anderen Ende der Leitung hatte sich Auður Lillý bereits gemeldet.

Danach fühlte Silja sich unwohl. Vielleicht hätte sie zuerst mit Baldur sprechen sollen, bevor sie sich an einen Anwalt wandte. Allerdings hatte Baldur nichts von sich hören lassen, seit er seine Kleider aus dem Schrank geräumt hatte und verschwunden war. Silja hatte eher mit dem gleichen Verhalten gerechnet wie beim letzten Mal, Blumensträuße per Bote, betrunkene Anrufe, Tränen und dass er sich mit mehr oder weniger großem Erfolg bei all ihren Freunden und Verwandten meldete. Doch diesmal geschah nichts dergleichen. Als ob er sich in Luft aufgelöst hätte, der blonden Schlampe durch die Tür hinaus gefolgt und spurlos verschwunden wäre. Doch dieses Mal war noch etwas anders. Zum ersten Mal machte sie sich mehr Sorgen um sich als um ihn.

Sie wanderte ziellos durch das Haus und begann unwillkürlich »seine« und »ihre« Sachen auseinanderzusortieren. Die meisten Dinge gehörten ihnen gemeinsam, sie hatten sie entweder zur Hochzeit bekommen oder sich zusammen auf einem der von Baldur ungeliebten Ausflüge ins Habitat-Einrichtungsland gekauft. Sie fuhr mit der Hand über die Wand im Wohnzimmer und hielt an einer Stelle inne, an der sich die Tapete ein wenig gelöst hatte. Baldur war handwerklich nicht besonders geschickt, auch wenn er zu den cleversten Geschäftsleuten der Stadt zählen mochte. Dennoch kam es für ihn nicht infrage, irgendeinen Fachmann anzuheuern, um das Wohnzimmer zu streichen und zu tapezieren, sondern er verbrachte lieber viele genervte Abende damit, es selbst zu tun. Und wie bei so vielem in ihrer Ehe waren auch bei der Tapete in ihrem Wohnzimmer bald beträchtliche Unebenheiten aufgetaucht. Sie fuhr mit den Fingern über die Naht zwischen den Tapetenbahnen und kratzte ein wenig an der Stelle, an der sich das Papier zu lösen begonnen hatte. Sie zog ein wenig an einem Fetzen, und bevor sie sich versah, hatte sie ihn abgerissen, sodass ihr ein großer, nackter Fleck an der Wand entgegenstarrte. Sie kratzte noch mehr herum, riss noch mehr ab. Sie hatte diese etwas ausgefallene Tapete damals ausgesucht, weil sie ihr so gut gefallen hatte. Doch nachdem Baldur sie beim Tapezieren dermaßen in Grund und Boden geflucht hatte und ihr die Schuld daran gegeben hatte, wie wenig die Tapete doch taugte, hatte sie nicht mehr so viel Freude daran gehabt.

Silja kam erst wieder zu sich, als das Wohnzimmer aussah wie ein verlassener Einödhof in den Westfjorden. Tapetenfetzen lagen auf dem ganzen Fußboden verteilt und die Wände waren völlig nackt, wenn man von einigen Tapetenschnipseln absah, die noch hier und da hängen geblieben waren. Sie atmete tief durch und verschränkte die Arme vor der Brust, während sie das Chaos betrachtete. Sie würde das Haus behalten. Es war ihr egal, wie das alles werden würde. Sie würde ihm nicht erlauben, ihr alles auf einen Schlag wegzunehmen, was sie sich in ihrem Leben aufgebaut hatte.

Die Tage vergingen. Einer war nahezu wie der andere, sodass es an sich schon eine Abwechslung bedeutete, wieder zur Arbeit zu gehen. Sie zog sich den Kittel über und schloss den Schrank, steckte sich zwei Kugelschreiber in die Brusttasche und schloss die Augen einen Moment lang. Am liebsten wäre sie gar nicht wieder zur Arbeit erschienen, doch das war eben nicht möglich. Sie war lange für sich geblieben, dass es ihr jetzt davor graute, sich wieder mit ihren Kollegen zu unterhalten, die ja doch vor allem nur das eine Ziel hatten, ihr so viele saftige Details wie möglich aus der Nase zu ziehen, nur um alles sofort brühwarm weiterzutratschen. Zumindest hatten die Angestellten des Krankenhauses jetzt Gesprächsstoff, der für eine ganze Woche reichen sollte.

Sie vermisste ihren Bruder. Seit er an jenem Abend fluchtartig Halldóras Haus verlassen hatte, hatte sie nichts von ihm gehört. Silja hatte eigentlich fast damit gerechnet, dass er nicht zurückkommen würde, doch das tat er.

Die Atmosphäre war aufgeladen, als er das Wohnzimmer betrat. Silja saß da und stocherte in ihrem Reis herum, ohne ihren Bruder anzusehen. Die anderen Gäste aßen verhalten weiter und blickten peinlich berührt zwischen den beiden Geschwistern hin und her. Halldóra stand mit sorgenvollem Blick da und strich Aron über den Rücken und bat ihn, sich zu setzen.

»Na, dann ...«, sagte Halldóra schließlich, um das peinliche Schweigen zu beenden. Sie griff nach Arons Teller und gab ihm ein wenig von jedem Gericht.

»Silja, mein Liebes, kann ich dir nicht noch etwas anbieten?«, sagte sie zögernd und streckte ihre Hand nach Siljas Teller aus.

»Nein, danke«, antwortete Silja entschlossen. Sie legte ihr Besteck zur Seite, schob den Teller weg und verschränkte die Hände auf dem Tisch. Aron saß ihr direkt gegenüber und ließ die Augen nicht von ihr ab.

»Du hast aber ein verdammt gutes Händchen bei den Weibern«, sagte Silja schließlich und lachte kalt.

Er antwortete nicht sofort, blickte seine Schwester jedoch scharf an.

»Was meinst du damit?«

»Was meine ich damit?«, äffte sie ihn nach. »Das da kann man ja nicht gerade als eine gute Wahl bezeichnen. Oder würdest du das etwa behaupten? Als wäre sie kurz davor, an Unterernährung oder AIDS draufzugehen. Wenn ich du wäre, würde ich mal ganz schnell im Krankenhaus vorbeischauen, um mich auf Geschlechtskrankheiten untersuchen zu lassen. Die ist mit Sicherheit schon ganz schön rumgekommen. Widerlich.«

Es überraschte Silja selbst, wie bösartig sie sein konnte, und sie erkannte ihre eigene Stimme nicht wieder, so zischend und eiskalt.

Todesstille senkte sich über den Raum, und Halldóra hielt es fast nicht aus, dass sie nichts tun konnte, um die Atmosphäre ein klein wenig aufzulockern. Das Ganze war zu ernst geworden, als dass sie einfach einen Schluck Kaffee anbieten konnte und damit alles wieder in Ordnung käme.

Aron schwieg.

»Und das ist natürlich alles ihre Schuld, nicht wahr, Silja?«, sagte er schließlich.

»Was soll denn das nun wieder heißen?«, stieß Silja hervor.

»Baldur ist natürlich an allem völlig unschuldig, wie immer, nicht wahr? Eigentlich unglaublich, wie dieser Mann, der ein so grenzenlos dämlicher Idiot ist, nie etwas falsch machen kann oder je falsch gemacht hat. Ich kann einfach nicht glauben, dass du deine Wut über diese gescheiterte Ehe an Karen auslassen willst. Wenn sie es nicht gewesen wäre, dann wäre es eben eine andere gewesen. Und noch eine und noch eine.«

»Ach, das ist ja wirklich interessant! Gut zu wissen, wer zu einem hält und wer nicht. Ich hätte nämlich gedacht, dass ich mich auf dich verlassen kann, wo du doch mein Bruder sein willst. Aber mach nur weiter mit deiner blonden Nutte. Es ist ja nicht zu fassen, wie beliebt sie ist!

Wart's nur ab, bis sie dich auch betrügt. Würde mich nicht wundern, ich denke nämlich mal, dass der bei so was überhaupt nichts heilig ist. Mach du nur weiter so und triff dich mit ihr und lass dich an der Nase herumführen.«

»Jetzt gehst du zu weit, Silja Vésteinsdóttir!« Aron sprang auf und seine Stimme wurde sehr laut. Er wirkte bedrohlich, wie er so dastand und die Gäste am Tisch turmhoch überragte. Schäumend vor Wut. »Soviel ich weiß, hast du dich während der letzten zehn Jahre nach Strich und Faden belügen, dich an der Nase herumführen und dich ganz allgemein wie einen Fußabtreter behandeln lassen. Also bilde dir um Himmels willen nicht ein, dass du es dir leisten kannst, mir irgendwelche Predigten zu halten.«

Er küsste Halldóra zum Abschied auf die Wange und bedankte sich noch einmal bei ihr, bevor er wortlos im Schlafzimmer verschwand, sich seine Jacke griff und die Haustür laut hinter sich zuknallte. Silja saß noch immer da und starrte vor sich hin. Sie hatten sich nicht mehr gestritten, seit sie im Teenageralter waren. Das war das Schlimmste, was überhaupt geschehen konnte.

Silja wusste, dass es nicht leicht sein würde, sich wieder mit ihm zu versöhnen, damit alles wieder so war wie früher. Doch sie würde dieses blonde Biest weiter hassen, alles andere war eigentlich völlig ausgeschlossen. Zuerst ihr Mann, dann ihr Bruder. Was wollte sie sich als Nächstes unter den Nagel reißen? Sie war wie King Kong im Nuttenkostüm. Riss ganze Familien an sich, ganze Postleitzahlen, ganze Städte. Sie im Kreise ihrer Familie sehen zu müssen war mehr, als Silja ertragen konnte. Sie sollte sich besser so fern wie möglich von Silja halten, wenn ihr das Leben lieb war. Normalerweise war ihr Bruder mehr für vor Gesundheit strotzende Sportlerinnen, nicht solche abgehalfterten Gerippe. Wie um Himmels willen hatte sie es nur geschafft, ihn so zu blenden, dass er mit ihr zusammen sein wollte? Vielleicht hatte sie sich sogar von ihm aushalten lassen? Sich dies und jenes von ihm spendieren lassen?

Silja spürte, wie ihre Anspannung wuchs, während die Wut in ihr hochkochte. Sie wusste selbst, dass das keine Stimmung war, in der sie ihren Dienst beginnen sollte, und versuchte sich zu beruhigen. Mit diesem Mädchen war sie noch lange nicht fertig.

»Ich rate dir, deine Ernährung radikal umzustellen. Mehr Obst und Gemüse zu essen. Versuchen, weniger Brot zu essen, dafür mehr Bewegung ...«

»Und was ist mit dem Rauchen?«, fragte der Mann irritiert und blickte Silja konzentriert an.

Sie schaute zurück und versuchte zu lächeln. Was für ein Einfaltspinsel.

»Ich muss wohl nicht betonen, wie schädlich das Rauchen für die Gesundheit ist, also empfehle ich dir selbstverständlich, damit aufzuhören.«

Sie griff in die Schublade und kramte nach einer Broschüre mit Ratschlägen für angehende Nichtraucher, doch der Mann bat sie, einen Moment zu warten.

»Ich kann einfach meinen Tag nicht beginnen, ohne mir einen Toast und eine Zigarette zu gönnen. Das ist einfach nicht möglich. Daran kann und werde ich nichts ändern, Fräulein.«

Normalerweise hätte Silja ihre medizinischen Ratschläge dem Mann gegenüber mit Nachdruck wiederholen müssen und weitere, überzeugendere Argumente anführen müssen, um ihn dazu zu bringen, sein Leben zu ändern. Sie blickte ihn an, wie er schwerfällig auf seinem Stuhl vor ihr saß. Mit dünnem Haar und dunklen Bartstoppeln und in einer blauen Jacke mit offenem Reißverschluss. Ein ausgeleiertes, graues T-Shirt konnte die beachtliche Wampe, die fast auf dem Tisch auflag, nur mit Mühe in Schach halten. Er atmete schwer. Hustete.

»Also, jetzt hör mir mal zu, mach einfach, was du willst, Ólafur«, sagte sie und stand auf.

Er schaute sie verwirrt an. Er war hierhergekommen, um medizinische Hilfe zu bekommen, und dann wollte dieses junge Ding da nichts für ihn tun.

»Und was ist mit meinen Magenschmerzen? Willst du mir nichts dafür verschreiben oder was …?«

Sie schloss kurz die Augen und ihre Gedanken führten sie fünf Jahre zurück, als sie mit hochrotem Kopf über ihren Anatomiebüchern brütete und sich auf die Prüfung vorbereitete. In solchen Momenten fragte sie sich, ob sich der ganze Aufwand eigentlich gelohnt hatte.

Sie gab die Informationen über Ólafur ins System ein und musste das Geschriebene zweimal wieder löschen, weil sie sich von ihren Gefühlen hatte mitreißen lassen und das Wort »Fettsack« verwendet hatte statt »Patient«. Sie stand auf und streckte sich. Sie war todmüde und doch war ihr Dienst noch nicht einmal zur Hälfte um. Sie hatte eigentlich keinen großen Kaffeedurst, aber sie beschloss trotzdem, einen Spaziergang zur

Kaffeemaschine zu unternehmen. Dabei nahm sie einen Umweg und ging hinüber in einen ganz anderen Flügel des Krankenhauses, wo sie eigentlich überhaupt nichts zu suchen hatte. Sie musste einfach ein wenig Distanz zwischen sich und Typen wie diesen Ólafur bringen.

Sie hatte vor, sich mit einer Tasse Kaffee in den kleinen Warteraum am Ende des Flurs zu setzen. Wollte den Krankenschwestern aus dem Weg gehen, die inzwischen mit Sicherheit besser über ihre persönlichen Angelegenheiten im Bilde waren als sie selbst. Sie bog gerade um die Ecke, als sie sah, dass dort schon jemand saß. Sie musste kein zweites Mal hinsehen, um zu erkennen, wer das war. Sie zuckte ein wenig zurück und spürte, wie ihr der Magen bis zum Hals sprang. Silja verbarg sich hinter der Wand, während sie sich von dem Schreck erholte. Da saß sie. Das blonde Biest. Karen. Ängstlich und traurig. Was machte sie hier? Was hatte sie wohl sonst hier im Krankenhaus zu suchen, als sich wegen Geschlechtskrankheiten oder Magersucht behandeln zu lassen? Silja lugte wieder um die Ecke, während sie überlegte, wie sie mit dieser unerwarteten Situation umgehen sollte. Sie wusste schon lange, was sie zu ihr sagen wollte, wenn sie irgendwo auf sie treffen würde. Verbrachte sogar manchmal abends lange Stunden damit, eine ausführliche und ins Mark treffende Standpauke zusammenzustellen, die sie ihr laut und deutlich halten würde, wenn sie sich irgendwann trafen. Und jetzt saß sie da. Sie wirkte fehl am Platze, einsam und alleingelassen, und starrte mit leeren Augen vor sich hin. Jetzt war die Gelegenheit, ihr all das zu sagen. Sich hinüber in den Warteraum zu schwingen, sich den Ärztekittel herunterzureißen und ihn auf den Boden zu werfen und ihr dann einmal so richtig Bescheid zu sagen. Oder wäre das vielleicht keine gute Idee? Es gab da immerhin ein oder zwei Dinge, die endlich mal einer dem blonden Biest mitteilen musste. Du kannst nicht mit den Ehemännern anderer Frauen schlafen und dir einbilden, dass du ohne jede Nebenwirkungen einfach so davonkommst. So lief das nun einmal nicht im Leben.

Silja war schon im Begriff, hinüber in den Warteraum zu gehen und mit ihrer Strafpredigt zu beginnen, als ein alter Mann auf sie zukam. Er war groß, sehr groß sogar, lief so schnell er konnte den Gang entlang und blieb erst im Warteraum stehen.

Silja wartete noch ein wenig. Lauschte.

»Sie ist wieder stark durcheinander wegen der neuen Medikamente, die sie ihr jetzt geben, mein Kind. Sie wird schon wieder in Ordnung kommen«, sagte der alte Mann tröstend.

»Aber es sind jetzt schon mehrere Wochen, Großvater. Glaubst du wirklich, dass sich da noch etwas ändert?«

Er setzte sich ihr gegenüber und umfasste ihre Hände.

»Wie kann es sein, dass sie uns nicht erkennt? Sie sucht immer nach dem kleinen Mädchen. Glaubt, dass ich noch ein kleines Mädchen bin. Wird das vielleicht immer so bleiben jetzt? Sie lebt, aber trotzdem hat sie uns verlassen.«

Er schwieg, denn auch er wusste nicht, welche Antwort er ihr geben konnte.

Silja stand weiter hinter der Trennwand. Sie wollte nicht mehr hören. Hatte kein Interesse daran, zu erfahren, dass diese Karen auch Probleme hatte. Das spielte keine Rolle, ging sie nichts an. Sie drehte sich um und ging rasch den Flur entlang. Ihre Tasse stand noch neben der Kaffeemaschine. Unberührt.

Ihre Abende waren Routine geworden und der Abend nach dem ersten Dienst war keine Ausnahme. Silja kam nach Hause, schaltete den Backofen ein und steckte eine große Tiefkühlpizza hinein. Zog sich ihre alte blaue Jogginghose und das weiße T-Shirt mit dem verwaschenen Gesicht des jungen Elvis Presley an. Sowohl die Hose als auch das T-Shirt waren mit hellen Flecken übersät. Sie war dabei, ihre Wohnung zu streichen. Silja hatte es nach und nach geschafft, die ganze Tapete von der Wand zu entfernen, und nach reichlicher Überlegung, welche Farbe wohl am geeignetsten war, hatte sie den sichersten Weg gewählt – Beige – und verbrachte jetzt ihre Abende damit, die Farbe irgendwie an die Wand zu bringen. Sie hatte noch nie zuvor gestrichen, und irgendwann hatte sie einmal jemanden sagen hören, dass man nur tagsüber streichen sollte. Silja war das egal. Sie fühlte sich wohl so ganz allein am Abend, aß ihre Pizza, hörte Bobby Womack und brachte ihr Zuhause wieder in einen bewohnbaren Zustand. Sie saß mit ihrer Pizza auf dem Fußboden. Machte sich noch nicht einmal die Mühe, sie zu schneiden, sondern klappte sie nur zusammen und versenkte ihre Zähne darin, sodass ihr das Pepperoni-Öl aufs Kinn lief. Doch das spielte keine Rolle, weil ihr niemand zusah. Silja stand auf und im gleichen Moment erhob Bobby Womack seine Stimme und sang *Across the 110th Street* für sie. Verärgert stellte sie fest, dass die Kaffeedose leer war, und vorsichtig warf sie einen Blick auf den Regen, der draußen herabprasselte. Am Ende gab sie auf, schlüpfte in ihre Winterstiefel und zog die Kapuze ihrer Jacke so fest zu, dass sie gerade noch herausschauen konnte.

Silja hoffte, dass sie keinen Bekannten treffen würde, so wie sie jetzt aussah, und beschloss, so schnell wie möglich in den nächsten Tante-Emma-Laden zu rennen. Beim Eintreten machte sie einen solchen Lärm, dass alle Anwesenden aus ihren Anorakkapuzen hochschreckten und in Richtung der Tür blickten. Die Glocke an der Tür bimmelte ohne Unterlass und der Verkäufer musste lächeln. Er war der Sohn des Inhabers und manchmal unterhielt sich Silja ein wenig mit ihm. Wenn sie nicht in der Stimmung für einen kleinen Plausch war, ging sie normalerweise in ein anderes Geschäft.

»Du siehst aus wie … wie hieß er noch mal … Tenzing Norgay«, sagte er und lächelte wieder.

Sie schüttelte den Kopf. Dieses Wetter war nicht länger witzig und wenn noch einmal jemand zu ihr sagte, dass das hier schließlich Island sei, würde sie ihm vermutlich die flache Hand ins Gesicht klatschen. Sie blickte über den Raum hinweg. Diesen Laden wollte sie bis in alle Ewigkeit genau so haben und nicht anders. Hier kannte sie sich aus und es gab alles, was man brauchte. Hier und da standen vom Regen durchnässte Menschen und überlegten, was sie zum Abendessen haben wollten, ob es in Ordnung war, sich etwas Süßes zu gönnen, welches Toilettenpapier das weichste und/oder das billigste war. Silja griff nach einer Tüte Kaffee und beschloss auf dem Weg zur Kasse einen Umweg über das Süßigkeitenregal zu machen. Sie ließ ihren Blick lange hin und her schweifen und konnte sich nicht entscheiden. Sie sah vor sich noch jemanden, der allerdings keine Schwierigkeiten damit hatte und genau zu wissen schien, was er wollte, denn er griff zielstrebig nach gleich drei Tüten mit Lakritze.

»Omm, nomm, nomm«, stöhnte er leise.

Sie blickte verstohlen zur Seite. Sie kannte nur einen einzigen Menschen, der unter akuter Lakritzsucht litt. Das konnte nur er sein.

»Hallo …«, sagte sie zögernd. Im gleichen Moment, als ihr das über die Lippen kam, befürchtete sie, dass er sich nicht mehr an sie erinnerte.

Er schaute sie an und musste den Kopf ein wenig zurücklehnen, um unter seiner Kapuze hervorschauen zu können. Schließlich nahm er die Kapuze ganz ab, sodass sein dunkles, unbezwingbares Haar in die Luft emporstieg.

Sein Lächeln entblößte eine Reihe glitzernd weißer Zähne. Er ließ jede Förmlichkeit beiseite, schien den Engländer in sich diesmal in England zurückgelassen zu haben, und zog sie fest in seine Arme.

»Meine Silja«, flüsterte er und umarmte sie noch fester.

Sie klopfte ihm entschlossen auf den Rücken, um ihm zu bedeuten, dass er sie jetzt loslassen durfte. Schließlich wollte sie nicht gesehen werden, wie sie so holterdiepolter gleich nach der Trennung in einem Geschäft irgendwelche Ausländer umarmte. Er löste seine Umarmung, hielt sie aber weiter am Oberarm fest und betrachtete sie.

»Do you know how many Siljas there are in the Greater Reykjavík area?«

Sie blickte ihn fragend an.

»Well, I can tell you. Loads. Loads and loads. I don't know how many of them I phoned up before I eventually gave up. I even phoned up the Auskunft to see if they could help me out. They couldn't, needless to say. And here you are!«

Wieder schloss er sie in seine Arme. Strahlte übers ganze Gesicht, sodass Silja zu befürchten begann, dass ihm an Ort und Stelle die Mundwinkel einreißen könnten.

Und da musste sie auch lächeln. Sie war überwältigt davon, wie sehr er sich freute, sie zu sehen. Also konnte er sich wohl doch noch an sie erinnern. Hatte sogar versucht, sie ausfindig zu machen.

Liam schnappte ihr die Kaffeetüte weg, ging zur Kasse und bezahlte für ihre Einkäufe.

»Danke«, sagte sie und lächelte, als er ihr die bezahlte Kaffeepackung zurückgab.

»Nichts zu danken«, antwortete er fröhlich.

»I am forever in your debt, you know«, fügte er hinzu. »If you hadn't come along that time, I would probably have been found as a popsicle somewhere by Grótta, and that would have been a tad bit sad. And, to this day, my best Icelandic experience was that road trip to Akranes with you. Well, that and that lovely threesome I had after a night in Kaffibarinn.«

Silja verspürte einen Knoten im Magen, nickte aber zögernd. Natürlich war er einer von diesen Typen. Schließlich musste man schon mit Blindheit geschlagen sein, um zu übersehen, wie gern sich die blonden Walküren des hohen Nordens auf exotische Ausländer stürzten, vor allem wenn sie auch noch eine gute Kinderstube hatten. Natürlich hatte er schon mit einer ganzen Latte von Mädchen geschlafen hier.

Liam stieß ein schallendes Gelächter aus, als er Siljas sorgenvollen Blick bemerkte, griff wieder nach ihrem Arm und beugte sich herab, um ihr besser in das inzwischen mit einem traurigen Ausdruck versehene Gesicht blicken zu können.

»I'm joking. A joke, Silja. Haha. Laughter? No?«

»Ähm … wusste ich's doch!«, brachte sie eilig hervor und zwang sich zu einem kurzen Lachen.

Dem darauf folgenden Schweigen hatte keiner von beiden etwas hinzuzufügen. Sogar Liam, der sich selbst so gern reden hörte, stand still und blickte Silja an. Silja überlegte, wohin sie schauen sollte, und probierte mehrere Richtungen aus, bevor sie sich die Regentropfen von der Stirn wischte. Der Gedanke daran, wieder allein in das Chaos ihres Hauses zurückzukehren, zu einem leeren Kühlschrank und einer Tonne von schmutzigem Geschirr, war nur wenig anziehend.

»Willst du vielleicht einen Kaffee mit mir trinken?«, fragte sie leise, bevor sie den Gedanken selbst zu Ende gedacht hatte. Schließlich war es nur eine Tasse Kaffee. Und aus heiterem Himmel hatte sie jetzt gerade Lust, sich mit jemandem zu unterhalten.

»Ja! Ja, danke«, antwortete Liam. Er setzte seine Kapuze wieder auf, schnürte sie fest zu, und bevor er wieder dem isländischen Wetter trotzte, verwandelte er sich zurück in den alten Engländer und bot Silja seinen Arm an.

»Shall we?«

»Now, if I'd known your surname this whole thing would have been a lot easier.« Vésteinsdóttir. Liam betrachtete die Glasscheibe der Haustür, während Silja den Schlüssel ins Schloss steckte.

Sie schaltete das Licht an und wäre im nächsten Augenblick am liebsten vor Scham in den Boden versunken. Seit ihrem Beschluss, das Haus von Grund auf umzukrempeln, hatte sie sich kein einziges Mal die Mühe gemacht, anständig aufzuräumen. Stattdessen hatte sie alte Risse gekittet, Ballast entsorgt, von vorn angefangen. Schnell versuchte sie, wenigstens in der Küche das schlimmste Chaos zu beseitigen, während Liam sich entschuldigte und auf die Toilette ging. Sie überlegte, was sie da eigentlich tat, während sie die Kaffeemaschine füllte. Doch schließlich war nichts daran auszusetzen, dass sie jemanden auf einen Kaffee hereinbat. Wenn Baldur nichts dabei gefunden hatte, jemanden auf einen verschwitzten Quickie hereinzubitten, brauchte Silja sich wegen einer Tasse Kaffee kein schlechtes Gewissen einzureden.

Sie saßen mit ihrem Kaffee und einer Tüte Lakritze im Wohnzimmer auf dem Fußboden.

»Hochdruckparty«, sagte Silja und trank einen Schluck Kaffee.

Mit einem leicht verloren wirkenden Ausdruck in den Augen vermittelte Liam ihr, dass er nicht verstanden hatte, was sie damit meinte.

»Coffee plus liquorice equals high blood pressure. Don't be surprised if you get a headache later on.«

»Oh, and are you like a doctor or something?«

»Volltreffer«, antwortete Silja und lächelte.

Er blickte sie forschend an, bevor er die Augenbrauen hochzog und nickte.

»Crikey ...«, sagte er schließlich halblaut. »Well done you.«

Sie zuckte mit den Schultern.

»So what's all this then? Making a fresh start?« Er stand auf und ging auf die Malerutensilien zu, die auf einem Stapel Zeitungen in der Ecke lagen.

»Something like that«, antwortete Silja. Sie würde vermutlich die eine Wand ein zweites Mal streichen müssen, doch sie hatte keine Lust dazu. Sie hatte nämlich inzwischen herausgefunden, dass Streichen ihr doch nicht so viel Spaß machte. Sie beobachtete Liam, der die Malerarbeiten begutachtete und seine Hand über die Wand gleiten ließ.

»May I?« Er zeigte mit dem Kopf in Richtung der Farbrolle.

Silja nickte. Sie beobachtete ihn, wie er die Farbdose öffnete und die Farbe darin aufrührte. So machte man das also. Er streckte sich mit einem Pinsel bis zur obersten Ecke hin. Silja betrachtete ihn jetzt eingehender als zuvor. Er trug eine dunkelblaue Jeans und einen grauen, langärmeligen Pullover, dessen Ärmel er jetzt hochschob, bevor er mit der Arbeit begann. Als er sich so streckte, war ein Streifen Haut dazwischen zu sehen. Mit seinen langen, dünnen Armen und Beinen, die jetzt in alle Richtungen abstanden, erinnerte er am ehesten an einen Weberknecht. Einen ziemlich gut aussehenden Weberknecht.

Silja kochte noch eine zweite Kanne Kaffee. Liam war inzwischen in vollem Schwung, und es schien ihm völlig egal zu sein, dass ein milder Dauerregen von beigefarbenen Tropfen über ihn erging. Sein schwarzes Haar hatte bereits einige Pünktchen abbekommen.

Silja fühlte sich wohl. Zum ersten Mal seit langer Zeit hatte sie das Gefühl, dass sie niemandem etwas vormachen musste, sich nicht zusammenreißen musste, sich nicht immer voran kämpfen musste wie sonst. Sie konnte einfach da sein. Diese Erkenntnis bedeutete eine große Erleichterung für sie. Vielleicht gab es ja doch noch ein wenig Hoffnung.

Es war schon fast ein Uhr, als Liam stolz sein Werk betrachtete und den letzten Schluck Kaffee austrank. Gemeinsam waren sie über zwei ganze Lakritztüten hergefallen, und er musste zugeben, dass er leichte Erschütterungen in seinem Körper wahrnahm, vermutlich in Form von Herzrhythmusstörungen. Er räumte die Malerwerkzeuge weg und zog seinen Anorak an.

Silja ließ den Blick über das Wohnzimmer schweifen. Es war fertig. Morgen würde sie die Zeitungen und das Malertape wegwerfen können. Vielleicht neue Möbel kaufen gehen.

Liam blieb im Flur stehen. Silja stand noch immer da und bestaunte ihr Wohnzimmer.

»That's me off then. Danke für den Kaffee«, fügte er hinzu.

Silja kam wieder zu sich und entschuldigte sich. Sie hatte ihm schon zweimal für seine Hilfe gedankt und überlegte, ob sie das noch ein drittes Mal tun sollte.

»Danke … noch mal.«

»Nichts zu danken«, antwortete er und lächelte. »This was really nice. Lovely, in fact. I always have such a good time with you, Silja. You have a very … refreshing presence, you know.«

Sie ließ den Blick sinken. Wusste nicht, was sie sagen sollte. Weder auf Isländisch noch auf Englisch.

Während sie sich den Kopf zermarterte, zog er sie langsam an sich. Ließ sein Kinn auf ihrem Kopf ruhen und hielt sie sanft in seinen Armen. Sie schmiegte sich an seine Brust und atmete seinen Geruch ein. Sie fühlte sich wohl in seiner Nähe. Was ungewöhnlich für sie war, denn normalerweise fasste sie nicht so schnell Vertrauen, ließ niemanden so schnell an sich heran, und eigentlich kannte sie ihn kaum, er könnte genauso gut ein entflohener Sträfling aus einem britischen Hochsicherheitstrakt für Exhibitionisten und Vergewaltiger sein. Sie beschloss dennoch, das Risiko einzugehen, blickte auf und küsste ihn sanft auf den Mund. Er lächelte, umfasste ihre Wangen mit beiden Händen und erwiderte zärtlich ihren Kuss. Strich ihr unbeschreiblich sanft über die Stirn. Sie ließ ihn gewähren, wollte nicht, dass er jetzt ging, und bevor sie sich versah, hatte sie bereits den Reißverschluss seines Anoraks heruntergezogen. Sie spürte, wie sein Atem sich beschleunigte, wie er sie fester in die Arme nahm, sein Herzschlag gefährlich aufgewühlt. Die viele Lakritze und der Kaffee waren natürlich keine so gute Idee gewesen. Seine Hand glitt ihren Rücken herab und dann unter ihr Elvis-T-Shirt. Silja spürte, wie die warme Hand ihren Bauch hinaufglitt. Ihr Kuss wurde fordernder. Sie tastete nach dem Gürtel seiner Hose, als er ihre Hand festhielt.

»Let's not do this. Not yet.«

Silja erstarrte. Liam hielt ihre Hand noch immer in der seinen. Küsste sie auf die Stirn. Sie nickte. Was hatte sie sich nur gedacht?

»Sorry … Sorry.« Eilig brummelte sie die Worte und verschränkte rasch die Arme. Schüttelte den Kopf. Atmete schwer. Begann den Nagel an ihrem Daumen abzukauen. Schüttelte den Kopf noch einmal.

»No … no. Nicht so.«

Er umfasste ihre Schultern und hielt sie von sich weg, während sie, die Hände um den Körper geschlungen, vor Unruhe kaum stillhalten konnte. Diese Kaffeesauferei würde noch ihr Ende bedeuten.

»Do you have any idea how incredibly beautiful you are?

I don't think you do«, sagte er und blickte sie starr an. »Have you any idea how much I want you?«

Sie zuckte mit den Schultern. Vermutlich meinte er das nicht ernst.

»Ein echter Knaller?«, fügte Liam vorsichtig hinzu.

Ein winziges Lächeln umspielte ihre Lippen.

»I'd like to see you again.«

Sie blickte ihn an. Nickte mit dem Kopf.

»I am going to leave now. But I would very much like to come and visit you again, if that's okay?«, fügte er hinzu und vollführte ein paar fröhliche Tanzschritte in ihrem Flur.

»Ja, das ist in Ordnung«, sagte sie hastig.

Er lächelte und küsste sie zum Abschied auf den Mund, öffnete die Haustür und schloss sie vorsichtig hinter sich. Siljas Blick blieb auf den beiden eingravierten Namen hängen, während sie im Flur stand, hinter sich die frisch gestrichene Wohnzimmerwand.

Als sie am Morgen wach wurde, war es draußen schon hell. Sie kroch aus den Federn und öffnete das Fenster. In der Nacht hatte es Frost gegeben und der Zaun, der ihren Garten von dem der Nachbarn trennte, war mit Raureif überzogen. Silja blieb lange in der Dusche und stand dann in ihrem Wohnzimmer, wo sie sich die nassen Haare kämmte. Ihr Blick fiel auf den Flur, auf die Schuhe, die in all der Aufregung gestern Abend aus dem Regal gefallen waren. Helle Sonnenstrahlen fielen durch das Küchenfenster, was Silja als göttlichen Fingerzeig interpretierte, dass die Zeit gekommen war, endlich einmal abzuwaschen. Also räumte sie, noch in Unterhose und Top, die Küche auf, bevor sie sich ihre Jeans anzog, einen dicken, hellen Wollpullover und ihre Lederstiefel. Zum ersten Mal seit langer Zeit freute sie sich darauf, aus dem Haus zu kommen, das ihr in dieser Zeit als sicherer Rückzugsort vor der Welt gedient hatte. Vermutlich war es endlich an der Zeit, sich dem Alltag wieder voll und ganz zu stellen.

Und das war wohl kaum ohne eine gute Tasse Kaffee möglich. Auch wenn sie sich nach gestern Abend fest vorgenommen hatte, ihren Kaffeekonsum stark einzuschränken, war der Duft, der aus den Cafés der Stadt zu ihr auf die Straße drang, zu verlockend. Sie öffnete die Tür zu einem Café in der Bankastræti. Ein süßer Duft umfing sie, während sie sich nach einem freien Platz umschaute und sich in die Schlange stellte. Sie war lange nicht hiergewesen, obwohl das früher eines ihrer Lieblingscafés gewesen war. Es hatte ihr gefehlt, allein hier drinnen zu sitzen. Der junge Mann an der Kaffeemaschine lächelte sie an und sie erwiderte sein Lächeln. Seine strahlend weißen Zähne ließen seine dunkle Hautfarbe noch deutlicher hervortreten. Sie setzte sich an einen Tisch und las in einer Zeitschrift, während sie auf ihren Kaffee wartete. Der junge Mann brachte ihren Kaffee und bat sie, es sich schmecken zu lassen. Sie blickte auf und bedankte sich.

Siljas Aufmerksamkeit war voll und ganz auf das Interview mit einer Frau konzentriert, die innerhalb eines Jahres 30 Kilo abgenommen hatte und sich jetzt viel wohler fühlte, als sie spürte, dass jemand an ihren Tisch trat.

Sie blickte auf und war so froh, ihren Bruder zu sehen, dass sie ihm am liebsten um den Hals gefallen wäre. Ihm gesagt hätte, wie sehr sie ihn vermisst hatte und wie traurig sie darüber war, nichts von ihm zu hören. Doch dann erinnerte sie sich, warum das alles so war. Aron hielt eine Stuhllehne mit seinen Händen umfasst und blickte seine Schwester mit ausdruckslosen Augen an.

»Darf ich mich setzen?«

Silja nickte.

Aron setzte sich. Er hatte sich einen Kaffee to go bestellt und legte die schwarze Mappe, die er in der Hand hielt, auf dem Tisch ab. Er war auf dem Weg zu einer Besprechung, trug einen grauen Anzug, ein weißes Hemd und eine schwarze Krawatte.

»Schicker Anzug«, sagte Silja leise.

Er knöpfte seine Jacke auf und lächelte achselzuckend. – Arbeitskleidung eben.

Sie saßen schweigend da. Silja klappte ihre Zeitschrift zu und trank einen Schluck Kaffee.

»Wie geht es dir?«, fragte er schließlich.

»Gut. Ganz gut. Und dir?«

Er blickte sie an, ohne zu antworten. Es ging ihm nicht gut.

»Bist du sauer auf mich?«, fragte sie ihn schließlich geradeheraus.

»Bist du sauer auf mich?«, fragte er zurück.

»Ich habe zuerst gefragt.«

Er schüttelte ohnmächtig den Kopf.

»Ich habe viel über das nachgedacht, was du an diesem Abend bei Halldóra gesagt hast. Und über das, was ich gesagt habe. Manches davon war nicht gerechtfertigt. Aber manches von dem, was du gesagt hast, war auch nicht gerechtfertigt, Silja.«

Sie schwieg und ließ ihren Blick sinken. Sie konnte nicht glauben, dass er noch immer zu diesem Biest halten wollte.

»Aron. Wie gut kennst du dieses Mädchen überhaupt? Was weißt du denn schon von ihr?«, fragte sie mit einer gewissen Schärfe in der Stimme.

»Ich kenne sie gut genug, um zu wissen, dass sie kein schlechter Mensch ist. Ich kenne sie gut genug, um zu wissen, dass es ihr lange nicht gut ging, dass sie Fehler gemacht hat, und ich weiß, dass sie kein leichtes Leben gehabt hat.«

»Immer dasselbe …«, schnaubte Silja und trank noch einen Schluck Kaffee.

»Dasselbe was?«

»Kannst du dich an Erna erinnern? Die, mit der Baldur nach dem Klassentreffen geschlafen hat? Kannst du dich an sie erinnern?«

Aron konnte sich an sie erinnern. Schließlich hatte er mehrfach über sich ergehen lassen müssen, wie seine Schwester über Erna und diese Geschichte herzog.

»Erna soll eine wirklich schwere Kindheit gehabt haben. Ihr Vater ließ die Familie im Stich, und dann hat sie wohl auch mit Drogen herumexperimentiert, die Arme. Das leierte Baldur ständig herunter, als wäre ich die Böse und Mitleidslose, nur weil ich herausgefunden hatte, dass er es ihr auf dem Klo in einem Nachtclub besorgt hat. Man kann sich nicht endlos hinter einer schweren Kindheit verstecken, Aron. Alle haben es irgendwann einmal schwer. Es ist schon ein Ereignis, eine Ausnahme von der Regel, wenn das Leben immer nur Spaß macht. Ich weiß auch nicht. Vielleicht tun Leute so etwas, weil es ihnen selbst nicht gut geht. Trotzdem ist das keine Entschuldigung dafür, sich so zu benehmen, denn dann tragen die, denen es schlecht geht, die Verantwortung dafür, dass es noch mehr Leuten schlecht geht, und das hat eben Konsequenzen.

Ich weiß nicht, wie das bei dir war, aber ich habe mich nicht gerade prächtig amüsiert, als unsere Eltern sich scheiden ließen mit all dem Drumherum. Ich war allerdings damals schon mit Baldur zusammen, also konnte ich es mir nicht erlauben, in der ganzen Stadt herumzulaufen und mich von jedem Kerl vögeln zu lassen, der noch einen Puls hatte, falls du der Meinung bist, dass man genau das tun sollte, wenn es einem schlecht geht.«

Aron schwieg.

»Hatte Baldur eine schwere Kindheit?«, fragte er schließlich.

Silja blickte ihren Bruder an. Baldur hatte keine schwere Kindheit gehabt. Er war genau genommen einer der wenigen Menschen, den Silja kannte, der eine wunderbare Kindheit gehabt hatte. Eltern, Großeltern und Geschwister in Harmonie vereint. Geld war nie ein Problem gewesen. Sportclubs, gute Freunde, Ferien im Wochenendhäuschen, Ski- und Auslandsreisen. Nein. Baldur hatte keine schwere Kindheit gehabt.

Sie schwiegen beide. Die junge Frau, die hier auch arbeitete, war zu ihnen herübergekommen und hatte Arons Kaffee gebracht. Er bedankte sich bei ihr, lächelte und fragte sie, wie es ihr so ging und was ihre Pläne machten, aus Island in die Sonne zu entfliehen. Das konnte Aron. Locker plaudern, sich die Namen von Leuten merken, nett sein.

Er drehte sich wieder zu seiner Schwester um. Trommelte leicht auf seiner Mappe herum, bevor er fortfuhr.

»Ich kann das auch nicht erklären«, sagte er, bevor er einen ernsthaften Versuch unternahm, genau das zu tun. »Ich habe gerade erst eine gescheiterte Beziehung hinter mir und sollte mich eigentlich auf anderes konzentrieren, doch ich kann einfach nicht aufhören, an Karen zu denken.«

Silja atmete tief durch und verschränkte die Arme, als er ihren Namen aussprach.

»Bitte nicht, Silja …«, flehte er seine Schwester an und versuchte fortzufahren.

Sie dachte daran, wie sie sie im Krankenhaus gesehen hatte. So klein und traurig, dass sie nicht mehr in das Bild der Hure von Babylon passen wollte, das Silja sich zurechtgebogen hatte.

»Hast du … von ihr gehört in der Zwischenzeit?«, fragte sie schließlich.

Aron schüttelte den Kopf.

»Es ist viel schwerer, Baldur die Schuld zu geben«, sagte sie leise. »Denn dann ist es irgendwie, also ob das alles meine Schuld wäre. Dass ich ihm das all die Jahre habe durchgehen lassen. Da ist es so viel einfacher, auf irgendeine Fremde wütend zu sein statt auf mich selbst.«

Sie verspürte eine gewisse Erleichterung und griff vorsichtig nach der Hand ihres Bruders.

»Bitte lass mich dir helfen. Lass dir doch endlich auch einmal von anderen helfen«, sagte er schließlich.

Sie nickte und hielt weiter ihre Tasse fest.

»Komm doch morgen Abend bei mir vorbei und wir kochen etwas zusammen. Du kannst dich schließlich nicht ewig nur von deinen Tiefkühlpizzas ernähren«, sagte er und grinste.

Silja wollte eigentlich ihre Essgewohnheiten verteidigen und alles abstreiten, ließ es dann aber doch lieber bleiben. Er kannte sie einfach zu gut.

»Jetzt muss ich aber los, willst du ein Stück mit mir die Austurstræti entlanglaufen oder bleibst du noch?«

Silja blickte ihren Bruder an und es entging ihr nicht, wie die anderen weiblichen Gäste des Cafés ihm auffällige Blicke zuwarfen, wie er so dastand, hochgewachsen und einfach verdammt gut aussehend.

»Ich bleibe noch ein bisschen.« Sie stand auf und umarmte Aron.

Nach und nach schienen die Dinge wieder ins Lot zu kommen.

Sie bestellte sich noch eine Tasse Kaffee und ließ den Blick schweifen, während sie die warmen Sonnenstrahlen, die durch das Fenster drangen, auf ihrem Gesicht genoss. Ihr Blick blieb an einem alten Mann hängen, der an einem der Tische saß. Er putzte sich gerade die Nase mit einem Taschentuch und schien sich weiter über seinem Schachbrett den Kopf zu zermartern. Silja überlegte, wo sein Gegner wohl war, bis sie begriff, dass er gegen sich selbst spielte. Er lächelte vor sich hin. Mit Sicherheit war er gerade dabei, zu gewinnen.

Ihr Telefon klingelte und riss sie aus ihren Gedanken. Sie blickte auf ihren Bildschirm, der keine Nummer anzeigte. Sie antwortete und hörte ein kurzes Piepen, bevor sie am anderen Ende der Leitung eine Antwort bekam.

»Du Dummes! I didn't even get your number last night. Handy to have that phone book, Silja Vésteinsdóttir.«

Sie lächelte. Es war ihm also tatsächlich ernst gewesen. Sie hatte gerade ihre zweite Tasse Kaffee begonnen, und sie fragte Liam, ob er Lust hatte, mit ihr gemeinsam seinen Koffeinpegel zu steigern.

»Always. Where are you at?«

»Im *Viertel.*«

»Ich komme.«

Sie blieben so lange sitzen, dass es schon Zeit fürs Abendessen war, als sie vor Siljas Haustür standen.

Liam blieb lange am Eingang zum Wohnzimmer stehen und bewunderte die fachmännisch gestrichene Wand mit einigen wohltemperierten Adjektiven der englischen Sprache.

»My finest work to date, if I may say so myself.«

Silja konnte ihm nur zustimmen und griff nach einer Pizza aus dem Gefrierfach.

Sie nahmen im Wohnzimmer Platz, diesmal auf dem Sofa, und zur Feier des Tages hatte Silja die Pizza in einzelne Stücke geschnitten.

»So ... you are a fan of the frozen pizza pleasures, I see?«

Sein Blick war auf die beachtlichen Vorräte im Gefrierfach gefallen und dazu schien Silja eine persönliche Bindung zu deren Verpackungen zu unterhalten, die in Wirklichkeit natürlich schon längst auf dem Weg zum Recycling sein sollten, wenn Silja sich nur die Zeit dafür genommen hätte.

»I don't really cook«, antwortete sie, bevor sie in ein Stück biss. »I cure«, fügte sie hinzu und nickte.

Liam lächelte. »Dr. Silja, The Medicine Woman.«

»Damn straight.«

»You know, I did guess you were a doctor, back then when I first met you. It really doesn't surprise me that that's what you do.«

Sie hörte auf zu essen und legte die Pizza zurück auf ihren Teller. Fragte, wie er denn zu dem Schluss hatte kommen können.

»Is it because I'm very cold and clinical and all that?«

»No. I think it's because you care«, antwortete er.

Sie blickte ihn an. Auf einmal verspürte sie keinen Hunger mehr.

»I don't really care. Not really. I just … do my job.«

»Well, I'm sure you're very good at it.«

»Sometimes. Sometimes not.«

Silja zog ihre Füße an sich und wischte sich den verschmierten Mund mit einem Stück Kleenex von der Küchenrolle ab.

»So ist das eben …«, fügte sie leise hinzu.

Liam aß das letzte Stück auf und lehnte sich zufrieden im Sofa zurück. Er drehte den Kopf zu Silja hin.

»So, all that … Kuss-Kuss. What about that?«

Damit hatte sie nicht gerechnet. Seit wann diskutierte man so banal über Kussfragen, einfach so nach dem Abendessen und ohne auch nur einen Schluck Alkohol getrunken zu haben? Sie unternahm den Versuch, einen Satz zu formulieren, ließ es dann aber bleiben. Mehr als einmal.

»It's okay«, sagte Liam ruhig. »Only me and you here and I think we both know what happened last night.«

Sie stimmte zu. Öffnete den Mund noch einmal, um etwas zu sagen, und trat dann wieder den Rückzug an, nach nur einem, halb fertigen Wort.

»Is it too soon for you?«, fragte er.

»Maybe. It's only been a few weeks, so it would probably be too soon.«

»Says who? Or is that how you feel?«

Silja musste darüber nachdenken. Sie war nie mit einem anderen Mann als Baldur zusammen gewesen und plötzlich küsste sie einen Mann, den sie eigentlich kaum kannte. Gierig. Zwei Mal.

»Do whatever you feel comfortable with, Silja. But don't take anyone's advice except your own. You know what's best for you. You're an intelligent woman.«

Dem stimmte sie auch wieder zu. Sie wusste, was sie tun wollte, und sie wollte nicht länger darüber nachdenken, ob es das Beste für sie war oder nicht. Zu oft hatte sie alles gründlich durchdacht, bevor sie etwas in die Tat umgesetzt hatte. Und hatte nachher mit leeren Händen und so vielen verpassten Gelegenheiten dagesessen. Und deshalb, an diesem Abend und in diesem frisch gestrichenen Wohnzimmer, war sie es, die näher an ihn heranrückte.

Sie spürte den warmen Atem an ihrer Brust, als sie aufwachte, und genoss die Stille noch eine Weile. Die Stille, die immer herrschte, bevor zwei Menschen, zwischen denen sich in einer Nacht alles verändert hat, zum ersten Mal wieder miteinander sprechen. Er lag dicht neben ihr auf dem schmalen Sofa und hielt ihre Taille umfasst. Die Helligkeit fand ganz allmählich ihren Weg durch die Fenster hindurch und bildete mithilfe der Jalousien ein Muster auf dem Fußboden. Draußen im Garten zwitscherten die Vögel. Sie strich ihm durchs Haar und versuchte es ein klein wenig zu glätten, damit es sie nicht länger in der Nase kitzelte.

Mit großer Vorsicht glitt sie unter der Decke und seinen Armen hervor und vom Sofa herunter. Hob ihre Unterhose vom Fußboden auf und zog sie an, bevor sie den Rest ihrer Kleider aufsammelte.

»Guten Morgen«, sagte er schläfrig.

Sie zuckte zusammen und drehte sich eilig um, während sie ihren BH anzog. Was in Wirklichkeit albern war, denn heute Nacht hatte er natürlich ihre Brüste bereits gesehen. Und nicht nur die.

»Ja, hi. Guten Morgen«, antwortete sie schließlich und strich sich das Haar hinter die Ohren. Sie zog sich rasch ihr T-Shirt über und bot ihm eine Tasse Kaffee an.

Silja schnüffelte gerade an einer Packung Toastbrot, um herauszufinden, ob es noch genießbar war, als jemand kräftig an die Haustür hämmerte. Sie erwartete niemanden, und da heute Sonntag war, war es auch wohl kaum der Paketbote. Außerdem benutzten ihre Besucher meist die Türklingel, die sich gut sichtbar am Türrahmen befand. Als sie durch die Glasscheibe blickte, konnte sie niemanden erkennen, beschloss aber trotzdem zu öffnen, auch wenn sich da sicher nur jemand einen Scherz erlaubt hatte.

Sie hätte gewünscht, dass dem so wäre, als sie sah, wer da vor ihrer Tür stand. Das heißt, eigentlich stand er nicht, sondern er saß, und zwar auf der untersten Stufe. Er blickte auf, als er hörte, wie die Tür geöffnet wurde.

Silja erkannte ihn kaum wieder. Er hatte schäbig aussehende Bartstoppeln und dunkelblaue Ringe unter den Augen, und seine Lippen zogen sich zu einem verkrampften Lächeln auseinander.

»Meine Silja …«

Er stand auf und stützte sich auf das Geländer, während er die Stufen wieder hinaufging. Sie sah und hörte ihm an, dass er betrunken war. Und nach seinem Aussehen zu urteilen, war es nicht das erste Mal, seit er ausgezogen war.

»Schau dich nur an, mein Schatz. Schön wie immer.«

Er stand vor der Tür und betrachtete Silja. Sie wich zurück, als er versuchte, ihr über die Wange zu streicheln. Er hustete, kratzte sich am Kopf und versuchte, an ihr vorbei ins Haus zu gelangen. Sie stand unbewegt im Türrahmen.

»Was ist denn …? Willst du mich nicht hereinlassen?« Er starrte sie an, als ob er erwartete, dass sie sich ihm an den Hals werfen und ihm sagen würde, wie glücklich sie doch darüber sei, dass er wieder nach Hause gekommen war. Seine Augen hatten den Ausdruck, mit dem es ihm noch jedes Mal gelungen war, sie in seinen Bann zu ziehen.

Silja rührte sich nicht vom Fleck und ließ den Blick sinken. Sie konnte seinen Anblick kaum ertragen, so bemitleidenswert sah er aus. Sie hatte Liam schon fast vergessen, als dieser ihr aus der Küche zurief.

Das alkoholgeschwängerte Lächeln verschwand schneller aus Baldurs Gesicht, als Silja blinzeln konnte. Scharf blickte er zuerst sie, dann Liam an, der jetzt in den Flur getreten war.

Er machte zwei Schritte rückwärts und lehnte sich gegen das Geländer. Er blickte zwischen Silja und Liam hin und her und fing an zu lachen.

»Du bist ja auch nicht viel besser als ich, mein Schatz«, sagte er und lachte laut.

Liam umfasste Siljas Schultern, doch sie schob seine Hände sanft weg und bat ihn, zurück in die Küche zu gehen.

»Hast dir schon einen Neuen gesucht, dabei ist die Tinte auf dem Scheidungsantrag noch nicht einmal trocken! Und dann auch noch irgendeinen dahergelaufenen Ausländer. Mit Haaren wie Kramer in Seinfeld.«

»Und du?« Sie war selbst erstaunt, wie ruhig sie war. »Und du, Baldur?«, wiederholte sie.

Verblüfft stand er da, als hätte er keine Ahnung, wovon sie sprach.

»Was glaubst du eigentlich, warum wir uns scheiden lassen?«, zischte sie. »Wenigstens habe ich gewartet, bis wir uns getrennt hatten, bevor ich etwas mit einem anderen anfing. Anders als bei dir.«

»Ich kann ja verstehen, dass du irgendwie sauer auf mich bist, aber ich muss jetzt mit dir reden. Lass mich reinkommen und mit dir sprechen, und wirf diese Witzfigur raus. Das hier geht ihn nämlich gar nichts an!« Baldur geriet immer mehr in Rage und zeigte auf Liam. Silja konnte ihn nicht länger zurückhalten, und bevor sie sich versah, hatte Baldur sie zur Seite gestoßen und war auf Liam zugestürmt, der jetzt im Wohnzimmer stand. Er schubste ihn mehrmals grob und zerrte an ihm.

»Hast du's ihr schon besorgt? Was? Wollt ihr mir wirklich weismachen, dass sie für so eine traurige Nummer wie dich die Beine breit macht?«

Liam antwortete ihm nicht, schließlich verstand er auch kaum die Hälfte von dem, was Baldur ihm zu sagen hatte, doch er vermutete, dass es keine Nettigkeiten waren. Er stand regungslos da und ließ Baldur gewähren, der eigentlich schon genug damit zu tun hatte, das Gleichgewicht nicht zu verlieren.

»Calm down, man. I'm not going to do anything. I'm not going to … you know fight you or anything like that.«

»Und dann bist du auch noch ein Weichei. So ein verdammtes Weichei«, rief Baldur und lachte laut, bevor er Liam so fest er konnte auf die Schulter schlug.

Silja zerrte an Baldur und bat ihn, zu gehen und seinen Rausch auszuschlafen. Wenn er wieder nüchtern war, würde er schon selbst begreifen, dass sie einander nichts mehr zu sagen hatten.

Er war kurz davor, in Tränen auszubrechen, und schüttelte sie verärgert ab.

»Ist dir das alles vollkommen gleichgültig, Silja? Du nimmst mir mein ganzes Leben weg, mein Zuhause, alles! Begreifst du nicht, was du mir antust? Willst du das nicht begreifen? Siehst du nicht, in welchem Zustand ich bin? Und ist dir das wirklich vollkommen egal? Ist dir das völlig scheißegal, du verdammte Fotze!?«

In Lichtgeschwindigkeit schien er die gesamte Bandbreite menschlicher Gefühle zu durchlaufen, umfasste dann Siljas Gesicht mit beiden Händen.

»Right, genug jetzt!«, sagte Liam rasch und sprang auf Baldur wie die Katze auf den Vogel. Sie drehten sich im Wohnzimmer in einen primitiven Tanz verschlungen, der dann und wann von Faustschlägen unterbrochen wurde, die allerdings nur selten ins Schwarze trafen. In einem Moment warf Baldur Liam gegen ein kleines Schränkchen im Flur, sodass ein Bild und zwei Schalen, die darauf standen, zu Boden fielen und zerbrachen. Die Schalen hatten Silja und Baldur zur Hochzeit bekommen. Das Bild zeigte sie an ihrem Hochzeitstag.

Mit ein paar einfachen, aber effektiven Griffen gelang es Liam schließlich, Baldur niederzuringen, und ihn auf dem Boden festzuhalten. Baldur wand sich eine Weile hin und her, blieb dann aber regungslos liegen. Er hatte aufgegeben.

»Now, I'm sorry, but you are in no state to come in here

and be offensive and vulgar. I am going to have to ask you to be so kind as to leave immediately.«

Baldur nickte, soweit ihm das möglich war, da sein Gesicht gerade fest auf das kalte Parkett gepresst war. Liam half Baldur wieder auf die Beine.

Eilig ging er an Silja vorbei, ohne noch ein einziges Wort zu sagen, und knallte die Tür hinter sich zu.

Sie standen im Flur vor dem Eingang. Nach all dem Tumult war Liam noch ein wenig außer Atem. Silja schwieg.

»Charming guy«, sagte Liam leise und wischte sich die Nase ab. Baldur war es gelungen, ihn blutig zu kratzen. Liam ging ins Badezimmer und schloss die Tür hinter sich.

Silja wartete vor der Tür und suchte nach Worten.

»Sorry … wegen alldem«, sagte sie, als er schließlich wieder herauskam, und fuhr mit der Hand durch die Luft, um die Absurdität des gerade Geschehenen zu unterstreichen.

Liam blickte sie an. Wartete darauf, dass sie seinen Blick erwiderte.

»You have nothing to be sorry for, Silja. You should be happy not to have that man in your life anymore.«

»Er war nicht immer so«, sagte sie rasch. Liam durfte nicht denken, dass sie völlig von Sinnen gewesen sein musste, zehn Jahre ihres Lebens mit einem Trunkenbold verbracht zu haben, der die Striemen auf seiner Nase zu verantworten hatte.

Liam nickte zustimmend. Bat sie um Entschuldigung, nur zur Sicherheit, falls er sie beleidigt hatte.

Sie schwiegen beide.

»How did you feel, though? When you saw him again.«

Sie kratzte sich an der Schulter, nur um irgendetwas zu tun.
»Nichts. I didn't feel a thing.«
Er nickte und machte einen Schritt auf sie zu.

Sie lagen noch immer auf dem Sofa, als es draußen dunkel zu werden begann. Auch wenn sie sich erst so kurz kannten, hatten sie schon eine bequeme Stellung gefunden, in der sie mehr oder weniger den ganzen Tag eng aneinandergeschmiegt daliegen konnten. In der sie sich beide wohlfühlten, ohne dass die Arme blutleer wurden oder das Genick steif. Das hatten sie also schon hinbekommen, auch wenn alles andere noch im Dunklen lag. Sie hörte zu, wie er atmete, überlegte, ob er schlief, und fuhr mit den Fingern vorsichtig durch sein Haar. Liam zuckte zusammen, als er vertraute Töne hörte, die vom Fußboden her aus seiner Jeans heraus erklangen. Er kletterte vom Sofa herunter und kramte in allen Taschen, bevor er sein Telefon endlich fand. Atmete einmal tief durch und warf Silja einen entschuldigenden Blick zu. Silja hörte eine Frauenstimme im Telefon und war froh, dass er nach oben ging, um zu sprechen. Sie wollte nicht zuhören. Er sprach Englisch. Mit einer Frau. Was wusste sie eigentlich von ihm? Vielleicht hatte er sogar Frau und Kinder in England. Hatte nie etwas anderes im Sinn gehabt, als sich in Island ein paar Monate lang zu amüsieren und dann zurück in seinen Alltag und zu seiner Familie zu gehen, wenn das Geld alle war.

Er kam die Treppe wieder herunter und beendete das Gespräch. Der Ausdruck in seiner Stimme war ernst. Silja hatte diesen Ton noch nie zuvor bei ihm gehört. Etwas war nicht in Ordnung.

Er kratzte sich am Kopf, knöpfte seine Jeans zu und steckte das Telefon in die Hosentasche. Blickte zur Decke und massierte sich missmutig die Schläfen. Silja schwieg. Was es auch war, sie wusste, dass die Dinge sich ändern würden. Schließlich war es auch kindisch, sich einzubilden, dass die Welt stillstand, während man selbst auf dem Sofa kuschelte. Sie wartete darauf, dass er von sich aus etwas sagte, wollte ihn nicht fragen, was los war.

Er setzte sich neben sie auf das Sofa und sein Atem ging schwer.

»I need to go back«, sagte er und schüttelte den Kopf. Umfasste seinen Kopf mit den Händen und lehnte sich dann zurück. Silja schwieg. Ihre Theorie, dass er zu Hause Frau und Kinder hatte, stimmte also vielleicht am Ende doch. Verdammt.

»Dad has taken a turn for the worse. That was mum on the phone there.« Sein Gesicht war ernst und Silja erschrak ein wenig, als sie diese Seite an ihm sah.

»So, I need to go back to England and take over my father's job for a while until we see how things pan out. Look out for the family's interests, as my mother so delicately put it. McGovern & Wedlock Ltd. Christ, I think I'm going to be sick …«, Silja schwieg noch immer. Fand, dass sie nichts zu sagen hatte. Sie konnte ihm ja wohl kaum um den Hals fallen und ihn schluchzend bitten, nicht zu gehen. Natürlich hatte er Pflichten seiner Familie gegenüber. Also nickte sie stattdessen.

»What about that Wedlock guy? Can't he sort things out and then … you won't have to go?«, schlug sie vor und lächelte ungeschickt.

Er lachte verkrampft. Wenn es nur so einfach wäre.

»Lieber Silja«, sagte er leise. Er strich ihr über die Wange und fuhr mit den Fingern durch ihr langes Haar.

»Liebe«, korrigierte sie ihn.

—

Zwischen zwei hohen Häusern hindurch schafften es ein paar Sonnenstrahlen durchs Fenster herein. Mit Abscheu blickte Hervör auf den ganzen Staub, den die Frühlingssonne enthüllte. Es sah ganz so aus, als müsste sie schon wieder einen Großputz durchführen, wie neulich erst. Sie schaute aus dem Fenster, während sie die Hocker herunterstellte, die oben auf dem Tisch am Fenster gestanden hatten. Sie hatte den Eindruck, dass sich einzelne Schneeflocken in die Sonnenstrahlen mischten, und schaute genauer hin. Es hatte tatsächlich wieder zu schneien begonnen. Sie griff nach dem Schild an der Tür und drehte es herum. Georg band sich die Schürze um und wischte die Spitzen seiner Schuhe mit einem feuchten Tuch ab. Seine zitronengelben Converse-Schuhe peppten die Arbeitskleidung wieder einmal kräftig auf, und er blickte einen Moment lang bewundernd an sich herab. Hervör musste lächeln, als sie sah, wie er zur morgendlichen Musik ein paar Tanzschritte unternahm, während er nach einer neuen Tüte mit Kaffeebohnen griff. Sie mochte diese Zeit am frühen Morgen. Die Ruhe vor dem Sturm. Zeit, um in aller Ruhe in Gang zu kommen, statt später in die große Hektik hineinzuplatzen. Georg ließ sich um nichts in der Welt von der Zeremonie abbringen, die er immer beim Öffnen von frischem Kaffee durchführte. Er öffnete die Verpackung und genoss dann einige Augenblicke lang mit geschlossenen Augen den Duft der Bohnen. Der Duft war fast so gut wie der Geschmack, der Geschmack fast so gut wie der Einfluss des Koffeins. Er war außerordentlich gut drauf heute Morgen, hatte Dylan zum Musiker des Tages erkoren, um Hervörs Stimmung zu heben, und dann schwang er mit großer Leidenschaft das Tanzbein. Es machte ihm schon lange nichts mehr aus, wenn ihn die Stammkunden bei Tanz und Gesang erwischten, ohne mit der Wimper zu zucken, ging er ganz ruhig hinter die Theke zurück, wenn die Tür aufging und die ersten Gäste hereinkamen.

Es war schon fast zehn Uhr und der erste Morgenstress fiel allmählich von ihnen ab, sodass sie einen Zug auf Marinós Schachbrett machen konnte, während sie Kaffeetassen einsammelte und kurz über die Tische wischte.

»Was für ein Manöver!«, rief er aufgeregt. Sie wusste nicht genau, ob er sich für sie freute oder weil Schwarz jetzt besser dastand. Doch das spielte auch keine Rolle. Hervör lächelte. Wenn es ihm gut ging, war sie zufrieden. Es hatte eine Weile gedauert, bis er sich richtig von seiner Krankheit erholt hatte, doch jetzt kam er wieder regelmäßig, und wenn Hervör und Georg Zeit hatten, schauten sie manchmal nach der Arbeit bei ihm vorbei. Nachdem er Schach und Matt erklärt hatte, fing er an, die Figuren in aller Ruhe einzusammeln und zurück in das Kästchen zu räumen. Er strich mit der Hand vorsichtig über den Tisch, stellte das kleine Milchkännchen in die leere Tasse hinein und wartete, bis Hervör das nächste Mal vorbeikam.

»Hast du vielleicht einen kleinen Augenblick Zeit, mein Kind?«, fragte er vorsichtig und blickte sich um.

Sie bejahte, zog einen Stuhl heran und setzte sich zu ihm.

Marinó lächelte und putzte sich mit einem Taschentuch die Nase, bevor er es wieder zurück in die Tasche steckte. Er packte sein Schachbrett in die braune Ledertasche und nahm zwei weiße Umschläge hervor, bevor er die Tasche zurück auf den Fußboden stellte.

Er räusperte sich ein wenig, schien fast peinlich berührt und strich sich über das Kinn.

»Jetzt ist es so weit, liebe Hervör, dass ich mich verabschieden will«, sagte er schließlich.

Hervör blickte ihn an, während sie überlegte, was das zu bedeuten haben könnte. War er schon wieder krank? Gab es ein anderes Problem?

»Was meinst du?«, fragte sie mit besorgter Stimme.

»Ja, also«, fuhr er fort, »ich selbst gehe nirgendwo hin. Aber ich hoffe, dass du das tust«, fügte er hinzu und schob ihr einen der beiden Umschläge hin. Es war ein weißer Briefumschlag, nichts Auffälliges. Sorgfältig extra mit Klebeband verschlossen. Vorn hatte er mit einem schwarzen Stift und in zittriger Schreibschrift ihren Namen geschrieben.

Sie schaute ihn weiter an, begriff nicht, wovon er sprach.

Marinó blickte zurück und stützte den Ellbogen auf der Tischkante ab. Strich sich wieder über das Kinn, suchte nach Worten.

»Es ist eine Schande, wie wichtig Geld doch in diesem kurzen Leben ist, das uns gegeben ist«, sagte er schließlich als Erklärung. »Wir sind so beschäftigt damit, es zu verdienen, dass wir keine Zeit mehr haben, die Früchte unserer Arbeit zu genießen. Arbeiten, um uns etwas leisten zu können, zahlen unsere Schulden ab, sparen für schlechte Zeiten.«

Hervör wusste noch immer nicht, was er meinte, und überlegte einen Augenblick lang, ob Guðbjörg von Mastercard ihn aufgesucht und bestochen hätte, um ihr eine Moralpredigt über den verantwortlichen Umgang mit Geld zu halten. Sie blickte auf den Umschlag, der vor ihr auf dem Tisch lag.

»Die Leute, die sagen, dass Geld keine Rolle spielt, sind normalerweise diejenigen, die genug davon haben.« Er lächelte. »Es ist schon merkwürdig, wenn man überlegt, dass man da sein ganzes Leben lang hart gearbeitet hat und dann plötzlich im hohen Alter über solche Summen verfügt, wenn man damit nichts mehr anfangen kann. Ich kaufe nur selten irgendwelche Lotteriescheine, wenn ich mir einen Liter Milch im Vísir hole. Doch das eine Mal scheine ich ins Schwarze getroffen zu haben.«

Er blickte Hervör direkt in die Augen und lächelte.

»Hier, mein Kind. Danke für alles. Für den Kaffee und all die guten Stunden. Wie ihr euch um mich gekümmert habt und wie freundlich ihr zu mir wart. Das ist unbezahlbar.«

Noch immer wusste sie nicht genau, was er meinte, und zögernd hob sie den Umschlag an, während sie versuchte, zu lächeln oder sonst irgendeine Reaktion zu zeigen.

Marinó beugte sich zu ihr hin und bedeutete ihr, dass er ihr etwas zuflüstern wollte.

»Glaubst du vielleicht, dass Georg sich einen Moment zu mir setzen könnte?«

Sie nickte und stand auf wie hypnotisiert.

»Georg! Marinó hat dir etwas zu sagen«, rief sie in die Küchennische hinein. Georg nickte und stieß sie fast um auf dem Weg. Sie war noch nicht einmal in der Lage, ihm auszuweichen.

»Ist alles in Ordnung, altes Mädchen?«, fragte er und lächelte.

Hervör nickte. Vielleicht war tatsächlich alles in Ordnung.

Glücklicherweise war gerade wenig Betrieb, also konnte sie über die Kaffeemaschine hinüberspähen, um Georg und Marinó zu beobachten. Sie sah, wie sich Georgs Miene allmählich veränderte und einen ähnlichen Ausdruck annahm wie die ihre nach dem Gespräch mit Marinó. Sie hielt noch immer den Umschlag in der Hand. Wollte ihn jetzt noch nicht öffnen. Sie beobachtete, wie Georg nickte und seine Hand auf einem ähnlichen Umschlag ruhte, wie sie ihn bekommen hatte. Marinó nickte ebenfalls, griff nach seiner Tasche und stand auf. Georg blieb zurück, kam dann aber zu sich und sprang auf. Marinó reichte ihm zum Abschied die Hand und blickte sich nach Hervör um, die sich hinter der Theke versteckt hielt. Er sagte nichts, zwinkerte ihr aber verstohlen zu, bevor er ruhig zur Tür hinüberging, auf die Straße trat und kurze Zeit später verschwunden war.

Georg blickte Hervör an. Sie nahmen ihre Umschläge, schlossen sie zusammen mit dem Wechselgeld weg und warteten darauf, dass der Arbeitstag zu Ende ging. Später musste Hervör noch oft daran denken, wie sie einander gegenübergestanden hatten, nachdem sie abgeschlossen und eine Minute nach sechs im *Viertel* die Lichter gelöscht hatten. Sie lösten das Klebeband vorsichtig ab und blickten einander noch einmal an, bevor sie gleichzeitig den Inhalt herausnahmen.

Ein Scheck.

Jeder auf sieben Millionen Kronen ausgestellt. Sieben Millionen für Georg. Sieben Millionen für Hervör.

Sie stieß ein hysterisches Kichern aus. Georg war sprachlos. Marinó hatte den Lottoschein im Vísir gekauft, zusammen mit einem Liter Milch.

Die Milch war längst abgelaufen, sodass Mía zusammenzuckte, nachdem sie daran geschnuppert und sie verärgert in den Ausguss gekippt hatte. Sie schlürfte ihren frisch gekochten Kaffee schwarz und verzog das Gesicht über den bitteren Geschmack. Sie saß auf dem Sofa mit einem Stapel Papiere vor sich. Ihr aktualisierter, in einer Vielzahl von Exemplaren ausgedruckter Lebenslauf. Allein diese Leistung bedeutete Mías Meinung nach einen beachtlichen Etappensieg, nur mit Schaudern dachte sie jetzt allerdings daran, dass sie damit jetzt auch in Geschäften, Cafés, Museen und Restaurants hausieren gehen musste. Keiner dieser Arbeitsplätze entsprach ihrem Herzenswunsch, doch die Zeit lief ihr davon. Ihr Sparschwein hatte sein Letztes gegeben. Sie stand auf und hockte sich mit ihrer Kaffeetasse auf das Fensterbrett. Sie fühlte sich heute besser als gestern, war in dieser Woche unternehmungslustiger als in der Woche zuvor. Sie ließ ihren Blick über die Wohnung schweifen und blickte entschlossen auf eine der Kleidertüten, die sie noch immer nicht ausgepackt hatte. Vielleicht würde sie sich heute daranmachen, wenn sie die Zeit dafür fand.

Das Telefon zeigte an, dass sie eine SMS erhalten hatte. Mía ging langsam zum Tisch hinüber und hoffte inniglich, dass es nicht schon wieder eine Nachricht von ihrem Teenager aus Hafnarfjörður war. Mit einem Unternehmungsgeist, wie ihn nur ganz junge Menschen aufbringen können, die noch einen weiten Weg im Dschungel zwischenmenschlicher Beziehungen vor sich haben, hatte er sie im Telefonbuch ausfindig gemacht und ihr seit dem schicksalhaften Abend eine SMS nach der anderen, geschickt. Sie hatte es längst aufgegeben, ihm zu antworten, und hoffte, dass er irgendwann bei Daníel in Álftamýri an die Tür klopfen würde, wo sie sich noch nicht abgemeldet hatte. Sicher ein interessantes Erlebnis für beide.

Doch die Nachricht war von Valgeir. Er war auf dem Weg nach Hause von einer seiner inzwischen vielen Geschäftsreisen nach London und sein Flugzeug würde heute Nachmittag landen.

Business lounge in heathrow.
Kaffee mit der ganzen chefetage.
Yes.

Sie lächelte vor sich hin. Valgeir war gerade erst befördert worden, was bedeutete, dass er regelmäßig auf Geschäftsreise im Ausland war, in der Ersten Klasse reiste mit allem Drum und Dran. Dieser Lebensstil war ihm immer noch ein wenig fremd, denn vor Kurzem musste er wie alle anderen sein letztes Geld zusammenkratzen, um einmal im Jahr mit dem billigsten Ticket in die Sommerferien fliegen zu können. Sie freute sich darauf, ihn wiederzusehen und ihm zu zeigen, dass sie ihre Wohnung aufgeräumt und ihren Lebenslauf ausgedruckt hatte. Sie steckte sich die Haare zu einem ansehnlichen Knoten auf und fand etwas zum Anziehen, das sie wie eine verlässliche, pünktliche, gut durchorganisierte und vertrauenswürdige Mitarbeiterin aussehen ließ, ohne gleichzeitig wie eine graue Maus zu wirken.

Mía blickte noch einmal in den Spiegel, bevor sie die Tür

öffnete. Schwarze Leggings und Stiefeletten, ein blaues Strickkleid und eine dunkelgraue, hüftlange Jacke darüber. Dann wickelte sie sich noch einen hellen Schal um und lächelte ihr Spiegelbild überzeugend an, bevor sie auf die Straße trat.

Es gibt tatsächlich ein altes Sprichwort, das da lautet, man soll nicht da scheißen, wo man frisst. Oder so ähnlich. Mía versuchte sich zu erinnern, wie genau es lautete, während sie vor dem Café stand und nachdachte. Es war riskant, sich dort zu bewerben, wo man selbst gern hinging. Was, wenn sie sich bewarb und nicht genommen wurde? Dann könnte sie wohl kaum noch weiterhin ihren Kaffee da trinken. Oder doch? Der Tag war bisher nicht gerade erfolgreich verlaufen, und sie wusste gleich, was sie sofort von ihrer Liste streichen konnte. Wenn die Leute sie anschauten, von Kopf bis Fuß abschätzend betrachteten, dann den Kopf verstohlen schüttelten, als leide sie unter einer ansteckenden Krankheit. Aber danke, sie würden sich freuen, den Lebenslauf behalten zu dürfen, und würden sich melden, sobald sich etwas ergab. Am liebsten würde sie ihnen dann jedes Mal das Blatt aus den Händen reißen, ihnen ins Gesicht spucken und sie bitten, sich um Himmels willen nicht die Mühe zu machen, ihr einen Gefallen tun zu wollen, doch stattdessen bedankte sie sich freundlich und machte sich davon.

Sie beschloss hineinzugehen. Einfach nur mal schauen, wie die Lage war, ihnen mit hoffnungsvollem Glitzern in den Augen ihr DIN-A4-Blatt vor die Nase halten oder sich vielleicht auch nur einfach einen Kaffee bestellen, wie sonst immer. Sie sah gleich die dunkelhaarige junge Frau, deren Namen sie schon wieder vergessen hatte, die sie aus ihren dunkelsten Tagen aber noch so freundlich in Erinnerung hatte.

»Hi!«, sagte sie gut gelaunt und lächelte Mía an.

Mía grüßte zurück und lächelte auch.

Es waren nur wenige Gäste im Café, sodass sie Zeit hatten, ein wenig miteinander zu plaudern. Über das Wetter, was sie beide am Wochenende gemacht hatten, was Mía doch für einen hübschen Schal trug.

Mía schwieg und hoffte, dass das Für und Wider in ihrem Kopf nicht so laut war, dass alle Umstehenden es hören konnten. Am Ende kramte sie in ihrer Tasche und zog das Blatt mit ihren Erfolgen und Zielsetzungen heraus und reichte es ihr.

»Falls vielleicht mal was ist … irgendwann«, fügte sie erklärend hinzu.

Die Dunkelhaarige nickte, betrachtete das Blatt und überflog es rasch.

»Efemía«, sagte sie schließlich. »Schöner Name. Ich heiße übrigens Hervör. Weiß nicht mehr, ob ich mich schon einmal vorgestellt hatte.«

Mía lächelte und nickte.

Hervör rief nach Georg und bat ihn, sich das einmal kurz anzusehen. Mía wusste nicht, was sie mit sich anfangen sollte, während zwei fremde Leute sich ihren Lebenslauf durchlasen, auch wenn sie sich wohl darüber freuen sollte, dass er nicht gleich im Altpapier landete.

Georg nahm sich reichlich Zeit, das Blatt durchzulesen, und blickte Mía an, die auch ihm bekannt vorkam.

»Da die hier sich demnächst aus dem Staub macht«, sagte er und pikte Hervör in die Seite, »fehlt uns eigentlich sehr bald jemand. Wann kannst du anfangen?«

Mía lächelte und nickte Hervör zu, nachdem sie das Gespräch mit Georg beendet hatte. Sie verließ das *Viertel* und fühlte sich so leicht wie schon lange nicht mehr.

Einige Wochen nachdem der Rettungswagen Jórunn ins Krankenhaus gebracht hatte, holte Þór sie in seinem alten Saab ab. Man hatte ihnen nie eine genauere Diagnose gegeben, immer nur, dass das eben ihrem Alter entsprach und keine ungewöhnliche Entwicklung darstellte. An manchen Tagen war Jórunn ganz die Alte, doch an anderen war es, als hätte sie eine Zeitreise von mehreren Jahrzehnten unternommen, bei der sie sich allerdings pudelwohl zu fühlen schien. Trotz der guten Tage wusste Karen, dass sie nie wieder ganz gesund werden würde, sondern ihr Zustand sich mit der Zeit nur verschlechtern würde. Doch jetzt kam ihre Großmutter erst einmal nach Hause. Natürlich würde ihr Leben nicht mehr dasselbe sein. Doch weil Þór noch bei guter Gesundheit war und ihre Enkeltochter bei ihnen lebte, war beschlossen worden, dass Jórunn sich mit Sicherheit zu Hause wohler fühlen würde als im Krankenhaus. Sie schienen auch die richtige Dosierung ihrer Medikamente gefunden zu haben, sodass sie trotz gelegentlicher Aussetzer wieder ein wenig Röte auf den Wangen zeigte.

Karen faltete die Kleider in ihrem Nachtschränkchen zusammen und steckte sie in eine kleine Tasche. Jórunn saß am Fenster und beobachtete die Menschen draußen auf der Straße. Ihr königsblauer Pullover betonte ihr schönes, weißes Haar. Sie strich mit den Händen vorsichtig über ihren schwarzen Rock und ließ sie schließlich auf ihrem Schoß ruhen. Sie blickte zu ihrer Enkeltochter hinüber.

»Endlich darf ich wieder nach Hause«, sagte sie schließlich und lächelte.

Karen schaute zu ihr hinüber und nickte. Auch sie war froh.

Sie blickten über die Stadt hinweg, während sie auf Þór warteten, der sich auf die Suche nach einem Rollstuhl gemacht hatte. Draußen war es noch immer hell. Allmählich wurden die Tage wohl ein wenig länger, doch noch bemerkte man es kaum. In einer Art von Mischung aus Sonne und Schneematsch lag das Versprechen des Frühlings.

Karen hatte die SMS von Aron vom Abend zuvor nicht beantwortet. Es gab wohl auch nichts zu sagen. Egal, ob er sie vermisste, sie vermisste ihn auf jeden Fall. Sie hatte versagt, auch wenn sie sich von ganzem Herzen wünschte, dass es nicht so gewesen wäre. Alle anderen waren ihr egal gewesen, sogar wenn dieser bescheuerte Zufall nicht gewesen wäre. Und dann hätte es noch nicht einmal ihr Problem sein sollen. Doch natürlich war es ihr Problem. Und das bei dem einen, der ihr nicht egal gewesen war. Mit dem sie es hatte versuchen wollen. Sie schrak aus ihren Gedanken hoch, als Þór fröhlich mit dem Rollstuhl ins Zimmer gestürmt kam.

»Na, dann. Jetzt hätten wir alles. Jetzt müssen wir nur noch nach Hause düsen«, sagte er und lachte über das ganze Gesicht. Jórunn stimmte zu und unternahm einen ernsthaften Versuch, aus eigener Kraft aufzustehen. Doch Þór musste ihr dabei helfen, sich in den Rollstuhl zu setzen. Sie lächelten einander an, als Jórunn sicher im Rollstuhl verstaut war.

61 Jahre, dachte Karen bei sich und betrachtete ihre Großeltern.

»Bitte nicht so rasen«, bat Jórunn, als Þór begann, den Stuhl vor sich herzuschieben. Er lachte.

Karen nahm die Tasche ihrer Großmutter in die eine Hand

und griff mit der anderen nach ihrem Handy. Sie war froh, dem Krankenhausgeruch und den sterilen Fluren zu entkommen. Sie fummelte ungeschickt an ihrem Handy herum, während sie ihren Großeltern über den Flur folgte. Sie schickte die SMS ab und steckte das Handy wieder in die Tasche.

Du fehlst mir auch.

Silja setzte sich auf das Bett und holte den Brief aus der Schublade ihres Nachtschränkchens. Sie kannte ihn fast auswendig, schließlich hatte sie ihn jeden Tag mindestens einmal gelesen. Jedes Mal, wenn sie ihn las, hatte sie das Gefühl, noch etwas Neues zu entdecken. Etwas, das nie ausgesprochen, aber immer da gewesen war.

… und wenn du das Haus behalten willst, ist mir das auch egal. Du kannst alles behalten, was du willst, denn ich gehe nicht davon aus, dass du mir noch einmal eine Chance geben wirst. Ich bin dir deshalb nicht böse. Ich kann nicht behaupten, dass ich verstehen kann, wie es dir jetzt geht, denn du hast mir nie so etwas angetan. Ich weiß, dass ich dir wehgetan habe, mehr als einmal. Und doch wäre selbst ein einziges Mal einmal zu viel gewesen. Ich habe dich nicht verdient, wie dir vermutlich deine ganze Familie und deine Freunde schon oft erklärt haben. Ich weiß nicht, wie ich das besser ausdrücken könnte, aber es ist eine gewisse Erleichterung für mich, dass das mit uns zu Ende ist. Ich kann nur hoffen, dass es das auch für dich ist. Du warst alles für mich und warst immer da, egal was passiert ist, egal wie schlecht es dir dabei erging. Vielleicht lag ja gerade da das Problem. Ich habe dich all die Zeit für selbstverständlich gehalten. Du hast mir alles gegeben, außer der Spannung, die ich brauchte. Ich kann nur hoffen und beten, dass du mir eines Tages verzeihen kannst. Das ist alles, worauf ich hoffen kann.

Bitte verzeih mir, Silja.

B

Sie faltete den Brief von Baldur zusammen und steckte ihn wieder in den Umschlag hinein, bevor sie die Schublade öffnete, ihn zurücklegte und die Schublade wieder schloss. Sie schaute auf die Uhr und sah, dass es Zeit war.

Wie jedes Mal war der Busbahnhof voller Touristen mit Rucksäcken, die so groß waren, dass sie locker einen durchschnittlich großen Menschen darin hätten unterbringen können. Einen Schlafsack obendraufgeschnallt und das ein oder andere noch an die Seiten gehängt. Die meisten sprachen Deutsch und zogen kleine Kreise um ihr Gepäck herum, während sie auf den Bus zum Flughafen warteten.

»Na, dann …«, sagte er zögernd und stellte seinen Koffer mit dem Griff nach oben ab.

Silja nickte. Jetzt war es also Zeit für das »Na, dann«.

»So what are you getting up to next then? More redecorating around the house? More road trips on impulse with strange, foreign men?« Er versuchte zu lächeln und nahm ihre beiden Hände in die seinen.

Sie zuckte mit den Schultern. Um ehrlich zu sein, wusste sie selbst nicht, was ihr die unmittelbare Zukunft bringen würde.

»This was nice«, sagte sie schließlich und nickte, als wolle sie sich selbst zustimmen.

Liam blickte sie an und runzelte die Augenbrauen, während er auch nickte.

»We're not done. At least I'm not. I'm coming back as soon as I can. As soon as I've wrapped things up over there, that's me back.«

Sie nickte. Es wäre schön, wenn er wiederkäme.

Im gleichen Moment fuhr der Bus vor und die deutschen Touristen begannen mit ihrem Gepäck nach draußen zu strömen.

Silja kramte ein wenig in ihrer Tasche, bis sie fand, was sie suchte.

»Lesestoff fürs Flugzeug«, sagte sie und reichte Liam ein kleines, weißes Buch mit lila Einband.

»*Der kleine Seehund Snorri*«, las er und schien hocherfreut.

»I hope it has a happy ending. Well, it bloody should do, it's a kids book.«

Eine Stimme im Lautsprecher kündigte den Vier-Uhr-Bus nach Keflavík an.

Liam beugte sich hinab und küsste Silja inniglich direkt auf den Mund. Sie schlang die Arme um ihn und hatte das Gefühl, nicht mehr loslassen zu können. Es war ihr völlig egal, wer sie so sah.

»I'm coming back for you«, sagte er und zwinkerte ihr zu, während er ihre Arme löste.

Sie nickte zustimmend und blickte ihm nach, während er im Bus verschwand. Es fiel ihr schwer, sich von Menschen zu verabschieden. Besonders, wenn sie die bewusste Entscheidung getroffen hatte, diese Menschen an sich heranzulassen. Sie wandte den Blick ab und sah, dass auch andere auf ähnliche Weise Abschied nahmen. Sie ging zur Tür und blickte noch einmal zu dem Bus hinüber, bevor sie auf der gegenüberliegenden Seite des Gebäudes nach draußen trat. Sie hatte das Gefühl, einen schwarzen Haarschopf glitzern zu sehen, der aus der Schlange der Reisenden hervorlugte.

»Und du bist sicher, dass du alles hast? Pass, Telefon, Geldbeutel?«

»Ja. Ja, ja und ja.« Hervör hatte alles und blickte zum Bus hinüber. Der Fahrer lud immer noch das Gepäck in den Stauraum, sodass sie wohl noch ein paar Minuten hatte, bis sie einsteigen musste.

»Dann ist ja alles so weit«, sagte Georg und klatschte die Hände verlegen aufeinander. – »Für dich ist alles zur Abfahrt bereit, nur mich lässt du hier im Stich, altes Mädchen«, fügte er grinsend hinzu.

»Jetzt fang bitte nicht so an«, bat Hervör und bereute, dass sie ihm die ganze Zeit seinen Spaß gelassen hatte. »Es sind doch nur drei Monate …«

Georg nickte zustimmend.

»Schöne Grüße an London Town. Du schreibst aber mal eine Karte und so. Vielleicht sogar mal eine E-Mail, wenn du die Zeit dafür findest.«

»Natürlich«, antwortete sie. »Natürlich mache ich das.«

Der letzte Aufruf vor der Abfahrt ertönte aus dem Lautsprecher. Hervör zuckte zusammen und sah, dass der Fahrer jetzt alles eingeladen hatte und zur Abfahrt bereit schien. So wie sie auch.

Sie umarmte Georg und küsste ihn sanft auf die Wange. Sie wusste nicht warum, doch sie hätte ihre Lippen dort gern noch ein weniger länger verweilen lassen. Also tat sie genau das. Sie wollte seinen Geruch extra lange bei sich haben heute, also umarmte sie ihn extra lange.

»Du darfst den Bus nicht verpassen, altes Mädchen«, sagte er schließlich.

»Nein, nein. Genau. In Ordnung. Dann mach's gut … bis bald also.« Das war viel schwerer, als sie sich das vorgestellt hatte, und sie war völlig überrascht, als ihr eine kleine Träne die Wange herunterlief.

Georg nickte zustimmend. Es war Zeit zum Verabschieden. Wenn auch nicht für lange.

»Hör mal, eins noch, bevor ich es vergesse«, sagte er rasch, als Hervör sich schon dem Bus zugewandt hatte.

»Ja?«

»Ich liebe dich.«

Er sagte die drei Worte einfach so dahin. Schließlich war das Ganze eine Tatsache, die ihm schon so lange bewusst war, also war er zu dem Schluss gekommen, dass dies nicht der schlechteste Zeitpunkt dafür war, um ihr das mitzuteilen.

Sie stand wie erstarrt da und blickte ihn mit einer Mischung aus Verwunderung und noch mehr Verwunderung an.

»Jetzt schau doch nicht so, altes Mädchen. Kein guter Look. Und du verpasst jetzt wirklich noch den Bus«, sagte Georg und lächelte.

Hervör lächelte und nickte. Sie drehte sich wieder um und lief rasch hinaus auf den Busparkplatz. Sie kletterte in den Bus, der im gleichen Moment losfuhr.

Georg winkte und wartete noch, bis der Bus außer Sichtweite war.

Er wischte einen kleinen Salzfleck von seinen spitzen, schwarz-weißen Lackschuhen, bevor er sich auf den Heimweg machte. Drei Monate waren eigentlich keine so lange Zeit im Vergleich mit vielem anderen.

Eines der Dinge, die sich in Jórunns Verhalten geändert hatten, war, dass sie jetzt verkündete, die Nase voll von den Álftagerðisbrüdern und von Männerchören überhaupt zu haben. Sie wollte viel lieber alles hören, was Karen so hörte, von Pink Floyd bis Red Hot Chilli Peppers, was sowohl Karen als auch Þór ausgesprochen merkwürdig fanden.

Sie hatten eine kleine Liege ins Wohnzimmer gestellt, sodass sich Jórunn jederzeit hinlegen konnte, während sie die Musikstücke hörte, die Karen für sie heraussuchte. Jórunn war gerade eingeschlafen, doch Karen war in vollem Schwung, die ganze Plattensammlung durchzugehen, als Þór ins Wohnzimmer hereinschaute. Er machte inzwischen große Fortschritte in der Küche und war gerade dabei, Fischauflauf zum Abendessen zu machen.

Þór war auf dem Weg zurück in die Küche, als es an der Haustür klopfte. Er schaute zu Karen hin, die von den Schallplatten aufschaute. Sie erwartete niemanden mehr, er auch nicht. Er warf sich das Geschirrtuch über die Schulter, zog seine Hose ein wenig nach oben und räusperte sich, bevor er in den Flur ging und die Tür öffnete.

Draußen stand ein junger Mann, den er nicht kannte, der ihm aber bekannt vorkam.

»Guten Abend. Ich suche Karen Valsdóttir. Sie wohnt doch hier, oder?«